UN NUEVO COMIENZO

UN NUEVO COMIENZO

Jen DeLuca

Traducción de Xavier Beltrán

TITANIA

Argentina • Chile • Colombia • España
Estados Unidos • México • Perú • Uruguay

Título original: *Well Met*
Editor original: Penguin Random House LLC
Traducción: Xavier Beltrán

1ª. edición Abril 2023

Plaza de los Reyes Magos, 8, piso 1.º C y D – 28007 Madrid
www.titania.org
atencion@titania.org

ISBN: 978-84-19131-12-6
E-ISBN: 978-84-19497-66-6
Depósito legal: B-2.461-2023

Fotocomposición: Ediciones Urano, S.A.U.
Impreso por Romanyà Valls, S.A. – Verdaguer, 1 – 08786 Capellades (Barcelona)

Impreso en España – *Printed in Spain*

Dedicado a la memoria de mi madre,
Jane M. Galbavy.

Gracias por traer a mi vida el amor por los libros y a Shakespeare.
Esta vez he escrito «sueño» bien.

UNO

Yo no elegí la vida de la servidumbre. La vida de la servidumbre me eligió a mí.

Cuando aquella mañana de finales de primavera detuve el coche en el aparcamiento del instituto de Willow Creek, tenía muy pocas cosas que hacer. Ninguna cita con el médico de mi hermana mayor, ninguna obligación escolar a la que llevar a mi sobrina. Lo único que debía hacer era conseguir que mi sobrina se inscribiese en la organización de la feria medieval. Llegábamos cinco minutos tarde, así que de momento todo genial.

Caitlin bufó desde el asiento trasero cuando avancé con mi pequeño Jeep blanco hasta el aparcamiento.

—¡Em, llegamos tarde! —Logró alargar mi nombre y la última palabra para que las dos tuvieran por lo menos tres sílabas—. ¿Y si no me dejan apuntarme? Todas mis amigas se han inscrito ya, y si a mí no me dejan...

—Van a dejar que te apuntes. —Pero había saltado del coche antes siquiera de que yo me desabrochara el cinturón, claro. No pensaba gritarle que volviese. No tenía esa clase de autoridad sobre ella. Como apenas nos llevábamos diez años, era más una hermana mayor que una tía. Cuando me mudé a vivir con mi hermana y su hija, April había intentado que Cait me llamase «Tía Emily», pero el apelativo se parecía

9

peligrosamente a «Tía Em», y eso daría lugar a un montón de bromas sobre el personaje de *El mago de Oz*, así que abandonamos esa idea enseguida. Mi relación con la adolescente tenía más bien forma de una amistad con breves momentos de adulta responsable.

Esa mañana, la adulta responsable tomó las riendas. De ninguna de las maneras iba a dejar que una joven de catorce años anduviese sola en una situación tan rara, aunque estuviera en su instituto. Agarré el termo de café del portavasos del coche y salí tras ella. No debía de haberse alejado demasiado.

Cuando había atravesado medio aparcamiento, me sonó el móvil en el bolso. Lo saqué a ciegas y seguí caminando.

—¿Lo has encontrado bien?

—Sí, estamos aquí. Espero que la cosa no se alargue demasiado.

—No hace falta que te quedes, ¡por Dios! —April sonaba un tanto horrorizada ante esa idea—. Solo tienes que dejarla y volver a casa.

Contuve la respiración e intenté analizar su tono a través de la pobre conexión del móvil. Los últimos días, desde que empezó a reducir las dosis de calmantes, habían sido duros.

—¿Todo bien? —Intenté sonar lo más desenfadada posible—. ¿Necesitas que vuelva?

—No... —Su voz se fue apagando, y me detuve para escuchar con más atención.

—¿April?

—No, no, Emily. Estoy bien. Justo donde me has dejado, en el sofá con el café y el mando a distancia. No quiero que pienses que debes...

—No pasa nada. En serio. ¿No es por eso por lo que vine? ¿Para ayudarte?

Otra pausa. Otro suspiro.

—Sí. Vale... —Prácticamente la oí encogerse de hombros—. Me siento mal. Debería ser yo quien hiciese esas cosas.

—Bueno, pero no puedes. —Intenté sonar lo más alegre posible—. No durante un par de meses por lo menos, ¿recuerdas? Órdenes del doctor. Además, para hacer esas «cosas» es por lo que estoy aquí, ¿no?

—Sí. —Ahora había un temblor en su voz, que para mí era culpa del Percocet. Me alegraría mucho cuando dejase de tomarse esa mierda. La volvía una llorona.

—Bebe el café y busca algo espantoso en la tele, ¿vale? Cuando vuelva a casa, prepararé la comida.

Colgué, guardé el móvil en el bolso y una vez más maldije al conductor que aquella noche se había saltado el semáforo en rojo. En mi cabeza se encendió una imagen del monovolumen de April, el amasijo metálico plateado hecho un desastre en el desguace, y la aparté de mi cabeza. Caitlin estaba durmiendo en el asiento trasero, y curiosamente salió del accidente solo con algunos rasguños y un tobillo torcido.

Mi hermana no había tenido tanta suerte. Mi madre se había quedado con ella mientras estaba en la UCI, y, cuando una semana más tarde a April le dieron el alta, yo me instalé en su casa para que mi madre regresase a Indiana con mi padre. Mi hermana mayor iba a necesitar a alguien que la cuidara durante una temporada y mi sobrina necesitaba a una adulta responsable que pudiese conducir, así que yo me hice con ese papel.

Y en cuanto a mí... Necesitaba un cambio. Un par de semanas antes del accidente, me quedé no solo sin novio y sin piso, sino también sin planes de futuro. Willow Creek, en el estado de Maryland, era un buen lugar como otro cualquiera para que me lamiera las heridas mientras cuidaba de April y de sus heridas. Ubicada en medio de viñedos, esta zona estaba atestada de colinas frondosas y salpicada de pueblecitos como ese, con encantadores escaparates en el centro y gente agradable. Aunque todavía no había visto ningún sauce y, que yo supiese, no había ningún riachuelo, así que el nombre del pueblo seguía siendo un misterio[*].

Incrementé el ritmo y atravesé las puertas dobles para encontrarme por fin con Caitlin justo delante del auditorio del instituto. No me miró, sino que recorrió el pasillo para ir con un grupo de chicas más o menos

---

[*] N. del T.: En inglés, «Willow Creek» significa 'Riachuelo de Sauces'.

de su edad congregadas delante del escenario, que aceptaban los formularios que les daba un muchacho con una carpeta. El auditorio estaba lleno de jóvenes que se abrazaban con emoción como si hiciese años que no se habían visto, aunque lo más probable era que el día anterior se hubieran sentado juntos en clase. También había algún que otro adulto por aquí y por allá, pero no supe si eran vigilantes o participantes. Y entonces uno de los adultos se giró y leí la palabra «¡Albricias!» formada con grandes letras blancas en la parte delantera de su camiseta negra, y supe la respuesta.

Di un largo trago al café y me desplomé en una silla de la última fila. Mi trabajo como taxista había terminado. Eché un vistazo al móvil. Dentro de una hora debía recoger a mi sobrina, y eso no me daba el suficiente tiempo para volver a casa. Willow Creek era un pueblo pequeño, pero April vivía en una punta y el instituto se encontraba en las afueras de la otra. Abrí mi aplicación de listas de tareas pendientes. El día anterior había ido a buscar los nuevos medicamentos de April, y los preparativos de la feria medieval eran el segundo elemento de mi lista. ¿Había algo más que debía hacer ahora que estaba en esta zona del pueblo?

—¿Has venido para ser voluntaria?

Una de las adultas a las que había visto antes (guapa, rubia, bajita y regordeta) se había separado de los demás y ahora se cernía sobre la fila en la que me había sentado. Antes de que pudiese responderle, agarró un formulario de su carpeta y me lo dejó en las manos.

—Toma. Ve aprovechando y rellénalo mientras.

—¿Cómo? ¿Yo? —Me quedé mirando la hoja como si estuviese escrita en cirílico— ¡Ah! No. Solo he venido a traer a mi sobrina. —Asentí hacia el grupito de chicas.

—¿Quién es tu...? —Miró hacia el escenario—. ¡Ah! Caitlin, ¿verdad? Tú debes de ser Emily.

—Sí. —Abrí los ojos como platos—. Bien deducido. Siempre me olvido de lo pequeño que es este pueblo. —Me había mudado desde Boston y había crecido a las afueras de Indianápolis. Los pueblos pequeños no eran lo mío.

—Ya te acostumbrarás, hazme caso. —Se rio y agitó una mano para quitarle importancia—. Por cierto, me llamo Stacey. Y me temo que vas a tener que ser voluntaria. —Señaló el formulario que seguía en mi mano—. Es obligatorio si un alumno menor quiere formar parte del elenco de la feria. Todos los menores de dieciséis necesitan que un padre o tutor participe en la feria con ellos. Creo que April tenía intención de ser voluntaria con Caitlin, pero... —La frase quedó inconclusa, y la terminó con un extraño encogimiento de hombros.

—Sí. —Observé el formulario—. Pero entonces no digáis que es voluntario, ¿no? Más bien parece que reclutéis a gente para un ejército. —Miré hacia Cait, que ya hablaba con sus amigas y blandía su propio formulario como si fuese una puerta al éxito. Leí el formulario. Seis semanas de ensayos el sábado que empezaban en junio, luego otros seis fines de semana más desde mediados de julio hasta finales de agosto. Ya me iba a tocar ser la chófer de Caitlin durante toda la primavera y el verano, así que...

Antes de que pudiese responder nada más, las puertas dobles tras de mí se abrieron con un estruendo. Me giré en el asiento y vi a un hombre que caminaba como si cruzase el típico *saloon* del Lejano Oeste. Estaba... buenísimo. No hay otra manera de describirlo. Alto, rubio, musculoso, con un pelo estupendo y una camiseta ceñida. Una mezcla entre Gastón y el Capitán América, de una belleza tan genérica como hipnotizante.

—¡Mitch! —Stacey lo saludó como si fuese un viejo amigo suyo. Que sin lugar a dudas lo era. Era probable que en su día hubiesen ido juntos al instituto—. Mitch, ven aquí y dile a Emily que quiere participar en la feria.

El tipo resopló como si la pregunta fuera lo más estúpido que hubiese oído nunca.

—¡Pues claro que quiere participar en la feria! Si no, ¿qué haría aquí?

—En realidad, solo he hecho de taxista. —Señalé por el pasillo hacia Cait.

Mitch miró hacia mi sobrina y luego se giró hacia mí.

—¡Ah! Eres Emily. La tía, ¿verdad? ¿Tu hermana es la que tuvo el accidente? ¿Cómo está?

Parpadeé. Malditos fueran los pueblos pequeños.

—Bien. Está... Mmm... Está bien. —Mi hermana odiaba todo tipo de chismorreos, así que procuré no proporcionar ninguna información que fuera a correr por ahí.

—Bien. Bueno, pues me alegro. —Puso una expresión solemne durante unos segundos, pero luego la descartó y recuperó su sonrisa jovial—. En fin, deberías quedarte y unirte a la locura. A ver, es muchísimo trabajo, pero muy divertido. Te encantará. —Dicho esto, se fue y recorrió el pasillo chocando el puño con los chicos por el camino.

Me quedé mirando cómo se alejaba porque, ¡madre mía!, ¡qué bien le quedaban los vaqueros por delante y por detrás! Y entonces asimilé lo que había dicho.

—¿Me encantará? —Me giré hacia Stacey, la voluntaria—. No me conoce. ¿Cómo sabe lo que me encanta?

—Si te sirve de ayuda... —Se inclinó hacia mí con gesto conspiratorio, y no pude evitar responder inclinándome también—. Durante la feria empuña una espada enorme y preciosa. Y lleva falda.

—Ya me has convencido. —Busqué un bolígrafo en el bolso. ¿Qué más daba si invertía todos mis fines de semana del verano si así podía admirar un culo como ese?

¿Por qué no? Así pasaría tiempo con Caitlin. Para eso estaba yo allí. Para ser la tía enrollada. Para hacer cosas guais. Para distraerla del accidente de coche que le había provocado pesadillas y la había llevado a hacer terapia semanal, y que a su madre la había dejado con una pierna derecha destrozada. Cuando llegué a Willow Creek, el pesimismo se había instalado en su casa como el humo en una habitación cerrada. Yo había llegado para abrir una ventana y permitir que la luz volviese a entrar.

Además, ayudar a mi hermana y a su hija era la mejor manera de dejar de obsesionarme con mis mierdas. Concentrarse en los problemas de otra persona siempre era más fácil que en los propios.

Stacey sonrió cuando empecé a rellenar el formulario.

—Cuando hayas terminado, dáselo a Simon, que está junto al escenario. Será maravilloso. ¡Albricias! —Esto último lo dijo a modo de despedida, y acto seguido se marchó, seguro que en busca de otras personas adultas a las que arrastrar hasta la feria.

¡Ay, Dios! ¿Yo también iba a tener que gritar «¡Albricias!»? ¿Cuánto quería a mi sobrina?

El formulario era bastante sencillo, y enseguida me uní a la marea de voluntarios (la mayoría eran adolescentes; ¿dónde estaban todos los adultos?) junto al escenario del auditorio, donde entregaban los formularios al hombre de pelo oscuro con una carpeta que los iba recogiendo. Simon, supuse. ¡Gracias a Dios, otro adulto! Más adulto que yo incluso. Por la mañana me había levantado y me había puesto unos *leggins* y una camiseta, mientras que él estaba impecable con sus vaqueros y una camisa planchada a la perfección, las mangas dobladas hasta los codos y un chaleco azul oscuro.

A pesar de su aura supermadura, no parecía mucho mayor que yo. Como máximo, tendría veintimuchos. Menos corpulento que Mitch, y era probable que no llegase al metro ochenta. Arreglado y afeitado, con el pelo castaño oscuro muy corto. Tenía pinta de oler a limpio, a detergente de lavadora y a jabón de manos. Mitch, con lo bueno que estaba, debía de oler a desodorante Axe.

Cuando me llegó el turno, le entregué el formulario y me giré para ver hacia dónde se había ido Cait. Me moría por decirle que iba a participar en la organización de la feria con ella. Me debería una.

—No está bien.

—¿Perdón? —Me giré.

—El formulario. —Simon, el recopilador de formularios, me enseñó el mío—. No lo has rellenado correctamente.

—Mmm... —Me acerqué hacia él y le arrebaté la hoja de las manos—. Creo que sé cómo se rellena un formulario.

—Justo aquí. —Golpeó la página con el boli. Tap, tap, tap, tap—. No has especificado para qué papel quieres hacer la prueba.

—¿Qué papel? —Entorné los ojos—. ¡Ah, vale! —Le devolví la hoja—. Me da igual. Lo que necesitéis.

—Tienes que especificar un papel. —No aceptó mi formulario.

—¿En serio? —Miré tras de mí y busqué a la voluntaria desesperada que me había obligado a formar parte de aquello. Pero se había perdido en un mar de posibles voluntarios. ¡Cómo no!

—Sí, en serio. —Frunció los labios y sus cejas se juntaron sobre sus ojos. Cejas marrón oscuro, ojos marrón claro. Resultaría ligeramente atractivo si no me mirase como si me hubiese pillado copiando en el examen final de química—. Es muy sencillo —prosiguió—. Nobleza, actores, bailarines... Puedes hacer una prueba para cualquiera de esos. Si tienes experiencia, también puedes optar por los combates. Organizamos partidas de ajedrez humano y justas medievales.

—Yo... no tengo ninguna experiencia. Ni talento. —Cuanto más se alargaba esa conversación, más se me caía el alma a los pies. ¿Ahora se suponía que debía tener habilidades? ¿No se trataba de ser voluntario? ¿Por qué ese tipo me lo estaba poniendo tan difícil?

Me miró durante unos instantes, un rápido vistazo de arriba abajo. No me devoraba con la mirada, más bien me evaluaba.

—¿Tienes más de veintiún años?

¡Por Dios! Ya sabía que era de las bajitas, pero... Me erguí como si parecer un poco más alta me hiciese parecer un poco más mayor también.

—Tengo veinticinco, muchas gracias. —Bueno, tendría veinticinco en julio, pero no era necesario que él lo supiese. No iba a celebrar mi cumpleaños conmigo.

—Mmm... Hay que ser mayor de veintiuno para servir en la taberna. Si quieres echar una mano en el bar, puedes apuntarte a eso.

Ahora nos entendíamos. No me parecía mala idea pasarme unos cuantos fines de semana de verano en el bar. Ya había trabajado en bares antes. ¡Joder, si había trabajado en dos hasta hacía muy poco! Iba a ser lo mismo, pero con un uniforme más mono.

—Vale. —Volví a sacar el boli del bolso y garabateé la palabra «sirvienta» en el formulario antes de devolvérselo—. Toma.

—Gracias —dijo en un acto reflejo, como si treinta segundos antes no me hubiese regañado como si fuera una niña pequeña.

¡Bah! Menudo imbécil.

En cuanto empecé a recorrer el pasillo hacia el fondo del auditorio, no tardé demasiado en ver a Caitlin a un par de filas de mí, hablando con sus amigas. Una sonrisa se abrió paso en mi cara y me encaminé hacia la hilera que quedaba delante de ella, moviéndome entre los asientos plegados.

—Hola. —Le di un golpecito de broma en el hombro para llamar su atención—. Sabes que necesitas que un adulto sea voluntario contigo, ¿verdad?

—¿En serio? —Abrió mucho los ojos y miró alarmada hacia Simon, como si creyese que ese chico iba a expulsarla del auditorio. Bueno, antes tendría que vérselas conmigo.

—Sí. Así que adivina quién ha aceptado ser una sirvienta en la taberna durante el verano. ¿Cuánto me quieres? —Contuve la respiración. La mayoría de los adolescentes no querrían que los sorprendieran con una figura paterna a menos de cinco millas a la redonda, y mucho menos deseaban pasarse el verano con ellos. Pero Caitlin era una buena chica, y desde que tomé el papel de su adulta responsable nos entendíamos muy bien. Quizá se alegraba y todo.

Su expresión de alarma se sustituyó por una de feliz sorpresa.

—¿En serio? —La expresión fue un graznido que salió de sus labios—. ¿Las dos vamos a organizar la feria?

—Eso parece —contesté—. Me debes una.

Su respuesta fue más chillido que palabras, pero el modo en que me rodeó el cuello para darme un extraño abrazo por encima de los asientos me lo dijo todo. Quizá era la ventaja de ser una tía molona en vez de una madre. Para acostumbrarnos a esta nueva dinámica familiar iba a tener que pasar el tiempo, pero ya empezaba a gustarme.

—Al final te hemos convencido, ¿eh? —Mitch me esperaba al final de la fila cuando volví al pasillo. Me encogí de hombros.

—Tampoco es que haya podido elegir. —Miré atrás hacia Caitlin, que se reía con sus amigas por algo que veían en el móvil—. Significa mucho para ella, así que aquí estoy.

—Eres una buena persona, Emily. —Entrecerró los ojos—. Te llamabas Emily, ¿no?

—Sí —asentí—. Emily Parker. —Extendí una mano para estrechársela, pero me respondió con un golpe de puño, y ¿qué clase de idiota sería yo si no lo aceptase?

—Encantado de conocerte, Park. Pero hazme caso. Te lo vas a pasar genial en la feria.

Me sorprendió el apodo que me había puesto tan rápido, pero decidí dejarlo pasar.

—Bueno, me han prometido que habrá faldas, así que... —Hice lo imposible por quedármelo mirando un rato sin parecer un bicho raro. Pero Mitch no parecía la clase de hombre a quien le incomodaba que se le insinuaran. De hecho, casi lo pedía a gritos.

—¡Ah! Pues sí. —Una sonrisa se dibujó en su cara y sus ojos me observaron fijamente a su vez. Por la nuca me ascendió cierto rubor. De haber sabido que ese día iba a lanzarme miraditas con alguien, por la mañana no me habría conformado con lavarme la cara y ponerme un poco de brillo en los labios—. Créeme —añadió—, será un verano fantástico. Yo me encargaré.

Me eché a reír.

—Te tomo la palabra. —Era una promesa fácil de hacer, puesto que ya me estaba divirtiendo. Crucé el pasillo y me senté en mi asiento de la última fila. Junto al escenario, Simon seguía recogiendo formularios, y seguro que al hacerlo criticaba la letra de los voluntarios. En un momento dado, levantó la vista como si hubiese notado mis ojos clavados en él, y frunció el ceño de nuevo. ¡Dios! De verdad que me la tenía jurada por lo del formulario, ¿eh?

En el otro lado del auditorio, Mitch chocó los cinco con un alumno y le propuso un golpe de puños a Caitlin, quien lo miró como si lo considerara maravilloso. Supe enseguida a cuál de los dos chicos me apetecía mucho conocer mejor en verano, y no era al aguafiestas de la feria medieval.

Siempre me ha impresionado un poco mi hermana mayor. Casada y divorciada joven de un hombre al que no le interesaba demasiado ser padre, April ha criado a Caitlin por su cuenta con una independencia que rozaba la intimidación. Nunca hemos tenido una relación muy estrecha (es lo que tiene la diferencia de edad de doce años: April se fue a estudiar a la Universidad cuando yo empezaba a ser una persona algo interesante), pero siempre he pensado que era alguien a quien imitar.

Y por eso me costaba tanto verla en su estado actual.

Cuando volvimos a casa del *casting*, al abrir la puerta principal me encontré con una muleta en el suelo, en medio del salón. Seguí la línea de la muleta, que apuntaba directamente hacia mi hermana mayor, sentada en el sofá. Parecía un perro al que lo hubieran pillado hurgando en la basura.

—Has intentado levantarte mientras estábamos fuera, ¿verdad? —Me crucé de brazos y la miré fijamente. Era complicado resultar amenazante cuando solamente medías un metro sesenta, pero lo conseguí un poco.

—Sí. —April suspiró—. No me ha ido bien.

Caitlin no reparó en nuestro enfrentamiento.

—¡Hola, mamá! —Le soltó un beso cerca de la mejilla antes de correr hacia su habitación. Allí seguramente mandaba mensajes de texto con mayor eficiencia.

Recogí la muleta caída y la recosté en el reposabrazos del sofá, junto a la otra.

—¿Van bien para comer unos bocadillos de beicon, lechuga y tomate?

—Sí. ¿Cómo ha ido? —April alargó el cuello con la cabeza ladeada y lanzó la pregunta por encima del hombro en tanto yo me dirigía a la cocina a empezar a calentar el beicon—. ¿Caitlin se ha apuntado a la feria? —En el sofá se oían movimientos, separados por algunas maldiciones entre dientes. Sí, era evidente que estaba reduciendo las dosis de calmantes. Los próximos días serían turbulentos.

—Ha ido genial. Han dicho que no pueden aceptar a todo el mundo, pero que la semana que viene enviarán un correo a todos los que hayan pasado la prueba.

—¿La semana que viene? ¡Buf! No sé si podré soportar vivir bajo el mismo techo que ella hasta que sepa si la han aceptado.

—Ya verás como sí. —Metí el pan en la tostadora y empecé a cortar los tomates—. Si no la aceptan a ella, no me aceptan a mí. Por cierto, muchas gracias. Me has tendido una buena trampa.

—¿Cómo? No es verdad. Te dije que no entrases. Solo tenías que dejarla allí.

—Sí, ya. —Fui a por tres platos y empecé a preparar los bocadillos—. Caitlin no podrá participar en la feria sin que un padre haga de voluntario. Me han dicho que tú ibas a presentarte, ya sabes, antes de... —No había una buena forma de terminar esa frase.

—¿Cómo? —April se estaba repitiendo, y no tenía nada que ver con la medicación—. Yo... ¡Ah! —Sí. Por fin. Se había acordado—. ¡Mierda! —Miré por la abertura de la cocina americana y la vi desplomarse contra el respaldo del sofá—. Sí que te he tendido una trampa. Lo había olvidado por completo.

—No te preocupes. Sé de buena tinta que será divertido. —Dejé los platos sobre la encimera y lancé una bolsa de patatas fritas a su lado. Pensé en Mitch y en su prometida falda. Eso sí que sería divertido. Y luego pensé en Simon y en su mueca reprobadora. Menos divertido. Llevé la comida hasta el salón y comimos con una bandeja en el regazo para que April no tuviese que levantarse. Dejé el tercer plato en la cocina; Caitlin bajaría a buscarlo en cualquier momento.

—Divertido —repitió April mientras agarraba su bocadillo. No sonaba convencida. Le dio un buen mordisco y se encogió de hombros—. Supongo que sí. O sea, no tienes nada mejor que hacer, ¿no?

Me comí una patata frita y la miré con los ojos entornados. Era imposible que lo hubiese dicho en serio. Me había descargado una aplicación de listas de tareas pendientes que estaba totalmente dedicada a sus horarios. Seguro que mi hermana recordaba qué clase de vida acelerada llevaban su hija y ella antes de que una noche alguien se saltara un semáforo en rojo y lo cambiase todo.

Me miró a los ojos y se encogió con una mueca exagerada. Después de todo, no lo decía en serio. Yo no estaba acostumbrada a tener una hermana que se metiese conmigo. Pero April lo estaba intentando, así que le seguí el juego y le lancé una patata.

—Tienes razón. De hecho, he comprado una caja de bombones para que nos pasemos todo el finde tumbadas viendo la tele.

—Buen plan. —Se inclinó hacia delante y se hizo con la bolsa de patatas. Negó con la cabeza en mi dirección—. Te pones enseguida a la defensiva. Ese tal Jake te dejó destrozada, ¿eh? Cuando mamá me habló de él, le dije que no lo veía para ti. Lo dejasteis, ¿hace cuánto?, ¿un par de meses?

—Sí. —Suspiré. Pues claro que mamá se lo había contado. April y yo no nos llevamos mal, pero la diferencia de edad, sumada a que nos fuimos de casa y empezamos a vivir nuestra vida, nos había impedido que estuviéramos tan unidas como solían estarlo las hermanas. De ahí que mamá hiciese de una suerte de vínculo entre ambas y nos pusiese al día de la vida de la otra. Era un sistema raro, pero nos funcionaba—. Sí, fue una semana o así antes de tu accidente. Así que ya ves qué oportuno.

—Bueno, el accidente evitó que te quedases en la calle.

—No me quedé en la calle. —Pero fruncí el ceño al comer el bocadillo porque llevaba razón. Cuando Jake se fue y aceptó su glamuroso puesto de abogado, no solo me había dejado como a una carga no deseada (que supongo que era lo que fui), sino que también canceló el contrato de alquiler antes de irse. Yo había entrado en pánico, buscando a la desesperada otro piso que pudiese permitirme con mis dos empleos a media jornada, y entonces mamá me llamó desde el hospital para contarme el accidente de April. No me lo pensé dos veces antes de meter mis cosas en un trastero, conducir las cuatrocientas y pico millas que separan Boston de Maryland y trasladarles a ellas el terror que sentía.

Pero no me apetecía hablar sobre Jake. Esa herida todavía era muy reciente. Había llegado el momento de cambiar de tema.

—Stacey te envía saludos, por cierto.

—¿Quién?

—Stacey. —¿Recordaba mal su nombre?—. Pelo rubio, de mi altura, sonrisa radiante... Me ha parecido que te conocía. A Caitlin la conocía, y sabía quién era yo.

—¡Ah! —April puso los ojos en blanco y dio un sorbo a la Coca-Cola *light*—. Es lo que tiene vivir en un pueblo pequeño. Todo el mundo sabe lo que te pasa. Incluso la gente a la que no conoces demasiado.

—Entonces, ¿no conoces a Stacey?

—No, sí que la conozco. Trabaja en la clínica de nuestro dentista, y la saludamos cada vez que Cait o yo tenemos una cita. Es agradable, pero... —Se encogió de hombros.

—Pero no es alguien que deba saber tantas cosas de ti. —Lo entendí a la primera.

—Exacto.

Reflexioné sobre eso y valoré mi siguiente pregunta.

—Supongo que no conoces a un tal Mitch, ¿verdad? —Ese era alguien a quien no me importaría conocer un poco mejor.

—Mitch... —April se dio golpecitos en el labio inferior—. No... ¡Ah! Espera. ¿Un hombre alto? ¿Musculoso? ¿Con mandíbula de Superman?

—El que parece que pueda levantar un Volkswagen en un banco del gimnasio. —Asentí—. Ese mismo.

—Sí, lo he visto por ahí. Es simpático. Creo que es profe de gimnasia. ¡Oye, Cait! —April se recostó en el sofá y miró hacia la cocina. Al girarme, vi que mi sobrina había aparecido en busca de comida.

—¡Ah! Un bocadillo. Gracias, Emily. —Caitlin agarró el plato y se sentó en un taburete. Mientras masticaba, arqueó las cejas en dirección a su madre—. ¿Qué pasa?

—Ese tal Mitch... ¿no es profe de gimnasia del instituto?

—¿El señor Malone? —Tragó el bocado del sándwich—. Sí. Y es entrenador de algo. ¿De béisbol, a lo mejor? —A Caitlin no le gustaban los deportes. A ninguna de nosotras nos gustaban, así que lo dijo con toda sinceridad—. Hoy ha intentado ligar con Emily. —Se acercó y metió la mano en la bolsa de patatas fritas.

—No es verdad. —¿O sí? Quizá un poco. Sentí un cálido hormigueo en la nuca.

—No te emociones —me advirtió April—. Por lo que he oído decir, intenta ligar con cualquiera.

—¡Vaya! ¿Tan poco especial soy? —Intenté aparentar tristeza, pero que mi hermana mayor se burlase de mí por un chico era algo que nunca había sucedido, y me hizo sonreír. Me encogí de hombros y le di la bolsa de patatas a Caitlin—. No pasa nada. No tengo intención de casarme con él. Quizá solo de cosificarlo un poco cuando se ponga una falda.

Cuanto más lo pensaba, más me parecía que ese verano empezaba a sonar divertido. Y necesitaba un poco de diversión en mi vida. Ver a Jake desde el retrovisor. Todavía recordaba la cara que puso cuando me contó que iba a mudarse sin mí. Había puesto cara de..., bueno, una cara que me había recordado a la de Simon, el chico que esta mañana parecía un policía. Por su culpa me habían venido fuertes imágenes de Jake, y no me gustaba cómo me hacían sentir. Avergonzada y pequeñita.

Ahora mismo, los tipos como Mitch eran mucho mejores para mi salud mental. Los tipos como Mitch ofrecían la posibilidad de un rollo rápido y divertido en algún punto del verano, sin emociones complejas ni errores que se entrometieran en el camino. No me iría nada mal un poco de eso en mi vida, la verdad.

Después de limpiar la cocina, abrí de nuevo la aplicación del calendario. Mi tarde y el resto del fin de semana eran casi un libro abierto. Como casi todo mi futuro. Eso no me gustaba. Me gustaba tener planes.

Con Jake tuve un plan. Nos conocimos en mi primer año de carrera, en la fiesta de una fraternidad, dos intelectuales parecidos que eran demasiado buenos como para apestar a cerveza. Nos pasamos la noche hablando, y pensé que había encontrado a mi alma gemela. Era inteligente y estaba concentrado, decidido. Me atraía su arrebato de ambición, que era idéntico al mío. Durante años, sería fiel a su plan con él. Lo acompañaría mientras estudiase Derecho. En cuanto empezase su carrera profesional, seríamos un equipo imparable. Seríamos nosotros contra el mundo. Jake y Emily. Ese era el plan.

Pero Jake se había ido. No me había dado cuenta de que, mientras que mi ambición nos englobaba a los dos, la suya se reducía a sí mismo. Cuando le propusieron el puesto de éxito al que había aspirado, dejó atrás todo lo viejo. Como nuestro piso, que cambió por uno carísimo en el centro. Y a mí, la futura prometida a la que ya no necesitaba.

—No pinta bien —me había dicho—. No puedo casarme con una mujer que trabaja en un bar. Ni siquiera acabaste la carrera. —Fue como si hubiese olvidado nuestro plan. Y quizá lo había olvidado. O quizá ya había extraído de nuestro plan lo que deseaba y yo ya no le servía.

Y por eso me encontraba en Maryland. Llegué sin tener ningún plan y con una hermana que me necesitaba. Por el momento, eso me bastaba. La cosa es que yo también la necesitaba a ella. Necesitaba la sensación de ser de ayuda. De cambiarle la vida a alguien. Arreglar cosas era lo que se me daba mejor.

DOS

Y así fue como me convertí en una sirvienta de taberna. El correo electrónico llegó el miércoles por la tarde, cuando Caitlin salió disparada del instituto hasta casa.

—¿Has recibido el correo, Em? ¿Lo has recibido? A mí me han aceptado en el elenco de la feria medieval... ¿Y a ti? ¿Te han aceptado?

En cuanto abrí la bandeja de entrada en mi móvil, por fin tomó aire (¿había corrido desde la parada del autobús hasta casa?). Pues sí, tenía un mensaje de la feria medieval de Willow Creek que me daba la bienvenida al elenco de este año. Caitlin me dio un rápido abrazo por la emoción y agarró un refresco de la nevera antes de irse a su habitación, y yo volví al coche para recoger las últimas bolsas de la compra.

Terminé de guardar la compra, eché un vistazo al pollo que se asaba lentamente en el horno (sí, seguía ahí) y fui a ver a April. Antes de que me marchase para ir al supermercado, se había acostado en su dormitorio para echarse una siesta. Sí, ella también seguía ahí, y se estaba desvelando.

—¿Me ha parecido oír que Caitlin volvía a casa?

—Creo que todo el barrio la ha oído volver a casa. —Le di la botella de agua que estaba en la mesita de noche y me senté en la cama—. Parece que las Parker vamos a organizar la feria medieval. ¿Seguro que tú no quieres apuntarte también? No quiero que te sientas desplazada. Las muletas son verosímiles. Podrías ser una mendiga.

—Muy graciosa. —Le dio un sorbo al agua y se esforzó por incorporarse. Le arrebaté la botella y le tendí una mano para ayudarla, pero no la aceptó.

—Por cierto, Marjorie acaba de pasarse. —Más bien me había tendido una emboscada cuando aparqué el coche en el camino de entrada, pero April no tenía por qué enterarse de eso.

—¡Ay, Dios! —gruñó—. ¿Ha traído más comida?

—Macarrones con queso —asentí—. Acompañarán al pollo, así que me ha quitado algo de trabajo. Prepararé una ensalada.

—Gracias.

—No hay de qué. —Me encogí de hombros—. Caitlin necesita algo verde en su vida.

—No, me refiero a haber interceptado a Marjorie. —April me dedicó una débil sonrisa.

—Parece agradable —sugerí.

—Lo es. Es que... —Suspiró—. En este barrio hay muchas familias, y es estupendo. Eso significa niños con los que Caitlin jugaba, ¿sabes? Pero las mamás hacen cosas como quedar los martes para tomar café.

—¡Ajá! —Asentí, solemne—. Son unos monstruos.

Me pellizcó el brazo.

—Quedan los martes para tomar café a las diez de la mañana. —Me miró con las cejas arqueadas, y entonces lo comprendí.

—Cuando tú estás trabajando.

—Cuando yo estoy trabajando. No creo que lo hagan a propósito, pero... —se encogió de hombros— soy la única madre soltera de por aquí. Seguro que Marjorie es un encanto, pero seguro que también quiere saber cómo lo llevo para poder contárselo a las demás mamás. Es como si todo el pueblo quisiera microsupervisar mi recuperación. Quiere enterarse de chismes, y los paga con platos preparados.

Reflexioné al respecto durante unos instantes.

—¿Quieres que se los devuelva? Puedo preparar puré de patatas.

—No, no pasa nada. A ver, son macarrones con queso.

—Y tienen un gratinado crujiente —añadí—. Les he echado un ojo.

—¡Oh! Entonces nos los quedamos.

—Pues sí. —Me levanté—. No te preocupes —dije—. Yo me encargo. De Caitlin, de Marjorie, del pueblo. De todo. —Dejé la botella en la mesita de noche—. ¿Luz encendida o apagada?

—Encendida, porfa. Creo que leeré un poco. —Se recostó contra las almohadas. Me quedé unos segundos allí, pero ya se había ensimismado con su lector electrónico, así que me fui a la cocina y volví a leer el correo en el móvil. El primer ensayo era el sábado por la mañana; había que vestir con ropa cómoda. Me lo apunté en la aplicación del calendario y me aseguré de que Caitlin hubiese empezado a hacer los deberes.

—¡Ey! —Llamé a la puerta de su habitación antes de abrirla con la cadera—. Cenaremos a las seis. —Me apoyé en el marco de la puerta—. ¿Tienes muchos deberes?

—No muchos. —Levantó la vista del escritorio atestado de libros de texto—. Creo que, como los exámenes finales son dentro de un par de semanas, se están portando bien con nosotros.

—Esos días no los echo de menos. Avísame si necesitas ayuda para estudiar, ¿vale?

—Bueno... —Echó un vistazo a los libros antes de volver a mirarme a mí—. ¿Se te da bien la geometría?

—No demasiado. —Me encogí—. Deja que me corrija. Avísame si necesitas ayuda con, por ejemplo, Inglés o Historia, ¿vale? —Esas asignaturas las controlaba más, y la sonrisa de Cait me dio a entender que lo sabía. Estaba metiéndose conmigo. Chica lista.

—Oye, Em. —Su voz me detuvo cuando había empezado a encaminarme hacia la cocina—. Gracias.

—De nada. —Me encogí de hombros—. Siento no poder ayudarte con la geometría, pero sé más sobre...

—No. —Se giró sobre la silla y se quedó sentada mirándome cara a cara—. Me refiero a haberte apuntado a organizar la feria medieval conmigo. Para que pudiese inscribirme. —Se entristeció un poco y lanzó una mirada incierta hacia el pasillo—. Mamá no se habría apuntado.

—Seguro que sí. Es que no puede por el accidente.

Negó con la cabeza y sus rizos castaños —muy parecidos a los de su madre, muy parecidos a los míos— se bambolearon delante de su cara.

—No creo que supiera que tenía que hacer de voluntaria conmigo. Si lo hubiese sabido, habría dicho que no.

—Eso no lo sé. —Entré en su habitación y cerré la puerta con cuidado tras de mí antes de sentarme a los pies de su cama—. Stacey me comentó que tu madre iba a hacer de voluntaria. Así que creo que era su intención antes de que pasara lo que pasó.

—Habría cambiado de opinión. —Caitlin era escéptica. Miró con culpabilidad hacia la puerta de su cuarto y bajó la voz—. A mamá no le gusta hacer cosas, ¿sabes? Nunca ha sido voluntaria.

Intenté pensar en algo que decirle para reconfortarla, pero lo cierto era que llevaba razón. April no era de las que se apuntaban a echar una mano. No había necesitado que yo la cubriese en ninguna tarea extracurricular mientras guardaba cama y no se involucraba demasiado en las cuestiones del instituto de Caitlin. Así como no quería que la gente se metiera en su vida, tampoco le importaba demasiado la vida de los demás. Mi hermana parecía vivir una existencia bastante solitaria. Pero también parecía contenta la mayor parte del tiempo, por lo que ¿quién era yo para juzgarla?

Le agarré la mano a Cait y le di un apretón para consolarla.

—Bueno, ahora estoy yo aquí, y por lo visto sí que seré voluntaria. Espero que estés preparada. —La miré de nuevo cuando llegué junto a la puerta de su habitación—. ¿Bajas a las cinco y media para echarme una mano a poner la mesa?

—Sí. —Pero ya estaba frunciendo el ceño en dirección a su libro de geometría, y me apresuré a bajar las escaleras antes de que volviese a pedirme ayuda.

El sábado fue, en muchos sentidos, una repetición de la mañana de las inscripciones. Nos detuvimos en el aparcamiento cinco minutos tarde. Caitlin se me adelantó para ir con sus amigas que también se habían apuntado a la organización de la feria. Yo me quedé en el fondo del auditorio porque no tenía amigas a las que ir a buscar. Sí. No era raro para nada.

Pero, para mi sorpresa, la sensación rara no duró demasiado.

—¡Anda, si estás aquí! —La voz alegre me hizo levantar la vista del móvil, y sonreí a Stacey, la voluntaria que me había embaucado para formar parte de la feria—. ¿Por qué estás aquí atrás? —Enlazó el brazo con el mío y tiró de mí—. Ven, tienes que unirte al resto del grupo.

Yo no estaba acostumbrada a esa clase de cordialidad agresiva, pero dejé que me arrastrara hacia la parte delantera del auditorio para mezclarnos con el resto del elenco.

—Soy la responsable de las taberneras, por cierto —dijo Stacey—. Y como eres la única otra mujer que se ha apuntado, este año será una tarea muy sencilla.

—¿Solo seremos dos? —Recordé los días en que trabajé de camarera, el pánico que me embargaba cuando los compañeros cancelaban sus turnos y me dejaban a mí con el trabajo de dos o tres personas. Empezaron a dolerme los pies al acordarme—. ¿Seremos suficientes?

—¡Ah! Sin problema. —Rechazó mi preocupación con un gesto—. En realidad, no somos sirvientas de taberna. A ver, sí, serviremos bebidas y coquetearemos con los hombres y hablaremos con acento. Pero habrá voluntarios de paisano que harán casi todo el trabajo. Nosotras solo estaremos allí para dar un poco de color. Para estar guapas, ya sabes.

No me había convencido del todo, pero dejé que Stacey me llevara hasta un asiento de la tercera fila y me presentara a gente por el camino. No se me daba demasiado bien recordar los nombres, pero me esforcé al máximo. Apenas acabábamos de sentarnos en la tercera fila cuando nos pidieron que todos nos levantásemos y nos sentáramos formando un círculo gigante en el suelo del escenario.

¡Ay, madre! Se me disparó la ansiedad de nuevo. Había hecho un par de clases de teatro en el instituto, pero el pánico escénico me había alejado de la interpretación y me había empujado hacia los libros y hacia estudiar Filología Inglesa. No me preocupaba tener que adoptar el papel de tabernera en un tú a tú, pero, en cuanto me pidieran que me pusiera en el centro del círculo y dijera o hiciera algo con un montón de gente mirándome, las cosas iban a ponerse feas. Feas en plan vomitando como un aspersor.

Mi ansiedad no disminuyó cuando una mujer se colocó en el centro del círculo casi de inmediato. Era, sin lugar a dudas, otra de los adultos del grupo. Su pelo podía haber sido castaño claro, rubio oscuro y un gris difuminado, o una combinación de los tres. Lo llevaba recogido en una larga trenza a la espalda y vestía unos vaqueros gastados y una camiseta descolorida, pero un aura autoritaria la rodeaba. Lucía el aspecto de alguien que puede tener desde veintisiete hasta cincuenta y cinco años.

—¡Buenos días, gente! ¡Y bien hallados! —Había un tono alegre en su voz, y, al hablar, una sonrisa le iluminó la cara como si fuera el mismísimo sol. Un coro de «buenos días» le contestó, yo incluida—. Genial, todo el mundo conoce la primera frase, eso no me sorprende. Pero la otra manera de saludar que utilizaremos mucho en la feria es «bien hallado», que puede ser un simple «encantado de conocerte», pero también puede significar que estás muy contento de ver a esa persona en concreto en ese momento en concreto. Esta es una reunión maravillosa, así que bien hallados todos. ¿Queda claro? —Su sonrisa no se inmutó durante todo el discurso, lo cual no dejaba de ser una increíble proeza en sí misma.

»Estoy muy contenta de veros a todos aquí —prosiguió—. Bienvenidos a la décima edición de la feria medieval de Willow Creek. ¡Diez años! ¿Os lo podéis creer? —Su comentario provocó una breve ronda de aplausos, y yo aplaudí porque no era una sosa—. Sé que lo digo todos los años, pero estoy muy emocionada con la feria de este año. Para todos aquellos que sois nuevos o no me conozcáis... —Me miró a mí al decir eso último. ¡Por Dios! ¿Era yo la única de fuera del pueblo?—. Soy

Christine Donovan. La mayoría de la gente me llama Chris, o señorita Chris, o Su Majestad. —Se encogió de hombros al oír simpáticas carcajadas—. Es mi sutil manera de anunciaros que sí, este año volveré a ser la reina. Estamos en 1601 e Isabel sigue en el trono.

Hice unas cuantas sumas mentalmente y luego me incliné hacia Stacey mientras Su Majestad continuaba con el discurso de bienvenida.

—Por aquel entonces, Isabel ya era bastante mayor, ¿no? Chris tiene muy buena cara para acercarse a los setenta años.

—Nos tomamos alguna que otra licencia dramática. —Me acalló con una sonrisa.

Recibí el mensaje y me conformé con eso mientras cruzaba las piernas y Chris acababa de comentar el horario de los ensayos, haciendo hincapié en lo importante que era que no nos perdiéramos demasiados. Íbamos a aprender la historia de la época; al parecer, a los más puristas les encantaba interrogar a los participantes acerca de sus preferencias religiosas y sus hábitos de higiene. También pasaríamos tiempo confeccionando los disfraces y en nuestros respectivos grupos. Los cantantes tenían canciones que ensayar, los bailarines tenían bailes que aprender. Y los luchadores tenían que..., en fin, que aprender a luchar.

El siguiente en hablar fue... Gruñí, pero disimulé el sonido tomando otro trago de mi café con hielo. Simon. El que parecía un policía. El único punto negativo de toda la experiencia. Cuando ocupó su lugar en el centro del círculo, me di cuenta de que estaba tan arreglado como la última vez que lo vi. ¿Cuánto madrugaba para prepararse? Yo solo procuraba llevar ropa limpia, mientras que tanto sus vaqueros como su camisa azul claro estaban recién planchados. Le entregó un montón de hojas a alguien en el círculo para que las fuera pasando y reprimí un suspiro. Genial. Deberes. Eso no contribuyó nada a mejorar la opinión que me merecía.

—Chris ya os ha dado la bienvenida, así que yo no lo voy a hacer otra vez. —Sonrió ligeramente, y unos cuantos se rieron—. Para los que no me conozcáis, soy Simon Graham y llevo en esta feria desde..., bueno, desde el principio, como Chris. Ella y Sean, mi hermano mayor, la impulsaron hace diez años. —Volvió a sonreír, pero esta vez el gesto no le alcanzó los ojos—. Y sí, yo también estoy aquí de nuevo y haré lo imposible por ocupar el lugar de Sean. —Su sonrisa desapareció enseguida, y se pasó una mano por el pelo castaño corto—. Si tenéis alguna pregunta sobre cómo se organiza algo o qué hacer, siempre podéis acudir a mí. Estaré encantado de echaros una mano.

¡Ja! Ni en sueños. Más bien estaría encantado de decirme qué había hecho mal.

—Esta mañana voy a hablaros de nombres.

¿De nombres? Ladeé la cabeza como si fuera un *cocker spaniel*.

—Una de las primeras cosas que haréis como miembros de la organización es decidir vuestro nombre para la feria. Es una decisión muy importante para todos vosotros. —Dio una lenta vuelta sobre sí mismo al hablar sin dejar de moverse en ningún momento y mirando a los ojos a los presentes. Ese tipo no vomitaría en plan aspersor delante de una multitud. Estaba acostumbrado a hablar delante de gente—. Ya sabéis qué papel vais a tener: nobles, mercaderes, bailarines. Pero vuestro nombre será vuestra identidad. Los nombres son importantes. Los nombres tienen poder. Los nombres son una de las cosas que dicen quiénes sois. —Se llevó los nudillos de un puño cerrado sobre el corazón.

Seguía sin caerme bien, pero lo que comentaba tenía algo de sentido para mí. No me había dado cuenta de que me había inclinado hacia delante para escuchar con atención, con los codos sobre las piernas cruzadas, hasta que Stacey me dio un golpecito y me pasó el montón de papeles, que iba decreciendo. Agarré uno y entregué el resto al adolescente de mi izquierda.

—Aunque Shakespeare no está de acuerdo —prosiguió Simon—. En *Romeo y Julieta*, dice que «una rosa con cualquier otro nombre olería igual de dulce», insinuando que la esencia de algo no cambia solo porque le cambiemos el nombre. —Se encogió de hombros—. No le falta razón. Pero a los seres humanos se nos convence con facilidad. Vemos anuncios en todo momento. Compramos una marca líder en vez de una marca blanca pensando que será de mejor calidad, ¿verdad?

Había algo en la cadencia de su voz que me resultaba tan familiar como reconfortante. Tenía una voz que me apetecía seguir escuchando. Eso, sumado a que era evidente lo cómodo que estaba al hablar delante de una multitud de adultos y adolescentes, por no mencionar el pedacito de crítica literaria isabelina que había hecho un sábado por la mañana, hizo que se me encendiera una bombilla en la cabeza.

Le di un nuevo golpecito a Stacey y asentí en dirección a Simon.

—¿Es profe de Inglés? —Se lo pregunté con un susurro; no quería distraerlo ahora que estaba en su apogeo.

—¿Cómo lo has adivinado? —Me dedicó una sonrisa ladeada y un asentimiento—. ¿Por la cita de Shakespeare?

—Eso lo ha delatado.

—¿Tienes alguna pregunta? Emily, ¿verdad?

¡Ay, mierda! Compuse una mirada inocente hacia Simon, que estaba observándome fijamente con los brazos cruzados sobre el pecho.

—Perdón —dije—. No pretendía...

—No, por favor. —Sí, definitivamente era profesor. Hacía gala de una actitud de «por qué no lo compartes con el resto de la clase» como si yo fuera una de sus alumnos y me hubiese pillado enviando una notita—. ¿Cuál era tu pregunta?

—¡Ah! —Pensé a toda prisa—. Me preguntaba quién haría de Shakespeare. ¿Tú?

Un par de asistentes se rieron, nerviosos, pero Simon parecía a punto de fruncir el ceño.

—No. Shakespeare no está en el elenco.

—Pero podría estar —protesté. No sé por qué dejaba que me sacara de mis casillas. Treinta segundos antes, me habría importado un comino si el bardo de Avon aparecía o no por allí, pero la idea parecía molestar a Simon, así que pensaba defenderla contra viento y marea—. Has dicho 1601, ¿no? En esa época, representaba sus obras para la reina Isabel. Ella era una gran amante de sus textos, así que sería lógico que...

—Shakespeare no está en el elenco. —Y el tema quedaba cerrado. Me impresionó. Tenía voz de profesor de primaria pero, en vez de castigarme, siguió dirigiéndose al resto del grupo como si nuestra conversación no hubiese tenido lugar—. Como la mayoría somos reincidentes, ya tenemos bien pillados nuestros nombres e identidades. Pero para aquellos que este sea vuestro primer año, o si pensáis que el nombre del año pasado no acabó de cuadrar, tenemos una lista de nombres que son verosímiles con la época. Echadle un vistazo a ver si alguno os gusta. A ver si alguno os encaja.

¡Dios! La reunión había dado un giro hasta asemejarse a una secta. Yo me lo había imaginado así: me ponía un disfraz bonito y daba vueltas por un bar para que Caitlin pudiese participar. No pensé que fuera a pasarme los siguientes meses en una especie de ejercicio de método actoral. Contuve un suspiro y miré el papel que tenía en las manos.

Por suerte, Simon no pidió que nadie se colocara en el centro. Tan solo fuimos hablando desde el círculo y presentándonos con nuestro nombre auténtico y con el nombre que habíamos elegido para la feria. Ese ejercicio seguramente era para que todos empezáramos a conocernos unos a otros. Sin embargo, a mí se me aceleraba el pulso con cada nueva voz que se alzaba, ya que mi turno para hablar se acercaba más y más, y no tenía ni idea de quién era mi personaje, más allá de una muchacha que servía cerveza. El papel se arrugó en mis manos cuando me concentré en Caitlin, sentada en la otra punta del círculo. Se reía por algo que había dicho una de sus amigas, y verla tan relajada hizo que dentro de mí algo se relajara también. Todo iba a salir bien.

A mi derecha, Stacey tomó la palabra.

—¡Hola, gente! Soy Stacey Lindholm, y este es mi... ¡Por Dios! El octavo año que participo en la feria. ¿Es correcto? ¿En serio? —Gimió con dramatismo—. En fin, empecé como cantante cuando iba al instituto, pero desde que soy adulta... —Una risa sonó a varias personas a mi izquierda, y Stacey chasqueó la lengua en esa dirección—. Cállate, Mitch.

Desde que soy adulta, o desde que cumplí los veintiuno, pasé a servir en la taberna. Y este año somos dos. —Me dio un codazo y, ¡mierda!, era mi turno.

Pero ella todavía no había terminado. Simon se aclaró la garganta.

—¿Deduzco que mantienes el nombre que tenías?

—¡Ah! Sí. Por supuesto. —De pronto, Stacey puso un acento británico estupendo y se irguió para sentarse más recta. Ante mis ojos, se transformó en una persona totalmente distinta—. Si queréis encontrarme en la taberna, preguntad por Beatrice. Esa soy yo.

¿Yo también debería fingir acento británico? Pero no iba a tener tiempo de preocuparme por eso, porque ahora me tocaba hablar a mí.

—¡Hola! —Intenté sonreír, parecer agradable y saludar a la gente al mismo tiempo. Mi sonrisa acabó siendo una especie de exhalación nerviosa, seguramente enseñaba demasiado los dientes, y el saludo pareció un espasmo muscular—. Soy Emily. Emily Parker. Soy nueva en el pueblo, así que esto no lo he hecho nunca.

—No te preocupes, Park. Seremos amables. —Mitch se rio de su propia broma, y yo también un poco, aunque mi risa la interrumpió una mirada intimidatoria de Simon.

—Como ha dicho Beatrice, este año también serás una sirvienta, ¿verdad? —Su pregunta me regañaba y capté el mensaje. «Ve al grano». Ya lo había incordiado con lo de Shakespeare; iba a tener que comportarme.

—Eso. Perdón. Sí, seré una sirvienta con Stacey.

—Beatrice. —Repitió el nombre como si yo fuera corta de entendederas. ¡Por el amor de Dios! No me había dado cuenta de que sus anodinos ojos marrones podían ser rayos láser. Pero la mirada de Simon iba a hacerme un ardiente agujero en la frente.

—Sí —dije—. Beatrice. Perdón otra vez. —¿Qué mosca le había picado?

—¿Y cómo te llamas?

—Emily.

—Sí. —Suspiró—. Me refiero a tu nombre para la feria.

—¡Ah! Pues... —Alisé el papel arrugado en mis manos en busca de tiempo—. Supongo que Shakespeare no cuenta, ¿no? —Me atreví a mirarlo a los ojos, pero la seriedad de su expresión me confirmó que mis bromas no eran bien recibidas allí—. Vale, bien. Pues seré... Mmm... —Mis ojos aterrizaron en un nombre. Fácil—. Emma.

—Emma. —Su voz sonaba plana.

—Es verosímil. —Señalé el papel—. Mira, está en la lista. Y me acordaré de contestar si me llaman así.

—Me alegro de ver que te lo estás tomando muy en serio. —Otro suspiro.

Abrí la boca para replicar, pero Simon se dirigió al adolescente que estaba sentado a mi izquierda y dejó claro que para él yo había dejado de existir.

Me apoyé en las manos y suspiré. Imbécil.

—No le hagas caso —me susurró Stacey después de darme un golpecito—. Tu nombre es adecuado.

—¿Estás segura?

—Sí —asintió—. No te dejes intimidar.

—Lo intentaré. —Solté una exhalación. Devolví mi atención al círculo, y era el turno de Mitch.

—Mitch Malone. —Su voz irradiaba confianza, ¿cómo no? Míralo bien. Alguien con su físico podía ser un creído y, por lo que supe, lo era. Pero la forma en que sonreía, no solo a mí, sino a los jóvenes del círculo, me confirmó que no era únicamente una persona capaz de levantar mucho peso—. Y llevo participando en la feria..., pues casi tanto como tú, Simon, ¿no?

—Empezaste un año después que yo. —Simon asintió—. Así que desde la segunda feria.

—Sí, creo que sí. Tu hermano mayor me incordió durante la mitad del último curso del instituto para que me apuntara. Me dijo que necesitaba a más chicos fuertes y no a debiluchos como tú.

—Yo no era un debilucho —bufó Simon, pero en sus labios se dibujó una sonrisa también. Obviamente, se trataba de una vieja y absurda discusión.

—Lo que tú digas. —Mitch hizo un gesto con la mano—. «Debilucho» es un término relativo, ¿no? —No supe si había flexionado el pectoral al decirlo o qué, pero hubo movimiento debajo de su ceñida camiseta gris, y era algo precioso de ver.

Simon suspiró de nuevo, pero, a diferencia de cuando expresó su reprobación hacia mí, su suspiro sonó más bien a risotada.

—Bueno, vale. Supongo que este año volverás a ponerte la falda, ¿no?

—Sí, señor. ¡Marcus MacGregor está de vuelta! —El cambio de Mitch hacia un bruto escocés me hizo levantar las cejas. Lo había tomado por un idiota con esa camiseta ajustada y su trabajado físico, pero resultaba que el idiota era una caja de sorpresas. Era amigo de un intelectual estirado como Simon y era capaz de fingir un acento cuando quería.

Mientras los del círculo seguían hablando, mi atención acabó vagando hasta Mitch y su camiseta ceñida. Para mi desgracia, Mitch me pilló mirándolo en un momento dado y me guiñó un ojo, además de hacerme el gesto de un disparo de pistola. Bueno, después de todo sí que era un idiota. Resoplé, un sonido que intenté disimular con un ataque de tos, pero Mitch se rio igualmente. Simon se aclaró la garganta y nos lanzó a los dos una mirada sombría, y yo aparté los ojos con las mejillas al rojo vivo.

—Me llamo Caitlin Parker. —La voz de mi sobrina era una fría y fuerte brisa que soplaba en mi alma, y levanté la vista para mirarla, sentada junto a sus amigas—. Soy nueva este año... ¡Hola! —Su torpe saludo se pareció mucho al mío, y no pude evitar la sonrisa que se abrió paso en mi cara. El ADN Parker era muy potente. Pero ¿qué papel iba a tener su torpeza natural en este lugar? Me mordí el labio y miré alrededor, pero todos parecían acogedores y amables. Se me suavizó el corazón. Quizá había algo interesante en esta reunión, dejando a un lado el halo a secta—. Soy una dama de compañía de la reina —continuó con voz orgullosa, y ¿era extraño que yo también sintiera orgullo? Como si hubiese conseguido un buen puesto de trabajo o algo. Adelante, chica—. Y... Mmm... —Miró el papel antes de fijarse de nuevo en Simon—. Quiero algo glamuroso, señor Graham. Porque soy una noble, ¿no? ¿Qué tal Guenevere?

Miré a Simon con los ojos entornados mientras se lo pensaba. Como le hablase como me había hablado a mí, iba a abalanzarme encima de él en medio del círculo. Pero, para mi sorpresa, asintió.

—No veo por qué no. —Se dirigía a ella con una versión más amable de su voz de profesor. Sin ser condescendiente, pero aun así autoritario—. Pero recuerda que eres muy joven, así que es probable que las demás damas de compañía utilicen un diminutivo.

—¿Un qué? —La expresión de mi sobrina se transformó.

—Un apodo. Como Gwen o Ginny. Pero los mercaderes, o cualquiera de un estatus inferior, te llamarán *lady* Guenevere.

—Vale. —Su sonrisa se ensanchó—. ¿Lo has oído, Emily? Tú eres de un estatus inferior, ¿verdad? —Varias personas se rieron cuando me gritó desde la otra punta del círculo.

—¡Así es, *milady*! —le devolví. Más risas. Volví a apoyarme en mis manos mientras Cait y yo nos sonreíamos. Sí. Me caía bien esa gente. Y luego volví a mirar hacia Simon. Vale, me caían bien casi todos.

El resto del ensayo fue un repaso del horario, y luego los que formaban parte de un grupillo más especializado —los bailarines, los cantantes, los luchadores— se alejaron para seguir hablando. Las sirvientas y las damas de compañía ya no éramos necesarias allí, así que Cait y yo nos marchamos.

A medio camino de regreso a casa, Caitlin se guardó el móvil en el bolsillo y se inclinó entre los asientos delanteros. Desde el accidente, se negaba a ponerse en el asiento delantero de cualquier vehículo. Como en el momento del accidente ocupaba el asiento trasero, era lógico. Iba a ser complicado cuando le tocase aprender a conducir, eso sí.

—¿Crees que esta noche podríamos ver una peli de *Harry Potter*?

—Mmm... —La miré por el retrovisor interior. ¿Por qué me salía ahora con esas?—. Claro...

—El señor Graham dice que es una buena forma de trabajar el acento. Para la feria, ya sabes. Si vemos un montón de pelis de *Harry Potter*, nos empaparemos de acento británico.

—Conque el señor Graham ha dicho eso, ¿eh? Debo de haberme saltado esa parte. —El concepto que tenía yo de Simon mejoró un poquito. Dale a un alumno deberes como ese y no parecerán deberes—. ¿El señor Graham es uno de tus profes de este año?

—No. —Se rio como si fuese la pregunta más estúpida que le hubiera podido formular—. Da clases a los de Bachillerato. Para prepararlos antes de la Universidad y tal.

—Es decir, lo tendrás dentro de un par de años, ¿no? Tus notas son bastante buenas. —No tenía forma de saber si era cierto o falso, pero yo siempre había sacado buenas notas, y seguro que April también. Caitlin debía de seguirnos nuestra estela. El ADN Parker y demás.

—¡Ah, sí! —dijo enseguida—. Será mi profe de Inglés en primero y en segundo. —Me gustaba su confianza.

—Genial. —Me arriesgué a lanzarle otra mirada—. ¿Qué piensa tu madre de las películas de *Harry Potter*? ¿Y de pedir *pizza*?

Me granjeé una sonrisa al aparcar delante de casa.

—Le gustan. Las dos cosas.

TRES

Los ensayos de la feria pasaron a formar parte de nuestra rutina familiar. Todos los sábados por la mañana, Caitlin, mi gigantesco termo de café y yo nos subíamos al Jeep blanco y nos encaminábamos hacia el instituto. Esas mañanas se consideraban ensayos, pero al principio eran básicamente un curso intensivo de historia isabelina. Aprendimos la jerarquía de la nobleza y cómo dirigirnos a los demás. Cómo hacer una reverencia a la reina, distinta que a un mercader. Qué clase de cuestiones trataba una tabernera con un heraldo.

Seguía habiendo momentos en que parecía una secta, pero me iba acostumbrando. Aunque esos sábados eran intensos, a mí me encantaban. Las clases de Historia, que me recordaban a las clases de historia europea que recibí en la Universidad. Los fragmentos de canciones que empezaban y se detenían en el vestíbulo, donde la acústica era mejor, a medida que los cantantes ensayaban las armonías. Las prendas de disfraces que iban apareciendo. Conforme fueron pasando las semanas, era normal ver a una chica corriendo por un pasillo con un corsé encima de un vestido veraniego o al chico de la camiseta de «¡Albricias!» paseándose con vaqueros y un jubón. Los ensayos eran muy divertidos.

Bueno, casi siempre. Había una gran excepción. Por lo visto, cada vez que Stacey decía algo que me hacía soltar una carcajada, Simon se percataba y me fulminaba con la mirada. Quizá pasárselo demasiado bien iba en contra de las normas. También se dio cuenta del par de veces en que presté más atención a mi móvil que a un debate sobre Historia. Entonces me ganaba otra de sus miradas. Yo intentaba no encogerme de miedo recordándome que era una voluntaria y que esa gente tenía suerte de contar conmigo.

Después de los ensayos, volvíamos a casa y, por la noche, pedíamos *pizza* y practicábamos nuestro acento.

Vale, veíamos películas de *Harry Potter*. Y adaptaciones de novelas de Jane Austen. Y más películas de *Harry Potter*. Y hablábamos con un acento británico exageradísimo. Pero fuimos mejorando a medida que iba pasando el tiempo. April incluso se nos unió a veces, aunque no tuviese que practicar ningún acento. Y por eso mejoró mucho más rápido que nosotras, claro.

Una noche, después de ver *Shakespeare in love*, reparé en que Caitlin estaba contemplando los créditos con una expresión pensativa.

—Este año hemos estudiado *Romeo y Julieta* en clase —dijo—. La señora Barnes no nos contó que pasaran todas esas cosas cuando Shakespeare lo escribió.

Intenté reprimir una sonrisa y no lo conseguí.

—Pues porque no pasaron. Licencias dramáticas, amiga mía.

—¡Ah! Vale. —Volvió a observar la pantalla—. ¿Cuál es la obra que está escribiendo al final?

—*Noche de reyes*. ¿No la has leído aún? —Negó con la cabeza—. Esa no suelen explicarla tanto en el instituto. Puede que te guste —dije—. Se confunden las identidades, todos se enamoran de todos. Es bastante graciosa. —Me quedé unos segundos reflexionando—. Pero no podemos comentarla en la feria. En primer lugar, no creo que las sirvientas de las tabernas sepan leer. En segundo, ¿la feria no se ambienta en 1601? La obra se escribió en 1601 o 1602. —No podíamos arriesgarnos a ser anacrónicos, aunque solo fuera por un salto de unos pocos meses. Simon seguro que me castigaría.

Entre los acentos y las clases de Historia, el tiempo pasó muy deprisa durante las siguientes semanas. Dejé de prestar atención al orden que iba de lunes a viernes, ya que el instituto se terminó a principios de junio y, por primera vez en siglos, no tenía empleo de verdad. Cuidar de April y llevar su casa (sin que resultase demasiado evidente que estaba haciendo todas las cosas que ella no podía hacer) era un trabajo en sí mismo. Con las obligaciones de la feria como prioridades sobre todo lo demás, estaba muy ocupada.

Más bien nos dábamos cuenta del paso del tiempo en función de las citas médicas de April. Las citas de seguimiento dieron paso a las sesiones de terapia, todas ellas apuntadas en mi aplicación del calendario. Después de dejarla para su primera sesión de rehabilitación en un pequeño edificio del centro del pueblo, recorrí la manzana en busca de una taza de café. Encontré algo mejor: una librería llamada Lee & Calla.

Una campanita repicó cuando abrí la puerta y, en cuanto entré en el local, me sentí como en casa. En los dos o tres últimos años, no había tenido demasiado tiempo para leer, y no me había percatado de lo mucho que lo echaba de menos. El olor de los libros, las promesas en las estanterías de páginas impresas... Me encantaban las historias, desde siempre.

Me tomé mi tiempo para explorar la tienda. Había una sección principal con novedades, acompañadas de estantes y estantes repletos de libros usados. No tardé demasiado en encontrar un ejemplar de segunda mano de *Noche de reyes* en la sección clásica, y me lo quedé para leerlo con Caitlin. Cuando llegué al fondo, descubrí la cafetería más pequeña del mundo: tan solo una máquina de café, una cafetera y unos cuantos platos con pastitas envueltas en papel film. La propietaria se puso detrás del mostrador y enseguida le pedí un café con leche.

—Aquí tienes, Emma. —Me deslizó la taza de café por el mostrador con una sonrisa.

—Emily. —Negué con la cabeza—. Me llamo... —Y entonces la miré con atención por primera vez. ¡Qué idiota era! Acababa de comprarle un café a Chris Donovan, la reina de la feria, y ni siquiera me había fijado. En mi defensa, sin embargo, durante los ensayos no había hablado demasiado con ella. Era una de las responsables, así que siempre estaba ocupada con algo. Además, en ese establecimiento se la veía diferente, y también mucho más profesional; llevaba el pelo rubio platino recogido en una coleta, un conjunto y collar de perlas, en vez de una camiseta descolorida.

Le sonreír al recoger el café.

—Gracias, Su Majestad. —Hice una rápida reverencia, que la hizo reír.

—Aquí solo soy Chris. —Aceptó mi dinero y me dio el cambio de una cajita registradora que tenía debajo del mostrador—. Eres la hermana de April, ¿verdad? ¿Qué te está pareciendo la feria hasta el momento?

—Es... —Dejé el cambio en un tarro de propina mientras pensaba en cómo responderle. La gente que organizaba la fiesta estaba muy entregada, la verdad, y no quería insultarla diciéndole que en el fondo seguía pensando que era una tontería—. Es interesante. Solo que parece un poco intensa.

—¿A qué te refieres?

—Bueno, es para recaudar fondos, ¿no? Pero nos pasamos mucho tiempo perfeccionando nuestro acento, aprendiendo Historia... ¿La gente le dará tanta importancia? —Contuve la respiración; esperaba que me frunciese el ceño y me dijese que no lo había entendido. No le faltaría razón.

Sin embargo, meditó la pregunta.

—¿La respuesta corta? No lo creo. Pero al mismo tiempo, sí. Es para recaudar fondos, sí, pero con los años ha crecido hasta ser un festival bastante grande. Viene gente a actuar desde todos los rincones del país. No es una de las grandes ferias, claro está... Es obvio que no tenemos nada que hacer contra la feria medieval de Maryland.

—¿Hay otra? —Abrí los ojos como platos.

—¡Uy, cielo! —Chris se rio—. ¡Hay un montón! La de Maryland es una de las más grandes del país. Tienen incluso estructuras permanentes que no desmontan en todo el año. Nosotros somos una hormiguita, la nieta de una hormiguita diminuta, comparados con ellos. Pero lo hacemos lo mejor posible y nos lo tomamos en serio, y por eso hemos conseguido una reputación como una feria más pequeña pero sólida. Y también hay el aspecto educativo. Los alumnos participan en un proyecto de Historia en vivo y en directo en que pueden demostrar lo que han aprendido mientras llevan disfraces de la época, y no parece que estén aprendiendo.

—¡Vaya! —Di un sorbo al café—. Debo decir que no lo había pensado así.

—No te preocupes. —Se encogió de hombros—. No todo el mundo lo piensa. Y eres nueva por aquí, así que no la has visto crecer como los demás. A veces recuerdo los primeros años, cuando tenía lugar en el campo de fútbol americano del instituto. —La campanita de la puerta sonó para indicar la presencia de un nuevo cliente en la tienda, y Chris salió de detrás del mostrador para dirigirse a la entrada del establecimiento—. Muy distinto que hacerla en el bosque. —Continuó con nuestra conversación mientras caminaba, así que la seguí.

—¿En el bosque? —Recordé que Stacey lo había mencionado en uno de los ensayos, y no tenía ni idea de a qué se refería ni dónde iba a pasar el resto de mis fines de semana del verano—. ¿Vamos a ir al bosque?

—¡Oh! ¿Todavía no has estado allí? —Chris se rio cuando me vio negar con la cabeza—. Me muero por saber qué te parece.

—¿Lo que le parece a quién? —Una nueva voz habló junto a la puerta de la tienda y, al acercarme detrás de Chris, reprimí un suspiro. Simon. Estupendo. Observé sus vaqueros y su camisa, y me pregunté si tendría un par de pantalones cortos. Lo dudaba. Ni siquiera se vestía de forma especial para los ensayos de los sábados. Pero no llevaba chaleco, así que ese debía de ser un día libre para él.

Al verme, se quedó sorprendido, y sus cejas oscuras se unieron en su frente; obviamente, estaba tan emocionado de verme como yo de verlo a él. Llevaba los primeros botones de la camisa verde desabrochados, y vi el cuello de una camiseta blanca. Ese hombre se ponía un montón de capas. La ropa era una armadura. ¿Qué quería proteger?

Si Chris reparó en la tensión que había entre nosotros, la ignoró tan feliz al hacer un gesto en mi dirección.

—Le estaba hablando a Emily de la ubicación de la feria. No sabía que íbamos a organizarla en el bosque.

—¡Ah! —Arqueó una ceja. Yo odiaba que la gente pudiese hacer eso. Sobre todo porque yo no podía—. ¿Qué te parece?

—Me parece que suena genial. —Habría cruzado los brazos, pero había un serio peligro de derramar el café si lo hacía—. Fui una *girl scout*. La acampada era lo que más me gustaba. No tengo ningún problema con estar al aire libre. —¿Por qué? ¿Por qué había dicho eso? Fui una *girl scout*, sí, pero había fingido tener la gripe para ahorrarme ir de acampada, porque la idea de dormir en el suelo, donde había insectos... Reprimí un escalofrío. Pero Simon me había retado y, si pensaba que iba a retroceder, era que no me conocía lo más mínimo.

—Bien. —Asintió una vez. Un silencio ligeramente extraño se instaló entre nosotros, y abrió la boca como si fuese a añadir algo, pero al final se giró hacia Chris—. Quería asegurarme de que tenías todo lo que pedí. Para las listas de lectura del verano.

—¡Ah! Sí. —Se dirigió al mostrador principal y encendió el portátil—. Hice el pedido el lunes pasado, y la mitad la recibí ayer mismo. El resto debería llegarme... —pulsó unas cuantas teclas y observó la pantalla con los ojos entornados—, por lo visto, mañana. Así que para este fin de semana lo tendré todo listo. —Se encogió de hombros—. Nadie me ha preguntado por los libros todavía, así que no creo que pase nada.

—No me sorprende. —Negó con la cabeza con una sonrisa triste—. Las clases acaban de terminar. En lo último en lo que piensan los alumnos es en el próximo otoño.

—Pero en tus clases siempre has tenido a uno o dos estudiantes brillantes que se interesan muchísimo. —Pulsó unas cuantas teclas más y contempló otro pantallazo—. ¡Ay, espera! Han enviado una edición de *Orgullo y prejuicio* distinta de la que me pediste. Voy a verla para asegurarme de que valga. Te la cambiaré si hace falta.

Corrió hacia la trastienda, y Simon y yo nos quedamos en silencio durante unos instantes insoportables. Rebusqué desesperada en los confines de mi cerebro algo de lo que hablar antes de conformarme con lo más evidente.

—¿Qué les vas a pedir a los alumnos que lean? Además de Austen, digo.

—Casi todo clásicos. —Por suerte, le gustó seguir con ese tema—. Pero durante el verano se concentran más bien poco, así que nada que sea demasiado exigente. También añado uno o dos libros más recientes para que no piensen que estoy atrapado en el siglo diecinueve. —Me dedicó una leve sonrisa sin mostrar los dientes, y me aferré a ella como si fuese un salvavidas.

—¿Cuál es el libro moderno de este año? ¿*1984*? Siempre es una buena opción.

—Pues sí. —Asintió—. Pero he escogido uno más reciente aún. ¿Has leído *Estación once*?

Por el tono de voz que usó, dio a entender que esperaba que le respondiera con una mirada confusa y negase con la cabeza, así que me alegró poder sorprenderlo.

—Sí. Lo leí en la Universidad. —Cuando tenía tiempo de leer por placer, lo que parecía una eternidad. Me sacudí ese pensamiento—. Bueno, ese libro en cierto modo también va sobre Shakespeare. Veo que es un tema recurrente en ti, ¿eh?

—Que yo sepa, no. —Simon frunció el ceño—. Es que...

—Te gusta Shakespeare. No pasa nada, puedes admitirlo. —Se me aceleró un poco el corazón al meterme con él. ¿Era la clase de chico capaz de aceptar un par de bromas a su costa? Jake siempre fue un gruñón y se ponía a la defensiva, pero quizá Simon era distinto.

—Mira quién fue a hablar. —Asintió hacia el ejemplar de *Noche de reyes* que llevaba en la mano—. Sabías sin titubear qué hacía Shakespeare en 1601. Lo explicaste como si tal cosa durante el ensayo. —De nuevo arqueaba una ceja, pero esa vez no resultó tan irritante. ¡Qué raro!—. Por lo visto, no soy el único con una ligera obsesión con Shakespeare.

¿Se acordaba de eso?

—Culpable. Siempre ha sido mi favorito. —Y ahora que lo mencionaba...—. ¿Estás seguro de que no podemos tener a alguien que haga de Shakespeare en la feria? Que merodee por allí, quizá que recite sonetos a la gente...

—Pues... no. —El fruncimiento de ceño se intensificó. No era un hombre que estuviese abierto a nuevas ideas. Aunque sus ojos seguían brillando, contradiciendo la seriedad de su expresión, así que quizá sí que estaba abierto a mí. Esa idea me gustó más de lo que me habría tenido que gustar.

—No, tienes razón. Se me ocurre algo mejor. —Junté las manos mientras me adentraba en una lluvia de ideas. ¡Ay! Era horrible y casi me eché a reír—. ¿Y si seleccionas a múltiples Shakespeares?

—¿Cómo...? —Negó con la cabeza—. ¿Por qué ibas a...? Eso tiene menos sentido todavía.

—Tú escúchame. Tienes a cuatro o a cinco chicos disfrazados, todos afirmando ser Shakespeare, ¿vale? Y los presentes deben adivinar cuál es el auténtico Shakespeare y cuáles son solo petulantes como Francis Bacon o Christopher Marlowe.

—Marlowe... —Su expresión confundida se partió por la mitad—. ¿Te estás refiriendo a la cuestión de la autoría de sus obras? —Una mirada de espanto se adueñó de sus ojos, y la risa que amenazaba con salir de mí estuvo a punto de hacerlo.

—Bueno, pues sí. —Cuanto más sonreía, más asqueado parecía él—. Es educativo, ¿no? Podrías enseñar a la gente acerca de múltiples figuras históricas con una sola trama.

—Pero es que es una absurdez. —Cruzó los brazos sobre el pecho, pero había cierto destello en sus ojos, y apretaba los labios fuerte para ocultar una sonrisa. Se lo estaba pasando tan bien como yo. Me gustaba esa versión del aguafiestas de la feria medieval—. Shakespeare escribió las obras de Shakespeare. Dime que no piensas que las escribiese otra persona, anda.

No lo pensaba, claro. Creía que la supuesta duda en cuanto a la autoría era una soberana estupidez. Una de las teorías conspiratorias más antiguas del mundo y un misterio que quizá nunca llegase a resolverse. ¿Cómo se demuestra definitivamente quién escribió algo de hace cuatrocientos años?

Pero Simon parecía tan horrorizado que a lo mejor empezaba a creérmelo, como si fuese a sacarme un sombrero hecho con papel de aluminio como una persona que se tragaba numerosas teorías estrambóticas. Me lo estaba pasando bien, y últimamente no me lo había pasado demasiado bien. Por no hablar de que, si te fijabas bien, esa conversación podría considerarse un coqueteo, y últimamente tampoco había coqueteado demasiado con nadie. Así que tenía que seguir provocándolo, estaba claro.

—No puedes negar que hay unas cuantas pruebas bastante convincentes. O sea, si te fijas en la vida de Edward de Vere, debes admitir que el conde de Oxford disponía de la educación necesaria para...

—No. —Cerró los ojos y se apretó el puente de la nariz—. ¡Dios! Esto es peor de lo que pensaba. —Me miró entre los dedos—. ¿De verdad eres una oxfordiana?

—No. —No pude contener más las carcajadas, así que dejé de tomarle el pelo—. De hecho, no. Pero tuve un profesor shakespeariano muy abierto de mente. Los debates en clase eran interesantes. —Hacía años que no pensaba en esas clases. Ni en Shakespeare. Ni en el pobre Edward de Vere. No me había dado cuenta hasta ese momento de cuánto había echado de menos esa parte intelectual de mí. Era agradable volver a verla.

Simon esbozó una sonrisa y, aunque se la tragó de inmediato, seguí percibiendo interés en su mirada. Me dio la sensación de que había marcado un gol.

—¿Tienes una carrera en Filología Inglesa?

—¡Ah! —Mi sonrisa se descompuso—. Bueno, no. Entera, no.

—Entera, no —repitió. Negó ligeramente con la cabeza como si eso no tuviese sentido.

—Sí. —Toda la ligereza de los últimos minutos desapareció de mí como si fuera un globo pinchado—. Lo dejé en el penúltimo año. —No era algo de lo que estuviese orgullosa, pero tampoco era un secreto vergonzoso. Sin embargo, admitirlo en voz alta delante de él me hizo sentir como si midiese medio palmo.

—No me digas. —Se le cayó el alma a los pies y, si bien procuró que no se le notase, su decepción era evidente.

—Sí. —Me miré los pies y flexioné los dedos en mis sandalias. Necesitaba una pedicura; el esmalte rosa estaba un poco desportillado. Era más fácil pensar en el estado de los dedos de mis pies que en mi vida y en mis planes abortados. ¿Por qué me importaba lo que pensara Simon de mí? Si ni siquiera me caía bien, ¿no?

—¿Qué pasó? ¿Por qué...? —Dejó la pregunta inconclusa cuando levanté la vista hacia él. No supe qué clase de emociones mostraba mi rostro, pero debieron de ser lo bastante lúgubres como para sumirlo en el silencio—. Lo siento —dijo—. En realidad, no...

—No, no pasa nada...

—No es asunto mío. No es asunto mío en absoluto. —Entre ambos se hizo un doloroso silencio que no supe cómo romper. Él se metió las manos en los bolsillos y miró al mostrador, al suelo, tras de sí por donde Chris había desaparecido. ¿Cuánto tiempo iba a tardar la librera en encontrar un libro? Ninguno de los dos dijo nada, y yo me moría por rebobinar los últimos minutos y volver al momento en que los dos nos reíamos por las locas teorías sobre Shakespeare. ¿Qué era peor según su criterio: que no tuviese una carrera o que la hubiese dejado antes de acabarla?

Estaba en lo cierto. No era asunto suyo. Pero era una persona que daba importancia a la educación, y mi confesión seguramente le dio a entender que a mí me traía sin cuidado. Pero en realidad no era así. Le daba tanta importancia que cuando Jake empezó a estudiar Derecho puse su carrera por encima de la mía, con dos empleos a la vez para que él tuviese tiempo extra para estudiar. Debería haber sido recíproco, y me fie de él.

No fue así como terminó sucediendo. Ni por asomo.

—¡Ya estoy aquí! —Los dos dimos un brinco, sobresaltados de nuestras ensoñaciones cuando Chris salió de la trastienda con una pequeña bolsa de papel en las manos. Miró de Simon a mí y viceversa antes de entregarle el libro. Simon frunció el ceño al echarle un vistazo.

—Es verdad, no es la que pedí. Quería la edición comentada de *Orgullo y prejuicio*. —Le dio vueltas al libro en las manos antes de devolvérselo—. ¿Cuánto tardarías en hacer el cambio?

—Poco. —Chris hizo un gesto con la mano—. Ya he pedido la otra. Solo quería asegurarme de que no querías esa edición antes de devolverla.

—No. —Simon negó con la cabeza—. No la quiero.

—La versión comentada está bien —dije. Cuando estudié a Jane Austen, aproveché muchísimo esa edición—. Es inteligente pedir esa. Las explicaciones les dan a los alumnos un buen comienzo para entender mejor el texto. —Titubeé cuando volvió a girarse hacia mí. La chispa entre nosotros había desaparecido y me vi reflejada en sus ojos marrones. Pequeña. Inútil.

Pues que se fuese a la mierda.

Chris se volvió hacia mí cuando Simon se hubo marchado.

—¿Te ha molestado?

—No. —Sí. Le di un sorbo a mi café, que había empezado a enfriarse.

La librera estudió mi expresión y frunció el ceño. Pero mientras que el fruncimiento de ceño de Simon me había hecho sentir inferior, el de Chris era más preocupado. Más maternal.

—A veces es un poco... —Torció los labios y puso una mueca que describía a la perfección lo que pensaba yo de Simon en ese instante. Y luego negó con la cabeza—. No le hagas ni caso. Stacey me decía el otro día lo contenta que está por que nos acompañes durante el verano, y no podría estar más de acuerdo con ella. —Me puso una mano en el hombro—. Bienvenida a la familia.

Les di vueltas a esas palabras en mi cabeza mientras me terminaba el café y cotilleaba por la sección de novedades. «Bienvenida a la familia». ¿Por qué esas palabras me llenaban al mismo tiempo tanto de emoción como de miedo? Cuando acepté ser voluntaria, no había tenido ni idea de en qué me estaba metiendo. Simon me hacía echar chispas, pero

Chris me hacía pensar que me había inscrito en un club exclusivo. Miré el vaso de cartón que sujetaba, donde me había escrito «Emma» —mi nombre de la feria— en cursiva con un corazoncito al final. Verlo calentó un poco mi interior, y derritió el resto del frío que había sentido cuando Simon me había mirado como si no fuese más que una desertora universitaria.

Me vibró el móvil en el bolsillo. April estaba preparada para volver a casa.

A casa.

Cuando me dirigí a la consulta del médico para recoger a mi hermana, pensé en esa palabra. Su casa no era la mía. Ese pueblo no era mi hogar. Y, aun así, en cuanto contemplé de nuevo el vaso de café, la cálida sensación de pertenencia regresó. Quise agarrarme a ese sentimiento. Pero tampoco me fiaba del todo. No si había gente como Simon Graham por ahí para juzgarme.

Le eché un rápido vistazo a April antes de arrancar el coche.

—¿Cómo ha sido la terapia?

—Dolorosa. —Su suspiro era de cansancio, pero detecté un dejo de esperanza en su voz que no había oído desde que me había mudado con ella—. Pero creo que me va a ayudar de verdad. La voy a superar.

—Pues claro que sí. —Me permití una débil sonrisa, pero principalmente lo que hice fue ocultar la emoción que me llameaba en el corazón. Mi hermana estaba confiándose conmigo, y eso era algo que no había ocurrido demasiado a menudo cuando éramos más jóvenes. Sobre todo porque no habíamos sido jóvenes a la vez. Pero, ahora que éramos adultas a la vez, a lo mejor las cosas serían distintas. De acuerdo, no íbamos a hacernos trenzas en el pelo la una a la otra ni a confesar los secretos más oscuros de nuestros corazones todavía, pero era un comienzo.

—¿Alguna novedad en el universo de la feria medieval? —Otra sorpresa. Aunque April había apoyado nuestras noches de *Harry Potter* y las interminables demostraciones de Caitlin de las distintas clases de reverencias que había aprendido, más allá de eso no había mostrado demasiado interés.

¿Por dónde debería empezar?

—Bueno, por lo visto tendrá lugar en el bosque. No es nuevo en sí mismo, pero sí que ha sido nuevo para mí cuando me lo ha contado Chris.

—Chris —repitió April con la mirada perdida—. ¡Ah! ¿Te refieres a Christine Donovan? Es la dueña de la librería, ¿verdad? —Sonrió al verme asentir, como si me hubiese pillado con las manos en la masa—. Así que has encontrado algo que hacer mientras estoy en terapia...

—Sí. ¿Qué quieres que te diga? Echo de menos leer.

—Empezaste a estudiar Filología Inglesa, ¿no? —Cuando asentí, mi hermana guardó silencio hasta que estacioné en el camino de entrada y apagué el motor—. ¿Estás pensando en volver a la Universidad? No te quedan muchas asignaturas pendientes de la carrera, ¿verdad? —Me bajé y abrí su puerta, pero no aceptó la mano que le ofrecí, sino que salió del Jeep por su propio pie.

—No. No lo sé. No he pensado a tan largo plazo todavía. —Eso, por lo menos, era cierto; el final del verano era lo más lejos que veía en esos momentos. El mes de septiembre bien podría haber sido un cartel con la frase: «Aquí hay dragones». Por aquel entonces era más fácil pensar en lo que podía hacer por April o por Caitlin que en lo que quería hacer por mí misma.

Cerré la puerta del copiloto cuando mi hermana bajó y la alcancé a medio camino de la entrada de su casa. Le ofrecí el brazo y consiguió aceptarlo sin que pareciera que lo necesitase. No necesitaba mi ayuda; mi ayuda tan solo pasaba por allí, así que la aceptaba.

—¿Por qué no pides el expediente? Así veremos cuántos créditos te faltan.

—No es mala idea. —Me quedé pensando—. Quizá lo haga. Cada día que pasa estás mejor, así que no me vas a necesitar mucho más.

La carcajada de April fue un poco tensa.

—Yo no iría tan lejos. —Se agarró a la barandilla al subir las escaleras, un lento peldaño cada vez. Estaba progresando mucho: dos semanas atrás no habría podido subirlas. La rehabilitación iba a serle muy beneficiosa—. Pero avísame si quieres que te eche una mano. Empecé a buscar universidades para Caitlin cuando tenía ocho años, así que tengo un montón de facultades localizadas.

Sonreí porque parecía algo que habría hecho yo. Tal vez April y yo éramos más parecidas de lo que había pensado.

—Vale. Gracias. —Me agradaba la idea de volver a tener un plan.

—Aunque a lo mejor yo no empezaría el próximo semestre. Porque te vas a pasar el verano enfundada en un corpiño y demás. Vas a estar bastante ocupada.

—¡Bah! —Agité una mano—. Lo del corpiño será coser y cantar.

Estaba equivocada. Estaba muy pero que muy equivocada.

CUATRO

—¡Hoy nos probamos los disfraces! —Caitlin prácticamente daba saltos en el asiento trasero del Jeep de camino al ensayo.

—Creía que ya tenías tu disfraz. Es rosa, ¿no? —Habría jurado que la había visto con una falda miriñaque y un elaborado vestido un par de findes atrás recorriendo los pasillos del auditorio.

—Sí, me lo probé, pero me iba demasiado largo. Han tenido que acortarlo un poco.

—¡Ah! Bueno, eso se lo tienes que agradecer a la abuela. —Mi madre no era muy alta, y por lo tanto no lo éramos ni April ni yo. Y Caitlin parecía seguir nuestros pasos: mujeres Parker bajitas.

Se encogió de hombros; la altura no le importaba lo más mínimo. Así me gusta. Yo había permitido que eso me importase durante demasiado tiempo.

—Pero hoy se supone que estará listo para una prueba final, y la señorita Chris también me enseñará a peinarme.

—¡Qué guay! —No pude evitar darme cuenta de que mi sobrina ni siquiera había sacado el móvil ni una vez en el trayecto de esa mañana hacia el ensayo. Los sábados en el coche cada vez hablábamos más y, aunque yo seguía recelando un poco de la feria y demás, me gustaba que nos estuviese acercando a Caitlin y a mí.

Cuando estacionamos en el aparcamiento, vi que Stacey estaba sacando bolsas de la compra del asiento trasero de su coche.

—¡Vaya! —dije—. Parece que hoy yo también me voy a probar el disfraz.

Caitlin siguió la dirección hacia la que apuntaba mi dedo y abrió los ojos como platos.

—¿Cuántos disfraces te vas a poner?

—Espero que solo uno. —Stacey me había tomado las medidas la semana anterior y me prometió encontrar prendas de disfraz adecuadas para mí en la colección que los organizadores habían amasado con los años.

—Los que llevamos mucho tiempo en la organización al final nos compramos nosotros la ropa —me había comentado—. Pero no hace falta que lo hagas tú. Hay muchas prendas que tomar prestadas. — ¡Gracias a Dios! No tenía ningún trabajo y ya estaba viviendo de mi hermana. No disponía de dinero que gastar en un elaborado disfraz.

Alcancé a Stacey y le agarré una de las bolsas de las manos mientras Caitlin, fiel a su tradición, corría al interior del instituto.

—¿Qué es todo esto? —Intenté echar un vistazo a las bolsas y caminar al mismo tiempo.

—Opciones. —Abrió la puerta con la cadera y contempló mi conjunto formado por unos pantalones de yoga y un top—. Genial, vienes con ropa ceñida. Podremos ponerte las prendas encima de lo que llevas puesto.

En el caos organizado del auditorio, encontramos un rincón tranquilo en el fondo. Stacey dejó todas las bolsas en el suelo y se agachó para empezar a hurgar. Me pasó una larga tela blanca que parecía una sábana.

—Pruébate esto.

—¿En serio? —En cuanto tuve la sábana en las manos, vi que tenía mangas, así como un agujero para el cuello. Me la puse por la cabeza y metí los brazos en las voluminosas mangas, que terminaban en unos puños elásticos que me rodeaban los codos y le daban a la prenda cierta especie de estructura; sin embargo, me parecía que llevaba una tienda de campaña que se había transformado en un camisón para una abuela y que me rozaba los tobillos—. No me queda bien. —Intenté ajustarme el cuello, que no dejó de resbalarme por un hombro o por el otro, como un pésimo jersey de los ochenta—. Cuando seleccionaste los disfraces, ¿no tenías mis medidas a mano?

—Te irá bien. —Me chasqueó la lengua—. Ya verás. —Me miró con los ojos entornados y negó con la cabeza—. Quítate el top. Y el sujetador también. Los dos se verán.

—¿Cómo? ¿Delante de todo el mundo? —Barrí con la mirada el auditorio. Mi escandalizada indignación se evaporó en cuanto vi que absolutamente nadie nos estaba prestando atención. Suspiré y saqué los brazos de las mangas del enorme camisón, y conseguí quitarme el top y el sujetador bajo la tienda de campaña, que cayeron al suelo a mis pies—. ¿Contenta? —Agarré fuerte el ridículo cuello de la prenda con una mano para no enseñarle nada a nadie mientras recogía mi ropa y hacía una pelotita con el sujetador para ponerlo dentro de mi top.

Stacey volvió a contemplarme al levantarse con más ondas de tela en las manos.

—Vale, ahora la sobrefalda. Ponte esto encima de la camisola. —Me entregó una larga falda azul oscuro que me entró con facilidad por la cabeza. Tiré del cierre de cordón y me la ajusté alrededor de la cintura. En ese punto, estaba nadando entre telas. ¿Las camareras de taberna vestían así? No me parecía verosímil.

Stacey me observó durante un buen rato antes de asentir con la cabeza.

—Ese color te sienta muy bien. El azul combina con tus ojos. Creo que este conjunto te quedará estupendo.

Me miré el cuerpo. Llevaba un camisón holgado propio de una abuela con una falda azul atada por encima.

—No... No estoy tan segura.

—Paciencia. Toma el corpiño. —Me pasó lo que parecía un chaleco del mismo color que la falda. Me lo puse y mi escepticismo no hizo sino crecer.

—Mmm... —Tiré de los extremos del corpiño, que no se cerraba alrededor de mi pecho—. ¿Se ha encogido en la lavadora? ¿O es para una niña de ocho años?

—Ni una cosa ni la otra —se rio. Extrajo una larga cuerda negra, que procedió a meter en los agujeros delanteros del corpiño, atando la prenda como si fuese una zapatilla de tenis que me recorriese el torso. La situación se complicó un poco con el nudo final, pero para mi sorpresa el corpiño se cerraba casi por completo.

Me puse las manos en la barriga, mucho más plana ahora, y respiré. Gracias a Dios, me iba bien.

—No está tan mal. Puedo respirar y tal.

—¡Uy! ¡Todavía queda para que hayamos terminado! —Sonaba demasiado alegre—. Pero debemos ajustarlo todo mientras te siga yendo holgado. —No supe a qué se refería, pero me limité a seguir sus instrucciones y sujeté la falda azul exterior mientras Stacey se afanaba con la camisola blanca. El cuello de la prenda se me bajó por delante, pero el corpiño azul mantenía la parte superior de la camisola en su sitio, así que dejó de resbalarme por los hombros—. Sujetaremos la falda azul por delante, aquí, para que se vea el blanco por debajo. Así le da al conjunto una mayor sensación de anchura. —Sacó unos cuantos alfileres y me mostró a qué se refería: recogió la falda azul en unos cuantos pliegues y sujetó la tela por cada una de las caderas. Acto seguido, me bajó un poco el corpiño para tapar las agujas.

Dio un paso atrás para examinar los progresos. Yo empezaba a sentirme menos como una persona y más como una muñeca a la que estuviese disfrazando. Una Barbie de la feria medieval.

—Vale, ahora lo vamos a atar de verdad. Levanta las lolas.

—¿Las... qué? ¿Que levante el qué?

—Las lolas. —Stacey se puso las manos en los pechos por encima de la camiseta y se las alzó de forma dramática. Solté una risilla nerviosa porque qué poco sentido del ridículo tenía ella—. Las vas a exhibir durante seis semanas a lo largo del verano, debemos amarrarlas como es debido.

—Vale. —Las dudas tiñeron mi voz—. Sabes que no hay gran cosa que levantar, ¿no? —¡Joder, si casi todos los días me enfrentaba al dilema de si me apetecía o no ponerme sujetador! No era exactamente necesario.

—Te vas a llevar una sorpresa. Ahora, ¡arriba las lolas y prepárate!

—¡Sí, señora! —Procedí a obedecer al oír su voz autoritaria y metí las manos debajo de la camisola y del corpiño. Como si fuesen un *push up*, me junté los pechos y me los levanté, y Stacey empezó a tirar del cordel de nuevo.

Todo se apretó. Mucho. Muchísimo.

—¡Por Dios, Stacey! —Separé un poco más los pies. No veía qué me estaba haciendo porque el proceso me estaba levantando las tetas y la tela era más bien opaca.

—¡No! —Su voz sonaba muy contenta, pero no era ella a la que le estaban arrancando el oxígeno del cuerpo con cada nuevo tirón—. Stacey no, ¿recuerdas? ¡Debemos empezar a utilizar nuestros nombres de la feria!

Otro tirón y gruñí de nuevo.

—Vale, perdona, Beatrice. —¿Acaso importaba? Al parecer, sí, ya que hacía una o dos semanas que todo el mundo había comenzado a usar los nombres de sus personajes. Y era una mierda porque hacía poco que me estaba aprendiendo los nombres auténticos. Iba a perderme otra vez con todos.

—Gracias, Emma —me contestó. Y luego suspiró—. Te has esmerado en la elección de nombre.

—Así por lo menos me aseguro de responder al oírlo. —Había hecho la misma broma con todo aquel que me llamaba por mi nombre de la feria, que carecía de creatividad. Respondió riéndose y volvió a tirar del corpiño. Yo volví a quedarme sin aire.

—Ya casi estoy... Un último tirón... —No supe si Stacey hablaba conmigo, consigo misma o con mi corpiño. Pero, en fin, tiró una vez más y luego noté que se afanaba con la parte delantera para atarlo todo en su sitio. No me apetecía mover las manos todavía; prefería esperar a que hubiese terminado de asegurarse de que me había atado bien.

Cuando acabó, miré hacia la parte delantera del auditorio, donde un grupo de alumnas de instituto formaban un círculo en el suelo, con las faldas ondulantes a su alrededor. Caitlin, brillante con un bordado rosa y una elaboradísima trenza, se reía por algo que había dicho una de sus amigas, y se llevó una mano a la boca para ocultar la sonrisa de oreja a oreja. En eso se parecía a mí: era una joven que se reía despreocupada. Aunque también era como April y se tapaba la boca al reírse para contenerse y no llamar demasiado la atención.

Pero se lo estaba pasando genial, y eso era lo único que me interesaba a mí. Por eso me encontraba allí.

Me distraje tanto mirando a mi sobrina que no me di cuenta de que Stacey y yo ya no estábamos a solas hasta que oí una voz tras de mí.

—Taberneras, ¿cómo van los disfraces?

¡Mierda! Simon se nos había acercado, y yo estaba con las tetas en las manos como si fuese una especie de pervertida.

Debo reconocer que se quedó paralizado cuando se acercó lo suficiente como para verme bien. Cerró la boca de pronto y se le pusieron rojas las puntas de las orejas.

—Mmm... —murmuré.

—Perdón. —Enseguida giró sobre sí mismo y me dio la espalda, aunque yo estuviese totalmente vestida.

—No, no, ya estamos. —Stacey retrocedió un poco—. ¿Cómo te sientes?

Retiré las manos del interior del vestido y me aseguré de estar arropada del todo antes de respirar hondo, pero me detuve a medio camino. Por lo visto, respirar hondo no era una opción. Intenté tomar pequeñas bocanadas de aire, respirando por el pecho en vez de hacerlo desde el diafragma. Mucho mejor. Levanté los pulgares antes de ajustar la camisola hasta que formó un pliegue por encima de mis pechos.

¡Madre mía! ¡Qué bien se veían mis pechos! La tela ceñida del corpiño lo había recogido y levantado todo y... ¡Madre mía! Debería llevar corpiño todos los días. Bueno, quizá no todos los días. Respirar de vez en cuando sería agradable.

Stacey ladeó la cabeza y supervisó mi finalizado disfraz.

—Me gusta. Solo faltan unas botas. ¿Qué te parece?

—No lo sé. —Intenté mirarme el cuerpo, pero no vi más que un escote enfundado en telas azules y blancas—. Estoy bien. Un poco apretada, pero creo que me acostumbraré. —La observé de nuevo y vi que no hablaba conmigo. Su mirada estaba dirigida a mi derecha, donde Simon se dio la vuelta para examinar mi conjunto terminado.

Mientras él me contemplaba, yo lo contemplé a él. Siempre iba tan arreglado, sin una sola arruga en la ropa, sin un solo cabello despeinado. Ni un solo músculo relajado.

Ese día estaba... desaliñado. En vez del chico meticuloso al que estaba acostumbrada, daba la sensación de que se había levantado tarde y se había puesto las primeras prendas que había encontrado en el suelo sin encender la luz. Botas de piel debajo de un pantalón negro descolorido que había vivido tiempos mejores. Parecía un pantalón de chándal que hubiese cortado por los tobillos para que cubriese holgadamente la parte superior de las botas. Por encima del pantalón colgaba una camiseta de un verde grisáceo. No vestía nada planchado ni chaleco. Su pelo también parecía más largo, o quizá era que estaba un tanto revuelto, y llevaba una barba incipiente. Durante medio segundo, me pregunté si se encontraba bien. ¿Había estado enfermo? Aparté ese pensamiento antes de hacer alguna estupidez como preguntárselo.

Se mordió el labio inferior y entrecerró los ojos al ver mi corpiño, y empecé a sentirme insultada. ¿Por qué no babeaba un poco ante mi escote? Pero yo para él no era una persona. Era un peón de su feria medieval. Apenas habíamos hablado desde el día de la librería.

Al final asintió, un leve movimiento con la cabeza.

—Me parece bien. ¿Y el pelo?

—Sí. Es mi pelo. —Me señalé el caos castaño, recogido en la habitual cola de caballo, y Simon no sonrió. ¿Acaso no sabía lo que era una broma? ¿No sabía reírse?—. Vale, perdona. No hemos hablado del pelo, pero... —Me quité la goma y zarandeé la cabeza—. Está lo bastante largo como para hacer un recogido. He pensado en algo así... —Me lo agarré con las manos para formar una suerte de moño en la coronilla para mostrárselo.

Volvió a asentir y sus ojos observaron mi pelo durante un par de segundos de más.

—Queda bien. —Se giró hacia Stacey, y en ese momento me sentí apartada—. ¿Y tú? ¿El mismo disfraz del año pasado?

—Sí, no he tenido tiempo de probarme nada nuevo. ¡Oh! Pero al final de la feria del año pasado le compré un collar a un vendedor. Había pensado añadirlo al conjunto.

—¿Qué clase de collar? —La miraba escéptico, porque al parecer llevar joyas era un delito—. Las camareras no son llamativas, ya lo sabes.

—¿No son llamativas? —Me habría reído a carcajadas si hubiese tenido los pulmones a mi disposición. Pero la risotada sonó más bien a un silbido—. Estoy casi enseñando las tetas para que todo el mundo las vea. ¿Eso no es ser llamativa?

Simon siguió concentrado en Stacey, que respondió a su pregunta como si yo no estuviese allí.

—Es un nudo celta de peltre con un cordel, nada ostentoso. —Se llevó los dedos a la base del cuello y se dio unos golpecitos—. Me da la impresión de que debería tener algo aquí, ¿sabes? Como dice Emily, casi estamos desnudas, y es como una hoja en blanco.

Simon esbozó media sonrisa, pero solo durante un segundo.

—Ya te entiendo. Lo veo bien. ¿Los nombres son definitivos, pues? ¿No los cambiamos?

—Pues claro que no. —Le sonrió—. Sean me dio el nombre. No pienso cambiarlo.

—No pensé que quisieras cambiarlo. —Para cuando se giró hacia mí, su sonrisa había desaparecido, y era una pena, porque estaba mucho mejor cuando sonreía—. ¿Y tú?

—Sigo quedándome con Emma. —Por primera vez, casi lamenté responder con tan poca seriedad a ese asunto. Pero cuadré los hombros y me mostré firme. La muchacha que vestía ese conjunto era Emma, y si no le gustaba, ajo y agua.

No le gustaba. Torció los labios.

—¿Te lo estás tomando en serio?

—¿A qué te refieres? —Le temblaba el labio.

—¿Te has esforzado lo más mínimo en seleccionar un nombre?

¿Otra vez con esas? Cuando Stacey me lo había dicho, había sido gracioso. Pero me lo decía en broma. Simon más bien estaba ofendido por que hubiese escogido un nombre tan parecido al mío solo para sacarlo de sus casillas.

Pero ahora me hervía la rabia en el pecho.

—¿Que no me lo estoy tomando en serio? —Abrí los brazos—. Estoy aquí con los órganos internos apretujados. Me da la sensación de que no puedo inclinarme para sentarme. Y ¿me vas a tocar las narices con la elección de mi puto nombre?

Casi se encogió al oír mi palabrota, y enseguida miró a nuestro alrededor. ¡Ay, mierda! Me había olvidado de que estábamos rodeados de adolescentes.

—Vamos a ver. —Bajé un poco la voz, aunque me apetecía gritarle. Nadie nos estaba prestando atención todavía, y quería que siguiese así—. ¿Por qué no me lo estoy tomando en serio? Vengo todos los fines de semana, casi siempre puntual.

—Estás con el móvil durante la mayoría de los debates históricos. No vas a repasar la historia isabelina si estás mirando fotos en Instagram.

¡Ay, qué valor!

—Escucho lo suficiente, aunque no creo que necesite tantísima información. A ver, soy una tabernera, ¿no? ¿Un cliente me va a hacer una pregunta de cultura cuando le ponga una cerveza?

—¡Quizá sí! —Por lo visto, mi rabia era contagiosa, porque me miraba con ojos adustos y la mandíbula apretada—. Nunca se sabe si un cliente te va a hacer una pregunta sobre la época. Vas a querer saber qué religión se te permite practicar en ese momento y quién apoya y quién no a la reina, ¿o no?

—Eso ya lo sé. —Puse los ojos en blanco—. ¿Sabes por qué? Porque he venido aquí todos los fines de semana. Toditos. —Me fulminó con la mirada al usar el diminutivo, pero dejé de darle importancia—. ¿Crees que los sábados no preferiría quedarme durmiendo que poner el despertador para venir aquí?

—Si es una pérdida de tiempo tan grande, ¿por qué vienes? Nadie te está obligando. Puedes irte en cualquier momento. —Arqueó una ceja, y supe que me había puesto entre la espada y la pared. Si yo no formaba parte de la feria, Caitlin no podría formar parte de ella. Miré hacia mi sobrina. De ninguna de las maneras pensaba irme, y él lo sabía. Imbécil.

—¿Emma no es un nombre verosímil para la época? —Probé una nueva estrategia.

Simon entornó los ojos y se limitó a responder con un asentimiento.

—Entonces, ¿qué problema hay? —Lo taladré con la mirada y él hizo lo mismo, y los dos participamos en un concurso a ver quién irradiaba más odio durante diez segundos. Pero estaba demasiado cansada para luchar. Por no hablar de que apenas tenía oxígeno—. Mira, estoy viviendo en la habitación de invitados de mi hermana, cuidando de ella y de mi sobrina hasta que mi hermana pueda hacerlo por su cuenta. Si estoy con el móvil es porque estoy mirando mi agenda para asegurarme de que no me he dejado nada. Mi hermana no puede conducir, así que intento hacer los recados, tanto los suyos como los míos. —«Cállate», me gritaba el cerebro. «Cállate, cállate. No tiene por qué saber todo eso». Pero para mi desgracia mi boca siguió hablando—: No tengo trabajo. Ni siquiera sé dónde voy a vivir ni qué voy a hacer dentro de seis meses. Tengo muchas cosas en la cabeza. Así que, cuando me tocó elegir un nombre para la feria, tomé un atajo escogiendo algo a lo que recordaré responder. ¿Vale?

Su mirada no me amedrentó. Solo estábamos él y yo y sus ojos marrones, y entonces parpadeó, y en su expresión cambió algo.

—La familia es importante. —Habló con voz más suave, más amable. Nunca lo había oído así.

Con esas cuatro palabras, mi rabia se disipó y una cálida sensación me nació en el pecho. Fue como si, por fin, nos entendiéramos.

—Sí —dije—. Lo es.

Se me quedó mirando unos instantes, y entonces el momento pasó y volvió a ser el mismo Simon reprobador de siempre.

—Vale —dijo con voz tensa—. El nombre es adecuado. —Y dicho esto se marchó para acercarse al siguiente grupo de miembros de la organización a los que aterrorizar. Seguro que para hacerles preguntas sobre su dieta y lo que opinaban acerca de la reina.

—¡Buf! —Me giré hacia Stacey—. ¿Siempre es tan desagradable?

—No. Creo que esa parte se la sacas tú. Bien dicho. —Observó cómo se alejaba—. Lo que le pasa a Simon es que la feria... es muy importante para él. Es muy protector. Todo tiene que salir a la perfección.

—¿En serio? —Me giré para ver a dónde se había dirigido, pero lo había perdido de vista—. Entonces, ¿por qué no parece que se lo pase bien? ¿No debería estar pasándoselo bien?

—Supongo que es mucho trabajo. —Stacey se encogió de hombros—. A ver, antes ayudaba a su hermano cuando Sean estaba al mando, pero seguro que es mucho más difícil cuando todo depende de ti.

Negué con la cabeza.

—Pues que aprenda a delegar. —No me extrañaba que fuera tan insoportable. Yo pensaba que Chris y él lo organizaban juntos. ¿Simon era el responsable de todo? Era demasiado que gestionar para una sola persona—. Además —añadí—, si tanto le importa, ¿por qué parece que acabe de salir de la cama? Lleva pantalón de chándal.

—Creo que hoy tienen un ensayo extra de lucha. —Stacey se rio—. Suelen hacerlos los sábados, separados del ensayo normal. Pero ahora estamos tan cerca de la inauguración que seguramente vayan a repasar alguna de las coreografías de lucha.

—¿De veras? —Entonces, no estaba de resaca. Llevaba ropa cómoda para poder moverse. No me imaginaba a Simon luchando. Eso requeriría emoción, y él estaba a un paso de ser un robot—. ¿Con quién lucha Simon?

—¡Estás muy guapa, Park!

¡Ah! Estupendo. Mitch estaba allí. Siempre entraba en el ensayo de la misma manera: anunciaba su llegada con voz atronadora, con una bolsa de gimnasio en uno de sus anchos hombros, y chocando el puño con los alumnos como si les regalase caramelos.

Ahora que ya llevábamos unas cuantas semanas, me había acostumbrado a Mitch. Que Dios bendijera su colección de camisetas ceñidas, y, si se tiñese el pelo de negro, con esa mandíbula cincelada podría hacer de Superman cualquier día de la semana. Pero también tenía unas costumbres un tanto irritantes. La pesadilla de los choques de puño. Los apodos. Nadie me había llamado Park en toda mi vida. Pero siempre le respondía. Todas y cada una de las veces, ¡maldita sea!

Pero ese día, al posar mi mirada en él, todos los pensamientos negativos sobre él huyeron de mi cabeza. Porque ese día Mitch no era Mitch. Ese día había aparecido Marcus MacGregor. Mitch llevaba la falda.

La falda. La falda que me habían prometido cuando acepté formar parte de esa locura. Con todo lo que me estaba pasando, me había olvidado. De pronto, sin embargo, ser voluntaria en la feria medieval era la mejor idea que hubiese tenido nunca.

No me preguntes a qué clan pertenecía la falda; me traía sin cuidado. Eso no importaba. ¿Que qué importaba? Esas piernas. Con una falda, Mitch pasaba de ser un idiota de gimnasio a ser un hombre. Un hombre que no se saltaba el día de piernas. Un hombre con pantorrillas que bien podrían haber sido talladas en mármol. En esas piernas había músculos y poder, y nunca me había apetecido tantísimo tocar las piernas de un chico como me apetecía poner las manos encima de las de Mitch.

Pero entonces se encaminó hacia nosotras con la mirada clavada a un palmo por debajo de mi barbilla, y reprimí un suspiro. Sí, estaba bueno. Pero, para disgusto de mi libido, el físico no lo era todo.

—Gracias. —Me alisé un poco la camisola, aunque acababa de hacerlo—. Tú tampoco estás nada mal. —Señalé su falda—. Así que esta es la famosa falda, ¿eh? ¿Te la pones todos los años?

—Pues sí. La falda no falla nunca —les dijo a mis tetas.

—No, nuuunca. —Stacey se giró hacia mí con una sonrisa—. Te aseguro, Em, que es mi parte favorita de los ensayos. A mí me gusta pensar en este día como el Día de la Falda.

Me reí, algo un poco difícil con el vestido, mientras Mitch levantaba la mirada. Se encogió de hombros e intentó aparentar timidez, pero estaba demasiado encantado consigo mismo como para conseguirlo. Casi se pavoneó.

—A las chicas les encanta.

—Claro que nos encanta. O sea, que les encanta. Claro que les encanta. —Pero ya no había forma de salvarlo. Me ruboricé y Mitch se rio. Y cuando se reía, se reía de verdad. Muy alto. Y mucho rato. Las cabezas se giraron en nuestra dirección, y la mayoría regresó a sus cosas con una sonrisa divertida al ver a Mitch siendo Mitch. Pero Simon, de pie en el borde del escenario, frunció el ceño antes de negar con la cabeza y volver a lo que fuese que le estaba diciendo a Chris mientras daba vueltas con las manos a un sombrero negro con una pluma roja gigantesca—. Muchas gracias —le dije—. Como si el jefe ya no estuviese bastante enfadado conmigo.

—¿Quién? —Mitch siguió mi mirada y bufó—. ¡Ah! ¿El capitán? ¿Cómo lo has irritado?

Por lo visto, Mitch tenía un apodo para todo el mundo; incluso para el principal organizador de la feria. «Capitán» era probablemente un mejor apodo que «Imbécil».

—A saber. ¿Mostrando emoción? ¿Pasándomelo bien?

—Te aseguro —dijo Mitch— que lo que necesita es echar un buen polvo.

—¡Ah! —Tosí—. ¿Quién diablos iba presentarse voluntario para eso? —No se me ocurría una peor manera de pasar una noche. Y había trabajado el último turno hasta el cierre en un bar durante el día de San Patricio.

—Te sorprendería —terció Stacey—. Hubo una chica, ¿te acuerdas, Mitch? Hace un par de veranos. ¿Qué era, una bailarina? ¿Algo así? Recuerdo que era muy... flexible.

Mitch se rio.

—Era una luchadora. Duraron medio minuto. —Negó con la cabeza—. Esa no cuenta.

—Bueno, ya, pero eso fue... —La voz de Stacey se fue apagando como si estuviese buscando la palabra correcta—. Hace un par de años. No se esforzó demasiado.

—¿Se ha esforzado alguna vez? Desde que Sean no está, ha sido un monje.

Parpadeé. ¿Qué tenía que ver que su hermano se fuese del pueblo con que Simon tuviera novia? Aunque para Stacey debía de tener sentido, porque chasqueó la lengua.

—¿Y no te parece normal? No es justo que... —Volvió a dejar la frase sin terminar. ¿Por qué no encontraba las palabras cuando hablaba sobre Simon?

Pero Mitch la había entendido; era información del pueblecito que todavía no me habían contado.

—Sí, supongo que tienes razón. —Suspiró—. Sigo pensando que le sentaría bien. —Después de poner los ojos en blanco de forma exagerada, se encaminó hacia el pasillo chocando más puños y haciendo poses, adueñándose de la falda como se adueñaba del auditorio.

—De verdad que deberías ser más amable con Simon. —Stacey negó con la cabeza al ver marcharse a Mitch—. Te irá cayendo mejor, te lo prometo.

Me volví a reír. Esta vez me resultó más fácil, pero es que había que acostumbrarse a ir tan apretada. Aunque mi cuerpo se movía en el interior, el corpiño contaba con barras de acero por todas partes para que no se desplazara demasiado. Era como llevar una jaula alrededor del torso. Me había adaptado sobreviviendo a base de pequeñas bocanadas de aire, pero ya tenía la sensación de que hacía años que no respiraba hondo. Ahora que se me había metido esa idea en la cabeza, el pánico me subió por los pulmones. Me estaba ahogando. Quería arrancarme la tela y la jaula metálica de las costillas y respirar.

Conseguí tranquilizarme con mi fuerza de voluntad. No me estaba ahogando. Llevaba un corpiño ceñido. Nada más.

Stacey se dio cuenta de mi estado.

—¡Ey! Estás bien. Ya sé que al principio es raro, pero no te preocupes. Con el tiempo te resultará más fácil. ¿Qué te parece si salimos a ver la lucha? Necesitas moverte un poco y acostumbrarte a llevarlo.

—¿Mitch participa en la lucha? ¿Vestido con una falda? —Eso bastaría para distraerme de la trampa mortal asfixiante que llevaba por ropa.

—¡Uy, sí! ¿Por qué te crees que vuelvo todos los años?

No tuvo que proponérmelo dos veces.

Afuera, el calor de una mañana de finales de junio empezaba a ser intenso. Seguí a Stacey y salimos del auditorio, dejando atrás a las cantantes que ensayaban en el vestíbulo, y cruzamos las puertas dobles hacia uno de los lados del edificio. Allí había un pabellón de unas cincuenta yardas con mesas de pícnic, seguramente un lugar popular donde los alumnos comían cuando hacía buen tiempo. El equipo técnico había requisado algunas de las mesas de pícnic para cortar y pulir tablones de madera, mientras que otros se afanaban con las brochas.

Stacey saludó a uno de los técnicos, que devolvió el saludo en nuestra dirección. Al otro lado de las mesas, en el centro de un campo, un grupo de hombres y mujeres paseaban en parejas o tríos. La mayoría de ellos llevaban algún tipo de armadura y desde espadas de aspecto realista hasta puñales arrojadizos. Un joven blandía una pica que fácilmente lo duplicaba en tamaño. Se reunían en grupos pequeños, y de tanto en tanto uno empuñaba un arma y atacaba a una velocidad ridículamente lenta para ensayar la secuencia de la lucha. Mis clases de teatro de la Universidad habían incluido peleas sobre el escenario, así que la imagen me trajo recuerdos.

—¿De qué trata esto exactamente? No es la justa... Esa se libra a caballo, ¿no?

—Sí. —A Stacey le había hecho gracia. Vale, quizá Simon tenía razón. Quizá debería estar un poco mejor informada—. Sí, es a caballo. No, esto es ajedrez humano.

—Vale... —Eso no me lo aclaraba. ¿Qué tenía que ver la lucha con el ajedrez? Quise preguntarlo, pero ese día ya había agotado mi cuota de preguntas estúpidas con la de la justa.

Y entonces vi a Mitch. Con la falda azul y verde, camiseta gris y unas pesadas botas Dr. Martens que le cubrían las pantorrillas. Antes había llevado zapatillas de correr. Estaba de espaldas a nosotras y me impedía ver a quienquiera con quien estuviese hablando. Y entonces se separaron y empezaron a dar círculos lentamente con sendas espadas levantadas.

Estaba luchando contra Simon. No me parecía justo en absoluto. Mitch le sacaba casi media cabeza. No creía que estuviesen igualados para ningún tipo de combate.

Se movían a cámara lenta y hablaban mientras uno atacaba y el otro retrocedía. Mitch se inclinó con la espada y Simon la bloqueó con un movimiento exagerado al apartarse. Y luego dejaron de moverse, se pusieron a hablar un rato antes de que soltaran las espadas y Mitch lanzase un gancho que Simon detuvo con ambas manos, girándose ambos cuando el movimiento defensivo se convirtió en un codazo en la mandíbula (bueno, a un palmo de la mandíbula; ninguno de los golpes había estado a punto de acertar en el blanco).

Mi escepticismo debió de ser transparente en mi rostro, porque Stacey se dirigió a mí.

—Cuando estemos en la feria y lo hagan en tiempo real y vestidos del todo, será muchísimo mejor.

—Pues eso espero. —Porque ahora mismo parecían dos borrachos que intentasen recordar cómo se peleaba. El hecho de que estuviesen armados, y encima con armas antiguas, volvía la escena mucho más espeluznante.

—¿Te encuentras bien? —Stacey me miró con los ojos entornados.

—Sí. —Pero ahora que lo mencionaba, debía admitir que bajo el sol estaba un poco rara. No enferma ni mareada, sino... rara. Moví los brazos para hacer un experimento—. ¿Es normal que tenga calambres en las manos?

—No. Te he apretado demasiado. —Tiró del corpiño y desanudó la cuerda—. Ya ha pasado bastante tiempo; vamos a quitarte esta cosa. —Cuando se aflojó un poco, jadeé, y fui capaz de respirar un poco más hondo. ¡Qué delicia!—. La próxima vez nos aseguraremos de apretártelo menos. No queremos que te desmayes.

—No quedaría bien —asentí. El alivio al quitarme el corpiño, la oleada de sangre que regresaba a mis extremidades, mi carne que se relajaba, la posibilidad de volver a respirar hondo; fue una sensación mejor que el mejor orgasmo que había tenido nunca. Tampoco era que los míos hubiesen sido espectaculares. Ni numerosos, sobre todo en los dos últimos años. Jake había estado ocupado estudiando Derecho, luego opositando para el colegio de abogados, luego dejándome tirada y empezando una nueva vida...

«Concéntrate, Emily».

Levanté el corpiño delante de mí como si fuese un escudo; de repente, me sentía desnuda solo con la camisola, aunque debajo de mis faldas cupiese todo un equipo de fútbol. Pero no podía negar que estaba mucho más cómoda cuando nos sentamos en la hierba de un promontorio que nos daba buenas vistas para contemplar las luchas.

Al cabo de unos minutos, el grupo de cantantes adolescentes del vestíbulo salieron y se nos unieron. Para cuando los luchadores empezaron a ensayar la coreografía a tiempo real, con los dientes de león habíamos tejido una cadena de casi dos metros como si estuviésemos en el instituto, y me puse una corona de flores en el pelo. Éramos un grupo variopinto de animadoras medievales que vestían al mismo tiempo ropas de época y prendas modernas.

Las «albricias» empezaron a sonar cuando dos luchadores con espadas comenzaron a pelear. Yo no sabía diferenciar un estoque de un sable, pero las dos armas eran impresionantes; los luchadores se dirigían el metal afilado y añadían al combate una pelea de puñetazos muy bien fingida. Cuando uno cayó al suelo, Stacey exclamó: «¡Albricias!» con voz muy clara, y las jóvenes cantantes a nuestro alrededor la imitaron. ¿Qué iba a hacer yo sino seguirles la corriente? Me acordé del primer día, cuando había esperado por todos los dioses que no tuviese que hablar con acento ni gritar nada que sonase medieval. Y ahora estaba sentada codo con codo con mi compañera tabernera, con flores en el pelo y gritando tan contenta para animar a los luchadores, algo que no era nada propio de mí.

Porque en esos momentos yo no era yo. La joven que vestía camisolas y se sentaba en la hierba era Emma, no Emily. Y empezaba a caerme bien.

En el campo, les llegó el turno a Mitch y a Simon para ensayar su enfrentamiento, y tuve que admitir que más rápido era emocionante. Empezaron con espadas, se turnaron para tener ventaja hasta que se hubieron desarmado mutuamente y entonces pelearon con puñetazos en la mandíbula y codazos. Simon era más bajito, pero demostró estar a la altura; las mangas de su camiseta se ceñían a unos bíceps que no me había dado cuenta de que tenía. No era corpulento como Mitch —era más ágil, casi enjuto—, pero aun así era capaz de derribar a Mitch, cuya falda ondeaba al viento. ¡Maldita sea! Debajo llevaba pantalones cortos de ciclista.

Me giré hacia Stacey, traicionada.

—Ya lo sé, ya lo sé. —Negó con la cabeza, empática—. Es una decepción, ¿verdad? Pero es que es un espectáculo familiar.

Mascullé entre dientes y me giré para ver cómo Mitch caía de pie y se volvía para lanzar un gancho que Simon bloqueó con facilidad. Pero Mitch aprovechó el giro del cuerpo para ocultar la acción de sacarse un puñal de la bota. Me oí chillar una advertencia antes incluso de percatarme de que había hablado. Mitch le dio un revés a Simon, quien cayó de rodillas, y el combate terminó con Mitch sujetando el puñal contra el cuello de Simon. Los dos se quedaron paralizados en esa postura unos cuantos segundos, y todos rompimos a aplaudir: los demás luchadores, las chicas de la hierba, todos.

—¡Albricias! —Me dolían las manos de tanto aplaudir, pero se lo merecían. Había sido un espectáculo apasionante.

Abandonaron la postura, y Mitch tendió una mano para ayudar a Simon a levantarse. Los dos estaban sudando, con la respiración entrecortada por el esfuerzo, y se giraron para recibir nuestro aplauso con sonrisas y saludos. Mitch reparó en Stacey y en mí sentadas en el promontorio y nos apuntó con su espada gigantesca. Se inclinó hacia Simon, le dijo algo y señaló en nuestra dirección, y, cuando Simon me miró, la fuerza de su sonrisa me golpeó en el pecho. Se la devolví en un acto reflejo. Pero su sonrisa vaciló, como si no supiese qué hacer con la mía. Hizo un gesto que pareció empezar como un saludo, pero en el último segundo cambió de opinión y acabó apartándose el pelo de la frente.

—Bueno, ¿qué te ha parecido? —Stacey me dio un golpecito con el hombro cuando nos encaminamos hacia el auditorio del instituto—. Ha sido espectacular, ¿eh?

—Sí. —Había sido increíble ver los combates, y animar a los luchadores con las otras chicas me había hecho sentir que formaba parte de algo. Pero miré atrás por encima del hombro hacia el campo y vi que Simon hablaba con un par de muchachos. La idea de que no quisiese compartir la alegría conmigo me escocía. ¿Qué iba a tener que hacer para demostrar que era merecedora de su sonrisa?

Y lo más importante de todo: ¿por qué me molestaba tantísimo?

CINCO

El ensayo del fin de semana siguiente tuvo lugar en la ubicación real de la feria medieval. Solo quedaban dos semanas para la inauguración. Y, aunque era emocionante, esa nueva localización se cargó mi rutina. Después de tantas semanas, los sábados por la mañana ya prácticamente podía conducir hasta el instituto con los ojos cerrados. Ahora mi Jeep y yo debíamos cambiar de marcha, y, gracias a que Caitlin me leía las indicaciones recibidas por correo electrónico (por lo visto, el lugar no aparecía en el GPS), terminamos en un campo convertido en un aparcamiento en las lindes de un bosque.

—¿En serio? —Bajé del coche y miré hacia la arboleda con los ojos entornados—. ¿Vamos a entrar ahí? —Era así como las chicas blancas tontas morían en las películas de terror.

—¡Vamoooos! —Caitlin no había visto las mismas películas de terror que yo, me tiró del brazo y me condujo hacia un camino que serpenteaba entre los árboles. Suspiré y la seguí. ¡Qué demonios! A esas alturas, April ya casi se movía del todo. Podría cuidar de sí misma si a mí me cortaba en pedazos un asesino en serie con una máscara de *hockey*.

El ancho sendero se abrió casi enseguida para dar paso a un claro, con múltiples caminitos que se bifurcaban en todas direcciones. En el claro habían construido varios escenarios y a lo lejos se divisaban otras estructuras de madera. Era como si hubiese una civilización entera escondida en el círculo exterior de árboles.

Caitlin, con la confianza de una chica emocionada, me guio hacia la derecha por un camino entre unos árboles verdes gigantescos que hacían las veces de filtro de la luz del sol de buena mañana. Cuando eché un vistazo atrás, el aparcamiento había desaparecido de la vista por completo. Era un tanto inquietante, pero, al regresar al sendero, el sol y los árboles tuvieron un efecto calmante. Ya me había empezado a gustar ese lugar.

El resto de nuestros compañeros estaban reunidos en un claro con un cartel pegado a un árbol: ESCENARIO CHAUCER. No había ningún escenario. Había media plataforma y un montón de tablas preparadas para formar el resto de la tarima. Chris estaba sentada en el extremo de la mitad terminada del escenario, con un corpiño de perlas engarzadas, hablando con otro de los voluntarios adultos.

El disfraz. Claro. Me puse las gafas de sol en lo alto de la cabeza y hurgué en mi mochila mientras me dirigía hacia ella. Ese día llevaba las botas para la aprobación final. Si Chris les daba el visto bueno, no iba a tener que hablar con Simon a no ser que fuese absolutamente necesario. Todos saldríamos ganando.

—Sin cremalleras ni decoración moderna. —Chris las observó—. A mí me parecen bien. —Me las devolvió—. Esta semana no te he visto por la librería.

—Ya lo sé. —Sonreí; era agradable que a una la echaran de menos—. Ahora April ya no va a rehabilitación todas las semanas.

—¡Es una noticia estupenda! Significa que está mejor, ¿no?

—Mucho. —Mi sonrisa se ensanchó—. Gracias por preguntarlo.

—¡Pues claro! Dile que me acuerdo de ella. —Chris me puso una mano en el hombro y me dio un ligero apretón. Me estaba despachando, pero con amabilidad.

Mi sonrisa no vaciló mientras el resto del elenco se reunía alrededor del escenario a medio terminar para la reunión matutina. Esa gente me caía bien, ese pueblo me gustaba. ¿Por qué a April no? Entendí que valorase la intimidad, pero nadie intentaba entrometerse. Hasta el momento, todo el mundo que había conocido en Willow Creek era agradable.

Y luego divisé a Simon. Vale, casi todo el mundo. Lo contemplé y fruncí el ceño. No era propio de él quedarse tan atrás en la multitud, pero ahí estaba, recostado en un árbol, jugueteando con algo que llevaba en las manos. La luz del sol arrancó destellos plateados, y al entornar los ojos me di cuenta de que sujetaba una petaca, que daba vueltas y se pasaba con desenfado de una mano a la otra.

¿Qué diablos le ocurría? El día que nos conocimos, fue la persona más rígida y tradicional del mundo, pero últimamente daba la sensación de que se estaba soltando. Su pelo pedía a gritos un corte y, si la semana anterior me había parecido que estaba desaliñado, ese día parecía que ni siquiera se hubiese molestado en afeitarse. Y ¿qué hacía escabullido al fondo con una petaca con alcohol? ¡Por el amor de Dios! ¡Que era profesor!

Levantó la vista y nuestros ojos se cruzaron. Me sobresalté como si me hubieran pillado *in fraganti*, aunque supongo que así fue. Me frunció el ceño y se metió la petaca en el bolsillo trasero de los vaqueros. Acto seguido, cruzó los brazos, su mirada más bien amenazadora en mi dirección. Enseguida me giré.

La energía del grupo desprendía emoción, y al mirar alrededor me resultó fácil comprobar el porqué. Llevar faldas largas y practicar acentos en el auditorio de un instituto era como organizar una fiesta de disfraces de Halloween elaborada de más. Pero allí, en el bosque, alejados de los ruidos del tráfico y del zumbido de los aires acondicionados industriales, los únicos sonidos eran el parloteo de los jóvenes que nos rodeaban y el viento que hacía crujir las copas de los árboles. Era fácil imaginar que habíamos viajado a un siglo anterior.

—¡Hoy el ensayo será diferente! —La voz de Chris retumbó con su habitual tono alegre, y todos callaron y dirigieron su atención hacia ella—. Desde ahora hasta el final del verano, esta será nuestra casa. —Abrió los brazos como si así pudiese abarcar los árboles—. La inauguración será dentro de dos semanas, y tenemos voluntarios trabajando con ahínco para dejar listo este sitio. Por lo tanto, lo que vamos a hacer hoy será dar una vuelta por aquí y empezar a familiarizarnos con el entorno. Básicamente, se trata de un círculo gigantesco, con muchos caminos secundarios. Exploradlo sin miedo durante un rato, y luego nos pondremos a trabajar.

—¿A trabajar? —Me giré hacia Stacey con las cejas levantadas. Me dio un codazo para pedirme que escuchase a Chris, quien seguía sonriendo, demasiado contenta con la idea de trabajar un sábado por la mañana.

—Vamos a dejar que los técnicos y los voluntarios del escenario se ocupen de lo más pesado, literalmente, pero esta mañana hay muchas cosas que hacer. Un par de los sets están construidos y preparados para que los pintemos. ¡Por eso os hemos pedido que hoy llevaseis ropa vieja, recordad!

Yo lo había olvidado, pero por suerte era el día de hacer la colada, así que vestía una camiseta holgada y un par de vaqueros viejos. Alargué el cuello en busca de mi sobrina. ¿Qué llevaba hoy? ¡Dios! Si algún día desaparecía de mi vista, me daría algo. Encontré su pelo castaño rizado entre las últimas filas con sus amigas de siempre y ¡gracias a Dios que llevaba ropa apropiada para ponerse a pintar! Al parecer, ella había prestado más atención que yo.

En cuanto la reunión hubo terminado, nos dividimos en pequeños grupos de cinco o diez personas para explorar los caminos que culebreaban por el bosque. Había llegado el momento de ver dónde íbamos a pasarnos el resto del verano.

Simon no se unió a ninguno de los grupos. Nada más acabar la reunión, se marchó del claro y tomó un caminito con gran determinación. A juzgar por la petaca, seguro que iba a beber. Volví a fruncir el ceño mientras seguía a Stacey. Simon y yo no éramos amigos. No lo conocía en absoluto. Sin embargo, ese día me pareció que no estaba siendo él, y no pude dejar de preguntarme si se encontraba bien. Y era raro que nadie más pareciese darse cuenta. Por lo visto, entre los miembros del elenco caía bien. ¿Por qué nadie iba a comprobar cómo estaba?

Expulsé ese pensamiento de mi cabeza conforme nos adentramos más y más en el bosque. Los caminos principales estaban pavimentados en su mayoría, pero sin demasiado entusiasmo, como si fueran carreteras que habían quedado abandonadas tiempo atrás. Los caminos laterales no estaban pavimentados, pero los habían cubierto con una espesa capa de abono. Tosí cuando nuestros pasos levantaron suciedad y polvo.

—No siempre será así —me aseguró Stacey después de que me pusiera a toser por tercera vez—. Siempre hay un poco más de polvo cuando ponen una nueva capa de abono. En cuanto hayamos inaugurado la feria, sobre todo si ha llovido un poco, todo se habrá quedado muy compacto. —Torció un poco el gesto—. Pero prepárate. La feria es muy sucia. La larga ducha caliente al final de la jornada será tu mejor amiga durante mucho tiempo.

—Además del momento de quitarme el disfraz. —Porque no se me ocurría nada mejor en el mundo que esa sensación.

—También, también. —Stacey se rio. Me guio para abandonar el camino principal y, en un punto situado en pleno bosque, abrió los brazos en los extremos de un claro—. ¡Aquí está la taberna!

—¡Ajá! —Me giré muy poco a poco, y seguramente parecía tan poco convencida como sonaba. Era un claro del bosque. No había nada más—. ¿Dónde está exactamente? No me digas que vamos a tener que construirla nosotras.

—¡No, por Dios! Los chicos vendrán a lo largo de los próximos días para construir la barra. Colocarán las mesas uno o dos días antes de la inauguración.

—¿Así que la gente vendrá aquí a hablar y a beber? —¿Qué leyes se aplicaban al hecho de beber en el bosque? Me pasé buena parte de la carrera de Derecho de Jake trabajando como camarera y ayudante de barra, por lo que, ahora que la conversación se centraba más en el papel de tabernera, me encontraba mucho más en mi salsa—. ¿Qué vamos a servir? ¿Cerveza, vino? ¿Alcohol fuerte?

—Alcohol fuerte, no. —Se estremeció—. Créeme, la cerveza y el vino serán suficientes. No quiero imaginarme sirviendo chupitos.

—Pero vamos a ir muy escotadas. —Hice un gesto hacia mi camiseta, que en esos momentos no tenía ningún tipo de escote. Necesitaba que el disfraz me proporcionara un escote—. Pensaba que iba a ser obligatorio dar de beber chupitos en el escote.

Stacey se echó a reír.

—Es una feria familiar, ¿recuerdas? —Hizo un gesto de nuevo hacia la barra invisible—. Tendremos barriles con algunas cervezas. Algunas botellas de importación, un poco de sidra e hidromiel para hacer un poco de mezclas. Varios tipos de vino. Y ya está. Nos gusta ofrecer una carta bastante sencilla.

Asentí mientras mentalmente tomaba nota de todo.

—¿Y comida?

—Aquí, no. —Stacey hizo un gesto que pretendía abarcar una gran distancia—. Los puestos de comida estarán por allí. Platos típicos de una feria al aire libre.

—¿Muslos de pavo?

—Pues sí, muslos de pavo. —Sonrió, y yo también. Porque ¿qué era una feria medieval sin muslos de pavo? Nada, no era nada. Quizá fuese una novata, pero hasta yo lo sabía.

Me puse las manos en las caderas y supervisé nuestro pequeño claro. Intenté visualizarlo con aspecto de taberna, con las mesas y la barra que Stacey me había descrito. No me enamoraba la idea de volver a trabajar en un bar, pero por lo menos sería al aire libre y no en un local atestado, oscuro y sudoroso con montones de veinteañeros que se ponían demasiada colonia.

—Me gusta —dije al final—. ¿Qué hay que hacer? Es obvio que no hay nada que pintar todavía.

—¿Hoy? —Se encogió de hombros—. En realidad, nada.

—Entonces, ¿por qué he venido exactamente? —Esperé que mi sonrisa despojara mi pregunta de maldad.

Era evidente que lo conseguí, porque Stacey me contestó siguiéndome la corriente.

—¿Porque tenías que traer en coche a tu sobrina? —Se rio al ver mi falsa mueca de derrota—. Venga, te enseñaré dónde se pondrán los puestos de comida, y luego volveremos con los demás y pintaremos un poco.

Tomamos un camino que se adentraba más en el bosque. Los árboles eran más espesos, pero el ambiente no se oscureció en ningún momento. El sendero era ancho y cómodo, y durante unos fugaces instantes pude ignorar la parte pavimentada del camino y sentir la época histórica que íbamos a representar. Incluso con los ruidos lejanos de martilleos y voces que se llamaban unas a otras, allí todo me pareció más sencillo. Respiré hondo unas cuantas veces. Hasta el aire parecía más limpio.

Stacey me mostró la zona de los vendedores de comida, que era un claro mucho más grande que el de nuestra taberna. Al otro lado se encontraba el terreno para las justas, un campo gigantesco que se alzaba en el fondo mismo del área. Tuve que admitir que mi quinceañera interior estaba muy emocionada ante la idea de presenciar una justa auténtica sobre caballos de verdad.

—¿Tendré tiempo de verla en algún punto?

—¡Ah, claro! —me respondió Stacey—. No estaremos encadenadas a la taberna. Los voluntarios pueden encargarse de todo si nos ausentamos un rato. El año pasado pudimos dar vueltas por ahí para interactuar con los visitantes. Para asistir a los espectáculos.

Señaló hacia los pies de una colina, hacia una zona que bautizó como «el Vacío». Me explicó que eran nuestras bambalinas, con un par de carpas para cambiarse y varias mesas y sillas, alejadas del resto de la acción, donde podíamos hacer reparaciones de emergencia a los disfraces y disfrutar de un descanso de vez en cuando.

—Y ¿por qué lo llamamos «el Vacío»? —Miré hacia la colina. Tuve la sensación de que allí deberían vivir las hadas, no cansados actores de la feria.

—Principalmente porque suena mejor que «bambalinas» si alguien lo dice en voz alta.

Eso no podía rebatírselo.

—Y luego este camino nos lleva hasta la zona principal. —Se encogió de hombros—. Es muy fácil.

—Fácil —repetí. Si me dejaba ahora mismo sola, moriría de inanición antes de encontrar la forma de regresar.

—Hazme caso: después de uno o dos fines de semana, te conocerás este sitio como la palma de tu mano, como todos nosotros.

Ya que una parte de mí seguía atenta por si detrás de un árbol aparecía un asesino con un hacha, no sabía hasta qué punto fiarme.

—Te tomaré la palabra.

—Voy a volver junto al escenario principal para ayudar a juntar los bancos. ¿Por qué no exploras un poco más? Así quizá te familiarizas con el entorno. Y luego ven a verme y te pondré una brocha en las manos.

—Gracias, creo que sí que exploraré un poco. —Vi cómo Stacey se marchaba por el camino que recorría el perímetro de la zona e intenté no entrar en pánico al verme a solas. En cuanto desapareció entre los árboles, yo tomé un sendero distinto; no tenía intención de ir a ningún lado en concreto, solo iba a merodear, y el pánico desapareció con bastante rapidez. En ese lugar, en el modo en que el sol se filtraba entre los árboles, en el modo en que mis pasos crujían por el camino, había algo que me hacía sentirme mucho más contenta de lo que había estado en mucho tiempo. La tensión que ni siquiera sabía que acarreaba se evaporó, y el sol me calentó el alma tanto como la piel. Aunque ya casi era el mes de julio, era tan temprano todavía que no hacía demasiado calor, y toda la mierda que había vivido en los últimos meses se quedó en la lejanía.

Estaba tan ensimismada en los árboles que me rodeaban que no oí los pasos y no me di cuenta de que alguien se me acercaba hasta que casi nos chocamos. Di un salto hacia atrás con un «¡Oh!».

Simon había salido de la nada por un caminito secundario que se aventuraba en el bosque. Se detuvo en seco al verme y frunció un poco el ceño, pero no pronunció ninguna palabra.

—Perdona —dije—. Creo que no estaba prestando atención a dónde me dirigía.

Me miró con los ojos entornados, como si mi voz le recordase quién era yo. Tenía los ojos un poco rojos. Se pasó una mano por la cara y sorbió con la nariz.

—¿Qué estás haciendo aquí? —Su voz sonó bronca y áspera, como si no hubiese hablado en un buen rato y no supiese cómo se hacía.

¿Qué problema tenía? Y entonces me acordé de la petaca que había visto antes. El líquido que contenía debía de ser muy fuerte; estaba bastante descolocado. Pero tenía los ojos enfocados y se erguía sin problema. Así que quizá no estuviese borracho. ¿Tendría alergia a algo? En los árboles seguro que había un buen montón de polen.

—Estaba dando una vuelta —respondí al fin—. Stacey me ha enseñado dónde va a ponerse todo.

Simon hizo ver que observaba detrás de mí, incluso se movió un poco a la derecha. A continuación, se irguió y clavó esos ojos láser en mí.

—No veo a Stacey.

—No, a ver, es que se ha ido a ayudar a los demás. Yo también voy a ir, es que... quería empezar a acostumbrarme un poco a este sitio. —Cuanto más hablaba, más molesta estaba, lo que parecía una costumbre siempre que mantenía una conversación con Simon. ¿Por qué debía ponerme a la defensiva al admitir que estaba recorriendo el bosque en vez de ayudar al resto de los voluntarios? A fin de cuentas, él también estaba dando una vuelta. No podía quitarme la sensación de que me había sorprendido haciendo algo que no debería hacer, y eso me irritó todavía más. Simon era un círculo vicioso de fastidio.

Sorbió de nuevo y trasladó el peso de un pie al otro. Miró por encima del hombro hacia el camino del que había salido, y entonces lo comprendí: no era que él me hubiese sorprendido, sino que yo lo había sorprendido a él. Ahora fui yo la que se inclinó hacia la derecha, repitiendo así su movimiento previo.

—¿Qué hay por ahí?

—Nada —se apresuró a contestar. Pero volvió a mirar tras de sí.

—¿Nada? —Crucé los brazos por encima del pecho—. Entonces, ¿por qué hay un camino hacia allí?

—Una calle.

—¿Cómo? —Parpadeé.

—Una calle —repitió—. En la feria, se llaman «calles».

—¡Ah! Vale. —¿Estaba intentando distraerme o estaba siendo tan tiquismiquis como siempre? Con Simon era difícil saberlo—. Entonces, ¿por qué hay una calle hacia allí si no hay nada?

—Bueno, ahora no hay nada. —Su suspiro fue breve y exasperado—. Es donde se instalarán algunos de los vendedores. No es nada que deba preocuparte.

—Vale... —No tenía idea de por qué Simon intentaba evitar que yo me dirigiera hacia ese camino (perdón, esa calle), pero estaba claro que no pensaba confiármelo. Quizá era donde se encontraba con su camello. Siempre eran los callados y arreglados. Eran los que no esperabas que fueran el alma del trapicheo de drogas.

—En fin, ¿vas a ir a la zona principal? ¿Dónde está Stacey ahora? —Su voz no sonó agradable, pero tampoco pareció que me odiase. Al parecer, ese era Simon cuando se esforzaba. Ahora que lo observaba con más atención, me percaté de que por la mañana había juzgado mal su desaseo. La barba incipiente que se estaba dejando estaba recortada a la perfección para enmarcar su mandíbula. Allí, en el bosque, la luz del sol arrancaba destellos de rojo barnizado a su pelo castaño. Tenía... mucho mejor aspecto—. Vas a tener que irte por esa calle, y cuando gire a la izquierda, verás una calle secundaria que se dirige a...

—Ya lo sé. —Soné más petulante de lo que pretendía, pero él no había sido sutil al desear que me fuese de allí—. Lo encontraré, gracias. No creo que me vaya a perder en un par de acres de bosque. —No tenía por qué saber que era lo que cinco minutos antes me había preocupado muchísimo.

Pero no me marché y él tampoco, así que nos quedamos mirando el uno al otro un tanto incómodos hasta que al final suspiró.

—¿Por qué has venido aquí? —Sonaba cansado, no irritado.

—Mmm... —Miré a mi alrededor, como si la respuesta fuese a encontrarse en algún punto entre los árboles—. Se supone que hoy todos debíamos estar aquí, ¿no?

—No. ¿Por qué estás aquí? ¿En la feria? ¿Por qué no lo has dejado aún?

—Porque me comprometí. —Entorné los ojos—. Si no participo en la feria, mi sobrina tampoco puede participar.

—En realidad, no somos tan exigentes. —Soltó un sufrido suspiro—. Es una forma de asegurarnos de que los más jóvenes que se apuntan realmente quieren participar. Seguro que te has fijado en que ya han desaparecido unos cuantos padres.

Sí que me había fijado, pero hacer lo mismo que ellos ni siquiera se me había pasado por la cabeza. No pensaba admitírselo a él, pero lo cierto era que me estaba divirtiendo.

—Bueno, ya me conoces. —No me conocía, pero eso para mí lo convirtió en un argumento más pasivo-agresivo—. Me gusta ayudar en mi comunidad.

—Pero es que no lo es. —Se volvió a pasar una mano por la mandíbula y se acarició los pelitos de las mejillas como si pudiese barrerlos de un plumazo—. Esta no es tu comunidad. Tú no vives aquí.

Esas palabras eran un dardo y dieron en el blanco. Para mi terror, me empezaron a escocer los ojos.

—¿Perdona? —Parpadeé varias veces. No pensaba permitir que ese imbécil viese que me había hecho llorar.

Pero se dio cuenta.

—A ver... —Tuvo la decencia de aparentar algo de vergüenza y empezó a dar marcha atrás—. No te vas a quedar aquí, ¿no? Pensaba que solo estarías una breve temporada para echar una mano a tu hermana.

—Bueno, todavía no lo había pensado. Yo... —Levanté una mano y detuve el pensamiento. Lo detuve a él antes de añadir nada más—. ¿Sabes qué? Mi futuro no es asunto tuyo. Lo que es asunto tuyo es que represente al cincuenta por ciento de tus taberneras, y la feria empieza dentro de dos semanas. ¿De verdad no quieres que esté aquí?

Los labios de Simon formaron una línea fina, y, en vez de acobardarme, le sostuve la mirada. Nos observamos durante un largo minuto, que no parece mucho tiempo hasta que empiezas a mantener un duelo de miradas con alguien contra quien no quieres perder.

—Tienes razón. —Al final, suspiró.

—¿Y? —Me gustaba haber ganado, pero seguía sin saber en qué tenía razón.

—Y este año solo tenemos dos taberneras, así que no podemos permitirnos perderte. Es que... —Miró hacia atrás una vez más. ¿Para ver si ya me había distraído lo suficiente y su camello se había escabullido? Cuando se giró hacia mí, algo en su rostro había cambiado—. Perdona —dijo, y casi me caí de espaldas al oírlo disculparse—. Esta época del año es dura. Y este año es... —No añadió nada más, pero vi su cara. Estaba cansado, quizá un poco triste. ¿Por qué organizaba la feria todos los años si lo ponía así?

Pero no se lo pregunté. Porque esa era la clase de cosas que haría un amigo, y nosotros no éramos amigos. Yo comenzaba a lamentarlo.

—En fin. —Me medio volví y señalé hacia la calle—. Por ahí llego a la zona principal, ¿verdad? —Ya sabía que era así, pero una parte de mí quería concederle a él esa pequeña victoria. Como una ofrenda de paz.

—Sí. —Su voz había vuelto a ser áspera de nuevo. Se aclaró la garganta—. Por ahí, y luego tuerces a la izquierda. —Apuntó hacia delante con desgana, y yo me esmeré en mirar hacia donde me había indicado, como si me hubiese resultado de gran ayuda.

—Gracias. —Empecé a recorrer la calle, pero antes de la curva me agaché en una callejuela secundaria. Miré desde detrás de un árbol y vi que Simon recorría la misma calle principal que yo, en dirección hacia la curva de la izquierda, y, en cuanto hubo desaparecido, retrocedí el camino recorrido. Se me daba mejor orientarme por el bosque de lo que me había imaginado, y no tardé demasiado en encontrar el claro donde habíamos hablado él y yo. Seguí la calle por la que había aparecido Simon. Por allí había algo que él no quería que viese, así que naturalmente debía encontrarlo.

Caminé hasta llegar a otra intersección. Nada. Allí no había nada. Ninguna pista de por qué Simon estaba como estaba. Eché a andar por la calle, la que estaba pavimentada, y entonces un destello en el suelo me llamó la atención. Era la luz del sol, que hacía brillar algo metálico. Algo plateado.

Era la petaca. Con la que Simon había estado jugando durante la reunión de la mañana. Ahora estaba debajo de un árbol. Debía de haberla soltado, y me agaché para recogerla, pero mi mano se detuvo. La petaca no había caído, sino que estaba en ese sitio a propósito; estaba en pie, apoyada en algo.

Simon no había hecho trapicheos de drogas. Había visitado un árbol. Un árbol muy específico.

Me agaché en el barro del margen del camino y tendí la mano hasta tocar con los dedos la placa que descansaba en la base del joven árbol. Con la punta de los dedos, rocé las dos palabras grabadas en la placa: SEAN GRAHAM. Debajo del nombre había un par de fechas, y todo el aire salió expedido de mi cuerpo.

Sean Graham. El hermano mayor de Simon, el fundador de la feria. La gente se refería él en pasado, pero las historias siempre eran amables, y todo el mundo esbozaba una sonrisa cuando hablaba sobre él. Me había convencido de que Sean se había ido del pueblo, quizá se había casado o algo, y que simplemente ya no formaba parte de la feria. No se me había pasado por la cabeza que pudiese estar muerto. Simon había perdido a su hermano. Volví a mirar las fechas e hice un cálculo con la cabeza. Sean había muerto tres veranos antes, a los veintisiete años. Nadie debería morir tan joven.

Debajo de las fechas había un epitafio: «No dejes de otear el horizonte»... Curvé los labios. Había visto las películas de *Piratas del Caribe* más de una vez. Reconocí la frase, pronunciada por el capitán Jack Sparrow al final de la primera película antes de embarcarse en un viaje desconocido. Era una adecuada despedida para alguien que se había pasado los veranos creando y gestionando una feria medieval. La petaca de Simon se recostaba en la placa y, si tuviese que adivinarlo, habría dicho que estaba llena de ron.

«Esta época del año es dura», había dicho Simon. Bueno, claro que lo era. Era evidente que se trataba de un ritual que había seguido los últimos años: iba a saludar a su hermano el primer día que el elenco se trasladaba allí. Toda la mañana se volvió nítida y ardí de la vergüenza al recordar lo que había dado por sentado. Su rostro sombrío durante la reunión de la mañana, sus ojos rojos, su clara incomodidad e insistencia por que no me enterase de lo que estaba haciendo en el bosque. Por supuesto que no quería que me enterase. Como ya he dicho, no éramos amigos. Yo no había querido confiarle ningún secreto. ¿Por qué iba a querer confiarme él alguno a mí?

Ahora comprendía los últimos meses mejor que nunca. Todos los disparates con que me había referido a la feria, todos los comentarios frívolos que había hecho acerca de mi personaje o de mi disfraz y todas las respuestas firmes de Simon, que empezaron en su desaprobación por cómo había rellenado el formulario en el auditorio. Simon estaba continuando con el legado de su hermano; era normal que lo protegiera. Era normal que quisiese que todo saliera bien.

—Lo siento —le dije a la placa, al árbol dedicado a la memoria de Sean Graham—. Siento no haberte conocido, parece que eras un tipo estupendo. Pero te prometo que, a pesar de lo que opina tu hermano, me lo tomo en serio. ¡Voy a ser la mejor tabernera que se haya visto nunca, joder!

Me giré y me encaminé hacia la calle secundaria, y luego hacia la principal que se curvaba a la izquierda. Stacey me esperaba con una brocha. Y yo tenía trabajo que hacer.

SEIS

Cuando llegó el Cuatro de Julio, April no estaba interesada en la fiesta, así que arrastré a Caitlin hasta el centro del pueblo para ver cómo se celebraba en Willow Creek. El centro estaba prácticamente abarrotado de banderines, el fondo perfecto para el desfile que se desarrollaba en la calle principal. No dejamos de encontrarnos con gente a la que conocíamos de la feria, y eso me hizo sentirme incluso más bienvenida en el pueblecito. Todo el día pareció salir de una película clásica: una banda de música de instituto, *boy scouts* montados sobre camiones rojo fuego ondeando banderitas de Estados Unidos, un concurso de comer perritos calientes (que ganó Mitch, para la sorpresa de nadie) y, cuando se hizo de noche, unos fuegos artificiales tan humildes como preciosos.

A mediados de julio, me volvía un año más vieja. Mi cumpleaños era el jueves anterior a la inauguración de la feria, y me desperté con un recordatorio de ir a buscar el vestido de Caitlin de la tintorería después de haber dejado a April en rehabilitación. No esperaba que nadie supiese que era mi cumpleaños, así que no me decepcionó que nadie me felicitara. April nunca había sido de las que demostraban el cariño de esa forma; las felicitaciones de cumpleaños por lo general procedían de nuestra madre. Pero ni siquiera esas llegaron. Mi madre no me llamó en todo el día, y no había recibido una tarjeta suya en el buzón. Y eso era... raro.

Después de dejar a April, de devolverle a Marjorie por fin la bandeja (y responder con educación a sus incesantes preguntas acerca de la recuperación de April) y de recoger la ropa de la tintorería, me dirigí a Lee & Calla. Me merecía, como mínimo, un libro por mi cumpleaños. Por no hablar de que Caitlin y yo habíamos terminado *Noche de reyes* una o dos semanas antes. Nos lo habíamos pasado en grande leyéndolo juntas, haciendo alguna que otra pausa si ella necesitaba que le explicase algo. Quería aprovechar la buena racha para hacerme con un ejemplar de *Sueño de una noche de verano*. Si mi sobrina había heredado mi gen de friki shakesperiana, quería motivarla al máximo.

Vagué entre las estanterías durante un rato antes de que Chris reparase en mi presencia y, cuando me saludó para prepararme un café, yo ya había seleccionado tres nuevos libros sin los cuales no podía vivir. ¡A la mierda! Solo se cumplen veinticinco años una vez, ¿verdad? Me encaminé hacia el fondo de la tienda, donde me había dejado una taza de café, mitad leche y mitad espuma, como a mí me gustaba, además de uno para sí misma. Metí la mano en el bolso para sacar la cartera, pero me detuvo.

—Invito yo —me dijo—. A los libros, también. ¡Feliz cumpleaños!

—¿Cómo has...? —Me quedé boquiabierta.

—Lo escribiste en el formulario del auditorio, ¿recuerdas?

No lo recordaba, pero ella sí. Unos meses atrás tal vez me hubiese oído mascullar algo en plan: «Malditos pueblos pequeños», pero ese día le di las gracias con una sonrisa agradecida y me guardé los libros en mi bolsa de tela.

—¿Cómo está April? —Me acercó la taza de té mientras alzaba la suya.

—Bien. Está bien. —Probé un sorbo de café; seguía muy caliente—. Todos los médicos parecen impresionados con sus progresos y con lo rápido que se está recuperando. Pero no la conocen. Es muy decidida.

—Intenté no poner una mueca, tanto por la bebida caliente como por mi boca grande. ¿Estaba hablando demasiado? ¿Estaba dando demasiada información íntima de April?

—Y ¿qué significa eso para ti?

—¿Para mí? —Ladeé la cabeza.

—Sí, para ti. La has cuidado durante, ¿cuánto tiempo?, ¿cuatro meses ya? Si vuelve a moverse, ¿qué significa eso para ti? ¿Volverás a casa?

—Pues... —Di un largo sorbo al café para evitar responder enseguida. Sobre todo porque no tenía ni idea de qué decir. Ni de dónde estaba mi casa—. No he pensado tan a largo plazo todavía. Voy a estar aquí por lo menos durante las próximas seis semanas, ya que la feria empieza dentro de dos días.

—Dos días. Por fin. —Negó con la cabeza—. Todos los años pienso que deberíamos acortar el período de ensayos. Me preocupa que los más jóvenes se hayan cansado, ¿sabes? ¿Qué opinas tú?

—Caitlin no podría estar más emocionada —me reí—. Sobre todo ahora que todo va cobrando forma y pasamos más tiempo en el bosque. —Habíamos regresado un segundo fin de semana para pintar más y explorar más. Aún resultaba un tanto desangelado, pero Stacey me aseguraba que el sábado me llevaría una gran sorpresa. Le tomé la palabra. Hablando del bosque, recordé algo que había querido preguntarle—. No sabía que Sean estaba... —No se me ocurrió cómo terminar la frase. «Muerto» sonaba demasiado fuerte, como si la palabra fuera a caer en el mostrador entre ambas y a quedarse allí, mirándonos a los ojos. Empecé de nuevo—. Vi la placa conmemorativa. En el bosque.

—¡Ah! Sí. Pobre Sean. —Su sonrisa se volvió triste antes de beber un poco de café—. Es normal que no lo supieses, pero por aquí Sean Graham era toda una institución. Fue una gran conmoción que se... —Apretó los labios y no terminó la frase. Las dos teníamos el mismo problema para encontrar las palabras adecuadas—. Nunca he conocido a nadie como Sean. Se le daba bien todo. Era uno de esos estudiantes de instituto que tanto era un *quarterback* brillante como la voz cantante del musical de primavera. En resumidas cuentas, lo contrario a su hermano.

—Ya. —Me atraganté con una carcajada—. No veo a Simon en el equipo de fútbol americano.

—Está claro que no. —Su expresión se volvió pensativa—. Creo que en el instituto Simon no practicaba ningún deporte. No le volvían loco los deportes como a Sean. A Sean le encantaba ser el centro de atención, la absorbía como si fuese la luz del sol. Y era capaz de venderle una hamburguesa de queso a un vegano. Tenía un don para conseguir que la gente hiciese lo que él quería. —Se encogió de hombros—. Como vestirse como la reina Isabel verano tras verano.

—Entonces, ¿la feria no fue idea tuya?

—¡Uy, no! —Chris se rio—. Fue idea de Sean. Un mes de octubre, su clase del instituto fue de excursión a la feria medieval de Maryland, y no necesitó más. Debía organizar una él, aunque no tuviese ni idea de cómo hacerlo. Logró que el instituto se apuntara al plantearla como una iniciativa para recaudar fondos. Nadie podía decirle que no, y él lo sabía. La hicimos un par de veranos en el campo de fútbol americano, hasta que sus ideas crecieron tanto que ese sitio se quedó pequeño. Y entonces convenció a alguien para que nos dejara utilizar el bosque, y la feria se convirtió en lo que es hoy. Incluso cuando se puso enfermo, formaba parte de todo, nos decía qué decir, le daba órdenes a su hermano pequeño.

Mis labios se curvaron al oírlo; no me imaginaba a nadie dándole órdenes a Simon. Pero en mi cabeza empezaba a formarse la imagen de Sean, y la parte más triste de todo acabó sobresaliendo.

—¿Estaba enfermo?

—Sí —asintió—. Linfoma no Hodgkin. Simon regresó para echar una mano después de que a Sean se lo diagnosticaran, y se quedó un par de años. Todos estábamos convencidos de que Sean lo superaría, y entonces... —Sus ojos azul claro brillaban por las lágrimas no derramadas—. Ese último verano, estuvo demasiado enfermo como para formar parte. Simon y yo tomamos las riendas en primavera, aunque Sean aún tuvo unas buenas ideas que sumamos. La justa fue cosa suya; había contratado a una empresa turística y había planeado dónde iba a tener lugar el torneo. A esas alturas, Simon y Mitch trabajaban tan bien juntos que Sean los persuadió para que hiciesen un espectáculo completo, que acabó transformándose en el ajedrez humano. Pero cuando empezó la feria en verano... —Su voz se quebró y tuvo que aclararse la garganta con fuerza—. Simon grabó un vídeo con el móvil. Se lo enseñó a Sean en el hospital. Pero murió cuando hacía tres semanas que se había inaugurado la feria.

—Ya. —Yo también tuve que aclararme la garganta—. Vi la fecha en la placa. —No había hecho la conexión de que Sean Graham había fallecido mientras duraba la feria medieval. Cuanto más oía, más me dolía el corazón por Simon, que era lo último que deseaba. Sentir lástima por él me llevaría a sentir simpatía por él, que quizá me llevaría a convertirme en su amiga. No, gracias.

—El último día de la feria pusimos la placa. Para que siempre formase parte de la fiesta. Pero en invierno empecé a pensar que debíamos cancelarla. No se lo había comentado a Simon, y él estaba... Bueno, durante los primeros meses no estuvo en condiciones de hablar de nada. Pero deberías haberle visto la cara cuando le propuse que cancelásemos la feria. Estaba decidido a mantenerla en pie. Creo que trabajar en la feria, organizarla y demás, lo ayudaba a concentrarse en otra cosa. Y la ha dirigido desde entonces. Le encanta.

Asentí mientras escuchaba. Pero al mismo tiempo pensaba en Simon, serio hasta el extremo durante la mayor parte de los ensayos, y luego con los ojos rojos en el bosque. ¿De verdad que le encantaba la feria? ¿O para él se había vuelto una especie de obligación? No era ajena a la idea de aceptar obligaciones, ya que era una forma estupenda de ocultarme de las cosas de mi vida a las que no quería enfrentarme. ¿Y si para Simon era igual? ¿Qué era eso a lo que no quería enfrentarse? Quizá teníamos más cosas en común de lo que creía.

Pero, claro, Chris lo conocía mejor que yo. Si decía que le encantaba, probablemente tuviera razón. Y, probablemente, yo lo hubiese interpretado mal desde el principio.

—¿Más café? —Chris se movió detrás del mostrador hacia la cafetera, y deslicé mi taza hacia ella. Me estiré un poco; habíamos estado hablando apoyadas en el mostrador en un ángulo un tanto extraño. Me crujió la espalda al estirarme. ¿No era demasiado joven para eso?

Miré a mi alrededor mientras me servía más café.

—¿Sabes? Si movieses unas cuantas estanterías, podrías poner unas mesitas. Quizá una o dos butacas para que sea un sitio donde reunirse. —Cuanto más hablaba, más florecía en mi mente la idea de instalar una pequeña cafetería al fondo de la librería. Y entonces miré hacia Chris, que me observaba con una sonrisa, y me ruboricé por la vergüenza. Era su librería, no la mía.

—Cuando abrí la tienda, todo el mundo pensaba que estaba loca. Los negocios pequeños no duran, y todo el mundo compra los libros por internet, ¿no? —Hizo un gesto hacia la parte delantera del local, donde se encontraba su portátil—. Pero lo maravilloso de los pueblos pequeños es que la gente quiere que prosperes. Y por eso tengo suficientes clientes fieles que hacen el esfuerzo de pedirme los libros a mí. A ver, no me voy a retirar en Jamaica en los próximos años, pero puedo mantenerme.

»Pero una cafetería... —Suspiró—. Cuando me divorcié, decidí renovar la cocina. Electrodomésticos, suelo, encimera de granito. Pero perdí las ganas antes de llegar a las paredes y a los azulejos. Las vacaciones estaban a la vuelta de la esquina, y me dije que, cuando llegase el año nuevo, me pondría a ello. —Dio un largo sorbo de café—. De eso hace casi cuatro años ya y sigo sin tener azulejos.

—Eso es mucho tiempo. —Abrí los ojos como platos. Detestaba la idea de dejar algo sin terminar, pero dado mi pasado académico no era quién para juzgarla.

—Con esta tienda me pasa más o menos lo mismo. —Dejó la taza en el mostrador y apoyó los codos—. La parte de la librería va genial. Pero mis planes originales eran exactamente lo que has descrito. Lo tengo todo preparado: permisos, licencia para servir comida. Podría ser una cafetería si levantara el culo y lo hiciese. Siempre me ha parecido que era demasiado trabajo que hacer por mi cuenta.

Intenté encogerme de hombros de forma desenfadada y hablar con voz despreocupada.

—No tendrías que hacerlo por tu cuenta. Si quieres que te eche una mano...

—Me encantaría. —La campanita de la puerta repicó, y Chris se giró hacia la entrada del establecimiento—. Antes sobrevivamos al primer fin de semana de la feria, pero ¿por qué no vienes el lunes? Y lo hablamos con más calma.

—¡Hola! —La voz de April me llegó desde la puerta—. ¿Hay alguien?

Me saqué el móvil del bolsillo trasero. ¿No había visto su mensaje? Era la peor hermana del mundo.

—¡Lo siento! —exclamé—. No he oído el móvil. ¿Te ha traído alguien o...? —Pero no tenía ningún mensaje. No había recibido nada.

Seguí a Chris hasta la puerta y vi que April estaba recostada en el mostrador, la cara sonrojada y un poco tensa por la incomodidad, pero sobre todo triunfal. Me detuve en seco al mirarla de arriba abajo.

—¿Dónde cojones está tu bota?

—¡Ya no la necesito! —Movió la pierna derecha hacia delante y hacia atrás, todavía aferrada al mostrador, como una bailarina con la barra—. ¡Es increíble, Em! ¡Puedo volver a caminar!

—¿Has venido caminando hasta aquí? —Iba a matar a mi hermana—. ¿Qué será lo siguiente? ¿Correrás una maratón este finde o qué?

—Ja, ja. —Se apartó del mostrador y, aunque cojeaba un poco, no la había visto andar tan erguida desde..., en fin, desde antes de que me mudara a Willow Creek—. Solo es media manzana. Quería sorprenderte. —Su expresión vaciló un poco y su sonrisa triunfal se apagó ante mi mirada seria.

—Pues me has sorprendido. —Corrí hacia ella, sin saber si me apetecía abrazarla o sostenerla. Llevaba meses sosteniéndola ya. Se había convertido en una costumbre. Esa vez me conformé con darle un abrazo—. De verdad.

—¿Te he sorprendido? —me preguntó April cuando salimos de la tienda y empezamos a caminar por la acera hacia el lugar donde había aparcado mi Jeep.

—Claro que sí. Me has dado un buen susto.

—Bien. Era lo que pretendía. —Su voz sonaba alegre, pero su sonrisa era tensa, y, cuando la miré, vi que su cojera se había agravado muy deprisa.

—Vamos, te estás esforzando demasiado. Ven... —La guie hacia un banco para que se sentara—. Quédate aquí; voy a por el coche.

—Lo siento. —Apretó los labios con fuerza; vi el tono blanco que los rodeaba—. Pensaba que lo conseguiría.

—Sí —dije—. Y lo has conseguido. Es la vuelta la que te está dando problemas. Espérame aquí. —Troté para ir a por el Jeep y conduje hasta el banco donde se había sentado. Aparqué el coche y bajé para ofrecerle mi ayuda, pero se negó a aceptarla.

—Puedo sola.

Retrocedí un poco al oír que me espetaba eso.

—Ya lo sé. Es que... —Pero me quedé a un lado y dejé que subiera por su cuenta. Reprimí un suspiro cuando me senté al volante, y nos pusimos en marcha en silencio. Como siempre.

—Lo siento —dijo al fin, a medio camino de casa. Giré la cabeza a tiempo de verla encorvarse hacia delante y ocultar la cabeza entre las manos. El pelo rizado castaño oscuro caía alrededor de su cara—. ¡Dios! A veces soy insoportable, ¿eh?

—No pasa nada. Es que te has excedido un poco. No te preocupes. No se lo diré a tu fisioterapeuta. Ni a tu médico.

—¡Dios! No, porfa. Me obligarán a ponerme la maldita bota otra vez. —Guardó silencio durante unos instantes, y casi me había decidido a encender la radio cuando volvió a hablar—: Quería darte las gracias.

—¿Por qué? —Mantuve los ojos clavados en la carretera. El aire entre nosotras estaba demasiado cargado como para mirar hacia ella.

—Por todo. Por mudarte aquí, por echarme una mano. Llevas ya casi cuatro meses aquí y todavía no te he dado las gracias lo suficiente. Lo dejaste todo por Cait y por mí.

—Tampoco había gran cosa que dejar. —Me encogí de hombros—. Además, es lo que se me da bien, ¿no? Dejarlo todo. Ayudar a la gente. Arreglar cosas. —Mi carcajada fue un poco más amarga de lo que pretendía—. Por lo menos esta vez ha sido por la familia y no por un chico.

—¡Eh! —Extendió el brazo y puso una mano encima de la mía sobre el cambio de marchas. Me dio un suave apretón y noté ese mismo apretón en el corazón—. Lo que hizo él fue repugnante. Algo digno de un auténtico imbécil. No es... —Soltó un suspiro—. Nadie debería tratarte así. Nunca. Ni el idiota con el que vivías ni yo. Lo siento.

—No pasa nada. —Por suerte, ya casi habíamos llegado a casa; debía parpadear con fuerza para ver la carretera.

—Sí que pasa —insistió—. Estos últimos meses has hecho mucho por nosotras, y no sabes cuánto te lo agradezco. Y es culpa mía. —Rechazó mi protesta antes siquiera de que pudiese verbalizarla—. La rehabilitación me está costando una barbaridad, pero estoy dándolo todo. Cuanto antes esté mejor y pueda volver a trabajar, antes podré retomar mi vida. Y entonces quizá podamos ponernos a pensar en la tuya.

—Quieres librarte de mí, ¿eh? Supongo que quieres recuperar tu habitación de invitados. —Era broma, pero se me cayó el alma a los pies al pronunciar esas palabras. Quizá sí que quería que me fuese. Y retomar su vida anterior—. Ya se me ocurrirá algo. Seguro que puedo buscar un piso o algo. No tengo muchos ahorros, pero con suerte pronto podré...

—¿Estás de broma? —April interrumpió mis balbuceos—. Quédate todo el tiempo que quieras.

—¿Lo dices en serio? —No despegué los ojos de la carretera.

—Pues claro que sí. De todos modos, vas a quedarte hasta el final del verano por la feria, ¿no? Y a Cait le encanta tenerte por aquí. No hay ninguna prisa.

—Vale. —Suspiré y giré hacia nuestro barrio. No solo el barrio de April. El nuestro. Me gustaba cómo sonaba eso—. Vale. Tienes razón. Pronto voy a estar muy ocupada.

Había un globo rosa atado al buzón. Lo vi de reojo al llevar el coche hasta el camino de entrada. Quise girar la cabeza para mirarlo directamente, pero tampoco me apetecía estamparme contra la casa.

—¿Qué diablos es eso?

—¿El qué? —April miró hacia un lado y se encogió de hombros—. ¡Ah! Seguro que es cosa de Caitlin. ¿Me ayudas a bajar del coche?

Entorné los ojos al rodear el Jeep. Mi hermana nunca necesitaba ayuda, y si la necesitaba no lo admitía, incluso los días en que le costaba caminar con las muletas. Pero me olvidé del globo al ayudar a bajar a April, y juntas nos dirigimos hacia la puerta entre tambaleos.

—Vale —dije cuando abrí la puerta—. Te dejaré en el sofá y luego me pondré a preparar la cena... ¿Qué es todo esto?

Daba la sensación de que el comedor estaba en llamas: todas las luces estaban encendidas y eran multicolores, mientras un fuego ardía con alegría. Pero entonces me di cuenta de que los colores procedían de los globos atados a la lámpara que había encima de la mesa del comedor. Las llamas eran velas de cumpleaños encima de una tarta, colocada al lado de un cartón de *pizza*. La cena ya estaba lista. Y no se habían olvidado de mi cumpleaños. Junto a un montoncito de regalos envueltos con poca maña (seguramente por Caitlin), había un puñado de tarjetas de cumpleaños con sobres coloridos.

—¡Sorpresa! —Mi sobrina salió de la cocina.

—¡Sí, sorpresa! —April me rodeó los hombros con un brazo cuando me giré hacia ella con los ojos como platos. Se rio al ver mi expresión de asombro—. ¿De verdad creías que nos habíamos olvidado de tu cumpleaños?

—Bueno... —Abrí la boca, la cerré—. Pues sí. —Eché un vistazo a las tarjetas de la mesa—. Esa la envía mamá. ¿Me habéis robado la tarjeta de cumpleaños de mamá del buzón?

—¡Era parte de la sorpresa! —exclamó Caitlin.

—Perdona. —April chasqueó la lengua—. Fue idea mía. No te hemos comprado muchas cosas para tu cumpleaños, así que quería que la mesa estuviese lo más llena posible.

Intenté fulminarla con la mirada, pero al final solté una risotada emocionada, y me estrechó entre los brazos. Por segunda vez aquel día.

—¿Recuerdas lo que te he dicho de lo mucho que te lo agradezco? Iba en serio. —Aunque me sorprendía su nueva demostración de cariño, la acepté. Era agradable. Como si realmente tuviese una hermana mayor.

—¡Vamos, Em! ¡Sopla las velas para que podamos comer!

Me eché a reír y me enjugué las lágrimas que se me habían acumulado en las comisuras de los ojos.

—Sí, señora. —Me incliné hacia la pequeña tarta redonda y dejé que las llamitas titilaran ante mis ojos mientras pensaba en un deseo. Quería un hogar. Quería un lugar donde construir una vida. Y algún día quería que alguien me amase. No por lo que pudiese hacer por él, sino por la persona que era para él. Me pareció un deseo exagerado que pedir de una sentada, pero era mi cumpleaños. Se permitía que los deseos de cumpleaños fuesen descomunales. Soplé las velas y dejé que los deseos saliesen volando con las columnillas de humo. Los que debían cumplirse volverían hasta mí.

—¿Te hemos sorprendido? —Caitlin abrió el cartón de la *pizza* y empezó a cortar las porciones y a distribuirlas en tres platos.

—Sí. —Le di un bocado a la *pizza*—. Aunque el globo del buzón ha hecho que me preguntase qué pasaba.

—Ya... —April negó con la cabeza—. La próxima vez, mejor nos lo ahorramos.

—¡Ay! —Caitlin se dio una palmada en la frente en plan dramático—. Intentaba darle un punto festivo.

—Lo has hecho genial. —Señalé la habitación—. El salón está la mar de festivo.

—¡Ah! ¿Has recogido mi vestido para la feria?

—Sí. ¡Uy! Lo he dejado en el maletero del Jeep. Ya lo irás a buscar después de cenar. Cuando te hayas lavado las manos. —La miré con intención, y mi sobrina se lamió la salsa de *pizza* de los dedos y dejó la corteza en el borde del plato antes de dedicarme una sonrisa.

—¡Estoy superemocionada! La feria será muy divertida.

—¿Estáis las dos preparadas? —nos preguntó April.

—Pues sí —respondí—. Los disfraces están listos; el acento ya es imposible que mejore a estas alturas. —Agarré una segunda porción de *pizza* porque disponía de un par de días extra antes de que me constriñeran en un apretado corpiño—. Será una forma divertida de descansar durante el verano.

Siempre se me había dado bien subestimarlo todo.

SIETE

Sábado por la mañana, mediados de julio. El día de la inauguración de la feria medieval de Willow Creek. Caitlin y yo estábamos preparadas. No estábamos despiertas del todo, pero sí preparadas.

Subimos al coche a la oscuridad y media, y yo sorbí mi segundo café del termo. Vestía la menor ropa posible (mi holgada camisola/camisón y un par de pantalones cortos de licra), mientras que Cait estaba en el asiento trasero con ojos de dormida. En el lado del copiloto se encontraba su vestido en una bolsa de traje en un intento por evitar que se arrugara tanto como fuera posible.

Me sentí más persona cuando detuve en el aparcamiento que habían señalizado para los miembros del equipo y agarré la cesta de mimbre que contenía el resto de mi disfraz. Cait trotaba tras de mí como un gatito adormilado, pero el aire de buena mañana nos fue muy bien a las dos. A mí ya no me daba ningún miedo el bosque y, cuando llegamos al Vacío, la zona de bambalinas dispuesta a los pies de varias colinas, el café me había empezado a hacer efecto y Cait echó a correr para unirse con sus amigas. Habíamos vuelto más o menos a la normalidad.

Dejé que se fuera (llevaba consigo toda su ropa y ya se vestiría cuando le tocase) y empecé a prepararme. Como había conducido hasta allí tan solo con la ropa interior de la feria medieval, dejé el resto de mi disfraz en una mesa al aire libre y comencé a cubrirme con las capas que formaban mi vestido de tabernera.

Primero las medias, que en realidad no eran más que unos calcetines largos que me llegaban por encima de las rodillas. Me pasé la falda azul por la cabeza y me sumergí en la tela hasta que me la ceñí junto a la cintura. Tiré de la tela blanca hacia abajo y luego me puse las botas. Primero las botas y luego el corsé, esa era la norma de vestimenta más básica para una mujer que participase en una feria medieval. Lo último que me faltaba era el corpiño. Lo dejé a un lado, todavía no. Abrí el bolso y me pinté los ojos a toda prisa, y luego me apliqué lápiz de labios color cereza, un tono lo bastante natural como para que ni siquiera Simon pudiese protestar. Mientras me recogía el pelo para formar un tosco moño sofisticado, vi cómo el sol salía entre los árboles a nuestro alrededor y me zambullí en los sonidos de las conversaciones de los adolescentes allí presentes. En la mesa contigua, Chris estaba sentada, paciente, mientras la bailarina principal le trenzaba el pelo para peinárselo con una cofia apropiada de una reina. Me guiñó un ojo y me saludó con la mano, con la precaución de no mover demasiado la cabeza.

Me había pasado tanto tiempo con el pelo que, cuando empezó la reunión de la mañana, todavía no me había puesto el corpiño. Como habíamos hecho durante los ensayos, todas las mañanas nos reuníamos brevemente. Instrucciones de última hora, cambios de horario, esa clase de cosas. Miré a mi alrededor en tanto ayudaba a Stacey a ponerse el disfraz. ¡Madre mía! Parecíamos unos profesionales. Los disfraces eran impecables e incluían peinados y sombreros. En las afueras de la reunión había gente a la que no conocía, pero, como nadie se alarmó, decidí no alarmarme tampoco. Debían de ser los artistas. La feria (bueno, Simon y Chris) había contratado a músicos y a otros artistas para que tocaran con nosotros y para nosotros durante las siguientes semanas. Por lo general, se quedaban solo uno o dos fines de semana, así que las reuniones también nos permitirían saber quién tocaba en qué lugar.

Esa información no me atañía, así que escuché con un oído mientras me levantaba la falda y me la fijaba con alfileres. A continuación, me coloqué la camisola y me alcé los pechos mientras Stacey terminaba de atarme. Cuando la reunión se disipó, guardé el termo de café ya vacío en el fondo de mi cesta de mimbre y lo tapé con una bufanda de tartán que me había prestado April. Stacey y yo empezamos a subir la colina para dejar atrás el Vacío y dirigirnos hacia nuestra zona. Algunos de los más jóvenes corrieron ante nosotras, rayos de color y faldas y sombreros con plumas.

Stacey soltó un suspiro melancólico.

—Me acuerdo de cuando era joven y tenía tanta energía.

—Vamos, abuela. —Le di un codazo en el costado, que seguramente no llegó ni a sentir debido a su corsé—. Tienes la misma edad que yo, ¿no?

—Cumplo veintiséis en octubre. Pero a estas horas de la mañana, tan temprano, es como si tuviera ciento cuatro.

No podía estar más de acuerdo con ella.

Ya casi habíamos llegado a la cima de la colina cuando unas carcajadas masculinas nos sobresaltaron por detrás. Miré hacia atrás y vi a un grupo de piratas a media colina, andando apiñados y riéndose por alguna broma. Uno de ellos nos daba la espalda y caminaba hacia atrás; estaba contando una historia que no capté, pero que hizo que los demás se partieran de risa.

Caminaba hacia atrás. Para subir la colina. ¿He dicho ya que llevaba pantalones de cuero?

De espaldas, no sabía quién era ese pirata. Vestía todo de negro, con un sombrero con una larga pluma roja. El sombrero me resultaba familiar. Mientras media parte de mi cerebro se derretía ante las vistas de lo que hacían unos pantalones de cuero con el culo de un hombre al caminar hacia atrás para subir una colina, la otra media se preguntaba quién diablos era. Me había pasado los fines de semana durante dos meses con esa gente, y a todos los conocía lo bastante bien como para detenerme y hablar con ellos en el supermercado si nos encontrábamos. Pensaba que estaba empezando a formar parte de la comunidad, pero entonces ¿por qué no reconocía a ese chico?

Y entonces Pantalones de Cuero dio media vuelta y nuestras miradas se cruzaron. La sonrisa de su rostro vaciló unos instantes, y yo estuve a punto de tragarme la lengua.

Pantalones de Cuero, cuyo culo yo me había comido con los ojos, era Simon Graham. ¡Joder!

A veces la vida era injusta.

No parecía él en absoluto. ¿Era porque estaba sonriendo? La única otra vez que lo había visto sonreír (una sonrisa de oreja a oreja con dientes y demás) también había sido un accidente. Esas sonrisas nunca iban dirigidas a mí.

Pero en ese momento me sostuvo la mirada como no había hecho jamás, y su sonrisa pasó de vacilante a radiante. Asintió en mi dirección y con la punta de los dedos se tocó el ridículo sombrero en una especie de saludo. No solo no me evitaba, sino que ¡estaba coqueteando conmigo!

¡Vaya! Eso era nuevo. Volví la cabeza otra vez y dejé de mirarlo a los ojos. Pero ya era demasiado tarde. La imagen de Simon estaba grabada a fuego en mi cerebro.

¡Y menuda imagen! De negro, con la camisa abierta a la altura del pecho, enfundado en un chaleco rojo oscuro del color de la sangre, enseñando una mata de vello oscuro sobre unos pectorales inesperadamente definidos. Ahora tenía sentido que llevase el pelo más largo; un peinado más corto habría quedado oculto por completo debajo del sombrero.

¡Oh, no! El aguafiestas de la feria medieval estaba bueno. Ni siquiera ese sombrero tan absurdo podía atenuar el poder de su sonrisa, y mi corazón no dejó de acelerarse después de haberlo visto.

—¡Jesús! —Había pretendido mascullar esa palabra entre dientes, pero salió más bien como una suerte de silbido, y Stacey se giró hacia mí.

—¿Estás bien?

—Sí. Es que... ¿Simon es un pirata?

Miró hacia atrás, en dirección hacia los piratas que subían detrás de nosotras, y sonrió antes de saludarlos.

—¡Ah, sí! El capitán Ian Blackthorne. Ha sido un pirata desde las primeras ferias. Él y su hermano Sean. —Me contagió la sonrisa—. Me había olvidado de que todavía no lo habías visto disfrazado. Ya comentó que era un pirata, ¿no te acuerdas?

Hurgué entre mis recuerdos. No me acordaba, no. Pero durante las primeras semanas no había prestado demasiada atención a los detalles, por lo menos en lo que a Simon respectaba. Podría haber dicho que haría de dragón y a mí me habría importado una mierda.

Pero... después de tanto tiempo preguntándome por qué Simon seguía con la feria si era tan estresante, estaba casi convencida de saber la respuesta. Se metía en esa nueva identidad como si fuese una segunda piel y la llevaba con facilidad. No solo se trataba de continuar con el legado de su hermano. Era porque durante unas semanas de verano era capaz de disfrazarse y convertirse en una persona totalmente distinta. Una persona que no debía preocuparse por las lecturas escolares ni por haber perdido a un hermano por culpa del cáncer.

Miré hacia atrás de nuevo. Sí. Estaba bueno. Hablaba con un pirata que estaba a su lado, pero levantó la vista como si hubiese notado mis ojos clavados en él. La sonrisa coqueta regresó a sus labios como si la esbozara todos los días. Su gesto me provocó un escalofrío que me recorrió la piel, y para mi sorpresa y terror noté cómo una sonrisa se dibujaba en mi rostro en respuesta. No podía evitarlo. Sus ojos se iluminaron y su sonrisa se ensanchó, una perfecta dentadura blanca.

Respiré hondo entre temblores y me concentré de nuevo en mirar hacia delante, anonadada ante el nuevo descubrimiento. A Emma la tabernera la ponía cachonda el capitán Blackthorne, el pirata.

Podría ser un problema.

—Bien halladas, señoritas.

Mi atención se dirigió otra vez hacia delante al oír una voz grave ante nosotras, y una sonrisa se abrió paso en mi cara. Esa sonrisa era mucho más lógica.

Mitch Malone se encontraba en el punto más alto de la colina, en medio de la calle, iluminado desde detrás por el sol de la mañana. Conociéndolo, seguro que había consultado el almanaque de los granjeros a fin de saber en qué lugar colocarse para que el sol fuera un halo en su cabeza que le diese aspecto de dios dorado. Con la falda, las botas, el morral, sin camisa y con las manos en las caderas, debería ser odioso hasta la saciedad. Pero yo ya me había acostumbrado a sonreírle, igual que me había acostumbrado a Mitch y a su físico espectacular. Por más atractivo que fuera, ya no me provocaba nada. Me apetecía girarme y volver a mirar a Simon. El cuero, la camisa abierta... Eso sí era una revelación.

Pero mantuve la vista al frente y la cabeza en mi papel.

—¡Bien hallado, buen señor! —Hice una breve reverencia y Mitch dio un paso hacia delante para ofrecerme una mano al levantarme. Por más irritante que fuese, cuando Mitch se concentraba en ti, era como si recibieras de golpe toda la luz del sol. Iba a necesitar una crema de protección solar más fuerte si pretendía llegar viva al mes de agosto.

—Buenos días, señoritas. —Se puso mi mano en el interior de su codo y le ofreció el otro brazo a Stacey. ¿Podía una chica pedir un mejor escolta durante la primera mañana de feria?

Cuando llegamos a la calle principal, me quedé boquiabierta. Nos habíamos pasado los dos últimos sábados en lo que en realidad no era sino un bosque vacío. Había ayudado a colocar lo que me parecieron mil bancos a ambos lados de los espacios donde se harían actuaciones, pero los escenarios seguían bastante desolados, como zonas en las que te encontrarías si pasearas por un..., en fin, por un bosque desierto.

Pero en ese momento... estaba en un pueblo isabelino. O en una reproducción muy verosímil. A lo largo de la calle, colgaban banderas de vivos colores en palos a ciertos intervalos, y había actividad por todas partes. Las calles estaban llenas de puestos, y los mercaderes vestidos de época exhibían sus productos para ese día. Artículos de piel en una parada, joyas de plata remachadas en otra. En una caseta muy grande había vestidos, y prácticamente me quedé embobada al ver unos corpiños elaborados y bordados, aunque mi mente de tabernera los rechazó por ser demasiado ostentosos, dado mi estatus.

Pasamos por delante de los espacios para las actuaciones, donde en el escenario central había músicos con instrumentos acústicos a los lados. Si entornaba los ojos y sabía hacia dónde mirar, divisaba el equipo de sonido, colocado con discreción junto al escenario y tapado con telas. Pero la mayoría de los músicos no necesitaba amplificación. A fin de cuentas, los escenarios eran bastante íntimos, y las melodías volaban por el bosque.

Y entonces llegamos a nuestra taberna, y no pude quitarme la sonrisa de la cara en ningún momento. Nuestro claro vacío se había transformado por completo. Unas banderolas de colores iban de árbol a árbol para formar una especie de dosel sobre nuestras cabezas, y que así fuera un lugar fácil de encontrar. También contábamos con un dosel auténtico, una tienda abierta por un lado, que le daba a la taberna techo de verdad, y debajo de la tienda estaba la barra, con unas cuantas mesas y bancos desperdigados por delante. Resultaba extraño ver una barra en medio del bosque; era ver algo donde no tocaba, como toparte con un profesor en el supermercado. Al acercarme, vi que era una barra auténtica, con superficie de aglomerado y tarros para las propinas ya dispuestos. Detrás de la barra había la hielera en que se guardaban los barriles de cerveza. Los habían destapado, a juzgar por un voluntario con camiseta roja que se alzaba al lado, con un vaso de plástico medio lleno de una cerveza oscura en las manos.

—¡Jamie! —Stacey se separó de Mitch y de mí, y corrió para abrazar al voluntario. Su ímpetu le torció a él la gorra de béisbol, y se rio mientras se la ponía bien—. Emily, te presento a Jamie. Es uno de nuestros mejores voluntarios. ¡Cuánto me alegro de que este año hayas vuelto! —Le dio un puñetazo en el brazo—. Él sí que sabe cómo servir del barril, no como algunos de los otros voluntarios.

—Supongo que por eso siempre me ponen aquí. —Se encogió de hombros.

—Jamie, te presento a Emily. Este año es nuestra otra tabernera y es nueva, así que sé agradable.

—Yo siempre soy agradable. —Me tendió la mano sobre la barra y se la estreché. Sus ojos no se clavaron de inmediato en mi escote, así que mi opinión de él subió varios puntos—. Encantado de conocerte, Emily. ¿Cuál es tu nombre de la feria? Para saber cómo llamarte.

—Emma. —Me mordí el interior de la mejilla al suponer que iba a recibir la típica respuesta de: «¡Vaya! ¡Qué poco te has esmerado con el nombre!», pero para mi sorpresa se limitó a asentir.

—Emma —repitió—. Bueno, ya verás que es muy sencillo. A ambos extremos de la barra hay neveras con las bebidas embotelladas. Al lado de la caja registradora, los abridores. Yo serviré las cervezas desde los barriles mientras vosotras servís a los clientes que quieran algo embotellado o vino. ¡Ah! Y debajo de la barra hay neveras con agua. Durante el día hace un calor horrible, así que no dudéis en darles una botella de agua a los miembros de la organización o a los voluntarios que se acerquen por aquí. —Jamie asintió en dirección a Mitch—. Marcus, es un placer verle, señor. —Su acento escocés era espantoso, y su sonrisa daba a entender que estaba al corriente.

—Lo mismo digo, señor. —El acento de Mitch era mucho mejor. En un instante, el deportista con buen cuerpo había dejado atrás al tipo de la falda para convertirse en Marcus MacGregor, un caballero escocés. Muchísimos cambios repentinos en un solo día.

—¿Quiere una cerveza? Este año tenemos.

Mitch/Marcus se rio y Stacey se le unió, y yo me los quedé mirando a los tres confundida.

—Vale, no entiendo la broma. —Odiaba no entender una broma. ¿En qué momento iba a formar parte de verdad de ese lugar?

—Es algo que ahora decimos todos los años —me contó Stacey—. Desde...

—Desde que Sean un año se olvidó de encargar la cerveza para la feria, así que tuvimos tabernas sin cerveza. —Mitch terminó la historia por ella.

—¿Se olvidó de la cerveza? —Parpadeé—. ¿Cómo es...? ¿Qué diablos hicisteis?

—Cerramos todas las tabernas menos esta —contestó Jamie—. Y luego fuimos a comprar varias cajas de cerveza; los que éramos mayores de edad, claro. Por eso ahora solo hay una taberna.

—Hazme caso, fue un error que cometió una sola vez —añadió Mitch.

—Bueno, pero cometió muchos otros. —Jamie resopló.

Los tres volvieron a reírse, pero yo seguía sintiéndome un poco marginada por la broma. No era la primera vez que deseaba haber conocido a Sean para así comprender de verdad de qué iba todo aquello. Debió de ser supercarismático. Era imposible que Simon se olvidase de encargar la cerveza para la taberna. No me imaginaba a Simon olvidándose de nada. Seguro que repasaba listas mientras dormía.

—Bueno —Jamie levantó el vaso de plástico en dirección a Mitch—, ¿es demasiado temprano para una cerveza?

—Nunca es demasiado temprano, pero hoy tengo dos combates, debería estar con todos los sentidos alerta. —Se quitó una jarra de peltre del cinturón y la deslizó por encima de la barra hacia Jamie—. Pero un poco de agua sí te aceptaré, si no te importa.

Jamie le llenó la jarra y luego se la pasó por encima de la barra. Mitch la agarró, nos saludó y se marchó. Me gustaría decir que no me lo quedé mirando, pero sería una mentira muy gorda. No tenía ni idea de que en la espalda hubiese tantísimos músculos.

—Bueno. —Stacey me hizo un gesto para que me pusiera a su lado detrás de la barra—. Aquí es donde viviremos durante los seis próximos fines de semana. ¿Qué te parece?

Miré las banderolas que hacían de dosel y que se bamboleaban por la ligera brisa, miré las mesas que pronto estarían llenas de clientes, miré las cajas que me llegaban por la cintura repletas de hielo y de bebidas frías.

—Me encanta. —En la vida había hablado tan en serio. Después de todo, ya había hecho de camarera. Había servido mesas. Pero hacerlo al aire libre, con las imágenes y los sonidos de una feria medieval cobrando vida a nuestro alrededor..., iba a ser divertido.

Varias horas más tarde, corregí mi definición de «divertido».

Había empezado poco a poco. Las puertas se abrieron a las diez de la mañana, y no demasiada gente se dirigió de inmediato hacia el bar para beber tan temprano. Hubo unos cuantos, claro, sobre todo padres con aspecto de necesitar una cerveza tan pronto mientras acompañaban a niñas vestidas de princesa. Pero durante la primera hora o así miré a mi alrededor y me sentí un poco rara. ¿Quizá la gente no bebía demasiado en esas ferias? ¿Quizá se centraban más en la música y en el ambiente, y en ir a por un muslo de pavo o un trozo de tarta?

Sin embargo, conforme se acercó el mediodía, la muchedumbre creció y la cosa se volvió caótica. El tiempo pasaba rápido mientras yo no paraba de abrir botellines. De dar el cambio. De agarrar un paño y secar la barra, que se iba mojando por las botellas que salían de las neveras. Serví copas de vino. Le pedí jarras de cerveza a Jamie, que servía a una velocidad récord. En algún lugar cerca de allí, una banda empezó a tocar sobre un escenario, guitarra y violín y tambores con un ritmo que resonaba en mi pecho con golpes secos. La canción se filtraba entre los árboles, no lo suficiente como para tararear la melodía, pero sí como para hacer de hilo musical durante todo el día.

Delante de la taberna, una multitud empezó a congregarse en los bancos que delimitaban el perímetro de un claro. Miré en esa dirección y tan solo vi a uno de los miembros de la organización de pie en el centro, diciéndoles algo a los presentes, pero estaba demasiado lejos como para captar sus palabras. Le di un golpecito a Stacey.

—Beatrice, querida, ¿qué ocurre allí? —Tuve que admitir que mi acento era estupendo.

Siguió la dirección hacia donde apuntaba mi dedo y entornó los ojos como yo.

—Se trata del ajedrez humano. ¿Recuerdas? Los hemos visto ensayar.

—¡Ah! ¿La lucha? —Ahora me acordaba. La pelea con espadas que se convirtió en un combate a puñetazos. Simon simulando golpear a Mitch. Mitch ganando el enfrentamiento. El primer momento en que vi toda la fuerza de la sonrisa de Simon.

—La lucha. —Asintió para confirmármelo—. Hoy hay dos tipos de combates. Deberíamos intentar ver uno de ellos.

Me giré hacia ella, confundida. Debía de estar de broma.

—¿De dónde vamos a sacar el tiempo?

—En algunos momentos del día, la situación se relaja, hazme caso. —Me dio una palmada en el brazo—. No iremos demasiado lejos. Si Jamie empieza a ahogarse con demasiada clientela, regresaremos a toda prisa.

—Sí —nos animó Jamie. Su voz habitual con acento americano de pronto sonó rara y plana contra nuestro fingido acento británico—. No es mi primer rodeo. Como tú eres nueva, deberías ir a ver algunos de los espectáculos cuando haya menos clientes, claro que sí.

Al cabo de un rato, empecé a ver a qué se referían. La gente aparecía en la taberna por oleadas. Cuando terminaban los espectáculos, todo el mundo se alejaba del escenario y se encaminaba hacia nosotras. La principal atracción parecía ser ir a por una bebida y merodear por las calles con una cerveza en las manos.

En cuanto una de las oleadas por fin se calmó, de reojo vi un destello de brocado rosa.

—¡*Milady*! —Hice una rápida reverencia a mi sobrina, y luego me agaché para agarrar una botella de agua de la nevera. Caitlin estaba ruborizada; no me apetecía que le diese una insolación y se desmayara mientras estaba a mi cargo. April me mataría.

Aceptó la botella con una sonrisa y vertió el agua en la botella de cristal que yo le había proporcionado precisamente con ese objetivo.

—De hecho, debía venir a por ti.

—¿A por mí? ¿Por qué motivo?

Cait asintió con vigor. No era algo que fuese a hacer una dama isabelina de buena cuna. Bueno, era el primer día. Ya se acostumbraría al papel.

—Te necesitamos en el torneo de justas.

—¡Ah! —Miré en esa dirección, como si pudiese ver tan lejos—. ¿Por qué? No sé nada sobre justas. —Si alguien pretendía subirme a un caballo, me iría de inmediato—. A mí me asignaron aquí. Eres tú quien debe merodear por ahí.

—No sé. Me han dicho que venga a buscarte. —Rodeó la barra y me sujetó del brazo.

—Vale. Esto no es verosímil con la época. —Dejé de fingir un acento al liberarme.

—¡Vamos! Te están esperando.

Giré la cabeza hacia Jamie, quien se encogió de hombros.

—Ve —me indicó—. Lo tengo todo controlado. Stacey enseguida volverá del baño. Ya me ayudará cuando termine el espectáculo.

No me gustaba abandonar mi puesto, pero parecía que a Caitlin le iba a estallar una vena del estrés, así que la seguí y salimos de la taberna. Recorrimos la calle principal, que serpenteaba entre los árboles, rumbo al torneo de justas. A lo lejos sonaban vítores dedicados a los caballeros que cabalgaban, potentes y numerosos.

—¿A dónde vamos? Me da la impresión de que la justa está a punto de terminar. —Se me había desbocado el corazón por la carrera y por una ligera falta de oxígeno.

—Sí, pero ahora es el turno de la ceremonia de la unión de manos. Y no hay suficiente gente, así que...

Tropecé con una raíz y a duras penas conseguí recobrar el equilibrio para no caerme de culo.

—¿La unión de manos? —Me levanté las faldas para no trastabillar más—. Yo no sé nada sobre la ceremonia de la unión de manos. No la he ensayado. —¿Cómo era posible que estuvieran faltos de gente? En la reunión de la mañana en el Vacío, se había presentado todo el mundo.

La ceremonia de la unión de manos era muy bonita, estaba dedicada a los visitantes y tenía lugar después del torneo de justas. Las parejas se agarraban las manos para prometerse unos a otros durante un año y un día. Pronunciaban palabras bonitas y un cordel dorado les unía las manos. Me habían dicho que era una atracción muy famosa, sobre todo para la gente mayor, que quería volver a sentirse joven. Pero mi lugar estaba en la taberna, al otro lado de la barra. Esa era una ceremonia para las damas de compañía y para los que llevaban los disfraces más bonitos, no para una tabernera que seguramente apestaba a cerveza.

Llegamos al claro que se encontraba a la izquierda del terreno de las justas. El torneo acababa de finalizar y nos rodeaban los asistentes. A medida que nos acercábamos al sitio donde tendría lugar la ceremonia, me di cuenta de que había malinterpretado a Caitlin. No estábamos faltos de miembros de la organización para oficiar la ceremonia. Estábamos faltos de participantes. Entre los nuestros se encontraban dos parejas con pantalón corto y camiseta, que desprendían la misma incomodidad que seguramente sentían al preguntarse en qué se estaban metiendo.

—En efecto. —Ahora que volvíamos a estar con gente, Cait recuperó el acento, aunque habló en voz baja—. Dicen que, como es el primer día, se ha apuntado muy poca gente a la ceremonia. Pero nos iría bien para practicar, así que me han enviado a por ti, y vendrán otros también.

—¿Para qué? ¿Para una ceremonia falsa? ¿Con quién me voy a casar yo, pues? —Barrí la zona con la mirada para intentar descubrir quién iba a ser mi esposo. Ahí estaba Mitch (divisé su falda enseguida), pero una de las dama de la reina ya se reía agarrada a su brazo, así que supuse que no era para mí. ¡Maldita sea! Entonces, ¿quién iba a...?

En ese momento, la reina Chris y su vestido gigantesco se movieron tres pasos a la izquierda, y me quedé paralizada.

—No.

Cait puso los ojos en blanco. Así no iba a representar bien su papel.

—¡Dios! Ya sabía que reaccionarías así. Vamos. —Tiró de mi brazo, pero no me moví.

—¿No me lo podrías haber dicho desde un principio? —Me zafé de ella y crucé los brazos por encima del pecho.

Mi sobrina emitió un gemido gutural de desagrado y me agarró del codo, y yo le permití que me empujara hacia delante. Era eso o montar un escándalo, y, por más molesta que estuviera, no pensaba hacerlo.

Y entonces sonó una voz. Una voz alegre y animada a la que yo no estaba acostumbrada porque de él solo estaba acostumbrada a recibir críticas.

—¿Es esta la tabernera que me habéis traído?

¡Por el amor de Dios!

OCHO

Ahí estaba Simon vestido de gala como un pirata. Pero no podía llamarle Simon, por supuesto. Nadie se tomaba la feria más en serio que él, así que Dios me librase de cagarla delante de él. Capitán Ian Blackthorne. Pirata.

Yo todavía me estaba acostumbrando a ese cambio tan brusco en la personalidad de Simon. No estaba fulminándome con la mirada como de costumbre ni esperando el momento de atacar y criticarme por haberme equivocado en algo. En cambio, lucía su sonrisa de Pirata Sexi, que tanto me asombraba como me empujaba hacia delante. Recordé el protocolo justo a tiempo; los piratas estaban más o menos en el mismo lugar jerárquico que las taberneras, pero las mujeres debían mostrar deferencia de todos modos. Por lo tanto, me detuve delante de él y me incliné para hacerle una ensayada reverencia. Clavé los ojos en el suelo, y las hebillas plateadas de sus botas me saludaron cuando dio un paso adelante.

Delante de mis ojos gachos apareció su mano tendida y, cuando levanté la vista, vi que se inclinaba ligeramente ante mí, como si fuéramos a bailar. Apoyé la mano en la suya al levantarme, pero no me la soltó. Se limitó a sostenerme la mirada y me rozó el dorso de la mano con los labios. Noté que el gesto era una descarga que me recorría todo el cuerpo, y mi instinto me dijo que retirara la mano. Pero mantuve la compostura; por algo había dado tres semestres de clases de teatro. Podía atenerme a mi papel, incluso al darme cuenta de que, tan cerca, los ojos marrones de Simon eran en realidad de color avellana; tenían puntitos dorados y verdes en los que hasta entonces no me había fijado.

—Capitán Blackthorne. —Curvé los labios en una sonrisa que le confirmaba que iba a seguirle la corriente, pero que se lo iba a poner complicado—. Me han dicho que me ha mandado llamar. ¿Qué desea?

Simon (no, en mi cabeza ahora era el capitán Blackthorne, porque Simon nunca estaba tan alegre ni se reía con tanta facilidad) dejó que mi mano se liberara de su agarre y me levantó la barbilla. Si hubiese hecho eso en un bar, se habría ganado un bofetón en cuestión de segundos. Pero allí, con la luz del sol que se filtraba entre los árboles, no estaba mirando al tipo que me había puesto contra las cuerdas desde mediados de mayo. Allí estaba mirando a un pirata, vestido de cuero negro con la camisa abierta, los ojos pintados con kohl y medio entornados. Allí el sol arrancaba destellos rojizos a su pelo castaño, que conjuntaba con la barba bien recortada. Para mi absoluta sorpresa, ese mismo sol hizo destellar el aro plateado que le colgaba de una oreja.

Ese pirata me estaba provocando unas cosas que no quería admitírselas a nadie. Mucho menos a él. O a mí.

En ese momento, la reina tomó la palabra, y todos nos pusimos en fila. Las damas de compañía merodeaban alrededor de aquellos de nosotros que iban a participar en la ceremonia. Con las dos parejas de asistentes, Mitch y su chica, y Simon y yo, éramos cuatro en total. Ahora comprendí que era mejor que los miembros del elenco también participasen, para que así los visitantes no se sintieran tan incómodos ni marginados. Así formábamos una cómoda multitud.

Una de las damas de compañía agarró mi mano y la puso encima de la de Simon. La suya se cerró alrededor de la mía, cálida y seca a pesar del calor de pleno verano. Yo ya había tomado a unos cuantos chicos de la mano a lo largo de los años; obviamente, no era una experiencia nueva para mí. Aunque sí que fue la primera vez que sentí algo, una sensación de paz. De protección. La sensación de que, por fin, lo había encontrado y me iba a cuidar.

¿Me iba a cuidar? ¿En qué siglo estaba mi cabeza? Quizá me había metido demasiado en el personaje.

—Novio y novia —empezó a decir la reina, y abrí los ojos como platos. Todavía no había oído hablar a Chris en su papel de reina, y era increíble. Su voz era grave y autoritaria. No era una mujer con la que reírse y compartir un café—. Os ruego que os miréis a los ojos. —Su mirada se desplazó por cada una de las parejas para asegurarse de que seguíamos su orden—. ¿Os honraréis y os respetaréis unos a otros y juráis no romper nunca esa promesa?

Levanté la vista hacia mi falso prometido con lo que debía de ser una expresión de terror. Seguramente era porque nos habían considerado novios, pero es que todo aquello sonaba demasiado real. Demasiado oficial. Sin embargo, Simon fue fiel a su personaje y me miró con una sonrisa cariñosa como si nos conociéramos desde hacía años. En el silencio que siguió, me di cuenta de que debíamos hablar.

—Sí. —Hablé con voz rasposa, insegura. Me aclaré la garganta y lo volví a intentar—. Sí. —A fin de cuentas, era una promesa fácil de hacer. Quizá no me cayese demasiado bien él, pero ¿honrarlo y respetarlo? Sin problema. Sabía lo importante que era la feria para Simon y, aunque me sacase de mis casillas a menudo, tampoco me apetecía hacer nada que le complicase más la vida.

—Sí. —Su respuesta fue firme, desenfadada, casi divertida. ¿Los piratas honraban y respetaban a algo que no fueran ellos mismos? ¿Al oro, tal vez? ¿Al ron? Tomé una nota mental para preguntárselo más tarde.

—Así concluye la primera unión. —La dama de compañía que estaba delante de cada una de las parejas nos rodeó las manos con un cordel dorado y nos las ató sin fuerza. Podría apartar la mano con facilidad e interrumpir la conexión. Debería quererlo, pero no me moví.

—¿Compartiréis el dolor del otro y buscaréis el modo de atenuarlo?

—Mmm... —Volví a mirar hacia él, pero de inmediato respondió con un firme sí, así que yo hice lo propio. Una vez más, no era algo tan terrible de prometer, ¿no? Era lo que haría cualquier persona agradable. Compartir el dolor, buscar la forma de atenuarlo. Pensé en el día en que me encontré con Simon en el bosque, en el dolor que reflejaba su rostro. En la placa dedicada a su hermano. No había hablado con él al respecto, no le había contado que Chris me había puesto al día de su pasado. Quizá debería comentárselo.

—Y así concluye la segunda unión. —Una nueva vuelta con el cordón, y Simon me apretó un poco la mano. Yo le devolví el apretón, pero no supe por qué. En ese momento, me sentí más cerca de ese chico vestido de pirata de lo que nunca me había sentido con Jake. Y eso que había dejado la Universidad por Jake. Había aceptado dos empleos mientras Jake estudiaba Derecho.

—¿Compartiréis la carga del otro para que vuestros espíritus crezcan en esta unión?

«Claro», quería responder mi yo arrogante. «¿Por qué no?». Pero era un mecanismo de defensa. La cosa se estaba poniendo más íntima. No podía echarme a reír como si fuese algo que le prometería a cualquiera por la calle. Nuestra unión protagonizaba la ceremonia. Mi unión. Con un tipo que llevaba pantalones de cuero al que apenas conocía y que en realidad no me caía bien. Pero él asintió con voz sólida y segura, y ¿qué clase de idiota sería yo si no hiciese lo mismo?

—Y así concluye la tercera unión. —Otra vuelta. Ahora sí que estábamos bien atados, el cordel dorado prácticamente nos tapaba la mano hasta la muñeca. Apartarme de él seguro que era difícil, así que ni siquiera lo pensé. Lo peor de todo era que no quería ni pensarlo.

—Novio y novia, ahora que tenéis las manos atadas —la reina se tomó unos instantes para mirarnos a todas las parejas—, vuestras vidas y vuestros espíritus están atados con una unión de amor y confianza. —Mitch sonrió y su acompañante a duras penas reprimió una risilla; a mí me entraron ganas de darles una patada por no tomarse la ceremonia en serio—. Por encima de vosotros están las estrellas y, por debajo, la tierra. —Las dos parejas de asistentes vestidos de calle solo tenían ojos unos para otros, y cuando los observé, comprendí lo potente que podía ser esa ceremonia para personas que estaban profundamente enamoradas. ¿Estaban recordando su boda? ¿Esos votos eran una confirmación?—. Como las estrellas, vuestro amor debería ser una fuente constante de luz y, como la tierra, unos cimientos firmes desde los cuales crecer.

Y allí estábamos Simon y yo. El capitán Ian Blackthorne, el pirata, y Emma, la tabernera. Las palabras eran preciosas, pero era una lástima que para nosotros no tuvieran verdad.

—De este modo quedáis atados durante un año y un día —proclamó la reina—. Cuando termine ese lapso, si deseáis permanecer unidos, debéis presentaros ante mí y manifestar vuestra intención. De lo contrario, cuando termine ese lapso, podéis tomar caminos separados.

En mi papel, asentí solemne, pero también me pregunté cómo íbamos a hacerlo nosotros (y cualquier pareja de clientes). ¿Se suponía que debíamos apuntar la fecha? ¿Comprar una entrada para la feria del año que viene y esperar que Chris volviese a representar a la reina?

Probablemente estaba dándole demasiadas vueltas. Se trataba de una actividad divertida de la que uno salía con un cordel dorado como recuerdo y nada más. Pero yo nunca me había atado a nadie, ni siquiera durante un tiempo, y mucho menos por una monarca. Aquella ceremonia estaba jugando con mi mente. Aunque eso no fue nada comparado con lo que sucedió después.

Mientras las damas de compañía rompían a aplaudir encantadas, mi traidora sobrina entre ellas, la pareja que teníamos a la derecha selló la promesa con un beso. Sonreí al presenciar la muestra de afecto entre la pareja de mediana edad, un recordatorio de que el amor existía y que para algunos sí que duraba. Luego la otra pareja de asistentes los imitó, seguida de Mitch, que rodeó a su dama con un estrecho abrazo (que seguramente no era verosímil con la época), entre risas. Todo era muy bonito y muy divertido, hasta que me di cuenta de que Simon iba a besarme y me cayó el alma a los pies.

Mi mirada se clavó en la suya; en serio, ¿cuándo le habían salido esos puntitos verdes en los ojos? La mano atada me apretó la mía un poco antes de acercarme a él y ponerme la otra mano encima de la mejilla. Apenas me tocó la piel, pero contuve un estremecimiento de todos modos. Una ceja se arqueó retadora al inclinarse hacia mí. Me retaba a negárselo, a salir de mi papel y no permitir que me besase.

¡A la mierda! Lo miré con los ojos más transparentes posibles y me imaginé cómo se sentiría una tabernera al atarse a un pirata con su aspecto. Muy bien, seguro. Batí las pestañas un poquito y cerré los ojos unos segundos antes de que sus labios tocaran los míos. Su beso fue firme pero amable; no intentó meterme la lengua ni obligarme a responderle con fervor. Era un roce con los labios, seguido por una suave presión de su boca contra la mía. Un beso ensayado a la perfección.

Por lo tanto, no había ninguna razón para que mi corazón se acelerara de esa forma. No tenía sentido que mis sentidos se llenaran con él, con su aroma a cuero y su piel cálida, con la ligera aspereza de su barba sobre mi mejilla y sus dedos acariciándome la mandíbula.

El beso terminó antes de lo que yo quería, aunque nunca lo admitiría en voz alta. Abrí los ojos lentamente cuando sus labios se separaron de los míos, y durante unos instantes no existió nada más que sus ojos clavados en los míos, marrones y verdes y dorados y ¿qué estaba pasando? Durante un segundo, pareció tan afectado como yo, pero enseguida recuperó el papel y su sonrisa fácil regresó. Con un último apretón en mi mano, se retiró; al apartarnos, el cordel dorado se aflojó y nos permitió separarnos. Agarré la cuerdecita antes de que cayera al suelo y la sopesé entre los dedos. Enseguida eché de menos el calor de la piel de Simon y me maldije por ello.

Él se giró hacia la gente que nos rodeaba y respondió a sus vítores con otra sonrisa. Yo logré esbozar una sonrisa temblorosa mientras le decía a mi corazón que dejara de martillearme. También era muy consciente del tiempo que llevaba ausentada. Debía volver a la taberna. No debería haberla abandonado.

Atajé por el campo vacío donde hicieron el ajedrez humano, ya que el siguiente enfrentamiento no tendría lugar hasta dentro de otra media hora. Iba por la mitad cuando pude echar un buen vistazo. Ni siquiera veía a Jamie entre el gentío que abarrotaba nuestra tiendecita. «¡Mierda!». Me levanté las faldas y corrí el resto del camino.

—¡Lo lamento, lo lamento mucho! —Por nerviosa que estuviese, recordé fingir el acento y me dispuse a servir a la gente en vez de ceder a mi primer instinto de empezar a hablar por los codos con expresiones de este siglo.

—Pásame el *chardonnay*. ¿Dónde estabas? —A su favor, debo reconocer que la pregunta de Stacey era solo eso, una pregunta; no había ningún matiz de acusación por abandonar mi puesto durante lo que debían de haber sido unos buenos quince o veinte minutos.

Saqué la botella fría de vino blanco de la cubitera con hielo a mi izquierda y se la pasé por encima de la barra.

—Lo siento. —¡Vaya! Era la tercera vez que me disculpaba en unos treinta segundos—. Te lo cuento luego, te lo prometo. —Estaba demasiado ocupada como para narrarle una historia, y esa era un tanto delirante. Ya la pondría al día cuando la multitud se hubiese reducido.

Pero no se redujo. La tarde transcurrió en un ajetreo de servir bebidas y contar monedas y mantener una sonrisa pegada en el rostro. Cuando pensábamos que habría una pausa, otro espectáculo terminaba y más gente acudía a la taberna. En cuanto tuve unos segundos libres, agarré mi botella de agua de cristal y le di un buen trago, aunque deseé que el líquido transparente fuera vodka. Relacioné el paso del tiempo con el espectáculo que se desarrollaba en el escenario detrás de nosotras, cuyos tambores resonaban en mi conciencia. En un momento dado, eché un vistazo hacia la zona donde se celebraba el ajedrez humano. Vi a Simon en un destello negro y rojo, a Mitch en un borrón de tartán verde. Oí los gritos de «¡Albricias!» desde mi perspectiva privilegiada.

Al final, la muchedumbre de bebedores se convirtió en un goteo, y nunca había estado tan contenta de llegar al final de una jornada laboral.

Me despedí con un cansado adiós, recogí mi cesta y me encaminé colina abajo hacia el Vacío en busca de Caitlin. Cuando llegué, mi sobrina había conseguido quitarse medio vestido exterior y la ayudé con el resto. Me desató el corpiño y respiré hondo por primera vez desde que había salido el sol. Demasiado cansadas como para hablar, nos dirigimos hacia el aparcamiento y prácticamente nos desplomamos dentro del Jeep.

—¡Solo nos quedan cinco fines de semana y medio! —Me obligué a sonar alegre al salir a la carretera hacia casa. Caitlin gruñó una respuesta desde el asiento trasero y no pude culparla. ¿Cuánto nos iba a doler caminar cuando llegásemos a casa? ¿Los trasplantes de pie eran una opción?

Después de una larga ducha (era increíble cuánta suciedad se acumulaba tras pasar el día entero al aire libre, por no hablar de los sitios tan extraños donde encontrabas esa suciedad) y de una cena copiosa, volqué la cesta sobre la cama y preparé mi disfraz y los accesorios para la mañana siguiente. Junto a la bufanda de tartán de April cayó un largo cordel dorado y me rodeé los dedos con él. Mi cabeza estaba llena del recuerdo de la mano cálida de Simon alrededor de la mía y de la sorprendente suavidad de sus labios. Aparté esos pensamientos, pero entonces recordé que no había llegado a contarle a Stacey mis aventuras en la ceremonia de la unión de manos. Quizá había olvidado preguntármelo.

NUEVE

Debería habérmelo imaginado. Stacey no se olvidaba de nada.

—Bueno, ¿qué pasó ayer? —Me miró mientras abría una nueva botella de vino blanco.

—¿Cómo dices? —Me limpié las manos en la falda, que ese segundo día estaba un poco sucia. Disponía de una camisola limpia para todos los días, pero las partes exteriores de mi disfraz debían durar todo el fin de semana.

—Ayer —repitió con paciencia—. Cuando huiste de aquí, ¿recuerdas? ¿A dónde fuiste?

—¡Ah! Eso. —Suspiré—. Tuve que irme donde el torneo de justas para casarme.

—¿Qué? —Su carcajada fue estruendosa, y la mujer de mediana edad a la que le estaba sirviendo el vino arqueó las cejas.

—Creo que voy a tener que escuchar esa historia —dijo mientras dejaba el dinero del vino encima de la barra.

Negué con la cabeza y abrí botellas de cerveza de importación para Jamie mientras él me llenaba jarras a mí. Durante los siguientes minutos, los tres nos esforzamos en servir a todo aquel que había asistido al espectáculo de música celta que se había celebrado cerca de allí. En cuanto la marea disminuyó, agarré un paño limpio y sequé las marcas de agua de la barra.

—No pienses que voy a dejar que lo olvides. —Stacey volvió a meter las botellas de vino blanco en las cubiteras con hielo y empezó a tomar nota de las cervezas y sidras que había que reponer.

—¿Que olvide el qué? —Parpadeé, inocente.

—La boda —intervino la bebedora de antes desde el otro lado de la barra. Había ido dando sorbos a su *chardonnay* durante todo el tiempo en que estuvimos trabajando—. O sea, sé que en esta feria ocurren muchas cosas auténticas, pero casarse me parece un poco excesivo.

—¡Exacto! —exclamó Stacey triunfal—. No estamos en la Alta Edad Media, en los años oscuros. Y tampoco es que tengas una gran fortuna de la que un hombre quiera apropiarse. No te ofendas.

—No me ofendo. —Me encantaba que, aun sin intentarlo, siguiéramos representando nuestros papeles, cotilleando con acento, sonando a auténticas taberneras—. De acuerdo, puede que haya exagerado un poco. —Pero entonces se presentó otro grupo de clientes y me mantuvieron demasiado ocupada como para terminar de contar la historia. Y luego llegó otro grupo. Ahora que ya era por la tarde, íbamos a tener tanto trabajo como el día anterior. Y eso era estupendo en lo que respectaba al objetivo de la feria y a la recaudación de fondos.

Al otro lado, había empezado el primer enfrentamiento de ajedrez humano del día. Los ruidos de las luchas y los vítores llegaron hasta nuestra taberna. Debía admitir que había una parte de mí que había empezado a estar un poco celosa de las damas de compañía con las que había estado durante la ceremonia de la unión de manos, incluso de mi propia sobrina. Ellas podían formar parte de la feria y pasear por todos lados. Podían asistir al ajedrez humano o escuchar a los cantantes de música celta. Podían interactuar con los asistentes de una forma más emocionante que sirviéndoles una bebida y aceptando su dinero. Stacey había dicho que era un festival divertido. ¿Íbamos a disfrutar de un poco de esa diversión? No me imaginaba que a lo largo del verano fuera a tener menos trabajo que entonces.

Al cabo de unos quince minutos, tuvimos un breve descanso, y a Stacey se le había agotado la paciencia.

—¡Termina la historia!

Le entregué una botella de cerveza abierta a un cliente por un billete de cinco dólares y le di las gracias con una sonrisa antes de guardar el dinero en la caja.

—No hay gran cosa que contar. —Me giré hacia la barra y apoyé los codos en el mostrador. Estirar la espalda me sentó bien—. A la amable *lady* Guenevere la mandaron a por mí para formar parte de la ceremonia de la unión de manos, donde me casé a toda prisa con un pirata. —Entorné los ojos en su dirección para darle a entender lo que opinaba yo del pirata en cuestión.

—¡Diantres! Menuda exageración. —Me sobresalté al oír una voz tras de mí y me giré. Simon. No. El acento, la arrogancia, la expresión alegre. El capitán Blackthorne había entrado en nuestra taberna.

—Capitán. —Hice una rápida reverencia y de reojo vi que Stacey me imitaba. Pero cuando me erguí de nuevo, lo observé con las cejas arqueadas—. ¿En qué he exagerado, milord?

—No nos hemos casado, solamente nos hemos comprometido. Durante un año y un día, ¿recuerdas? —Asintió hacia el cordel dorado, que yo había encontrado en la cesta esa misma mañana. Me había rodeado el corpiño con él como si fuese un cinturón y los dos extremos colgaban por entre mis faldas.

—Sí, por supuesto. —Pero no pensaba dejar que se saliera con la suya tan fácilmente—. Y ¿cuál es la diferencia? —Era muy sencillo conversar con el pirata Simon, mucho más que con Simon cuando era él mismo. Incluso me lo estaba pasando bien.

—¿La diferencia? —Su sonrisa se ensanchó; le había dicho algo muy pero que muy inapropiado o muy pero que muy apropiado, y se moría por aprovecharse de mi comentario—. Bueno, la diferencia es... —Se encogió de hombros, pero la sonrisa traviesa permaneció intacta—. No estoy seguro de poder decirlo. A fin de cuentas, se trata de una feria para todos los públicos.

Crucé los brazos por encima del pecho. Por lo general, ese gesto no hacía sino ocultar mi inexistente escote, pero con ese vestido precisamente lo resaltaba más. Se me ocurrió bajar los brazos, pero ¿qué más daba? Que mirase.

—Estamos en una taberna —le recordé—. No es para todos los públicos.

Para mi desgracia, aceptó el reto.

—En ese caso... —Apoyó los codos en la barra e invadió mi espacio personal. Muchos clientes entraron en la taberna y nos rodearon, y por suerte Stacey y Jamie pudieron atenderlos, porque ni Simon ni yo estábamos prestando atención. Para mí, el mundo se había reducido a ese hombre vestido de negro que tenía delante y a los colores imposibles que brillaban en sus ojos—. Si estuviésemos casados, cuando se hiciese de noche te llevaría a mi barco, les daría a mis hombres una semana libre y te mostraría mi aprecio muy meticulosamente y en privado. Pero, como solo estamos comprometidos, te mostraré mi aprecio de este modo. —Extendió un brazo para agarrarme la mano por encima de la barra, y por alguna razón lo acepté. Sin dejar de fijar la mirada en la mía, se inclinó y esa vez sus labios se quedaron quietos más tiempo, mucho más tiempo que cuando actuábamos delante de la multitud. Ese beso en el dorso de mi mano era íntimo, y sus ojos prometían más incluso.

Era todo mentira. Yo lo sabía. Simon no era un pirata. No había ningún barco al que me pudiese llevar. Era un profesor de Inglés de instituto disfrazado y yo solo era una mosca cojonera un poco sarcástica. Seguro que me decía todo eso para ponerme incómoda y que le dijese que se callara de una vez. Y así luego me podría echar la bronca por haber dejado de representar mi papel. Pero no, me creció un fuego en la boca del estómago y se me llenó la cabeza con imágenes de los dos bajo la luz de la luna sobre la cubierta de un barco pirata. El crujido de la madera, la brisa marina. Su mano tocándome la cara, la calidez de su piel contra la mía.

—¿Emma? —La voz de Stacey me sobresaltó y, en un abrir y cerrar de ojos, había regresado a la taberna. Que estaba llena de clientes y de una tabernera con cara de preocupación. «¡Mierda!».

Liberé la mano del agarre de Simon y él se sobresaltó un poco, confundido. ¿Había viajado al barco pirata conmigo?

—Mil perdones, capitán. —Mi tono brusco ocultó la mezcla de extrañeza, culpa y excitación que daba vueltas en mi interior—. Algunos tenemos trabajo que hacer. No dispongo de tiempo para juegos.

Su cara se oscureció al mirar alrededor: una gran cola de gente que esperaba para comprar algo de beber y solo tres personas para vendérselo.

—En efecto. —Se quitó el absurdo sombrero y se inclinó en dirección hacia todos los presentes—. Damas. Caballeros. Disfruten del día. —Salió de la taberna y yo me giré hacia el siguiente cliente con una sonrisa que solo vaciló un poco.

Y los clientes no dejaron de llegar. Al principio, había pensado que un domingo por la mañana la gente no bebería tanto, pero al parecer en una feria medieval podía pasar de todo. El dolor familiar de los pies del día anterior volvió vengativo, y deseé tener una pausa para poder ir a por un taburete y sentarme un poco. Sin embargo, me limité a abrir cajas de botellas de cerveza mientras Jamie cambiaba un barril y Stacey se ocupaba del dinero. En solo dos días, los tres nos habíamos convertido en una máquina muy bien engrasada, pero éramos una máquina tristemente ineficaz. Una sola cafetera para una reunión de diez personas. Cuando terminó el día, me desplomé en el suelo, y me dio igual que se me ensuciaran las faldas. Faltaban cinco días para la siguiente jornada de feria. Tiempo suficiente para lavar la ropa.

Stacey empezó a contar el dinero en tanto Jamie guardaba las provisiones, y con un gemido lastimoso me puse en pie para echarles una mano. Recogí los vasos vacíos de las mesas y, al hacerlo, me di cuenta de que debería haber sido una de nuestras tareas durante todo el día. Nos habíamos concentrado tanto en servir a la gente que las mesas de la taberna parecían el excedente del cubo de la basura: vasos de plástico vacíos acumulados unos al lado de los otros, algunos tumbados y junto a charcos de cerveza de hacía horas. Arrugué la nariz e hice varios viajes hacia el cubo más cercano para dejar los vasos de plástico y platos de cartón con una patata frita aplastada en la base o un muslo de pavo apurado casi del todo.

—¡Qué cerda es la gente! —dije después del cuarto viaje. Humedecí un paño limpio en hielo derretido y limpié las mesas. Las del fondo estaban más decentes, como si apenas las hubiesen utilizado. Mientras limpiaba una de esas, me di cuenta de que, desde ese sitio aventajado, a duras penas se veía la calle principal. Esas mesas estaban muy bien escondidas—. ¿Y si movemos algunas de estas mesas? —pregunté.

—No veo por qué no. —Jamie se encogió de hombros—. ¿Ahora mismo?

—¡No, por Dios! —Lancé el paño a la basura y me llevé una mano hasta el lazo que ataba mi corpiño—. Esta tabernera ya ha terminado por hoy. —Me desaté el cordel y respiré hondo, agradecida—. Pero quizá el fin de semana que viene. Por lo visto, la gente utiliza las de delante como basura y allí no se reúne nadie, y ese es más o menos el propósito de una taberna, ¿no? Si la gente se quedase ahí, quizá no lo verían como un contenedor de basura.

—Vale la pena intentarlo. —Se encogió de hombros de nuevo.

—Los dos días nos hemos perdido el coro del bar. —La expresión de Stacey se volvió triste cuando se apoyó en la barra, cansada.

Negué con la cabeza.

—¿Qué mierda es el coro del bar? —Ya estábamos en un bar y allí no había pasado nada. ¿Me iba a tocar cantar? Me dolía la cabeza, apenas me sentía los pies y acababa de respirar hondo por primera vez en todo el día. Era imposible que alguien esperase que me pusiese a cantar en ese estado.

—El coro del bar —repitió Stacey como si eso lo explicase todo. ¡Dios! Estaba harta de ser la novata. Odiaba que me dijeran las cosas sin explicármelas, como si tuviese que saberlas por arte de magia. Mi exasperación debió de ser evidente, porque se apresuró a contármelo—: Es una especie de despedida al final del día. Algunos de los artistas y la mayoría de los miembros de la organización nos reunimos en el escenario principal. Cantamos canciones, brindamos y en general les damos las gracias a los presentes por su visita. Y como lo hacemos en el escenario principal, es una forma sencilla de despedir a los clientes para poder cerrar las puertas al final del día. —Tiró de las cuerdas de su propio corsé detrás de la espalda y su suspiro se agudizó—. No sé qué estamos haciendo mal este año para que no lleguemos al coro de última hora.

—Yo tampoco lo sé. —Me coloqué detrás de ella para ayudarla a soltarse el corsé—. La semana que viene lo haremos mejor, ¿vale? —Más nos valía. El coro del bar era importante para ella, así que me tocaba a mí encontrar una forma de que lograse asistir.

—No habéis aparecido en el coro del bar. —Mis ojos se alzaron del lugar donde me había concentrado para desatarle el corsé a Stacey. Simon caminaba bajo el dosel y entró en la taberna con el sombrero en la mano. Ya no parecía un pirata, aunque seguía llevando el disfraz. Volvía a ser el Simon de siempre. Había dejado de fingir el acento, y su voz habitual hizo que me subiera la presión, y no de la forma graciosa en que lo hacía su yo pirata.

—Una deducción brillante. —Bajé la mirada de nuevo, dejé de prestarle atención y regresé a la tarea de desatar a Stacey, pero mi compañera arruinó mi comentario sarcástico con un suspiro.

—Ya lo sé. Le estaba diciendo a Emily que debemos empezar a llegar allí al final del día.

—Pues sí. Y también debéis salir más de detrás de la barra. Se supone que las taberneras añaden color a la feria. Deberíais interactuar más con los visitantes, seducirlos. Ahora mismo, no hacéis más que de cajeras. A duras penas estáis interpretando un personaje.

Respiré hondo por la nariz cuando Simon finalizó su sermón. No me lo podía creer. Después de haberme besado la mano y hacerme tener pensamientos impuros acerca de la luz de la noche, se ponía a criticar mi papel. ¿Cómo era posible que cambiase tanto de un momento a otro? ¿Cómo era posible que fuera simpático y coqueteara conmigo durante el finde y luego, en cuanto terminaba el día, ¡pum!, volviese a ser el crítico de siempre? Comenzaba a estar cansada de tener que lidiar con él.

Stacey asintió en su dirección, pero yo no pensaba recibir sus críticas de buena gana. Me dolían demasiado los pies como para no defenderme.

—Me encantaría. —Di un par de buenos tirones a los lazos de Stacey y la liberé. Y acto seguido me concentré en Simon—. Me encantaría de verdad pasarme más tiempo hablando con la gente, interactuando y demás. Pero es que me estoy dejando la piel en esta feria. —Con las manos en las caderas, me dirigí hacia Simon hasta que prácticamente estábamos cara a cara. Ahora era mi turno de invadir su espacio personal—. Has estado aquí esta tarde. Has visto lo ocupadas que estábamos, ¿a que sí? —Apenas le di tiempo a que respondiera antes de continuar—: Aquí tienes a tres personas que intentan hacer el trabajo de por lo menos seis. Es imposible que esperes que vendamos las bebidas al ritmo al que trabajamos aquí y que, al mismo tiempo, interactuemos con la gente. A no ser que en algún lado haya una máquina de clonación de la que no me habéis hablado.

El corazón me golpeaba el tejido del corpiño cuando dejé de hablar; ojalá me lo hubiese quitado del todo antes de enfrentarme a Simon. Apretada o no, estaba un poco mareada como para retorcerle el pescuezo.

Abrió la boca, la cerró. Su mirada pasó de Stacey a mí, y luego a Jamie, que había cerrado la caja con la recaudación y se marchaba para dejarla en la zona principal, totalmente ajeno al drama que estaba desarrollándose delante de él.

—Nos vemos la semana que viene. —Jamie se despidió con un gesto, dejando claro que nada de aquello lo preocupaba lo más mínimo. Me dio envidia. ¿Podíamos intercambiarnos? ¿Y si la semana que viene lo enfundábamos a él en un corpiño y yo me ponía su camiseta roja? Seguramente no.

Los tres nos quedamos mirando cómo se iba y luego nos giramos. Pero ese momento había pasado.

—¿Hemos terminado? —La rabia había desaparecido de mi cuerpo y me había dejado cansancio a su paso. Me estaban matando los pies porque no me había sentado en todo el día, y me apetecía irme a casa. Quería darme una ducha y quería meterme en la cama.

Simon no me estaba observando. Estaba contemplando la taberna como si nunca hubiese estado allí.

—Sí —murmuró al fin. Se frotó la nuca y se pasó una mano por una de las mejillas—. Sí —repitió—. Hemos terminado.

—Bien. —Ahora que no estaba furiosa con él, vi que estaba tan cansado como yo. Claro que lo estaba: había estado todo el día actuando y también era uno de los principales organizadores de la feria. La mayor parte del éxito o del fracaso de la fiesta descansaba directamente sobre sus hombros. Era una carga muy pesada.

Pero no tenía por qué soportarla solo. Yo no pensaba sugerirle nada a la cara, porque seguro que rechazaba cualquier idea que se me ocurriese a mí. Pero eso tampoco significaba que fuera a quedarme de brazos cruzados.

Me giré hacia Stacey.

—Ya encontraremos la manera, ¿vale? Te prometo que no te vas a perder el coro del bar durante todo el verano. —Me respondió con una sonrisa cansada, que me pareció suficiente—. Tengo que ir a buscar a Caitlin, pero me lo pensaré durante la semana y averiguaré qué hay que mejorar. Te mandaré un mensaje, ¿vale?

Mientras me encaminaba hacia el Vacío para ir a recoger a mi sobrina, me pregunté cómo había ocurrido. De los tres que estábamos en la taberna, yo era la más joven. Yo era la desconocida en el pueblo y la novata de la feria. Aun así, lograr que la taberna funcionase a las mil maravillas era mi obligación.

Pero estaría mintiendo si dijese que no sentía cierta emoción en el pecho ante esa idea. Simon estaba sobrepasado por el trabajo y a Stacey la situación parecía habérsele ido de las manos. Pero yo... Mis hombros estaban acostumbrados a esa clase de cosas. Así era como iba a poder contribuir a la organización de la feria, mucho mejor que poniéndome un disfraz que me apretaba el pecho y sirviendo cerveza. Iba a encontrar la manera de que funcionase, y quizá entonces yo también hallaría mi lugar en Willow Creek.

DIEZ

Después de cenar un par de ibuprofenos y dormir bien por la noche, me sentí mucho más persona para cuando me encontré con Chris en la librería el lunes por la mañana. Aunque podía caminar sin cojear, seguía agotada después de haberme pasado un par de días al aire libre en el bosque y de pie en todo momento. Pero me había pedido que fuese a la librería el lunes, el día que solía cerrar, así que supuse que no me lo habría dicho si no hubiese ido en serio. Llegué a las diez de la mañana con mi fiable termo de café. Cuando me presenté, estaba abriendo la puerta de la tienda.

—¿Cómo consigues tener abierto durante los fines de semana en que hay feria? —No se me había ocurrido hasta ahora que era imposible que estuviese en dos sitios al mismo tiempo.

—Mi hija ha vuelto a casa durante las vacaciones de verano de la Universidad. Nicole se encarga de abrir la librería los fines de semana para que yo pueda ser la reina.

La seguí y la campanita de la puerta repicó cuando la cruzamos.

—¡Qué hija tan comprensiva!

Chris se rio y encendió algunas luces, las suficientes para ver, pero no las suficientes como para dar a entender que la tienda estaba abierta.

—Tiene sus momentos. —Dejó el bolso en el mostrador principal y se giró hacia mí—. Bueno, volvamos a lo que me decías el otro día. A lo de convertir la parte del fondo de la librería en una cafetería.

—Vale. —No pude evitar la sonrisa que apareció en mi cara. Estaba preparada para eso—. Tengo muchísimas ideas.

Se las resumí. Un par de mesas. Unas cuantas butacas cómodas y acogedoras para que la gente se quedase más tiempo. Un empleado para encargarse del mostrador y para ayudar en la tienda si la cafetería no estaba muy llena. Empezar un club de lectura que se reuniese una vez al mes, quizá también un taller de escritura. Tal vez incluso un pequeño menú: ensalada de pollo, platos de queso y fruta. Comida sencilla que no fuese a ser una tarea complicada de preparar a diario, y entonces podría ser más creativa aún con los postres que le apeteciese ofrecer.

Cuanto más hablaba yo, más y más emocionada estaba ella.

—Increíble —dijo—. Es como si me hubieses leído la mente. Es justo lo que quería hace unos años, pero me pareció agobiante hacerlo yo sola.

—Ahora ya no estás sola —le aseguré—. Me tendrás hasta el final del verano. ¿En qué te puedo ayudar?

Siempre había pensado que su sonrisa era amable y sincera, pero cuando me la dedicaba directamente a mí me calentaba el alma.

—Bueno, ya que lo pones así, supongo que no hay mejor momento que el presente. —Antes de que hubiese terminado de decirlo, ya estaba a medio camino hacia el fondo de la tienda, y regresó al cabo de unos instantes con un puñado de cajas vacías—. Hay más allí atrás. Ve a por ellas y empezamos.

Supe que no había que discutir con la reina.

Mis agotados músculos gruñeron, pero hice lo imposible por ponerme a empaquetar libros y a mover las estanterías. No me podía creer lo poco cansada que parecía Chris en comparación. Pero, claro, ella estaba acostumbrada a esos fines de semana en el bosque. Quizá al cabo de unos cuantos años yo no querría morirme al final de cada finde... Ese pensamiento me detuvo por completo. ¿Unos cuantos años? ¿En qué estaba pensando? Solo iba a pasar allí unas cuantas semanas. Tan pronto como la feria hubiese terminado, debía empezar a pensar en pasar página y en retomar mi vida. Pero esa idea me provocaba taquicardia, así que me concentré en lo que tenía delante: en mover cajas de libros con una imitadora de la reina Isabel I.

—¿Cómo hacemos correr la voz sobre el club de lectura? —Con las manos en las caderas, Chris examinaba el espacio que habíamos liberado, pero era evidente que pensaba en más de una cosa al mismo tiempo.

—¡Ah! Muy fácil. Lo anunciaremos en tus redes sociales. Crearemos un evento. Y luego publicaremos enlaces al evento en unos sitios estratégicos... —Fui dejando de hablar al ver que negaba con la cabeza, inexpresiva, y reprimí un suspiro—. No tienes redes sociales, ¿verdad? —Era mi turno de ponerme las manos en las caderas—. Por lo menos tienes página web, ¿no? ¿No?

—Claro. Para pedidos *online* y demás. Pero es un pueblo pequeño. Todo el mundo se conoce. Siempre he pensado que para qué me iban a servir las redes sociales.

Inhalé por la nariz muy poco a poco.

—Para empezar, así es como anuncias a diestro y siniestro un club de lectura. —Soné un poco más brusca de lo que pretendía, pero por suerte se rio para darme la razón. No había problema. Yo le abriría perfiles en las redes sociales.

A la hora de comer, hicimos una pausa para pedir bocadillos de una tienda de comida preparada de la misma calle. Para entonces, habíamos liberado mucho espacio. Quizá demasiado.

—Podemos volver a poner algunas de la cajas de libros, ¿eh? —Le di un bocado a mi sándwich y cerré los ojos por el deleite. El encargado de la tienda sabía preparar buenos sándwiches—. No hace falta que dejes este espacio totalmente vacío.

Lo contempló desde su sitio, sentada en el suelo con las piernas cruzadas. La envidié. Era lo bastante mayor como para ser mi madre, pero si yo intentaba sentarme en el suelo como ella, no creo que pudiese volver a levantarme.

—No, pero tampoco hay que acorralar a la gente. Deben poder pasar el tiempo libre aquí, no sentir claustrofobia. —Hizo un gesto hacia la puerta—. Los cristales del escaparate son gigantescos y dejan entrar mucha luz, pero las estanterías impedían que llegase hasta aquí. ¿Ves que ahora parece un sitio mucho más diáfano?

Debía admitir que Chris tenía razón.

—Siempre y cuando sigas disponiendo de un sitio para el inventario. A ver, es que no deja de ser una librería.

—Podríamos buscar unas estanterías más bajas, ¿quizá de la altura de una barra? Así servirían para dos cosas distintas.

—¡Así se habla! —Me metí el resto del bocadillo en la boca y arrugué el papel encerado en que venía envuelto.

—Hablando de barras, quería preguntártelo. ¿Estás disfrutando de la feria?

Gruñí al ponerme en pie.

—No sé si «disfrutar» sería el verbo que utilizaría. —Mientras me inclinaba hacia delante para estirar la espalda, la puse al corriente de la locura de los dos últimos días, cómo había ido de un lado a otro hasta que me dolieron mucho los pies.

—No suena bien. —Frunció el ceño—. Deberías poder tomar pausas, dar paseos. Ver algunos de los espectáculos para pasártelo bien.

—Stacey también me lo ha dicho, pero no veo cómo es posible. A duras penas tuve tiempo de comer algo. —De hecho, nunca había engullido tiras de pollo tan rápido como el día anterior.

Nos dirigimos a una estantería que habíamos vaciado y las dos juntas empezamos a desplazarla hacia el lado de la tienda. Sin los libros, la estantería era..., bueno, pesaba como mil demonios, pero las dos pudimos con ella.

Aunque la mente de Chris seguía en la feria.

—No me gusta la idea de que trabajes hasta la extenuación. Es decir, eres una voluntaria. ¡Joder, todos somos voluntarios! Lo hacemos porque nos lo pasamos bien, ¿sabes? Me pregunto si Stacey... Espera. —Chasqueó con los dedos—. Solo sois Stacey y tú, ¿verdad? ¿Dos taberneras este año? —Me sonrió triunfal—. ¡Pues ya está! El año pasado había cuatro.

—¿Cuatro? —Parpadeé.

—Cuatro. Por lo tanto, Stacey y tú estáis haciendo el doble de trabajo. No es de extrañar que estéis histéricas. Necesitáis a más gente en la barra.

—Cuatro. —Negué con la cabeza, asombrada. Cuando le había dicho a Simon (bueno, le había espetado a Simon) que estábamos haciendo el trabajo de seis personas, no andaba tan desencaminada. Un punto para mí—. ¿Cómo es que Stacey no se ha dado cuenta? ¿No hace lo mismo todos los años?

Chris empujó uno de los lados de la estantería hasta que se separó un poco más de la pared y asintió, satisfecha.

—Creo que aquí podremos poner los libros de cocina y de autoayuda. ¿Te importa ir a por esos? —Cuando fui a buscar las cajas que me había pedido, alzó la voz para que la oyera desde el extremo opuesto del local—. Stacey es una chica estupenda. Es fantástica con los personajes, y se le da genial mezclarse con los visitantes y formar parte de la atmósfera de la feria. Pero es menos fantástica con la organización.

—Y te quedas corta. —Apilé dos cajas en la carretilla metálica y las llevé hacia la estantería vacía.

—Tengo el presentimiento de que no llegó a la conclusión de que menos taberneras significaba menos personal. Los libros de cocina aquí, los de autoayuda allí. —Agarró la caja superior de la carretilla y empezó a colocar los libros—. Esta semana hablaré con alguien. Si podemos enviar a más voluntarios a la taberna, quizá podáis respirar un poco más.

Quise hacer una broma con el corpiño y la falta de aire, pero estaba demasiado cansada, y muy agradecida por su oferta.

—Sería maravilloso. —Me puse de puntillas para poner los libros en su sitio, pero aun así era demasiado bajita como para llegar al estante superior. Necesitaba un taburete—. Cualquier cosa que haga que Simon deje de incordiarme será más que bienvenida.

Chris se rio desde el otro lado de la estantería.

—¿Ya hay problemas en el paraíso de la unión de manos? Pensaba que estabais tan loquitos que haríais muy buena pareja.

—¡Ja! —Coloqué dos libros más en el estante—. Le caigo tan mal como él a mí.

—Estoy segura de que no le caes mal. —Chris emitió un murmullo con que no se comprometía a nada—. Es que es...

—¿Un imbécil? —Pero era una respuesta automática. Estaba acostumbrada a reaccionar así a lo irritante que era Simon, pero ya hacía tiempo que no pensaba eso de él.

El murmullo se transformó en una carcajada contenida.

—Intenso. A veces. Sean era el sociable, así que Simon siempre ha sido un poco más callado. Como lo conozco de toda la vida, estoy acostumbrada. No siempre fue tan...

—¿Intenso? —Le proporcioné la palabra que había usado antes. Llevaba razón. Esa era una mejor descripción de Simon.

—Exacto. Sobre todo en lo que respecta a la feria. Es muy protector...

—Por lo de su hermano. —Terminé la frase por ella.

—En cualquier caso —prosiguió Chris—, Simon te va ganando con el tiempo. Como el café expreso.

A mí me gustaba el café expreso. Era oscuro. Rico. Explotaba sobre tu lengua, te inundaba los sentidos y lo despertaba todo. Y entonces recordé el beso de Simon, el ensayado durante la ceremonia. Seguido por el beso en mi mano, cuando sus ojos habían compartido secretos conmigo en silencio. La idea de un expreso se mezcló en mi cabeza con Simon, y me pregunté a qué sabría él sobre mi lengua. ¿Cómo sería darle un beso de verdad? ¿Sus caricias me inundarían los sentidos? ¿Un chico con la camisa abierta podía abrumar, subyugar?

Reprimí un estremecimiento y agarré más libros. Aunque solté un largo y lento suspiro al colocarlos, mientras deseaba tranquilizarme. Mis pensamientos habían tomado unos derroteros totalmente inapropiados, y no podía permitirlo. No tenía tiempo de pensar en el aguafiestas de la feria medieval ni de preguntarme a qué sabría uno de sus besos.

El siguiente sábado por la mañana, doblé el recodo hacia la taberna y me detuve en seco.

Stacey se detuvo a mi lado.

—¿Qué cojones ha pasado?

¿Qué cojones había pasado?, sí. En vez de tener solo a Jamie como nuestro voluntario con camiseta roja, teníamos a dos más. Tres personas con camiseta roja dejando lista la barra y preparándose para el día. La taberna había subido de categoría.

—Chris. —Una oleada de alivio me embargó al pronunciar su nombre.

Stacey miró tras de nosotras, a nuestro alrededor.

—No, no la veo.

—Me refiero a que ha sido Chris. —Señalé a los voluntarios adicionales—. Esta semana le referí la locura que había por aquí, y me comentó que el año pasado erais muchas más taberneras, y que por tanto necesitábamos a más voluntarios para compensar.

—¡Ah, síííí! —Stacey alargó la última palabra durante unos cinco segundos—. No se me había ocurrido.

—Me dijo que hablaría con alguien, y ¡veo que lo ha hecho! —Para entonces ya habíamos recordado que debíamos seguir caminando hasta llegar a la taberna. Acarreamos nuestras cestas y nos presentamos al nuevo personal.

Personal. Teníamos personal. La idea era tan estupenda que no sabía qué hacer al respecto.

—¿Dónde nos queréis? —Una de nuestros nuevos voluntarios, Janet, era todo sonrisas, la típica madre de jugador de fútbol con una cola de caballo rubia metida en el agujero de una gorra de béisbol. Supe nada más mirarla que preparaba magdalenas para las clases de sus hijos y que se le daba genial. Y ahora estaba dispuesta a que también se le diese genial servir cerveza a los clientes semiborrachos de la feria medieval.

—Pues... —Eché un rápido vistazo alrededor para recordar lo ocupadas que estuvimos y dónde había habido atascos. No tardé demasiado en asignar a la gente tareas que lo optimizarían todo y nos dejarían a mí y a Stacey en el centro y delante, quizá incluso fuera de la barra si todo seguía según lo previsto. Si a alguien le pareció mal que yo tomara las riendas, nadie dijo nada. De hecho, Stacey parecía aliviada por que yo hubiese urdido un plan. Después de que Chris me hubiese dicho que Stacey no era demasiado organizada, me sentí mal por ella. Como me había estado guiando, había elegido mi disfraz y me había enseñado lo que debía saber para la feria, me había imaginado que ella estaba al mando. Pero eso no encajaba con su carácter, no era de ese tipo de personas.

Pero yo sí que era de ese tipo de personas. Sabía organizar. Enviar a los voluntarios adonde eran necesarios era sencillo; cuando trabajaba en un bar, había gestionado equipos sin parar. Aquello era lo mismo, solo que con una ropa menos cómoda y más llamativa.

Ahora que la situación se había calmado mucho más, la feria fue una experiencia totalmente distinta para mí. Para las dos. Podíamos respirar de verdad (todo lo bien que nos dejaban los disfraces). Saludábamos a los clientes que entraban en nuestra taberna con dosel; limpiábamos los vasos de las mesas en cuanto se marchaban. Cuando divisábamos a un trovador que paseaba por la calle entre espectáculo y espectáculo, lo convencíamos para que entrase, y nos regalaba a nosotros y a los clientes una canción de taberna. Yo no las conocía, pero todas las canciones de taberna eran fáciles de aprender, y al final las cantaba a voz en grito con los demás.

Me apetecía ir a ver el concierto de música celta que oíamos de fondo, pero comenzó cuando terminó otro espectáculo, así que, cada vez que se me ocurría escabullirme, recibíamos una nueva oleada de clientes que me impedía escaparme. Me recordé que tan solo estábamos en la segunda semana de feria y que en la taberna contábamos con personal.

Había tiempo suficiente para verlo todo. Incluido el torneo de justas. ¡Ay! Me moría por ver a los caballeros cabalgar y cargar unos contra otros con lanzas. Sabía que estaba todo coreografiado. Me daba igual.

A pesar de que en la taberna la situación había mejorado mucho, a media tarde ya me empezaron a doler los pies. Pero por lo menos podíamos hacer una pausa de vez en cuando para sentarnos, y eso hizo que mi actitud cambiase por completo.

Durante un momento de calma, Stacey me agarró del brazo.

—Vamos, va a empezar el ajedrez humano.

—¿Estás segura? —Miré hacia la barra, pero Jamie nos despidió con un gesto.

—Id. Por aquí todo bien.

—¿Ves? Todo bien. ¡Venga!

—Sigo sin comprender por qué lo llaman «ajedrez» —dije mientras recorríamos el camino hacia el campo—. No hay piezas, y no es más que un combate.

Stacey puso los ojos en blanco, pero la sonrisa no se borró de su cara.

—Ajedrez humano —dijo—. Humano. O sea, las personas son las piezas. —Llegamos al terreno del torneo, que se había convertido en un tablero de ajedrez. Las líneas estaban pintadas encima de la hierba con patrones cuadrados, y una de cada dos casillas estaba coloreada por completo de blanco.

—Veo el tablero. Entiendo que las personas son las piezas. ¿De dónde sale el combate?

—De la partida de ajedrez. Ya sabes: la torre toma el alfil. —Se puso a pelear contra el aire y a asestar puñetazos—. Y entonces combaten.

Seguí escéptica, pero encontramos un sitio para estar de pie detrás de las hileras de bancos reservados para los visitantes. En uno de los extremos del terreno se alzaba un estrado, donde Chris, disfrazada de reina, estaba sentada acompañada de una guardia y de damas de compañía. Aunque no vi a Caitlin entre ellas; seguramente estaba paseando con otras mujeres de la nobleza. Mientras tanto, los miembros del elenco hablaban con la multitud, anunciaban el enfrentamiento que iba a comenzar, atraían a la gente para que saliera de la calle y fuera a verlo. Uno de esos miembros de la organización era Simon. Iba todo de negro, como de costumbre, pero se había quitado el chaleco. Seguro que para luchar no lo iba a necesitar.

Giró la cabeza cuando llegamos, y se me aceleró el corazón al ver su sonrisa sorprendida. Era unas quince veces más atractivo cuando sonreía y se transformaba en una persona totalmente distinta del imbécil adusto y obsesionado con las normas al que yo había conocido. Como en realidad solo lo había visto sonreír cuando iba disfrazado, no era de extrañar que Emma, la tabernera, respondiese tan fuerte a él.

Pero la sonrisa que le devolví era vacilante, porque la última vez que hablamos... En fin, no habíamos hablado, sino más bien discutido. De ahí que no comprendiese la sensación que me atenazaba el pecho. ¿Por qué estaba tan contenta de verlo?

—¡Emma, mi amor! —Eliminó la distancia que nos separaba con unas pocas zancadas; no era un hombre alto, pero era capaz de controlar el espacio cuando le apetecía. Me agarró una mano y me rozó los nudillos con los labios mientras yo le hacía una reverencia—. ¿Has venido a ver cómo venzo a esos bribones?

—Así es, capitán. —Casi me eché a reír al oírlo hablar, pero me había aprendido la coreografía. Él perdía todos los enfrentamientos. Pero su confianza era contagiosa, así que no pude sino seguirle la corriente—. He venido a desearte la mayor de las suertes.

Una nueva sonrisa deslumbrante y me soltó la mano para reunirse con el resto del elenco en el tablero de ajedrez.

—¿Lo has oído? —Se giró hacia otro de los miembros de la organización, un joven alto, delgado y rubio que se apoyaba en una pica—. ¿Has oído cómo me ha llamado «capitán»? Me encanta que me llame así.

—Sigue con la historia de la ceremonia de la unión de manos, ¿verdad? —Stacey se rio a mi lado.

—Eso parece. —No supe qué pretendía Simon al fingir estar conmigo. De acuerdo, era bastante divertido representar una historia de amor como subtrama. Pero tampoco era que interactuásemos demasiado. ¿No debería haber elegido a alguien con quien hablase más a menudo?

En ese momento, empezó la partida de ajedrez, y me concentré en el combate, feliz por no tener que pensar en Simon y en sus desconcertantes sonrisas.

Todo lo que me había confundido acerca del concepto de una partida de ajedrez humano se evaporó a los treinta segundos de que comenzase el combate. El elenco se encontraba en los cuadrados del tablero, mientras las dos personas que «jugaban» iban gritando las indicaciones. Cuando se seleccionaba una pieza, el miembro del elenco que estaba en esa casilla se movía hacia el lugar designado. Los peones avanzaban. Los caballos saltaban dos cuadrados adelante y uno al lado. Las torres se movían adelante y atrás en breves recorridos horizontales. Aunque todo era muy lento. ¿Dónde estaba la pelea que Stacey me había prometido?

Y entonces...

—El alfil del rey... toma la torre de la reina, si son tan amables —exclamó el educadísimo monje que jugaba con las piezas blancas del tablero.

El elenco abandonó el terreno para dejar solos al joven de la pica y a una mujer de pelo oscuro armada con una espada ropera. La mujer soltó un chillido de furia y se abalanzó sobre la torre, que bloqueó el ataque con la vara. No recordaba verlos durante los ensayos, pero, aunque los hubiese visto, una pelea a cámara lenta no tenía nada que ver con la elegancia con que luchaban en esos instantes. La pelea fue una especie de danza antes de que se desarmaran mutuamente y recurriesen a las manos. Supuse que entonces él lo tendría más fácil, ya que le sacaba casi una cabeza. Pero ella le saltó sobre la espalda, le pasó los brazos por el cuello y lo derribó. Me sorprendió emocionarme con los asistentes y aclamar la victoria de la mujer, antes de que Simon arqueara una ceja para darme a entender que había animado al equipo equivocado. ¡Vaya!

Pero cuando pensé que me fruncía el ceño y me dedicaría una especie de reprimenda en silencio, se limitó a esbozarme una cálida sonrisa al volver a tomar posición en el tablero. Así pues, al capitán Blackthorne yo le caía bien en público, a pesar de mis meteduras de pata. Era algo a lo que podría acostumbrarme.

La pelea entre Simon y Mitch fue la última: el gran espectáculo entre el alfil de la reina de las negras y la torre del rey de las blancas. En el hecho de que Simon fuera el alfil de la reina y en la forma en que le lanzó un beso a la mujer del equipo que hacía de reina en el tablero al desplazarse hasta el centro, había algo que me hizo entornar los ojos y apretar la mandíbula. Y entonces, para mi horror, notó mi vista clavada en él y miró en mi dirección.

—¡No pasa nada, amor! —me gritó—. La reina y yo tenemos un... acuerdo. No le importa que tú y yo... —Hizo un gesto para señalarnos y dejó la frase inconclusa.

¡Ay, por favor! Estaba haciendo que nuestra falsa relación formase parte del espectáculo. Muy bien. Me crucé de brazos.

—Pero ¡tú y yo no tenemos ese acuerdo! —le respondí—. Luego hablamos.

«¡Uuuuh!», dijeron algunos de los miembros de la organización para acompañar a la mueca de ofensa de Simon. Unas cuantas personas del público se sumaron y giraron la cabeza para observarme. Mientras tanto, él siguió exhibiendo arrogancia mientras se preparaba para enfrentarse a Mitch en el centro del tablero.

—¿Todo bien, MacGregor? —Cara a cara, la diferencia en la altura de ambos era evidente. Simon prácticamente debía torcer el cuello hacia arriba para mirar a Mitch.

Mitch lo contemplaba fijamente con rostro inexpresivo. Era el momento en que mejor había representado su papel desde que empezase la feria, y resultaba un tanto inquietante. Mitch era el chico más alegre del planeta, así que ese hombre gigantesco, con los brazos cruzados sobre sus enormes pectorales y que fulminaba con la mirada al pirata era un desconocido al que yo no había visto nunca. Un desconocido que daba bastante miedo.

—Todo bien. —La respuesta de Mitch fue una sucesión de vocales abiertas mientras lentamente sacaba la espada. También era gigante—. ¿Ya te has despedido de tu querida? —Ladeó la cabeza—. ¿De las dos?

—No es necesario. —Simon no perdió la sonrisa petulante al desenfundar su propia espada, una ropera tan delgada como él—. Esto me llevará solo unos instantes.

Durante unos segundos, se limitaron a andar en círculos, Simon con una elegancia tranquila y Mitch con movimientos más lentos y sólidos. Se turnaron para poner a prueba al otro con experimentales estocadas, con algún que otro ataque y retroceso. Y entonces empezó la batalla en serio.

Ya los había visto ensayar. Me acordé de lo emocionante que había sido, de cómo había tenido el corazón en un puño. Comparado con lo que observaba en esos momentos, no había sido nada. A toda velocidad y cada uno en su papel, era impresionante. Un espectáculo vertiginoso. Los dos sabían lo que hacían. Las espadas salieron volando. Mitch dio un salto hasta encaramarse en los hombros de Simon, un movimiento cuya física a mí se me escapaba. El combate cuerpo a cuerpo acababa en ese último instante en que Mitch se alzaba ante Simon poniéndole la punta de su puñal en el cuello. El pirata se arrodilló en la hierba con los brazos abiertos en un gesto de derrota y la cabeza echada hacia atrás para mostrar el cuello, apoyándose en los talones para huir del filo de la daga.

Después de un segundo de silencio, Mitch (bueno, Marcus MacGregor) fue proclamado el ganador, y el público rompió a aplaudir. Los dos abandonaron la postura y Mitch apartó el puñal para tenderle una mano a Simon. Que lo ayudara a levantarse los despojaba a ambos de sus respectivos personajes, pero tras la tensión del enfrentamiento nadie pareció darse cuenta ni darle importancia.

—Ha estado bien, ¿eh? —Me sobresalté cuando Stacey me dio un codazo en las costillas.

—Sí —conseguí decir. Bajé las manos, que hasta entonces me habían tapado los labios con fuerza—. Sí, ha sido increíble. ¿Lo hacen dos veces al día? —Negué con la cabeza. Y yo que me pensaba que al final del día estaba cansada. Por lo menos no debía soportar a nadie encima de los hombros.

Se montó un escándalo de mentira cuando terminó el ajedrez humano; las dos personas que habían jugado la partida se pelearon porque alguien había hecho trampas y porque un jaque mate había sido ilegal. Luego todos los actores salieron para la ovación final y el ajedrez se dio por concluido. Los visitantes se levantaron de los bancos de madera y Stacey y yo nos alejamos para no estorbar.

Pero al apartarnos nos pusimos justo en el camino de toda la comitiva real, que bajaba de la tarima.

—¡Abrid paso a la reina! —gritaban los guardias, y todos obedecimos, tanto los visitantes como los miembros de la organización, y nos colocamos a ambos lados de la calle para que la reina y sus damas pudieran pasar. Stacey y yo hicimos la reverencia más exagerada posible. A fin de cuentas, la reina se merecía lo mejor.

Mis ojos seguían clavados en el suelo a unos pasos de mí cuando de pronto la tela dorada de las faldas de la reina entró en mi campo de visión. Esperé a que pasara de largo, pero se detuvo delante de mí y me hizo levantar la vista.

—¡Ah! Emma. —Haciendo de la reina, Chris modulaba la voz para que fuese una suave melodía. Me maravilló cómo era capaz de sonar como una persona totalmente diferente de la mujer con la que me había pasado la semana reubicando estanterías. Cuando la miré, también parecía una persona distinta. No solo por el maquillaje y por su elaborado peinado trenzado, sino por la fuerza que desprendía, por la forma en que giraba la cabeza. Todos los fragmentos de su ser eran regios. Y siendo yo una tabernera, me dejó perpleja al llamarme por mi nombre.

—Su Majestad. —La miré a los ojos durante unos segundos antes de volver a agachar la cabeza. Seguro que las taberneras no debían establecer contacto visual con la realeza, y mucho menos entablar una conversación, pero debían responder si les hablaban, ¿no?

—Me alegra ver que has salido de detrás de la barra para gozar de este glorioso día. ¿Estás disfrutando, mi niña?

—¡Oh, sí, Su Majestad! Muchas gracias. —Me atreví a mirarla una vez más—. Muchas gracias —repetí con un poco más de énfasis. No podía dejar de ser Emma para agradecerle directamente que hubiese enviado a más voluntarios hacia nuestra taberna, pero me esmeré para que el mensaje quedara claro. Creo que lo conseguí. No era fácil saberlo; una nueva sonrisa y se marchó, y Stacey y yo nos dirigimos a la taberna. Con voluntarios extra o sin ellos, todavía había bebidas que servir.

El resto de la tarde pasó sin contratiempos, o por lo menos con tan pocos contratiempos como puede pasar una tarde en el bosque en plena feria medieval. Llegaron visitantes con todo tipo de disfraces, y en un momento dado me arrodillé en el suelo para admirar a un caballero en miniatura que llevaba una cota de malla de plástico como armadura. Blandía una espada de madera y espuma con un montón de entusiasmo, si bien sin destreza.

—¿Qué es esto?

Oí al capitán Blackthorne antes de verlo. Mientras que, por lo general, Simon era muy reservado, mi pirata (¡oh, no! ¿Se había convertido en mi pirata?) enseguida se hacía notar. Sobre todo en un lugar tan pequeño como nuestra taberna.

Levanté la mirada del suelo y dejé que mis ojos pasaran por sus botas de hebillas plateadas, se clavaran en sus muslos encerrados en cuero, en el ancho cinturón que rodeaba su fina cintura, hasta fijarme en la camisa negra abierta. Estaba representando mi papel: se me permitía devorarlo con la mirada. En cuanto llegué hasta su cara, reparé en su sonrisa divertida, que confirmaba que sabía lo que estaba haciendo yo. Debería haber sentido vergüenza, pero no fue así. Y entonces recordé que me había formulado una pregunta.

—¿Esto? —Me puse en pie cuando el niño de armadura poco brillante echó a correr para ir a buscar a sus padres—. Aquel buen caballero me estaba enseñando su impresionante arma.

—¿De veras? —Arqueó una ceja e intenté ignorar que me provocó una oleada de calor por la columna—. ¿Andas en busca de otros, pues? ¿Acaso ya no te interesa mi... arma?

Tuve que morderme el labio inferior para no ponerme a reír. Ese día habíamos dejado atrás ya las indirectas sutiles.

—¡Ay, capitán! —Parpadeé con gesto dramático—. Creo que eres de sobra consciente de que no tengo ninguna queja sobre tu... arma.

Se rio brevemente, pero lo disimuló con un pequeño ataque de tos antes de apoyar un codo en la barra.

—Espero que no, amor. —Su sonrisa era más radiante que nunca—. No me agradaría pensar que debo retar a un duelo a alguien por tus atenciones.

—Yo también espero que no, por tu bien. —Abrí los ojos en una fingida expresión de espanto—. Te he visto combatir, señor. Siempre terminas arrodillado en el suelo con un cuchillo en el cuello, ¿no es así? —Negué con la cabeza y chasqueé la lengua—. No es un buen final.

—Un cliente se rio cerca de nosotros, y me costó mucho no girar la cabeza. Estupendo. Simon y yo habíamos empezado a representar un espectáculo propio. Vengan por la cerveza y quédense por el pésimo número de comedia.

—¡Qué extraño! —Ladeó la cabeza y me miró de arriba abajo, haciendo el mismo lento recorrido con los ojos que yo había hecho con él. Tuve que hacer acopio de toda mi fuerza de voluntad para no moverme—. Normalmente, a las mujeres no les importa que me ponga de rodillas delante de ellas.

Mi grito de sorpresa quedó tapado por las carcajadas de un puñado de clientes, y me salí del personaje para echar un vistazo alrededor y asegurarme de que no había niños que lo hubiesen oído. Mientras a mí me inundaban los nervios, él dio un paso adelante y levantó una mano para agarrar un mechón de mi pelo que se me había soltado del moño.

—Además... —Observó cómo mi pelo formaba bucles alrededor de sus dedos como si fuese lo más fascinante que hubiese visto nunca—. Esto sería diferente.

—¿Lo sería? —Intenté mantener una actitud desenfadada, pero me resultaba más difícil que de costumbre respirar por culpa de mi acelerado corazón.

—Sí. —Se inclinó hacia mí y buscó mis ojos con los suyos. ¿Qué tenía el maquillaje que llevaba para hacer que su mirada fuese más atrevida, más sexi?

—¿En qué sentido? —Hacía rato que habíamos dejado de actuar para el público. Mi voz no era más que un susurro, y me fascinaba la silueta de su boca, ya a pocos dedos de mí. Me relamí los labios, de repente secos, y su respiración se entrecortó un poco.

—Verás, amor. Estaría luchando por ti. —Su boca estaba tan tan cerca de la mía y su voz era tan baja, casi un murmullo, que era como si me estuviese contando un oscuro secreto—. Sería una pelea que valdría la pena ganar.

Y entonces me soltó el pelo y se irguió, y tras tocarse el sombrero desapareció.

Solté un largo y lento suspiro. Pues sí. Una tarde sin demasiados contratiempos.

ONCE

A medida que se acercaba el final del día, la multitud se fue reduciendo y permitimos que los voluntarios extra se fuesen a ayudar a cerrar la taquilla de venta de entradas. Stacey me sonrió mientras limpiábamos las mesas.

—¡Hoy parece que llegaremos al coro del bar!

—¡Gracias a Dios!

Mi actitud debió de quedar clara por mi tono de voz, porque Stacey me respondió poniendo los ojos en blanco.

—Ya sé que he dado mucho la lata con eso, pero de verdad que es fantástico. Ya lo verás.

—Seguro que sí. —Tenía prejuicios en contra del coro del bar no por el entusiasmo de Stacey, sino porque estar allí pondría contento a Simon, y por lo visto todos existíamos para conseguir que Simon se pusiese contento. Todos los recuerdos que tenía de Simon como el pirata guapo se disolvieron al recordar el sermón que nos echó la semana anterior por no haber asistido al espectáculo final. Me entraban ganas de saltármelo durante todo el verano solo para que se fastidiase.

Pero no importaba, porque íbamos a asistir de todos modos, así que intenté expulsar de mi cabeza los pensamientos dedicados al tiquismiquis de Simon. Llevábamos quince minutos sin ningún cliente, y Jamie ya había cerrado la caja y había empezado a guardar el alcohol para el día siguiente. Ya habíamos terminado, así que no había nada que hacer salvo...

Ni siquiera había dado un paso para salir de la taberna, siguiendo a Stacey, cuando una banderola me cayó encima. La tela me tapó como si fuese un mal disfraz de fantasma para Halloween, y me detuve en seco porque no veía nada más que color púrpura. Me sacudí un poco, pero conseguí salir de debajo de la tela, y acto seguido la arrugué con las manos y miré hacia los árboles. Era una de las banderolas que formaba una especie de dosel entre los árboles; encontré de inmediato el punto donde faltaba. Al parecer, se había soltado y ninguno de nosotros se había dado cuenta.

—¡Mierda! —Estiré el cuello e intenté averiguar cómo iba a colocarla en su sitio.

—¿Qué ha pasado...? ¡Oh, no! —Stacey siguió mi mirada hacia los árboles—. ¿Qué has hecho?

—¿Estás de broma? —Le lancé una mirada de incredulidad.

—Tranquila. —Jamie llevaba la caja debajo del brazo y ya estaba a punto de salir, pero se detuvo y dejó la caja en una de las mesas—. Ya la pongo yo.

—No —me negué—. Tú ve a entregar el dinero. Yo me ocupo. —Eché un vistazo a las mesas que estaban debajo de los árboles. Parecían sólidas y lo bastante altas como para que pudiese alcanzar las ramas sin problema. Si me subía encima...

—Pero ¿y el coro del bar? —¡Dios! Stacey solo tenía una cosa en la cabeza.

—Ve tú. —La despedí con un gesto—. Con que una de las dos aparezca, Simon dejará de incordiarnos. —Discutimos un poco, pero al cabo de unos minutos eché a los dos de allí y me quedé sola en la taberna. Después del ajetreo y el caos de ese día, la tranquilidad me dio cierta paz. Me acordé del primer día en que había recorrido el bosque. Esa sensación de no solo vivir en otro lugar, sino también en otra época. Ahora que estaba disfrazada, con un corpiño que cambiaba mi postura y unas faldas largas que rozaban el suelo, esa sensación se incrementó. De vez en cuando me golpeaba por sorpresa: cuando estaba allí, no era Emily. Era Emma.

Así que fue Emma, y no Emily, la que se subió a una silla, y de ahí a encima de una mesa. Mi coronilla casi llegaba a las ramas inferiores del árbol más cercano. Nunca me había sentido tan bajita. Y era demasiado bajita para lo que debía hacer. Me puse de puntillas todo lo que pude e intenté atar la tela entre las ramas.

No tardé demasiado tiempo en maldecirme por mi soberbia. ¿Habría sido indigno que Jamie me hubiese echado una mano? Era como intentar plegar una sábana elástica con los brazos por encima de la cabeza. Los primeros intentos fueron un fracaso y mis exabruptos se intensificaron. Sintiéndome culpable, miré a mi alrededor para comprobar que seguía sola; seguro que no estaría bien que los visitantes me oyeran maldecir como si fuese un marinero. ¿Debería aprender algunos improperios apropiados para la época? ¿Me habría servido de ayuda? Lo dudo.

Por fin lo conseguí y la banderola volvía a estar en su lugar. Salté al suelo y retrocedí por la calle para comprobar que quedase bien. Desde ese sitio, observé la taberna en su conjunto. La forma en que estaban colocadas las mesas me provocaba un hormigueo en la mente y me molestaba como había sucedido la semana anterior. No parecía un espacio acogedor. Atraer a más clientes no era un problema, ya estábamos muy ocupados, pero la disposición se parecía más a una zona de restauración que a una taberna. Vale, sí, nos limitaba el hecho de que el claro fuera un área al aire libre, pero yo quería que fuese un espacio agradable. Íntimo. Visualicé habitaciones llenas de humo, en una penumbra iluminada por velas. Rincones sombríos y lugares donde esconderse. Donde quedarse.

No, no podía hacer que la taberna fuese oscura y sombría debajo de los árboles y bajo la luz del sol. Pero ¿y si dispusiéramos las mesas de otra manera? ¿Podría crear unos rincones ocultos agradables si...?

Sí. Podría.

¡A la mierda con el coro del bar!

Me arremangué metafóricamente hablando y me puse a ello.

Las mesas no eran tan grandes, solo cabían cuatro personas, y no pesaban demasiado, pero arrastrarlas por un terreno irregular era un poco complicado. Seguramente debería haberme esperado a la mañana siguiente para pedirle a Jamie o a otro de los voluntarios que me ayudase. Pero no estaba convencida al cien por cien de que me autorizaran cambiar la organización de la taberna, y era una firme creyente en pedir perdón en vez de permiso.

Tardé quince minutos en hacer los cambios que quería. Había colocado las mesas como me había imaginado, y, al volver a la calle para valorar mis avances, decidí que ya terminaría de mover las sillas por la mañana. Me desaté el corpiño mientras me dirigía de nuevo hacia los árboles para recuperar mi cesta de la barra. Quizá debería haberme aflojado el corpiño o habérmelo quitado por completo antes de empezar, ya que en esos momentos me apretaba más que nunca por el esfuerzo. Seguro que el coro del bar ya había terminado... A lo mejor podía saltármelo, ir directamente al Vacío a buscar a Caitlin...

—¿Qué cojones estás haciendo?

Di un brinco al oír la voz y bajé la mano del corpiño, como si Simon en realidad me hubiese sorprendido desvistiéndome. Mientras que al pirata no le habría importado y, con toda probabilidad, se hubiese ofrecido a ayudarme, el acento americano me informó de que Simon había dejado atrás a su personaje y volvía a ser él, y aflojarme el corpiño en público seguro que era del todo inapropiado. Solté un lento suspiro y me giré para observarlo. Tenía los brazos cruzados y me fulminaba con la mirada. ¿Cómo era posible que fuese el mismo hombre que solo un par de horas antes había coqueteado conmigo al oído mientras jugaba con mi pelo? Una vez más, la diferencia era abismal, pero empezaba a cansarme.

—Hola, Simon. —Lo saludé con una mano mientras levantaba la cesta y la dejaba en la barra.

—No te has presentado en el coro del bar. —No me devolvió el saludo—. Otra vez.

—No. No he ido. ¿Has pasado lista?

—No, no he pasado lista... —Lanzó el sombrero con la pluma ridícula encima de la barra, donde cayó al lado de mi cesta de mimbre—. ¿Dónde están los voluntarios? Les he dicho que debían quedarse todo el día para ayudaros y que pudierais hacer cosas como ir al coro del bar.

—Les hemos dejado irse hace un rato, cuando la situación se ha relajado... Un momento. —Levanté una mano—. ¿Se lo has dicho tú? —Me había pasado el día pensando que Chris había reunido a los voluntarios por la conversación que habíamos tenido esa misma semana en la librería. Pero ¿había sido Simon? ¿Por qué?

—Sí, se lo he dicho yo. Era evidente que los necesitabais. —Pero había respondido a la pregunta de forma distraída; ahora estaba examinando la taberna con mirada furibunda—. Las mesas están cambiadas de sitio. —En ese momento, se giró hacia mí, y sentí un escalofrío en la espalda por la fuerza de la rabia que dirigía en mi dirección—. ¿Por qué están cambiadas de sitio? ¿Qué estás haciendo?

—Arreglando la disposición. —Agarré la cesta y el mimbre se me clavó en la mano al sujetarla con fuerza—. Así invita mucho más a entrar, ¿no crees?

Negó con la cabeza, como si su cerebro fuera incapaz de comprender que algo fuese distinto.

—Llevamos diez años colocándolas de la misma forma. No hay necesidad de cambiarlo.

—Vale. —Suspiré—. Mira. —Rodeé la barra y lo agarré por el brazo con la mano con que no sujetaba la cesta. Caminé hacia la calle principal con él y señalé hacia la taberna—. Mira —repetí—. ¿Ves cómo algunas están colocadas en pequeños grupos? La gente se puede reunir. Charlar. Y, como Stacey y yo tenemos un poco más de tiempo libre gracias a esos voluntarios, podemos salir más, como nos dijiste. Coquetear. Jugar a los dados. ¿Por qué no vuelves? Cuando estés disfrazado de pirata, digo. Los piratas frecuentan las tabernas. Si añadimos un poco de color, la gente quizá está más a gusto. Y se queda más tiempo.

—Y compra más bebidas. —Pronunció las palabras con una exhalación, y vi que por fin entendía mi punto de vista, aunque no quisiese.

—Y gasta más dinero —le aclaré—. ¿Acaso no se trata de eso? ¿De ganar más dinero, de recaudar más?

Asintió, pero el asentimiento se transformó en una negativa.

—No sé. —Regresó a la taberna para recuperar el sombrero de la barra—. Algunas de las mesas están demasiado juntas. —Apuntó hacia un grupito de mesas de uno de los lados—. No invitan en absoluto a entrar. Y ¿para qué sirve todo este espacio vacío en el centro? Parece totalmente improvisado.

—Se me ha ocurrido que a lo mejor podríamos pedirle a alguien que venga. —Me encogí de hombros al seguirlo hasta la barra—. No sé, alguien con una guitarra o algo. Para entretener a la gente.

—¿Para entretener a la gente? —Enfatizó el verbo con una carcajada amarga—. Es decir, ¿pretendes que ahora me saque a un bardo extra del culo o qué?

—No estaría mal —repliqué—. Así te quitaría el palo que se te ha metido en el culo. —¡Ay, mierda! No había querido decir eso.

Arrojó nuevamente el sombrero hacia la barra y la mirada fulminante se volvió apocalíptica.

—¿Cómo dices?

Vale, quizá sí que había querido decirlo. Ya estaba harta.

—¿Se puede saber qué te pasa? Solo intento ayudar.

—¡A mí no me pasa nada! —Pero el modo en que me lo gritó lo desmentía—. ¡Y no necesito tu puta ayuda! ¡Solo necesito que seas una tabernera! ¿Por qué quieres cambiarlo todo?

—¡¿Por qué necesitas que todo sea igual que siempre?! —respondí a voz en grito—. ¡Por el amor de Dios, Simon! He movido unas cuantas mesas. No es que le haya prendido fuego a la barra. ¿No se supone que eres un pirata? Pues haces demasiado caso a las normas. —Me había cansado de ser agradable. Creía que nos llevábamos mejor después de la conversación en el tablero de ajedrez y el flirteo en la taberna. Creía que tal vez seríamos amigos. Se me cayó el alma a los pies al darme cuenta de que debía abandonar esa pretensión.

—Es tu primer año aquí y te piensas que sabes cómo llevar la feria. —Simon no se había percatado de mi estado emocional—. Te piensas que...

—No, no es verdad. —Dejé la cesta en la barra con un golpe seco, al lado de su sombrero. Estaba tan harta de él que me apetecía echarme a llorar. Quería huir de ese hombre que me hacía enfadar tanto para así no tener que volver a dirigirle la palabra. Pero me había cansado de esquivar la antipatía mutua que sentíamos; había llegado el momento de ir al grano. Me enfrenté a él con las manos en las caderas y sin darle ningún tipo de importancia a los puntitos verdes de sus ojos—. ¿Por qué me odias?

Eso lo descolocó. Su reprimenda se detuvo unos segundos y me miró confundido.

—¿Cómo?

—¿Por qué me odias? —Detestaba que las emociones me afectaran la voz, una mezcla de rabia y tristeza. Había visto la placa dedicada a su hermano, había visto cuánto se esforzaba por conseguir que la feria siguiese adelante. Yo lo único que quería era ayudar. Pero, como había dicho, no quería mi ayuda. Cualquier cercanía que hubiese entre nosotros no era sino falsa, acompañada de disfraces y de acentos y de personajes que no eran reales. Debería haberme dado cuenta antes.

—¡No te odio! —Pero se pasó una mano por el pelo, y la manera en que me taladraba con la mirada me hizo disentir.

—Todo lo que hago está mal —insistí—. Casi no me diriges la palabra si no es para criticar algo. Lo estoy dando todo, pero para ti no es suficiente. —Me falló la voz con las últimas palabras: «no es suficiente». Jake me hacía sentirme así. No pensaba permitir que Simon también. No sin pelear.

—Eso no es... ¡Joder! —Se separó con un gruñido de frustración y se alejó un par de pasos de mí, como si lo hubiese irritado tanto que no podía estar cerca de mí—. ¡No he venido aquí a discutir contigo!

Me tuve que reír, pero sonó más bien a un resoplido.

—Pues claro que sí. ¿Qué ibas a querer hacer conmigo si no?

Le salían chispas por los ojos. ¡Ay, madre! De verdad que no había querido decir eso. En un abrir y cerrar de ojos, se me acercó, tanto que no había espacio entre los dos, y me acorraló contra la barra. Apenas tuve tiempo de soltar una exhalación de sorpresa cuando me agarró la cara con las manos y puso la boca encima de la mía.

¡Hostia puta! Simon Graham me estaba besando.

DOCE

No tuvo nada que ver con el beso ensayado que nos dimos durante la ceremonia de la unión de manos. Ese beso era decidido, ardiente y deliberado. Simon se había quedado sin palabras para su argumento y había decidido utilizar la boca de otra forma. Me besó como si tuviese que demostrar algo.

En cuanto mi cerebro asimiló lo que estaba sucediendo y empecé a responder, apartó los labios. Pero no se alejó demasiado; apoyó la frente en la mía mientras con las manos me seguía acariciando la cara. Abrí los ojos, aunque me pesaban mucho los párpados, como si me hubiesen drogado. Me esforcé por enfocarlo con la mirada.

No era la única que parecía drogada. Simon tenía los ojos caídos y medio cerrados, y me observaba fijamente los labios.

—Emily. —Mi nombre fue un suspiro, un sonido grave y desesperado al que mi cuerpo reaccionó de inmediato—. Lo siento. ¡Dios! —A pesar de haberse disculpado, apretó los labios con fuerza como para retener nuestro beso. Para saborearlo. Se inclinó hacia mí y contuve la respiración al anticipar otro beso, pero al final se incorporó. Bajó las manos y yo eché de menos sus caricias al instante—. No debería haber...

«No».

—Calla. —No quería que dijese que se arrepentía de haberme besado. No quería que dijese nada en absoluto. Cuando hablábamos, lo que había entre nosotros empeoraba, y tenía los labios a poquísima distancia de mí. Ahora que la sorpresa había quedado atrás, me apetecía seguir.

Por lo tanto, metí los dedos en el cuello abierto de su camisa blanca y tiré de él. Solo tuve el tiempo justo de ver cómo arqueaba las cejas asombrado antes de que posara de nuevo sus labios sobre los míos. Esa vez estaba preparada y le proporcioné un lugar suave en el que aterrizar. Abrí la boca debajo de la suya para darle la bienvenida, para invitarlo a entrar. Se zambulló en mi beso con un gruñido.

Simon besaba como un pirata. Sus labios eran suaves y exigentes, pero su lengua... te desvalijaba. No había otra palabra para describirlo. Me colocó una mano en la nuca y me hundió los dedos en el pelo para gobernar nuestro beso, mientras con el otro brazo me rodeaba para estrecharme. Dejé de agarrarle la camisa para pasarle las manos por la nuca. Su piel desprendía calor, pero se estremeció cuando lo toqué y me besó con más intensidad. Me envolvía por completo, me envolvía el aroma a cuero caliente y a piel más caliente aún, y, cuando su boca viajó hasta mi mandíbula y mi cuello para trazar un recorrido con la lengua, recorrido que siguieron luego sus labios, me apreté contra él, impaciente por recibir más de ese ardor.

Volvió a gruñir y los besos se convirtieron en mordisqueos en la base de mi cuello mientras me clavaba la mano en la parte baja de la espalda para tirar de mí hacia él. Ahora me tocaba a mí estremecerme al sentir el roce áspero de su barba contra mi piel y las duras líneas de su cuerpo contra el mío. Tu típico profesor de Inglés no debería estar tan fibrado, pero enseguida descubrí que en Simon había muchas cosas que no eran típicas.

El mundo empezó a dar vueltas a mi alrededor y noté cierta tensión en el pecho. Aquello era nuevo para mí; ningún hombre me había besado hasta hacer que me desmayara. Al principio fue embriagador, pero se volvió incómodamente rápido. El modo en que me agarraba con fervor a su espalda enseguida fue una forma desesperada de sujetarme a sus hombros para intentar no perder el equilibrio.

Simon se dio cuenta del cambio de inmediato y, cuando me fallaron las rodillas ante su abordaje, al instante pasó de apasionado a atento.

—¡Vaya! —Me agarró por los codos y me irguió—. Oye, ¿estás bien?

Asentí e intenté hablar, pero respirar me pareció más importante, y no me estaba resultando fácil. Me examinó con los ojos y me miró de arriba abajo.

—¡Mierda! Todavía estás atada. Espera. —Tiró de mi corpiño con una urgencia que no tenía nada que ver con la pasión. Pues claro. No eran los besos de Simon lo que me provocaba el mareo. Era la falta de oxígeno debido a pasar diez horas con ese disfraz, seguidas por unos besos una vez terminada la jornada laboral.

Unos cuantos tirones más y la prenda se aflojó lo suficiente como para que se me relajara la caja torácica, y aspiré una honda y deliciosa bocanada de aire. Un par de respiraciones más y el mareo desapareció. Me apoyé en él, mi frente sobre su pecho, cubierto de cuero y de algodón, y me rodeó la espalda con un brazo.

—¿Estás mejor ahora? —Me rozó el lóbulo de la oreja con los labios y un escalofrío me atravesó la columna al oír la voz de Simon, grave y tan pero tan cerca. ¿Cómo era posible que su voz hubiese pasado tan deprisa de irritante a excitante? Quizá me afectaba aún la falta de oxígeno.

Asentí contra su chaleco.

—Se te da bien desatar a las taberneras. Eres muy eficiente. ¿Lo haces a menudo?

—Bueno, ya sabes que soy un pirata.

Su respuesta me arrancó una carcajada de sorpresa, y su sonrisa se ensanchó cuando me incorporé.

—Pero no lo eres. —Estar tan cerca de él hacía que mi voz fuese grave y gutural, y casi no se me ocurría qué hacer para no atraer su boca encima de la mía.

Levantó las cejas, las dos esa vez; no estaba pavoneándose.

—¿No soy el qué?

—Un pirata. —Porque todo el tiempo que llevaba allí, discutiendo conmigo y besándome, no había fingido un acento. Y me había llamado Emily, no Emma. Así pues, ahora mismo no era el capitán Blackthorne. Era Simon el que me besaba, no el pirata, ¿verdad?

—¿Ah, no? —Se me aproximó y me acorraló entre la barra y su cuerpo. Se me aceleró el corazón cuando sus dedos con durezas me acariciaron el cuello, cuando se hundieron en el moño tirante de la coronilla...

—¿Emily? ¿Todavía estás aquí? ¡Te lo has perdido todo!

Giré la cabeza de pronto al oír la voz de Stacey y Simon bajó la mano antes de separarse un paso o dos. Para cuando mi compañera apareció ante nosotros, yo me inclinaba sobre la barra y bebía una botella de agua, como si no hubiese ocurrido nada. Fresca como una lechuga. Simon estaba a una discreta distancia, fresco como..., en fin, fresco como alguien que había besado a una chica en un cálido día de verano. Me fijé en que tenía las mejillas sonrojadas, el pelo revuelto y un destello en los ojos, y deseé con todas mis fuerzas que Stacey no hubiese venido a buscarme.

Pero no venía sola.

—¡Vaya, vaya! ¿Qué está pasando aquí? —La mirada de Mitch pasó de mí a Simon y a mí de nuevo, y reparó en mi corpiño aflojado con las cejas arqueadas y una sonrisa traviesa—. Ahora entiendo por qué no has asistido al coro del bar. Tenías una cita con una tabernera, ¿eh, capitán? —Como ya no interpretaba a su personaje, Mitch había vuelto a ser el tipo que soltaba indirectas a diestro y siniestro.

Miré hacia Simon con los ojos como platos. Los tres eran muy buenos amigos. Yo era la que acababa de llegar. Lo que había pasado entre nosotros era demasiado reciente como para ponerle nombre ya, así que iba a secundar la historia que contase Simon.

—¡Ay! No digas tonterías. —Stacey le dio un codazo a Mitch. Aunque él ni lo notó; habría sido como darle un codazo a una pared de ladrillos—. Em se ha quedado a colocar una banderola que se había caído. Seguro que Simon la ha estado ayudando.

Asentí al oír aquella media verdad.

—Y luego me he distraído moviendo las mesas. —«Y recibiendo unos besos sin sentido».

Por suerte, Simon me siguió la corriente.

—Y luego le apretaba demasiado el disfraz y...

—Y me lo he aflojado. Yo sola. —Era una mentira muy gorda, y el recuerdo de las manos de Simon encima de mí, tirando de los lazos de mi corpiño, me provocó una oleada de calor, si bien en ese momento había sido una situación de emergencia—. He sido una tonta... He estado a punto de desmayarme. —Omití el hecho de que besarlo a él era el motivo principal por el que había sido incapaz de respirar. Otro vistazo en dirección hacia Simon y rememoré la urgente presión de sus labios. Volvía a costarme respirar. Si Stacey y Mitch no hubiesen aparecido, ¿cuántas partes de mi disfraz estarían ahora mal colocadas? ¿Cuántas partes del suyo?

Los ojos de Simon se derritieron al clavarse en los míos, y supe que él estaba pensando lo mismo que yo. Temblorosa, respiré hondo antes de cometer una estupidez, como besarlo de nuevo. Allí había testigos.

—Solo digo que... —Mitch se me acercó y apoyó un codo en la barra, a mi lado—. La próxima vez que necesites que te aflojen el corsé, ven a buscarme si quieres. Se me da muy bien. —Movió las cejas en un gesto exagerado que me hizo soltar una risotada parecida a un resoplido.

—Por favor. —Imité su postura y me dispuse a repasarlo con la mirada de arriba abajo—. Sé lo que tienes debajo de la falda. No es tan impresionante.

Mitch soltó una carcajada y le dio un golpe a la barra con la palma de la mano.

—¡Qué bueno! —Stacey y yo compartimos una sonrisa como respuesta a mi sutil ofensa, aunque solo una parte de mí estaba prestando atención. La otra mitad estaba superconcentrada en el pirata vestido de negro que percibía de reojo.

—No es un corsé. —Una sorprendente aspereza teñía la voz de Simon. Al pasar la mirada de Mitch a mí, en sus ojos ya no había la ternura de antes. Era el Simon crítico de siempre al que yo estaba acostumbrada y me llevé una decepción. Todavía tenía su sabor en mi boca, todavía notaba el peso de su beso y el calor de sus caricias. Simon, en cambio, estaba como si nuestro beso no hubiese sucedido. Como si volviese a odiarme. ¡Joder, qué rápido!

—¿Eh? —Mitch frunció el ceño—. Ahora mismo lleva uno. Más o menos.

Simon señaló en mi dirección y con la mano abarcó toda mi persona.

—Lleva un corpiño, no un corsé. Y el suyo estaba demasiado apretado. —Desplazó la mirada hacia Stacey—. No deberías apretarla tanto.

—No estaba demasiado apretado —intervine. Quería salvar a Stacey de la ira de él—. Es que... me he excedido. —Me observó a mí nuevamente, y estuve a punto de encogerme por la frialdad de sus ojos. ¿Cómo era posible que lo nuestro hubiese cambiado tan rápido antes y que hubiera dado otro salto hacia atrás más rápido todavía? ¡Qué relación tan irregular!—. No volverá a pasar. —Me refería a mi corpiño, pero también me pareció referirme al beso de Simon. Y era una pena.

—Bien. —En la mejilla de Simon temblaba un músculo.

Esa palabra fue un latigazo y me escoció. Me sentí vulnerable, y no solo porque estuviese delante de ellos con el corpiño a medio desatar. Me toqué el cuello con una mano como si aún notase los labios de Simon allí. Sus ojos recorrieron el movimiento, la única señal de que había pasado algo entre nosotros.

—¡Vaya! Lo siento. —Stacey recogió mi cesta de la barra y me la entregó—. Mañana, cuando te lo ate, intentaré ir con más cuidado, ¿vale? No te preocupes, ¡este verano ya no volverás a desmayarte!

Me obligué a reírme. Soné incluso sincera.

—Espero que no. Con una vez he tenido suficiente.

Al salir de la taberna con Stacey, miré atrás una sola vez y vi a Simon pasarse el dorso de la mano por los labios. No me vio y me giré antes de que lo hiciese.

«Basta». Debía ir a buscar a Caitlin y regresar a casa. Los piratas me tenían harta.

A la mañana siguiente, Stacey se disculpó por haber estado a punto de provocarme un desmayo, aunque en realidad no tuvo nada que ver con eso.

—¡No sabía que te había apretado tanto! —Aunque no cambió su rutina. Cuando terminó de ayudarme, todo estaba tan tenso y levantado como siempre. Me moví con el disfraz y, si bien me preocupaba un poco volver a sentir mareos, decidí que la mejor manera de evitarlos era dejar de besarme con piratas. Me revolví de nuevo al descubrir un nuevo problema.

Me picaba la piel.

Justo debajo de las costillas y a la derecha del ombligo. Era muy mala noticia porque Stacey ya se había ido a hablar con otra persona al otro lado del escenario donde nos reuníamos todos antes de que comenzara el día. Y, aunque estuviese allí, habría sido una insufrible tarea de diez minutos para aflojarme la ropa, rascarme, ajustármela y volver a atarme. No, ya me había disfrazado. Se me tendría que ocurrir algo.

Intenté ignorar el picor y dirigí mi atención al escenario, pero eso no me ayudó. Simon estaba en el centro, dispuesto a hablar de algo antes de que empezara la feria. Y yo que pretendía evitar a los piratas...

—Algunos quizá os hayáis dado cuenta de que faltan algunos miembros del elenco. —Se reajustó los puños de la camisa negra mientras miraba a todo el grupo. Evitó mis ojos por completo, como si hubiese observado tras de mí—. Me temo que ayer tuvimos que echar a tres personas. En la feria hay algunas normas y una de ellas es no utilizar el móvil. —Algunos de los participantes más jóvenes clavaron los ojos en el suelo, culpables. Intenté levantarme la parte inferior del corpiño para poder llegar al punto que me picaba. No hubo suerte—. Sé que estáis enganchados al teléfono móvil. Todos lo estamos. Pero cuando estemos aquí lo más importante es mantener la ilusión de estar en el siglo die-cisiete. Por eso antes de la feria nos esforzamos tanto en aprender his-toria de la época, en perfeccionar nuestro acento. Y si un visitante nos ve enviar un mensaje o usando Snapchat —se encogió de hombros—, la ilusión desaparece y destrozamos todo lo que hemos creado. —Negó con la cabeza, claramente decepcionado, y noté un hormigueo de culpa-bilidad en la columna a pesar de haber guardado el móvil en el fondo de mi cesta. Simon volvía a usar su voz de profesor.

Lancé una mirada al otro lado del escenario hacia Caitlin, que negó con la cabeza con mucho énfasis. Se dio una palmada en la bolsita de cuero de la cintura que yo le había dado la semana anterior. Levanté las cejas en una silenciosa súplica por que dejase el móvil allí y asintió. Solo íbamos por la segunda semana de la feria, pero ya se nos había empezado a dar superbién comunicarnos con la mirada.

Mientras tanto, el picor no desaparecía. Mientras Simon terminaba su sermón acerca de las maldades de los móviles o de lo que fuese, intenté revolverme un poco más dentro del disfraz, pero tampoco me sirvió de nada. Molesta, me di un puñetazo en el costado. Y eso... me alivió, de hecho. Lo hice un par de veces más hasta que me di cuenta de que Simon había bajado del escenario y me observaba darme puñe-tazos en el costado.

—¿Todo bien? —El temblor de su voz me confirmó que estaba in-tentando no echarse a reír.

Abrí el puño y convertí el último golpe en una suave caricia que no engañó a nadie.

—Sí —dije con desenfado. Arqueó las cejas, y suspiré—. Es que me picaba.

—Vale, eso tiene más sentido que ser masoquista. —Soltó una carca-jada.

—Creo que llevar este vestido durante todo el día es otra clase de masoquismo en sí mismo. —Me señalé el disfraz.

—Mmm... —Me respondió con un murmullo que no se comprome-tía a nada, pero me observó de una forma que iba más allá de valorar la verosimilitud histórica de mi disfraz. Dio un paso hacia mí y toda mi resolución de evitar a los piratas se fundió al recordar cómo había sabido su boca—. Escucha. —Hablaba en voz baja, solo para mis oídos—. ¿Crees que...?

—¡Park! Ahí estás, Park. ¡Te estaba buscando!

Di un salto al oír mi nombre —bueno, mi apodo— y me giré hacia Mitch, que corría hacia mí desde la otra punta del escenario. Levanté una mano para saludarlo y él, a su vez, me rodeó el cuello con un brazo al llegar a mi lado.

—¿Qué haces esta noche?

—Darme una larga ducha caliente y agradecerle a mi fortuna no tener que ponerme este disfraz hasta la semana que viene.

—Respuesta incorrecta. —Negó con la cabeza—. Esta noche vamos a ir a Jackson's.

—¿Cómo? ¿A dónde? —Y entonces lo comprendí—. ¿Te refieres a la pizzería que está cerca de la autopista? —Había pasado con el coche varias veces por delante de ese edificio marrón, sucio y achaparrado, pero nunca me había parecido disponer del suficiente gel hidroalcohólico como para atreverme a entrar.

—¿Esta noche vamos a salir? —Stacey se había unido a la fiesta y eso significaba que ya era imposible dejarlo pasar.

—Es mucho más que la pizzería que está cerca de la autopista. —Mitch no respondió a la pregunta de ella, sino que se limitó a enumerar las cualidades de Jackson's—. La comida está buena y las bebidas son fuertes. Lo mejor de todo es que siempre tienen dos por uno en copas.

—Desde fuera no parece gran cosa. —El tono razonable de Simon interrumpió el entusiasmo de Mitch—. Pero sirven buenas *pizzas* y las bebidas son baratas. —Se encogió de hombros—. Mucha gente va a cenar el domingo por la noche después de la feria. —No me estaba invitando como había hecho Mitch, tan solo compartía información conmigo. Nada más. Una sensación que no me gustó me provocó un cosquilleo en el cuello.

—Exacto. —Mitch señaló a Simon, que ya se había apartado uno o dos pasos del grupo. Era como cuando el sol se ocultaba detrás de una nube y sentí un escalofrío—. Tú también te apuntas, ¿verdad, capitán?

Simon se encogió de hombros sin llegar a responder, pero yo seguía confundida.

—Pero ¿por qué el domingo? ¿Para salir a cenar no es mejor el sábado?

—Los fines de semana que hay feria, no. —Simon levantó las cejas en gesto de reprimenda—. Hazme caso, combatir en plena canícula con resaca es algo que solo se hace una vez.

—Ahí tienes razón. —La sensatez de eso era evidente, y me molesté conmigo misma por haber formulado la pregunta.

—Además, Simon y yo —Mitch los señaló a ambos—, y otros más, somos profesores. Es verano, así que el lunes no tenemos que trabajar.

—Y Chris tampoco abre la librería los lunes. —De repente, todo tenía mucho más sentido.

—Claro. ¿Lo ves? La noche del domingo es la perfecta para que el elenco de la feria se relaje un poco.

¡Vaya! Cuando conocí a Mitch, no pensé que fuera capaz de presentar un argumento tan coherente; menuda sorpresa. Vale, el argumento se refería a salir de copas, pero bueno. Me había impresionado.

—Sí, ¡deberías apuntarte, Em! —Conocía lo suficiente a Stacey como para saber que estaba cortada por el mismo patrón que Mitch; siempre estaba dispuesta a salir—. Vamos, Simon, díselo tú. Nos lo pasamos bien, ¿verdad?

—Sí. —Se encogió de hombros—. Es decir, si quieres. —Sonó totalmente desinteresado; no podría importarle menos que yo fuera o no con ellos. Volvía a ser el viejo Simon, el que no quería tener nada que ver conmigo. Desde la llegada de Mitch y Stacey, me había apartado como a un utensilio inservible.

—Vale, pues con Park y Stace somos tres, y tú también vendrás, capitán, así que seremos cuatro. Hablaré con los del ajedrez humano, a ver cuánta gente se apunta a salir hoy.

Los labios de Simon se curvaron en una sonrisa que no llegó a alcanzarle los ojos.

—Sí. Vale. Quizá. —Todo su lenguaje corporal daba a entender que estaba buscando una manera de escapar de esa conversación. El hormigueo de mi cuello se intensificó. Antes de que Mitch hubiese aparecido, Simon había estado a punto de preguntarme algo, y yo quería saber de qué se trataba. Porque si tenía que ver con volver a besarme me interesaba al cien por cien.

—«Quizá». —Mitch negó con la cabeza, obviamente decepcionado—. En fin, ya sé lo que significa eso.

Simon se tomó la respuesta con otra sonrisa torcida y un movimiento con una mano.

—Tengo que ir a terminar de prepararme. Nos vemos luego.

«No», quise decir. «Quédate y habla un poco más conmigo. O arrástrame detrás de una tienda y bésame de nuevo. Haz algo para que sepa qué está pasando entre nosotros». Sin embargo, me giré hacia Mitch cuando Simon se hubo marchado.

—¿Qué significa?

—Pues que no se va a apuntar. —Mitch resopló—. Lo dice para callarme. Conseguir que salga es como arrancarse un diente.

—No todo el mundo es igual de sociable que tú, Mitch. —Stacey le dio un golpecito con una sonrisa.

—Sí, ya lo sé, pero... —Mitch negó con la cabeza—. Cuando éramos pequeños, pensaba que Simon era el típico empollón de libro, pero es todavía peor. Tiene veintisiete años y es como si tuviese cincuenta.

Asentí, pero mi cabeza empezó a dar vueltas. «Veintisiete años». Había algo importante en ese número, aunque no estaba segura de qué era.

—No es verdad. —Stacey golpeó a Mitch en el hombro y su reacción interrumpió mi línea de pensamiento—. Debes dejarlo en paz.

—Creía que se animaría un poco cuando fuese a la Universidad y se alejase del control de los demás. —Mitch suspiró—. Pero luego volvió. ¡Qué pena, joder! —En el mundo de Mitch, todos debíamos pasárnoslo bien en todo momento.

—No es culpa suya —protestó Stacey—. Ya sabes lo que le pasa. Es esa época del año.

Algo en mi interior se revolvió al oírla, como un recuerdo que no llegaba a manifestarse del todo. «Esa época del año...».

Mitch negó con la cabeza antes de levantar los brazos para quitarse la camiseta.

—Algún día tendrá que pasar página. —Guardó la camiseta en su bolsa del gimnasio y agarró la espada escocesa tradicional, dando así a entender que mentalmente ya había cambiado de tema—. Bueno, chicas, ha llegado el momento del espectáculo. —Balanceó la espada gigantesca como si fuese un juguete—. A romper corazones y a luchar contra unos cuantos piratas.

Puse los ojos en blanco y sonreí, pero cuando se fue mi atención regresó a Simon, que en ese momento estaba en el extremo opuesto. Hablaba con algunos de los otros miembros del elenco disfrazados de piratas, su pequeña tripulación de piratas, mientras terminaba de prepararse para el día. Solté una exhalación cuando se abotonó el chaleco, ese día uno de color negro. ¿Cómo era posible que me excitara que una persona se pusiera más ropa?

Sus palabras se repitieron en mi cabeza. «¿Crees que...?». ¿Que si creía el qué? Había habido medio segundo de casi intimidad antes de que Mitch nos hubiese interrumpido. Como si el día anterior hubiéramos roto el hielo cuando me besó y ahora me viese más como a una persona. No solo era una tabernera con un corsé (perdón, con un corpiño). Pero ese instante no había durado. En cuanto habíamos empezado a hablar de socializar fuera de la feria, se había apartado del todo, igual que mi ex. A esas alturas ya conocía las señales. Era una experta en detectar cuándo a alguien no le gustabas tanto.

En un abrir y cerrar de ojos, viajé a la última fiesta a la que Jake y yo habíamos asistido juntos, en algún punto del otoño anterior. Un evento para hacer contactos en su bufete de abogados, la pequeña empresa en que era un prometedor nuevo socio. Se había paseado por la sala como el tranquilo abogado en que se estaba convirtiendo a toda prisa, y fue allí donde conoció al socio de la gran empresa por la que dejó su primer trabajo (y por la que me dejó a mí). En esa fiesta, apenas me presentó a nadie, y si lo hacía yo era «su amiga Emily». No su novia y, evidentemente, no su prometida. Su amiga. Después de una hora más o menos, me había abandonado para conocer a gente por su cuenta, puesto que estaba claro que yo lo estaba entreteniendo. Me instalé en la barra libre, bebí *cabernet* y me sentí muy pero que muy pequeñita.

Y volvía a sentirme así, sin la ventaja de contar con alcohol ilimitado en que ahogar las penas.

Debería haber entendido el mensaje: Simon no estaba interesado. Además, no debería querer que lo estuviese. No debería querer estar cerca en absoluto de alguien que me hacía sentir como Jake. El beso había sido un gravísimo error y debería olvidar que había sucedido.

—Bueno, entonces te apuntas a salir esta noche, ¿verdad? —me preguntó Stacey cuando nos encaminamos colina arriba hacia la taberna.

—Sí —contesté—. ¿Por qué no? Será divertido.

TRECE

No fue divertido.

Vale, la noche en realidad estuvo genial. Casi toda. Como me habían prometido, la *pizza* de Jackson's estaba rica y las bebidas eran lo mejor. Para ser un sitio que yo había evitado activamente por culpa de su apariencia exterior, dentro era cálido y agradable. La madera resplandecía, había una máquina de karaoke que funcionaba demasiado bien cuando las jarras de cerveza empezaron a fluir, dianas y mesas de billar al fondo. Había pasado mucho tiempo desde la última vez que había vivido una noche como esa.

Y por eso había pasado mucho tiempo desde la última vez que me había sentido como una mierda la mañana siguiente a una noche como esa.

El café era esencial. También un vaso de agua enorme. Y una habitación muy oscura y muy tranquila donde no tuviese que hablar con nadie en todo el día. Por suerte, April podía caminar y estaba preparada para enfrentarse al viaje de cuarenta y cinco minutos hasta su puesto de trabajo por primera vez desde el accidente. Yo estaba sentada a la mesa de la cocina, observando fijamente la taza de café que tenía delante, y mientras tanto ella tarareaba con energía. ¿Tendría suficiente con esa taza o debería servirme otras tres o cuatro?

—No hacía falta que te levantaras tan pronto, ¿eh? —April se puso los pendientes y el pelo detrás de los hombros. Se lo había secado y se veía brillante y liso. Muy profesional. El mío era una pesadilla encrespada que nadie podía contener.

Más que encogerme de hombros, desde donde estaba me desplomé todavía más.

—No sabía si ibas a estar lista para conducir ya. He preferido madrugar por si acaso. —Físicamente mi hermana estaba en muy buena forma y su cojera apenas era perceptible. Aun así, se tensaba cuando íbamos a algún sitio con el coche, y todavía no se había puesto al volante desde el accidente. Por lo tanto, que pensase que podría salir por la puerta como si no hubiese pasado nada era un poco engreído por su parte.

—¡Bah! —Se sirvió el café en un termo y se añadió un poco de leche de la nevera—. Estaré bien.

¿Ves? Engreída. Pero sorbí mi café y no la contradije.

—En serio, Em, vuelve a la cama. No tenías por qué haber madrugado tanto. Sobre todo porque anoche saliste hasta muy tarde.

—¡Ah! —Me golpeé la cabeza con la mesa. ¡Ay!—. No me lo recuerdes. Cometí varios errores. —Errores de los provocados por numerosos chupitos de tequila. Yo no era una gran amante del tequila, pero Mitch podía llegar a ser muy convincente. Ese chico era un noventa y ocho por ciento músculos, ¡qué manera de beber! No debería haber intentado mantenerle el ritmo, pero aquel fin de semana en la feria me había desconcertado una montaña rusa de emociones. Simon era un imbécil. No, Simon me había besado. No, me había dicho que había sido un error. No, nos habíamos vuelto a besar, y ¡qué bien se le daba, por Dios! No, cuando volvió a haber gente alrededor se comportó como si yo fuese la personificación de un chicle que tuviese pegado en la suela de su zapato. Durante todo el domingo apenas lo vi y, aunque se presentó en Jackson's con todos los demás, parecía detestar la idea de estar allí y se esfumó al cabo de quince minutos.

Y eso me dejó con Stacey, Mitch y sus interminables chupitos de tequila. Mitch era un tipo estupendo. Era divertido. No dejaba de pedir que llegase alcohol, que mezclaba con sus bromas, y yo no recordaba la última vez en que me había reído tantísimo. Cuando Stacey y yo decidimos compartir un taxi hasta casa, Mitch prácticamente me estranguló con un abrazo de un solo brazo y me plantó un beso en la coronilla.

—Eres muy simpática, Park —me dijo, y ese sencillo piropo había brillado en mi interior durante todo el trayecto de regreso a casa. Por lo menos le caía bien a alguien.

Ese brillo hacía rato que se había apagado cuando me sonó el despertador para levantarme el día que April volvía al trabajo, y en ese momento di otro largo sorbo al café.

—¿Por lo menos te lo pasaste bien?

Me quedé pensando.

—Sí —dije al fin—. Me lo pasé bien. En este pueblo vive gente muy interesante.

—Sí. —April se apoyó en la encimera y bebió de su termo—. Yo odio los pueblos pequeños, pero creo que este sitio está bastante bien.

—No lo entiendo. —La miré con los ojos entornados—. Llevas una eternidad viviendo aquí, ¿no?

—Desde que Caitlin empezó la escuela.

—¿Por qué? —Era demasiado temprano como para ponerme a hacer matemáticas, pero incluso yo me daba cuenta de que era mucho tiempo—. Si los pueblos pequeños no son lo tuyo...

—No vivo aquí por mí. Vivo aquí por Cait. —Desplazó la vista hacia el pasillo que llevaba a la habitación de su hija—. Si dependiera de mí, viviría en uno de esos estudios de una gran ciudad. Me encantan las multitudes, los ruidos. Me gusta pasar desapercibida. En un pueblo pequeño, destacas demasiado. —Se quedó mirando el termo de café mientras hablaba, y luego se mordió el labio.

—Pero podrías haberte quedado en Indiana —comenté.

—¿A un pueblo de distancia de mamá y papá para el resto de mi vida? No, gracias. —Me clavó la mirada y tuve que admitir que llevaba razón—. Nos fuimos de aquí cuando me ofrecieron un puesto de trabajo en Baltimore, y me marché sin dudarlo. Pero después tuve que pensar en el mejor sitio para criar a Caitlin. Un sitio con buenas escuelas, el mejor ambiente para que creciera. Y eso no lo iba a encontrar en una gran ciudad. Tuvimos mucha suerte de terminar aquí. —Me examinó con los ojos—. No es un mal lugar donde echar raíces. Si te sientes arraigadora, claro.

—¿Arraigadora? —me reí—. ¿Esa palabra existe?

—No tengo ni idea. —Me sonrió—. A lo mejor sí. Ya sabes a qué me refiero.

Pues sí. Y, aunque April anhelaba el anonimato de una gran ciudad, yo deseaba arraigar. Encontrar un hogar. Un lugar donde me sintiera bien, con gente que me conociese, me amase y me quisiese allí. Era la clase de vida que pensé que estaba construyendo con Jake, hasta que él arrancó las raíces del suelo y se las llevó cuando se fue.

Por primera vez, valoré la posibilidad de quedarme en Willow Creek cuando hubiese terminado el verano. Plantar mis raíces allí. La librería-cafetería estaba tomando forma y Chris parecía contenta con nuestros progresos hasta la fecha. La gente de la feria había empezado a verme menos como una recién llegada al pueblo y más como una amiga, así que ahora me saludaban en el banco y en el supermercado. A pesar de la extrañeza que sentía con Simon, hacía mucho tiempo que no me sentía tan cómoda en un lugar. Y eso hizo darme cuenta de lo incómoda que me había sentido más o menos el último año que Jake y yo estuvimos juntos.

Había tardado un poco de tiempo en percatarme, pero quizá que me dejase un abogado de éxito y ambicioso era lo mejor que me podría haber pasado.

April se despidió de mí al irse y, al cabo de unos segundos, la puerta se cerró tras de sí. Sorbí un poco más de café y oí cómo arrancaba el coche. Acto seguido, lo escuché al ralentí en el camino de entrada durante un minuto y medio o así. Y luego el motor se apagó y, mientras yo bebía otro sorbo de café, la puerta de casa se abrió de nuevo.

—¡La madre que me parió! —April no dijo nada más, y no tuvo que añadir nada más. Aparté la taza y me dirigí al recibidor, donde mi hermana se apoyaba en la puerta con la cabeza gacha y el pelo tapándole la cara. Me puse las chancletas y le arrebaté las llaves de la mano.

—No pasa nada. —Le pasé un brazo por los hombros y apoyó la cabeza en la mía durante un rato. Le di un apretón en el hombro y un beso en el pelo—. Venga, te llevo al trabajo.

—La madre que me parió. —Esta vez el tono era un plano suspiro, pero no protestó.

No me importaba hacer de chófer durante un poco más. Me gustaba que me necesitaran. Me hacía sentir que allí era indispensable. Parte de algo. Arraigadora.

«Veintisiete».

Ese número siguió repitiéndose en mi cabeza sin razón aparente desde que Mitch lo hubiese mencionado el domingo por la mañana.

«Veintisiete».

La edad de Simon. Y también la de Mitch. Pero era otra cosa. Dejé que vagara por los confines de mi mente mientras hacía las tareas semanales que no estaban relacionadas con la feria. Ahora que era la tercera semana, se había instalado una rutina, y mi vida estaba claramente dividida entre el fin de semana y de lunes a viernes. La feria y lo mundano. El corpiño y los vaqueros. La taberna y la librería. Y mientras Chris y yo aprovechábamos la mañana del martes para ponernos al día sobre el fin de semana que habíamos pasado siendo nuestros respectivos personajes, por lo general, esas dos partes bien diferenciadas de mi vida no se entrelazaban. En cuanto la feria terminaba el domingo por la noche, volvía a ser la chófer de April y la camarera, gurú de las redes sociales y subalterna de Chris en la librería hasta el siguiente sábado por la mañana. Estando ocupada entre semana con la librería, era fácil dejar que todo lo que tuviese que ver con la feria se quedase en un segundo plano, y me olvidaba de una vida mientras exprimía la otra.

Pero el número veintisiete estaba grabado a fuego en mi cabeza y no desaparecía.

Ese número me entristecía, me di cuenta el jueves por la tarde. Algo vinculado a la pena, lo cual no tenía sentido, ya que Mitch era la persona más alegre del mundo. Y ¿cómo iban a ser tristes los números? A esas alturas, estaba cansada de pensar en eso, y esperé averiguar pronto qué era u olvidarlo por completo.

Las piezas encajaron el sábado siguiente en un lugar del que casi no me acordaba.

El verano estaba siendo caluroso, así que, cuando el sábado amaneció despejado y curiosamente frío para la estación, todos nos alegramos. Ese día las faldas no me pesaban tanto y ni siquiera mi corpiño resultaba tan opresivo. Esa mañana, recorrí el largo camino hacia el Vacío a través de algunas calles secundarias que no solía visitar durante la feria, disfrutando del sol de buena mañana. Unas cuantas semanas atrás, esas calles se habían abierto en un bosque desértico y ahora estaban atestadas de actividad. Los vendedores estaban preparando sus puestos para ese día. Eché un vistazo a las paradas y me fijé en un colgante para mi disfraz. O en una riñonera de piel artesanal como la que le había comprado a Cait (vale, más bonita que la que le había comprado a Cait). Quizá era positivo que no pasease por allí muy a menudo. April no me pedía que pagara los gastos, pero Chris tampoco me daba mucho dinero. No nadaba precisamente en la abundancia.

Al pensar en el aspecto que tenía el bosque cuando los vendedores no estaban allí, se me encendió el recuerdo del día en que me encontré con Simon. Ese recuerdo colisionó con el número veintisiete que se repetía en mi cabeza, y por fin supe lo que necesitaba comprobar.

Tardé más de lo esperado en encontrar el árbol joven con la placa que homenajeaba al hermano de Simon (las calles eran muy distintas con todos los elementos de la feria) y, en cuanto lo encontré, resultó que ponerme en cuclillas no era tarea fácil con mi vestido. Me limité a sentarme en el suelo; por suerte, la lluvia que había caído a principios de semana ya se había secado, así que no me iba a embarrar las faldas. Era como si estuviese en un cementerio y me apeteció decir algo. Pero no había conocido a Sean Graham y no sabía qué había entre Simon y yo, por lo que aparté las hojas de la placa y me quedé sentada en un silencio contemplativo.

—Creo que lo entiendo. —Hablé en voz baja, un secreto suspiro entre un hombre que había muerto hacía años y yo.

—¿El qué entiendes?

Debería haberme sobresaltado, debería haberme sentido culpable por que Simon me hubiese sorprendido allí. Él no sabía que no me resultaba desconocido ese lugar. Estaba siendo una cotilla. No tenía ningún derecho a estar allí; una idea que quedó más que clara cuando levanté la cabeza para mirarlo a los ojos. Apretaba la mandíbula con fuerza al pasar la vista de mí a la placa que contenía el nombre de su hermano, y sujetaba con una mano su sombrero de pirata con esa pluma tan ridícula.

—¿El qué entiendes? —Me observó fijamente al repetirme la pregunta, y me asombró no detectar hostilidad en él. Tan solo curiosidad.

—Es normal que no quisieras salir el domingo pasado. —Señalé la placa—. Era el aniversario de su muerte, ¿verdad?

—Sí. —Simon soltó un suspiro al agacharse a mi lado—. Bueno, el lunes, pero estaba muy cerca. En esta época del año, siempre es... un poco raro, y el día en sí..., en fin, es un día muy duro.

Me fijé de nuevo en la placa porque la tristeza que desprendía su cara era demasiado intensa, demasiado íntima. Yo no tenía ningún derecho a compartirla.

—Veintisiete años.

—¿Mmm?

—Tenía veintisiete años. La misma edad que tú ahora.

—Sí. Es... Sí. —Se desinfló y pasó de estar en cuclillas a sentarse con las piernas cruzadas en el suelo junto a mí en el margen de la calle—. Sean era... —se rio suavemente— una fuerza de la naturaleza. Te habría caído bien. Le caía bien a todo el mundo. Puso en marcha la feria por pura fuerza de voluntad. —Se pasó una mano por la mejilla, por la mandíbula—. Fue él quien me dijo que fuese un pirata. Según él, yo siempre estaba demasiado callado, demasiado serio. Al pedirme ser un pirata, creyó que me soltaría. —Negó con la cabeza y la sonrisa más débil se dibujó en sus labios, pero sus ojos irradiaban fragilidad—. Yo no quería soltarme, pero era imposible decirle que no a Sean. —No me miraba al hablar. Contemplaba el nombre de su hermano, grabado en la placa de bronce—. Cuando se murió, me quedaban tres años. Tres años en que él seguiría siendo mi hermano mayor. Pero este año...

—Este año tienes veintisiete.

—Tengo veintisiete —repitió—. Le he alcanzado. —Se recorrió la pluma del sombrero con los dedos, tiró de ella con los ojos clavados en la placa—. Y en septiembre llegaré a una edad a la que él no llegó, y no me lo merezco. No debería disfrutar de unos años que él no disfrutó.

—Pues claro que sí. —Le tendí el brazo en un acto reflejo y le agarré la mano antes de que rompiese la pobre pluma—. A Sean no le gustaría que pensaras eso.

—Quizá no. —Giró la mano debajo de la mía y me la agarró, y nos quedamos con las manos entrelazadas como si fuera lo más natural del mundo.

—Chris me dijo que era un as en el fútbol americano. —Busqué un recuerdo más feliz.

—Era un as en todo. —Simon soltó un amago de risotada—. Menos en correr. Eso era lo que hacía yo. ¿Sabes esas carreras campo a través? —No me estaba mirando, pero asentí de todos modos—. No son tan glamurosas como el fútbol americano, no hay gradas llenas de público que te aclame, pero a mí todo eso me traía sin cuidado. En realidad, creo que me gustaba más por eso. Medirme con Sean era imposible, así que era mejor que ni siquiera lo intentase.

Fruncí el ceño al oírlo porque quería disentir. Por lo que había oído decir de Sean, parecía un vago carismático que disfrutaba de la atención, mientras que Simon se esforzaba por cualquier nimiedad. Siempre tenemos a los muertos en gran estima y solo recordamos las cosas buenas, y no solo perdonamos sus errores, sino que los olvidamos. Me acordé de Mitch y Stacey, que bromearon con el año en que Sean no había encargado la cerveza para la taberna. Habían convertido un rasgo negativo en un recuerdo positivo. Si Sean no hubiese muerto tan joven, tal vez Simon se valoraría un poco más.

Pero eso no se lo podía decir. No en ese momento, y probablemente nunca. Yo no era quién para decírselo. Decidí cambiar un poco de tema.

—¿Qué crees que estaría haciendo ahora mismo?

—¿Sabes qué? No tengo ni idea. —Simon soltó un lento y profundo suspiro—. Sean era increíble, pero no tenía demasiado... interés por los estudios. Así que con treinta años es posible que todavía se estuviese sacando la secundaria en un centro de adultos. Pero siendo Sean conseguiría que pareciese propio de un genio. —Negó con la cabeza—. O eso o ya lo habrían elegido alcalde de Willow Creek. —Respondió a mi carcajada con una sonrisa—. Cuando murió, empecé a..., no sé, a canalizarlo a él o algo. Selecciono las mejores partes de mi hermano, las partes que echo más de menos, y las añado al papel que tengo aquí. Durante estas seis semanas de verano, puedo dejar de ser tan serio, tan responsable. Puedo ser un poco más como Sean.

—Soltarte —murmuré. Era la última palabra que habría utilizado para describir a Simon, pero curiosamente era la ideal.

—Soltarme. —Su risa fue apenas perceptible, una mera exhalación de aire—. Me vuelvo a sentir cerca de él. Cuando estoy aquí, de alguna manera es como si de verdad no se hubiese ido. —Se le quebró la voz con la última palabra y se aclaró la garganta fuerte—. La feria era muy importante para él. Era su proyecto mimado. No le daba importancia a casi nada, pero esto... esto se le daba bien. Se esforzó mucho en expandirla, en conseguir más números y luego este espacio. —Hizo un gesto con una mano para abarcar los árboles que nos rodeaban—. El primer verano que la hicimos aquí fue el último año que él... —Tuvo que detenerse y volver a aclararse la garganta. No terminó la frase.

Tomé las riendas de la conversación.

—Estaría orgulloso. Es decir, mira a tu alrededor. Es imposible que no estuviese orgulloso de lo que has hecho.

Me soltó la mano de pronto, como si de repente recordase que no éramos dos personas que se tomaran de la mano.

—Es lo único que me queda de mi hermano. —Me miró por primera vez en todo ese rato, sus ojos brillantes con las lágrimas que se le habían acumulado y que él se negaba a derramar—. A veces no sé qué haría si no tuviese estos veranos. Es casi como si Sean siguiese por aquí. ¿Qué pasa si la feria cambia demasiado y no es idéntica a la que él organizó? ¿Qué pasa si se cancela? Pero luego a veces no... —Simon negó con la cabeza y rechazó ese último pensamiento antes siquiera de verbalizarlo. Se pasó una mano por el pelo antes de carraspear y dirigir su atención hacia mí—. Pero sabes a qué me refiero, ¿verdad? Tienes una hermana mayor. Seguro que sientes lo mismo por ella.

Estaba tan esperanzado que no me hacía gracia desilusionarlo.

—April y yo no somos así. —Me encogí de hombros—. Creo que es la diferencia de edad. Yo fui un bebé tardío y me lleva doce años. Para cuando empecé a ser una persona un poco interesante, ella ya se había ido de casa. Estudió en la Universidad, se casó, tuvo una hija. No estuvo cerca como para ser un modelo para mí ni nada. A ver, es mi hermana y la quiero, pero cuando yo era una adolescente no nos llevábamos especialmente bien.

—No lo entiendo. —Frunció el ceño—. Estás aquí desde su accidente. ¿No dejaste toda tu vida para venir a echarle una mano?

—Toda mi vida. —Intenté soltar una risita, pero me salió mucho más amarga de lo que pretendía—. No había nada que dejar. —Ya había hecho esa broma con April y repetirla no iba a volverla más graciosa ni menos dolorosa de pronunciar en voz alta—. Lo único mío era mi carrera de Filología Inglesa y... —suspiré— ya sabes cómo acabó eso. —Procuré sonar despreocupada, pero la conversación que habíamos mantenido unas semanas atrás me seguía escociendo un poco. Todavía veía la decepción que le transformó la cara cuando se enteró de que no había terminado la carrera.

—Dejaste la Universidad. —Asintió. No había ningún juicio en su voz y eso me sorprendió. Pero Simon seguía sin conocer toda la historia y ya que estábamos confesándonos... ¡A la mierda!

—Jake, mi novio, estaba estudiando Derecho. Pero es una carrera cara y difícil. Le esperaba un camino muy complicado. Estudiar, trabajar. Hicimos un pacto. Yo dejaría de estudiar y lo apoyaría, y cuando se graduase y tuviera un empleo me tocaría a mí.

Simon se había apartado un poco cuando mencioné a mi novio, pero supongo que mi tono lo debió de avisar de que la historia no tenía final feliz, porque su rostro se oscureció un poco.

—Y ¿qué pasó cuando te tocó a ti?

Mi dura risotada fue más bien temblorosa y, aunque parpadeé con fuerza, una lágrima se abrió paso por mi mejilla.

—Resulta que un abogado de la gran ciudad ya no necesita a una desertora de la Universidad a su lado.

—Y ¿te dejó? ¡Pero si él era la razón por la cual no acabaste la carrera! —Apoyó una mano en el suelo como si fuera a ponerse en pie, quizá para ir a buscar a Jake y echarle una buena bronca. Quizá una que incluyese unos cuantos puñetazos—. Pero no podía...

Tendí el brazo, le puse la mano encima de la suya, pero la retiré enseguida. No soportaría que volviese a apartarse de mí.

—No pasa nada. —Me quedé pensando—. Bueno, sí que pasa, está claro. Se portó como un imbécil. Pero estoy bien. Por lo menos estoy mejor que en primavera. —Me acordé de la chica que había llegado a Willow Creek con todas sus pertenencias en el maletero de un Jeep blanco. Me había preocupado mi hermana, claro. Pero también me había preocupado mi estado—. Entonces estaba bastante perdida.

Un chasquido metálico a lo lejos nos llamó la atención y nos devolvió al presente y a la feria. Había llegado la hora de empezar el día. Simon se levantó con facilidad y me tendió una mano. Se la acepté, agradecida, ya que alzarse del suelo con ese conjunto no era un gesto demasiado elegante.

En cuanto nos pusimos en pie, nos dirigimos hacia la calle principal. Me quedé junto a una parada de joyas para examinar unos colgantes de cristal. Brillaban bajo la luz y proyectaban arcoíris en el árbol de detrás de ese puesto. Cuando eché la vista atrás, vi que Simon me estaba esperando, aunque pensé que se habría adelantado sin mí. Se había quedado observando cómo contemplaba yo los cristales con expresión pensativa.

—¿Cómo lo has sabido? —me preguntó cuando eché a caminar a su lado de nuevo.

—¿Mmm?

—¿Cómo has sabido que tengo veintisiete años? No recuerdo habértelo mencionado.

—¡Ah! Me lo dijo Mitch.

El paso de Simon vaciló unos instantes, pero se recuperó enseguida.

—Mitch —repitió. Toda la alegría había desaparecido de su voz—. Ya, claro. Mitch.

—Perdona. ¿No sois amigos? —¿Había dicho algo inapropiado? Volvía a experimentar la misma sensación, como si me adentrase sin ninguna información en una red de relaciones largas que se entrelazaban y terminase dando tumbos y cometiendo errores—. Me ha dicho que os conocéis desde hace mucho tiempo.

—¡Ah, sí! Desde que éramos pequeños. Lo conozco de toda la vida. —Pero torció el gesto como si acabase de chupar un limón—. Hacéis buena pareja.

—¿Cómo? —Parpadeé ante aquel sinsentido, pero llegamos a la taberna antes de que pudiera preguntarle a qué se refería. Stacey ya estaba preparada para ese día con Jamie y los otros voluntarios con camiseta roja.

Simon no retomó nuestra conversación. Tan solo se puso el sombrero y extendió el brazo en un gesto que era en parte una reverencia y en parte un movimiento que me empujaba a ocupar el puesto que me correspondía.

—Tu taberna te aguarda, *milady*. —Había recuperado el acento y se había transformado en el pirata. El momento íntimo había quedado atrás y se marchó, caminando por la calle como si nada le importase lo más mínimo.

—¿De qué estabais hablando Simon y tú? —Stacey se sacó el colgante de peltre de la bolsita y se rodeó el cuello con el cordel negro.

—De nada. —Comprobé el estado de las botellas de vino que ya habían dispuesto los voluntarios y busqué otra tarea innecesaria que llevar a cabo—. Nos hemos encontrado por el camino. —Técnicamente, era cierto.

—Bueno, no os estabais gritando, así que ha habido progresos. Quizá cuando termine el verano te cae bien y todo.

—Quizá. —Me obligué a soltar una carcajada que no sentía—. Yo no pondría la mano en el fuego. Ya conoces a Simon. —Al parecer, ella lo conocía muchísimo mejor que yo. Todo el mundo lo conocía mejor que yo.

¿Mitch y yo hacíamos buena pareja? ¿Qué cojones significaba eso? Fulminé con la mirada a una botella de *chardonnay*. Cuando estaba empezando a cambiar de opinión y a dejar de pensar que Simon era un idiota insufrible, el muy imbécil me despacha y me lanza hacia Mitch como si fuese una pelota de baloncesto indeseada.

Me enfadé tanto con él que no lo comprendí hasta al cabo de una o dos horas, mientras abría una botella de cerveza y se la entregaba a un cliente con una sonrisa. Me había apuntado a la feria por Mitch. Con planes vagos pero firmes de meterme debajo de esa falda antes de que terminara el verano.

¿Cuándo había olvidado mi propósito? ¿Cuándo mis ensoñaciones se habían alejado del hombre fibroso con falda hacia el delgado pirata enfundado en cuero negro, con carácter sombrío y sonrisas desconcertantes?

Le di el cambio al cliente lo más deprisa posible. Ese verano, nada estaba siendo lo que yo esperaba.

CATORCE

—Ahí está. La chica de azul.

Oí una risita tras de mí al limpiar una de las mesas del fondo, pero la ignoré porque formaba parte de la cháchara del día. La banda que actuaba detrás de nosotros había empezado un nuevo concierto en el escenario cercano, y escuché mi canción favorita. Nuestro tercer fin de semana estaba llegando a su fin. Íbamos ya por la mitad de la feria y yo todavía no había conseguido ver el espectáculo, pero algunos sonidos volaron hasta mí desde el escenario. Aunque no había llegado a oír una canción al completo, siempre estaba atenta a mis ritmos y momentos favoritos, que se habían convertido en la banda sonora de mi verano. Una banda sonora que incluía el chasquido de acero contra acero durante la partida de ajedrez humano, así como los aplausos de los distintos espectáculos que tenían lugar a nuestro alrededor.

Las risitas como la que acababa de oír también formaban parte de la banda sonora, así que no le presté demasiada atención mientras recogía los vasos vacíos y los lanzaba a la basura. Pero cuando me giré para dirigirme hacia la barra, vi a tres mujeres observándome. Me detuve durante un segundo. ¿Estaba teniendo un problema con el vestuario? Me notaba tan apretada como siempre, pero ¿acaso el corpiño se me había movido y dejaba a la vista más de lo que debería?

Un rápido vistazo hacia abajo me confirmó que estaba vestida, así que hice una rápida reverencia, propia de mi personaje, en su dirección.

—Señoras, ¿qué les puedo poner este glorioso día de sábado?

—Mmm... Vino. —Una de ellas había divisado la botella de *zinfandel* blanco de la barra. Las otras dos asintieron y Janet empezó a servirles mientras yo me colocaba detrás de la barra para aceptar su dinero.

—Pero hemos venido para preguntarte por Marcus. —La más alta de las tres se inclinó hacia mí con gesto conspiratorio.

—¿Marcus? —Fruncí el ceño. Debían de referirse a Mitch, que era el único Marcus al que conocía. Pero ¿por qué me iban a preguntar a mí por él? No llevaba una medalla que dijera: «¡Coqueteen con el de la falda y pecho desnudo! ¡Pregúntenme cómo!». Pero me arriesgué—. ¿Se refieren a Marcus MacGregor? ¿Alto, musculoso...?

—Con falda. —Suspiró con una sonrisa. Sí, estábamos hablando de la misma persona.

Les di el cambio por el vino y luego agarré un paño para secar la barra deprisa.

—¿Qué les gustaría saber?

—Lo conoces bastante bien, ¿verdad? Es decir, estaba hablando de ti.

—¿Cómo dice? —Solté el paño. Desde el otro lado de la barra, Stacey rio sorprendida.

—¡Uy! Esto me interesa escucharlo.

—A ver, estábamos en la partida de ajedrez de allí. —Señaló y asentimos, como si no tuviésemos idea de dónde se desarrollaba la partida de ajedrez—. Y Amber estaba flirteando con él...

—¡No es verdad! —Pero la más bajita de las tres, una chica rubia, se ruborizó un poco, contradiciendo así su protesta—. Solo estaba hablando con él. Siendo agradable. Soy una persona agradable.

—¡Ajá! —masculló la tercera junto a su copa con una débil sonrisa.

—En fin —prosiguió la más alta—, decía que le gustaba que hubiésemos ido a ver el enfrentamiento porque poca gente de por aquí va a animarlo. Y luego te ha mencionado a ti.

—¿A mí? —Miré hacia Stacey, que se encogió de hombros.

—Según él, las chicas de la taberna hace siglos que no van a verlo combatir. Y nos ha pedido que viniésemos aquí, tomáramos una copa y os preguntáramos cuándo vais a volver a ir a verlo. Nos ha dicho que buscásemos a la chica de azul.

—¿De veras? —Entorné los ojos. Era impresionante que Mitch fuera capaz de coquetear a través de una tercera persona. ¡Qué sinvergüenza!

—Pero tiene razón, ¿no crees? —Stacey se inclinó en la barra y se concentró totalmente en mí.

—No —respondí—. Fuimos el fin de semana pasado. Y lo vimos luchar.

—Pero este fin de semana, no. Creo que deberíamos acercarnos hoy mismo, ¿qué opinas?

No sé por qué el acento británico lo estaba empeorando todo. Los ojos de Stacey me lo suplicaban como si yo fuese una especie de policía de la diversión que jamás nos dejase salir de detrás de la barra. Me estaba convirtiendo en Simon.

¡Pues a tomar viento!

—Muy bien. El siguiente combate es a las dos y media, ¿no? —Agarré el paño y terminé de secar la barra—. Iremos a verlo.

Mitch y Stacey no andaban desencaminados. No me había escapado a ver el ajedrez humano en todo el fin de semana. No me apetecía ver a Simon más de lo estrictamente necesario. Desde que hablásemos delante de la placa de su hermano el día anterior, entre nosotros las cosas estaban... raras. En ese momento, pensé que estaba sucediendo algo; algo que había soltado chispas la semana anterior cuando me había besado en la taberna. Nuestra conversación había sido muy sincera, nos abrimos del todo, mucho más de lo que me había abierto con nadie durante mucho tiempo, y creí que las chispas habían prendido hasta ser algo más. Algo que yo quería explorar.

Pero resultó no ser nada. Peor que nada: por lo visto, Simon se las ingeniaba para no verme. La feria no era tan grande, era difícil evitar a alguien por allí. Pero desde que me había acompañado hasta la taberna el sábado por la mañana, no lo vi en todo el día. Esa mañana se había quedado al otro lado del escenario mientras el grupo se preparaba, y ese día tampoco lo había visto. Obviamente, me estaba evitando.

La tabernera Emma echaba muchísimo de menos al capitán Blackthorne. Quería que el pirata se acercase a la taberna de la que se había ausentado en los últimos días porque tenía ganas de verlo y de experimentar esos instantes en que la atención de él era como el mismo sol. Pero Emily quería zarandear a Simon y preguntarle qué mosca le había picado.

Stacey y yo nos marchamos un poco antes de las dos y veinte de la taberna tras dejarla en las manos más que capaces de nuestros voluntarios y atravesamos el campo hacia el ajedrez humano. Mitch nos saludó con una sonrisa de oreja a oreja y un gesto con su espada, de una ridícula longitud, y no pude evitar devolverle la sonrisa. ¡Qué hombre tan contagioso!

—¡Estáis aquí!

Respondí haciéndole una baja reverencia, aunque me di cuenta de que ni siquiera su acento irlandés me provocaba tanto como las indirectas de un callado pirata. ¿Qué me pasaba?

—Como se nos ha pedido —dije sonriendo al incorporarme.

—¡No me puedo creer que haya funcionado! —Echó la cabeza hacia atrás y se rio—. ¡Debería haberme aprovechado antes de vuestra culpabilidad!

Stacey soltó una risilla y yo me sumé porque ¿por qué no? Se inclinó delante de cada una de nosotras a su vez, y mentiría si dijese que no me gustó su atención. Debíamos salir más de la taberna; esa era la parte divertida de la feria. Vi a Simon en el extremo opuesto del tablero de ajedrez, pero no se acercó a saludar y ni siquiera miró en mi dirección. Vale. Pues nada.

El enfrentamiento era el mismo de siempre. Ya lo habíamos visto varias veces, pero animábamos y reaccionábamos como si fuese nuevo para nosotras. En algunos momentos de la partida, mi atención se dirigió hacia Simon, que siempre apartaba la mirada cuando nuestros ojos se encontraban. Al final, solo quedaron Mitch y él, como siempre, y, antes de colocarse en el centro del tablero, el pirata recorrió el perímetro de este para encaminarse hacia nosotras hasta encontrarse delante de Stacey y de mí.

—¿Un beso para que tenga suerte, cariño? —Me tendió una mano. Lo miré con los ojos entornados, pero la tabernera Emma echaba de menos a su capitán, y noté cómo esa parte de mí tomaba las riendas. Por lo tanto, mi fruncimiento de ceño se derritió hasta ser una franca sonrisa y le alargué la mano. En vez de inclinarse y darme el beso que esperaba, sin embargo, me la agarró, tiró de mí y se me acercó mucho. Antes de que supiera qué estaba ocurriendo, me besó, no con fervor, no con pasión, sino que fue un suave roce de sus labios sobre los míos. Aceptó mi jadeo de sorpresa en su boca como una recompensa que reclamar, y tanto el elenco como el público rompió a aplaudir mientras él sonreía contra mis labios.

A eso yo también sabía jugar. Cuando empezó a apartarse, extendí un brazo, le agarré el pelo con la otra mano y tiré de su cabeza hacia abajo para darle un mejor beso. Un beso auténtico. «Habla conmigo», decía mi beso. «Estoy cansada de jugar. ¿Esto es de verdad? ¿Cómo podemos hacer que sea de verdad?».

Los vítores prosiguieron a nuestro alrededor y, cuando el beso llegó a su desenlace natural, se apartó y lo solté mientras lo miraba con ojos inquisitivos. Había dejado atrás a mi personaje delante de una multitud, pero me trajo sin cuidado. Me miró con expresión turbada y sentí una punzada de culpa. Simon tenía que representar una lucha muy compleja, una rutina coreografiada con armas. Quizá manifestar en ese momento mi confusión hacia nuestra relación mediante un beso delante de una multitud no había sido la mejor idea.

—¿Ya estás listo, Blackthorne? —El comportamiento alegre de Mitch había desaparecido para convertirse de nuevo en un guerrero, y su pregunta llevaba implícito un mal presentimiento.

Simon se aclaró la garganta antes de lanzarle a Mitch una sonrisa.

—Por supuesto. Antes debía recibir un beso de buena suerte de mi chica, ya sabes.

—¿Tu chica? ¿Es lo que es ella? —Mitch arqueó una ceja—. ¿Estás seguro?

Simon miró atrás hacia mí y su sonrisa vaciló un poco. Pero se obligó a mantenerla por el bien de la actuación.

—Por supuesto. Estuviste presente cuando nos unieron, ¿recuerdas?

—Pero ha venido a ver el combate porque se lo he pedido yo. —Mitch se encogió de hombros—. No tú. —Giró la espada en la mano y el ancho filo destelló bajo la luz del sol. Simon respondió con un resoplido.

—Eso no tiene importancia. Ha venido a verme a mí.

—Podría arrebatártela sin pensarlo. —Mitch apuntó directamente a Simon con la espada.

Simon desenfundó su propia espada y con ella golpeó la escocesa de Marcus.

—Te invito a que lo intentes.

Me quedé sin aliento; no me gustaba el giro de los acontecimientos. Con el corazón en un puño, presencié el inicio del combate coreografiado. Ya sabía cómo terminaba. Simon perdía siempre. Era así como lo ensayaban, como lo actuaban. Pero ahora me habían añadido a mí al enfrentamiento como una recompensa para el vencedor. Observé cómo los dos avanzaban en círculos e intenté interpretar la expresión de Simon. Decía que lucharía por mí, pero iba a perder. Y sabía que yo lo sabía. ¿Allí había un significado más profundo? ¿Me estaba dando la respuesta que le había pedido con mi beso? «Nada de esto es real. No quiero estar contigo. Vete con Mitch. Me da igual».

Me había familiarizado con cada uno de los movimientos del combate, cuyos pasos se parecían a un baile. Pero esa vez, al presenciarlo, tuve escalofríos en los brazos a pesar del calor de la tarde. Simon estaba muy serio, enfadado. Había dejado atrás del todo su fachada de pirata sociable que rompe las normas, y sus ataques eran más potentes que nunca. Mitch... En fin, Mitch seguía siendo una pared de ladrillos, así que seguía los movimientos del combate como siempre. Pero cuando Simon lo derribó, cayó un poco más fuerte que de costumbre: de rodillas, en lugar de caer de pie. Se levantó de un salto ágil, pero el hecho de que tuviese que hacerlo me preocupó. Esos dos sabían lo que hacían. ¿Por qué ese paso no había sido tan calculado?

El resto del combate fue como siempre, sobre todo cuando lucharon desarmados. Los golpes de Simon parecían más nerviosos, un poco más fuera de control de lo necesario. Casi me llené de alivio cuando todo terminó y Simon perdió sin que ninguno de los dos acabase herido. Se arrodilló en el suelo, el pecho desbocado por el cansancio, y con el puñal de Mitch en el cuello. Terminada la lucha, Mitch enfundó la daga y le tendió una mano a Simon para ayudarlo, como hacía cada vez. Sin embargo, en vez de aceptarla, Simon la rechazó con una palmada y se levantó por su cuenta. A continuación, se marchó del campo sin hablar ni mirar a Mitch, a mí ni a nadie.

Mitch me observó con los ojos como platos, y seguro que mi expresión era idéntica a la suya. Después recuperó su personaje y la partida de ajedrez concluyó. Simon no regresó al campo. No se presentó a la despedida. Yo quería ir a buscarlo, asegurarme de que estaba bien, pero tenía la corazonada de que no le apetecía verme. Ni en ese momento ni, tal vez, nunca.

Stacey y yo volvimos a nuestra taberna en un extraño silencio, hasta que no pude soportarlo más.

—¿Qué mierda acaba de pasar?

Mi compañera dirigió la mirada hacia el tablero de ajedrez como si allí fuese a encontrar la respuesta. Pero negó con la cabeza.

—No lo sé. No lo he visto comportarse así desde hace años. Desde...

—¿Desde...? —Empezaba a estar muy harta de eso. ¿Qué historia trágica me había perdido? ¿Algún día estaría al corriente de todo y dejaría de sentirme como la recién llegada?

Negó con la cabeza como si yo la hubiese despertado de un trance.

—¡Ah! Nada. En el instituto no eran exactamente mejores amigos. Mitch era..., bueno, era Mitch. —Movió una mano para dibujar una silueta alta y corpulenta, y lo comprendí.

—¿Se peleaban mucho por las chicas?

—No. —Se mordió el labio inferior—. No hacía falta. A las chicas les gustaba Mitch, ya lo sabes. Estaba en el equipo de fútbol americano y tal. Lo único que debía hacer era guiñar un ojo y ya tenía una nueva novia. Simon... no era así.

—Vale. —Solté un pesado suspiro—. Pero ya no estamos en el instituto, ¿no?

—Es lo que habría que esperar, ¿no? —Con un último movimiento de cabeza, Stacey se me adelantó rumbo a la taberna y yo me giré para contemplar de nuevo el tablero de ajedrez. El público se había marchado y solo quedaban unos cuantos miembros de la organización. No vi ni a Mitch ni a Simon. No quería verlos. Quería volver a mi taberna, donde estaba a salvo.

El final de ese día tardó muchísimo en llegar. En cuanto se hubo marchado el último cliente, tiré de los lazos de mi corpiño y me lo quité antes de retirar los alfileres de la falda exterior. El vestido blanco interior estaba pegado a mi torso y me lo arranqué antes de ir a buscar a Caitlin. Al dirigirnos hacia el aparcamiento, mi sobrina se desató los lazos delanteros del corsé mientras yo buscaba el móvil en el fondo de mi cesta. Para cuando llegamos al Jeep, las dos estábamos muy desaliñadas, pero se había convertido en nuestra rutina posferia. Dejamos las cestas y las prendas del disfraz en el maletero, me cambié las botas por mis chancletas y subimos al coche para ir a casa.

Apenas habíamos salido del aparcamiento cuando recibí la llamada de April. Puse el manos libres y le di mi móvil a Cait.

—Hola. He pedido comida china. ¿Podéis ir a recogerla de camino a casa?

—Mmm... —Pensé a toda prisa. En el Jeep no tenía una muda de ropa, y en esos instantes llevaba tan solo un camisón sin sujetador y con chanclas. La gente que hubiese en el restaurante de comida para llevar estaría encantada de verme. Pero la idea de no tener que esperar para cenar venció a una vergüencilla momentánea—. No hay problema. Suena genial.

—Has pedido salsa agridulce, ¿verdad? —Caitlin siempre formulaba las preguntas importantes. También gritaba un poco de más con el móvil, y me encogí al pensar en el tímpano de April.

—Pues claro que sí. Soy tu madre, ¿o no?

Que cuando me acerqué a recoger nuestro pedido nadie pareciese darse cuenta de la ropa que llevaba era una muestra de hasta qué punto el pueblo conocía y apoyaba la feria medieval. Seguro que habían visto cosas peores.

En cuanto llegamos a casa, Caitlin entró con la comida mientras yo recogía todo lo demás del maletero del Jeep. El olor de mi pollo con sésamo casi me hizo babear encima de mis faldas, pero me obligué a meter mi ropa interior en la lavadora y a darme una ducha antes de cenar. No importaba lo hambrienta o lo cansada que estuviese: no podría hacer nada hasta que me quitara de encima la acumulación de suciedad del día.

Cuando estaba en la feria, no me sentía especialmente sucia. Tampoco era que caminase entre nubes de polvo ni que me pasara el día recibiendo bombardeos de barro. Pero cuando llegaba a casa la piel casi me pedía a gritos una ducha, y me moría por desnudarme y frotarme bien. Me encantaba ver con divertido asco cómo el agua daba vueltas hacia el desagüe con un tono marrón oscuro. Pero después de lavarme el pelo con champú un par de veces y casi arrancarme una capa de piel con la esponja de lufa, me sentía más limpia que nunca. Stacey me había dicho al principio que una larga ducha con agua caliente al final del día sería mi nueva mejor amiga, y tenía razón.

En cuanto entré en la cocina, April se fijó en mi conjunto: pantalones de yoga y camiseta holgada.

—Esta noche no sales, ¿eh?

—No. —Ya había tenido suficiente con los hombres de Willow Creek para una temporada. Agarré un plato y el paquetito con el pollo con sésamo, que por suerte seguía caliente. Al otro lado de la mesa, Caitlin estaba terminando su cerdo con salsa agridulce.

—¿Me devuelves el móvil? —En la mesa, los móviles estaban prohibidos; era una norma.

—Primero, los platos en el fregadero. —April negó con la cabeza.

Cait resopló un poco, pero luego se animó.

—Hoy se han enfrentado por Emily.

Solté uno de los palillos.

—¿Qué? —preguntó April.

—Nada. —Fulminé con la mirada a Caitlin, quien con alegría se negó a darse por aludida.

—En la partida de ajedrez. —Se levantó para fregar sus platos y me sonrió al pasar junto a mí—. El entrenador Malone y el señor Graham.

—¿En serio? —April se volvió hacia mí mientras una lenta sonrisilla se esbozaba en su rostro.

Me giré con la silla para ver cómo mi sobrina dejaba los platos en el fregadero.

—¡Si ni siquiera estabas allí!

—¡Me lo han contado! —gritó por encima del hombro, y me desplomé en mi silla. Genial. Era oficial: ya formaba parte de los chismorreos de la feria.

—Toma. —Agarré el móvil de Caitlin, que estaba cerca del plato de April, y se lo lancé. Mi sobrina lo atrapó sin problema—. Vete a jugar con el móvil, anda. A un sitio que no sea aquí.

—No pienses que te vas a salir con la tuya tan fácilmente. —April se giró hacia mí cuando Caitlin echó a correr hacia su habitación—. ¿Por qué se pelean dos hombres por ti? ¿Hay algo que no me hayas contado?

¡Ay, Dios! No le había contado nada a April (ni el comportamiento veleta de Simon ni el coqueteo de Mitch, tan desenfadado como quizá sin significado) y no sabía por dónde empezar. Me limité a contemplar fijamente mi pollo con sésamo.

—No es nada —dije al fin—. Una tontería. Un número que hacemos en la feria. Simon interpreta a un pirata que está enamorado de mí...

—«Y me ha besado. Más de una vez. Pero no es real. Nada de eso es real». Ese pensamiento me puso más triste de lo que esperaba—. Mitch hace días que se dio cuenta y hoy han hecho una tontería... —Me encogí de hombros—. No es nada.

—Mmm... —April mordió un rollito de huevo y sonó tan idéntica a nuestra madre que supe que no la había engañado ni por asomo—. Y eso no tiene nada que ver con que hoy no vayas a salir.

Tuve que echarme a reír.

—¡Ah! Lo tiene todo que ver. —Aparté un poco la comida de mi plato antes de dejar los palillos. Había perdido el apetito. Y era una pena, porque me encantaba la comida china. Agarré una de las galletas de la fortuna del centro de la mesa y la partí por la mitad. Dime qué debo hacer, galleta de la fortuna. Desenrollé el papelito que había dentro: «Formula la pregunta adecuada».

Ya. Añadirle «en la cama» no la volvía más divertida, así que menuda mierda de fortuna, pero al mismo tiempo tenía razón. Desde que llegué al pueblo, había hecho un montón de cosas y no me había hecho valer. Debía formular más preguntas. Quizá había llegado el momento de empezar.

Volví a mirar hacia mi hermana. No hay mejor momento que el presente.

—¿Cómo lo hiciste?

—¿El qué? —Arqueó una ceja.

—Todo esto. —Señalé alrededor—. Cuando te divorciaste. ¿Cómo te recuperaste y seguiste adelante? ¿Cómo pasaste página? —Contuve la respiración. ¿Era una pregunta demasiado personal? Nosotras no hablábamos de esas cosas. Nunca lo habíamos hecho. Tal vez fuese la primera vez que le había pedido consejo a mi hermana mayor.

—¡Vaya! —April soltó un largo suspiro—. Bueno... —Miró hacia la cocina, como si la viese por primera vez—. A ver, tardé mucho tiempo en conseguir «todo esto». Cuando Robert y yo nos divorciamos, estaba sola con un bebé y una bolsa llena de pañales.

—¿No te ayudó en nada? ¿Ni con una manutención ni con nada?

—Nunca me había enterado de los detalles del divorcio de April. A fin de cuentas, cuando sucedió, yo era más joven que Caitlin en esos momentos.

—Nada —respondió—. Mi abogado intentó ponerlo en evidencia. Le dijo que, si no quería pagar una manutención, no iba a tener ningún derecho sobre su hija. Resultó que a él le pareció bien. Es decir, yo podría habérselo peleado. Haber intentado que diera un paso adelante. Pero estaba muy... —Suspiró—. Estaba muy cansada, y era demasiado joven para estar tan cansada, ¿sabes?

—Dímelo a mí. —Pensé en Jake y en mí. En que una noche, el último año de mi segundo empleo, volví a casa y me di cuenta de que tenía veintitrés años y mi alma estaba agotada. Esa noche me sentí mucho mayor de lo que debería. Sí, sabía exactamente a qué se refería April.

—Supuse que la mejor manera de dejar de estar tan cansada era dejar de luchar batallas que estaban perdidas de antemano. Dejar de dar cabezazos contra una pared, de intentar que él hiciese lo correcto. Me concentré en lo que tenía. En Caitlin. En mamá y en papá. En ti.

—¿En mí?

—Sí, en ti. ¿Sabes lo que hice? Maduré y volví a casa. Me apoyé en mi familia. Estuve una buena temporada con vosotros, ¿te acuerdas?

—Más o menos. —Jugué con mi pelo, ya casi seco, en busca de recuerdos de la época en que regresó a casa al poco de divorciarse, con la pequeña Caitlin. Regresé del instituto y me las encontré en la cocina con mi madre. Ayudé a mi padre a bajar mi vieja cuna del desván y a ponerla en la habitación de invitados. No recordaba con precisión cuánto tiempo vivieron con nosotros—. Fue una temporada.

—Casi un año.

—¿Un año? ¿Tanto? —Aunque en cierto modo parecía que se hubiesen quedado una eternidad, en mi memoria era un lapso muy breve. Aun viviendo bajo el mismo techo, April y yo no hablábamos demasiado, no como en teoría deberían hablar dos hermanas. Pero yo había estado ocupada siendo una adolescente, con un montón de actividades extraescolares, y April había sido una mujer que acababa de ser madre y que intentaba ponerse en pie. Las dos habíamos estado muy atareadas con nuestras cosas.

—Yo no quería quedarme tanto tiempo, pero ya conoces a mamá. Me insistió. Me ayudó a inscribirme a las clases de contabilidad, te obligó a hacer de canguro de Caitlin mientras yo iba a clase o me quedaba en casa estudiando.

—¿De verdad fui la canguro? —Me acordé de haber fingido que Caitlin era mi hermana pequeña. Me puse muy triste cuando se marcharon. En esa época, no presté atención a lo que había estado haciendo April. No recordaba los libros de texto ni que estudiase. Mi hermana... estaba ahí. ¡Qué curioso cómo los años cambian la perspectiva! Me hundí en mi silla con un mohín falso—. Pues entonces me deberíais haber pagado, si era la canguro.

—Eso díselo a mamá. —April me lanzó una sonrisa—. A ver si te paga con carácter retroactivo. —Le respondí con una sonrisa idéntica. Nuestra madre era tacaña hasta la médula. Buena suerte con intentar sacarle dinero—. La cuestión —prosiguió— es que todos esos meses que viví en casa me ayudaron a levantarme. Me saqué la carrera, encontré un buen trabajo y al final me mudé a esta casa. Pero no sucedió de un día para otro. Empezar de cero, sobre todo tan joven y con un bebé, fue lo más duro que he hecho nunca. Me sentí muy sola. Seguro que igual que tú cuando Jake se fue.

—Sí —asentí—. Teníamos planes. Todo estaba calculado y luego él... —Se me cerró la garganta. Necesitaba hablar de eso, pero no me apetecía hablar de eso. Era difícil admitir en voz alta lo inútil que alguien te hacía sentir. Eché un vistazo a la galleta de la fortuna que seguía agarrando. «Formula la pregunta adecuada». La pregunta adecuada. Una roca se instaló en mi pecho al darme cuenta de que todavía no lo había hecho. Le estaba preguntando por ella cuando quería preguntarle por mí—. ¿Cómo sé si me lo merezco? —Apenas había pronunciado esas palabras cuando las lágrimas me atenazaron la garganta. Esa respuesta visceral me confirmó que sí, que esa era la pregunta adecuada.

—¿Si mereces el qué? —Pero la expresión de April se suavizó y extendió un brazo por encima de la mesa para apoyar una mano sobre la mía—. ¡Ay, qué tonta! Pues claro que te lo mereces.

Negué con la cabeza, incapaz de hablar ante la vuelta de todo el dolor. La sensación de sentirme abandonada después de todo lo que había hecho por mi ex. Después de todas las cosas a las que había renunciado. De que mi mejor versión no fuese suficiente. La cara de Jake apareció borrosa en mi mente, su pelo de pronto oscuro, sus ojos avellana y maquillados con kohl. En esa imagen se parecía mucho a Simon, otro hombre que no pensaba que yo fuese lo bastante buena.

—Sé que es difícil. —La mirada de April era paciente. Había algo en su cara que me llenó de amor, de una sensación de pertenencia—. Pero haz lo que hice yo. Apóyate en la familia. En Caitlin y en mí. Deja que te queramos y te recordemos que te lo mereces hasta que descubras lo que quieres hacer a continuación.

Bajé la vista hacia nuestras manos juntas y parpadeé para contener las lágrimas que me anegaban los ojos. No estaba acostumbrada a mostrar emoción delante de mi hermana, y obviamente tampoco estaba acostumbrada a mantener esa clase de conversaciones con ella.

—Lo que quiero hacer —repetí contemplando todavía nuestras manos.

—¿No dijimos que a lo mejor volvías a la Universidad a terminar la carrera? Analicémoslo mejor. Papá y mamá me ayudaron a ponerme en pie cuando lo necesité. Me apuesto lo que quieras a que a ti también te ayudarán.

—Sí. Podría hacerlo. —Intenté que me inundara el entusiasmo ante aquella idea, pero no lo conseguí. La carrera de Filología Inglesa no me resultaba tan brillante y emocionante como unas semanas atrás—. Pero... ¿y si no lo hago? —Levanté la mirada hacia mi hermana.

—¿No quieres volver a la Universidad? —Frunció el ceño—. Pero pensaba que...

—Yo también. Es decir, ha sido mi plan desde..., bueno, desde siempre. Pero no sé si lo necesito. ¿Y si lo que quiero hacer a continuación es lo que estoy haciendo ya? Estar en este pueblo, contigo y con Cait, participar en la feria, trabajar en la librería... Me gusta estar aquí. —No lo había pensado antes de esa manera, pero sin haberlo buscado activamente y sin haberme dado cuenta, Willow Creek había empezado a ser un sitio donde podría construirme un hogar.

El fruncido de April se convirtió en una sonrisa.

—Bueno, eso también es estupendo. —Me apretó la mano una última vez antes de soltármela y recostarse en su asiento—. A ver, los últimos meses han sido... Bueno, vale, han sido una mierda. Pero tenerte aquí ha sido... —Pestañeó con fuerza, y deseé que no se echara a llorar. Ya me estaba costando contenerme—. Ha estado muy bien tener en casa a mi hermana pequeña.

—Ya sé a qué te refieres. ¿Por qué no lo hemos hecho antes? —Nos señalé a ambas—. ¿Por qué fue necesario que tuvieras un accidente y a mí que me abandonara mi novio para que estrecháramos lazos? Hemos perdido muchísimo tiempo.

—Puede que sí. —Suspiró—. Pero bueno —agarró su propia galleta de la fortuna y la partió—, lo estamos haciendo ahora, ¿no? Eso es lo que cuenta.

—Tienes razón. —Si me quedaba en Willow Creek, dispondríamos de todo el tiempo del mundo. Me metí media galleta de la fortuna en la boca y la mastiqué. En esos pocos minutos, mi visión del mundo se había alterado. Hacía semanas que el mes de agosto había sido una fecha de caducidad. Me iría del pueblo cuando la feria hubiese acabado porque allí ya no sería necesaria. Pero ¿y si me quedaba? No porque fuese necesaria, sino porque quisiera—. Pero en algún punto debería sacar el culo de tu habitación de invitados, ¿no?

—En algún punto. —April se rio—. Pero no hay prisa. Me gusta tener chófer privado.

Una carcajada de sorpresa brotó entre mis labios y despejó las pocas lágrimas que me quedaban.

—Hay que ponerse las pilas con eso. Quizá mañana podrías volver a intentar conducir hasta el trabajo. Iré contigo para asegurarme de que lo consigues.

—Quizá. —Soltó un largo suspiro—. Sí. Quizá pueda hacerlo. —Se levantó y empezó a recoger los paquetes vacíos. Releí el trocito de papel con mi fortuna escrita. «Formula la pregunta adecuada». Tal vez hubiese llegado el momento de aplicar ese consejo a otras partes de mi vida también.

—Oye, creo que dentro de un rato iré a tomar algo a Jackson's. ¿Te apetece apuntarte?

—¿Un domingo por la noche? —April negó con la cabeza—. Algunas mañanas trabajamos. Quizá otra noche. Me gustará ver a qué se debe tanta fama.

—Trato hecho —dije—. Tienes que salir más de casa ahora que ya puedes caminar.

—Hablando de... —April se apoyó en la puerta de la cocina para contarme algo—. Hoy ha venido Marjorie.

—¿Qué? ¿Por qué? —Hurgué entre mis recuerdos—. Te prometo que le he devuelto todos los platos y bandejas.

—No era eso. En otoño comienza un club de lectura, y quería saber si me interesaba.

—¿Otra reunión de madres? ¿Cuándo será esa, los jueves a las dos de la tarde? —Puse los ojos en blanco—. Pero si quieres participar en un club de lectura, Chris y yo hemos hablado de poner en marcha uno en la librería.

—No, no es eso. Me ha dicho que se ha dado cuenta de que todos sus planes coinciden con mi horario en el trabajo. —La expresión de April se suavizó—. Ha venido a disculparse. Y a saber si estoy libre el primer jueves del mes. Por la noche.

—¡Vaya! Y ¿crees que irás?

—Puede. —Sonó sorprendida al oírse contestar eso—. Siempre y cuando tengan buen gusto con los libros que eligen. —Sí, eso era más propia de ella.

—Bueno, conoces a alguien que trabaja en una librería. Es probable que te pueda echar una mano.

—Seguro que sí.

—Pero ¿estás convencida? —Me la quedé mirando—. Me juego lo que quieras a que querrán conocerte más. Tendrás que socializar.

—Ya. —Se encogió de hombros—. Pero no será chismorrear si hablo de mí misma, ¿no? A lo mejor no es tan malo.

—¿Seguro que no quieres salir a tomar algo hoy conmigo? —Me levanté de la mesa.

—No. —Rechazó la propuesta con un gesto—. Dejémoslo también para el otoño.

No tardé demasiado en arreglarme. Me puse mi vestido veraniego favorito para ganar confianza: uno amarillo claro que hacía que mi piel fuese más cálida y mis ojos, más azules, con cuello *halter* que se ataba en la nuca y que me dejaba bastante espalda al desnudo. Ya que me pasaba todo el verano embutida en largas faldas y camisolas, no le haría daño a nadie si enseñaba un poco de carne. Estaba harta de llevar el pelo recogido, pero no me lo había peinado mientras se secaba, así que estaba demasiado encrespado como para dejármelo suelto. Le di una vuelta y me lo afiancé con una horquilla antes de hacerme la raya en el ojo y ponerme brillo en los labios. No estaba nada mal.

Antes de salir de casa, me metí el papelito de la galleta de la fortuna en el bolsillo de mi vestido. Esa noche iba a tener que recordar ese consejo.

QUINCE

—¡Ey! ¡Has venido!

Mitch me saludó con su botella de cerveza, y ante una sonrisa como aquella era imposible que me resistiese a devolvérsela. Pedí una cerveza antes de unirme a él. De pronto, me alegraba mucho de haber salido. Ya estaba harta de jueguecitos, de indirectas, de preguntarme cómo encajaba entre esa gente. Estaba armada con mi galleta de la fortuna y pensaba hacer lo que decía. Formular preguntas. Conseguir respuestas.

La pizzería no estaba abarrotada; a pesar de lo que afirmaba Mitch, por lo visto salir después de la feria no era necesario más que para unos cuantos fieles entregados. ¿Qué decía eso de mí? Pasé entre la gente reunida en pequeños grupos y eché un vistazo a los rincones oscuros, pero no vi a Simon por ninguna parte. Oculté mi ceño fruncido con un trago de cerveza y le di un golpecito a Mitch cuando llegué a su lado junto a la barra.

—Hoy no ha salido mucha gente, ¿eh? ¿Está Stacey aquí?

—No. —Negó con la cabeza—. Tenía planes.

—¿Planes? —Levanté las cejas por encima de mi cerveza—. ¿Más importantes que nosotros?

—Eso parece. —Mitch barría la multitud con la mirada, ausente, mientras hablábamos. La familiaridad de su expresión me golpeó con una repentina claridad. Estaba buscando a alguien con quien enrollarse; era su rutina habitual de los domingos por la noche, con o sin feria. Me costaba creer que hubiese tardado tanto tiempo en darme cuenta. Mitch no había coqueteado conmigo. Y, si lo hubiera hecho, no habría sido porque yo fuese especial, sino porque coquetear con las chicas era su actividad favorita.

Pero aun así... «Formula la pregunta adecuada». Bebí un poco más de cerveza para encontrar la valentía necesaria.

—Nosotros no somos nada, ¿no?

Mitch dejó de escanear el local y me miró confundido.

—¿Cómo?

—Tú y yo. —Nos señalé a ambos con mi cerveza—. Tú no estás, es decir...

—¿Intentando ligar contigo? —Puso una mueca horrorizada—. No. ¡Ay, mierda! Emily, lo siento. ¿Pensabas que...?

—¡No! —Ahora que ya tenía mi respuesta, quería poner fin a esa conversación cuanto antes—. No, no lo pensaba. Solo quería asegurarme de que tú no...

—No. No, en absoluto. —Ni él ni yo parecíamos dispuestos a dejar que el otro terminase una frase por la prisa que teníamos en verbalizar lo que creíamos. Mitch se pasó una mano por el pelo y dejó la cerveza en la barra. Nunca lo había visto tan serio—. Me caes bien, Emily. Eres una compañía muy divertida. Stace y yo pensamos que... No sé, te has estado ocupando de muchas cosas al cuidar de tu hermana, y queríamos asegurarnos de que te divertías.

—Es... muy amable por tu parte. —Me quedé totalmente anonadada—. Por vuestra parte. Gracias.

Volvió a levantar la botella y la entrechocó con la mía.

—De nada. Para eso estamos los amigos.

«Los amigos». Sí. Me había pasado los últimos años en un remolino de varios trabajos, con la vista clavada en mi futuro y preocupándome por un imbécil que estudiaba Derecho. No había tenido demasiado tiempo para hacer amigos. Para salir. No me había percatado de lo mucho que lo echaba de menos hasta ese momento, cuando la sensación de encajar me calentaba el corazón y supe qué era lo que tanto había añorado.

Mitch me miró de arriba abajo.

—Pero hoy estás muy guapa. —Se encogió de hombros—. Nos podemos enrollar si quieres.

Me atraganté con la cerveza y me concentré para que no me saliera disparada por la nariz.

—No —masculló cuando por fin se me había pasado el ataque de tos—. Gracias. Una oferta tentadora, pero no, gracias. —Levanté la vista a tiempo de ver su sonrisilla engreída.

Se encogió de hombros una vez más y le dio otro sorbo a la cerveza.

—Menos mal. No quiero meterme entre tu pirata y tú.

—¿Mi... qué? —Se me paralizó el corazón y todas mis terminaciones nerviosas cobraron vida ante la indirecta mención a Simon.

—Por favor. —Mitch resopló—. Os habéis estado tanteando desde el primer día. ¿De verdad me vas a decir que no ha hecho nada al respecto? Ya hemos pasado el ecuador de la feria. Pensaba que a estas alturas ya habría dado algún paso.

—Mmm... —No estaba segura de si me apetecía hablar de mi vida amorosa con Mitch Malone en la barra de un bar. Sobre todo porque no disponía de vida amorosa—. No sé si ha habido algún... tanteo...

—¡Uy! Yo sí. Conozco a Simon desde... —Se quedó unos instantes pensando—. En realidad, no recuerdo cuándo lo conocí, y eso demuestra cuánto tiempo hace. Sé cuándo está enamoriscado. Hazme caso, está muy interesado.

—¿En serio? —Entorné los ojos, y no solo porque Mitch no parecía la clase de chico que utilizaría la palabra «enamoriscado»—. Entonces, ¿por qué me tiraste los trastos?

—Tenía que asegurarme de que tú sentías lo mismo que él. —Su sonrisa fue lenta y vaga.

—¿Era una prueba, pues? —Negué con la cabeza—. Eres un bicho raro.

—Culpable —dijo sonriendo—. Pero creo que eso ya lo sabías.

Mi risotada se apagó cuando los nervios volvieron a embargarme.

—¿De verdad crees que Simon...?

Mitch se encogió de hombros. Era obvio que ya se había aburrido de esa conversación. Seguramente porque no lo incluía ni a él ni a una persona con la que enrollarse.

—Deberías ir a preguntárselo.

Se me congeló el corazón en el pecho, y miré por el local. ¿Simon había entrado mientras hablábamos? Peor aún: ¿nos había visto a Mitch y a mí juntos? Y mucho peor aún: ¿nos había oído hablando de él?

Pero no. Si hubiese acudido a la pizzería, ya se habría presentado.

—Ir a preguntárselo —repetí. Me llevé una mano al bolsillo y al papel de la fortuna. «Formula la pregunta adecuada»—. Sí. Debería hacerlo.

—Mira. —Mitch extendió una mano—. Déjame tu móvil. —Abrió la aplicación del mapa, introdujo una dirección y me devolvió el teléfono.

—¿Aquí es donde...? —Contemplé la dirección que había metido.

—Sí. Vive en el mismo sitio desde que éramos pequeños. Sé exactamente dónde está.

—Un momento. —Alarmada, levanté la vista hacia Mitch—. ¿Vive con sus padres?

—¡No! —Mitch soltó una carcajada—. No, sus padres se marcharon del pueblo hace un par de años. Poco después de que muriera Sean. Pero Simon ya trabajaba de profesor, así que se quedó. Además, no creo que quisiese abandonar la feria. Era como si sintiese la obligación de seguir organizándola.

La palabra «obligación» me golpeó en el corazón.

—Es justo lo que pensaba yo también. —¿Acaso no había estado a punto de decirle algo parecido a Chris? ¿Acaso no me preguntaba si Simon se esforzaba tanto verano tras verano porque quería o porque creyese que debía hacerlo?—. ¿Nadie más lo ve? ¿Nadie le ha dicho nada?

—Lo dudo. A ver, supongo que no lo debe de odiar. Si no, dejaría de hacerlo, ¿no? Así de simple. —Se encogió de hombros, pero yo fruncí el ceño. Estaba bastante segura de que no era tan simple. Mitch bebió otro trago de cerveza—. La cosa es que en este pueblo... Bueno, es un pueblo pequeño, ¿sabes?

—Sí. —Asentí aun sin saber realmente a dónde quería ir a parar.

—Es decir... —Arrancó la etiqueta de su botella de cerveza—. Cuando vives en un sitio como este, cuando creces aquí y luego te quedas, quien eras en el instituto es quien eres ahora. O sea, a mí no me importa porque... —Abrió los brazos en un gesto en plan: «Bueno, mírame»—. Pero ¿a Simon? Cuando éramos pequeños...

—No tenía la misma confianza en sí mismo que tú. —Una comisura de mi boca se alzó.

—Algo parecido. —Mitch se rio—. No, es muy buen tipo, pero estaba demasiado ocupado persiguiendo a su hermano como para darse cuenta. Como para ser él mismo. Y luego su hermano murió, ¿sabes? Pero él sigue siendo el mismo Simon de siempre. Tan ocupado prestándoles atención a los demás y a lo que necesitan de él que no va a buscar lo que quiere para sí mismo. —Me lanzó una mirada cargada de intención—. No sé. Quizá tú sepas cómo es eso.

—Yo... —Me aclaré la garganta—. Quizá un poco. —Mi cerebro se tambaleaba. Mitch era mucho más astuto de lo que me había pensado. ¿Qué había pasado con el idiota creído que, en teoría, debía ser un rollo divertido y una distracción durante el verano? Lo había juzgado mal desde el principio.

Igual que había juzgado mal a Simon. Creía que era idéntico a Jake: criticón y despectivo. Creía que nunca querría estar con alguien como yo. Y yo tampoco con él. En eso también me había equivocado, ¿verdad? Volví a mirar la pantalla de mi teléfono. La dirección de Simon. De repente, deseaba con todo mi corazón ir hacia allí. ¿Había alguna aplicación de teletransporte que me pudiese descargar?

Mitch se fijó en dónde se había desplazado mi atención y también observó mi móvil.

—Mira, creo que Simon está atrapado en una rutina. Y que necesita que alguien lo saque. —Me miró con una sonrisa ladeada—. Me apuesto lo que quieras a que una chica guapa con un vestido amarillo lo conseguirá.

—Puede. —Me ardía la cara. Unos meses atrás, me habría encantado saber que Mitch me veía guapa. Sin embargo, todas las células de mi cuerpo habían cobrado vida cuando había dicho que Simon era «mi pirata», y ya no podía negar lo que sentía. No solo por el pirata, sino por el hombre que lo interpretaba. ¿Mitch creía que Simon estaba enamoriscado? Bueno, pues yo también. Unos meses atrás, Simon habría sido el último hombre al que quería yo en mi vida. Y ya era el único.

—Bueno, pues tienes su dirección. Vive en la misma casa donde ha vivido siempre, ahora él solo. —Mitch echó la cabeza hacia atrás para terminarse la cerveza y luego me señaló con la botella vacía—. Deberías ir a verle.

—Sí. Creo que iré. —Agarré el móvil con la mano. Esa noche había ido a Jackson's a por respuestas, pero las respuestas no estaban allí. La buena noticia era que disponía de la dirección exacta adonde ir a buscarlas.

Cuando me marché de Jackson's, el cielo ya se estaba oscureciendo con el crepúsculo. Hice una parada por el camino, así que cuando aparqué delante de la casa de Simon ya casi era noche cerrada. No llamé a su puerta de inmediato. Me puse muy nerviosa y durante uno o dos minutos me quedé en el asiento del conductor observando su casa, demasiado asustada como para moverme.

Nunca había pensado demasiado en la vida de Simon fuera de la feria, y mucho menos en dónde viviría. Lo cierto era que no me lo había imaginado en una casa de dos plantas de estilo colonial al final de una calle tranquila. Según Mitch, vivía solo, y desde fuera la casa parecía demasiado grande para una sola persona. Pero la verja blanca y el césped bien cuidado daban la impresión de acoger a una familia idílica, y visualicé a Simon de pequeño, corriendo detrás de su hermano mayor por el jardín. Esa imagen hizo que me doliese el corazón con nostalgia por algo que en realidad no había visto.

Al final, me armé de valor y me dirigí a la puerta. Cuando llegué al porche, se encendió una luz, así que o bien me había visto merodear por su calle o bien había un sensor de movimiento. Esperé que fuera lo segundo.

Me tembló la mano al acercarla al timbre, pero pulsé el botón antes de perder la valentía, y luego intenté respirar hondo para tranquilizar mi acelerado corazón. ¿Qué estaba haciendo allí? ¿Había aceptado el consejo de un trozo de papel aleatorio de mi comida china para llevar? ¡Menuda locura!

Al principio no pasó nada, por lo que durante varios segundos sentí un gran alivio. Después de todo, no me había visto merodear por allí. Al cabo de unos cuantos segundos más, la puerta seguía sin abrirse, y el alivio se vio reemplazado por el miedo. Simon sabía que me encontraba allí y no pensaba invitarme a entrar. ¿Cuánto tiempo debería quedarme en el porche como un pasmarote con la esperanza de que me hiciese pasar? ¿Debería llamar una segunda vez? ¿Debería regresar al coche? ¿Debería...?

La puerta se abrió de pronto. Mi pulso se desbocó hasta que casi noté cómo me ascendía el corazón por la garganta, y durante unos instantes ninguno de los dos dijo nada. Simon estaba tan sereno como de costumbre, pero al mismo tiempo distinto. Más tranquilo. Las veces en que lo había visto sin el disfraz solía llevar camisa y pantalones vaqueros. Simon no era de los que vestían ropa informal.

Pero en casa sí, por lo visto. En casa llevaba una descolorida camiseta gris de la Universidad de Maryland y un par de vaqueros raídos bajos sobre su delgada cintura. No era alguien que tuviese planes para salir y mucho menos intención de recibir visitas.

—¿Emily? —Mi mirada voló hasta su cara. Obviamente, se había dado una ducha después de la feria, igual que yo. Todavía tenía el pelo un poco mojado, y le caía por la frente. Yo lo había visto tantas veces con los ojos maquillados que sin el trazo oscuro parecía un tanto vulnerable incluso. En una oreja seguía colgándole el aro plateado. Arqueó una ceja y me ruboricé. Me había presentado en su puerta y me quedé mirándolo sin articular palabra.

—Hola —dije al fin. Intenté esbozar una sonrisa y no lo conseguí del todo.

—Hola. —Observó la botella de ron que sujetaba yo con las manos—. Sabes que en realidad no soy un pirata, ¿verdad? —Pero se apartó de la puerta y me hizo señas para que entrase.

—¡Ah! Me apuesto a que está dentro de ti —dije con una ligereza que no sentía mientras pasaba por su lado. Su casa era... un hogar. El recibidor estaba repleto de lo que parecían hileras de fotografías familiares de unos treinta años. En cambio, la cocina brillaba con electrodomésticos nuevos, y en la vieja mesa solo había un mantel individual, un portátil encendido y un montón de papeleo al otro lado. Estaba ocupado, tal vez pagando las facturas, y yo había interrumpido su tranquila noche de domingo.

Simon me acompañó hasta la cocina, de uno de cuyos armarios sacó un par de vasos de chupito. Abrí la botella de ron y él nos sirvió los chupitos.

—¿Qué estás haciendo aquí? —Deslizó uno de los vasos de chupito por la encimera hacia mí.

«Buena pregunta». Me bebí de un trago el chupito con la intención de ganar tiempo y me estremecí ante el ardor del alcohol. Muchísimas preguntas burbujeaban en la superficie de mi cerebro para responder a la suya. Quería saber muchísimas cosas. Sobre él. Sobre nosotros. ¿Había un «nosotros»? ¿Por dónde iba a empezar?

Al percibir mi dilema interno, Simon dio un sorbo a su chupito, saboreó el ron y mantuvo la vista clavada en mí. Estaba tan tranquilo como siempre, mientras que a mí me iba a estallar la cabeza. ¿Cómo se atrevía a besarme como me besó y a no darle ningún tipo de importancia después, joder?

Ese era un buen lugar donde comenzar.

—Me besaste. —Le espeté las palabras, lo acusé.

—¡Ah! —Dejó el vaso y jugueteó con el tapón de la botella de ron—. Pues sí.

—Más de una vez. Hoy me has besado.

Volvió a agarrar el vasito y tragó el resto del ron antes de servirse un poco más.

—Sí. Era mi personaje.

—¿Cómo?

—A tu personaje le gusta mi personaje. El pirata. —Agarró la botella de ron y la agitó para ofrecerme más—. Tú me has devuelto los besos, ¿eh?

—También me besaste sin interpretar a tu personaje. —Me negué a un segundo chupito. Ya había bebido media cerveza en Jackson's y quería tener la cabeza despejada—. El sábado pasado, cuando me gritaste por no haber ido al coro del bar y por haber movido unas cuantas mesas.

—Las mesas estaban bien donde estaban. —Chasqueó con la lengua antes de beber otro sorbo.

—Ahora están mejor incluso. —Respiré hondo, molesta. Esa no era la cuestión por la que había ido allí—. Y luego me besaste. —¡Venga, al grano!—. Y ahí no eras un personaje.

—Tienes razón. —Cerró los ojos y agachó la cabeza—. Perdón.

—¿Perdón? —Parpadeé. Era lo último que había esperado oír, y esa palabra me escoció. Recordé nuestro beso, nuestro beso auténtico. Cómo se había apartado para intentar disculparse. Y yo no se lo había permitido. Lo atraje a mí y lo obligué a besarme de nuevo, y no lo había querido.

¡Ay, Dios! Lo había interpretado todo mal. Me apetecía abandonar su cocina, salir pitando de su casa y olvidar que lo había conocido. Pero como cuando una se rasca una herida, tenía un deseo morboso por lograr que me doliese aún más.

—Te arrepientes de haberme besado. —Sí, eso dolía más. Me entraron náuseas en el estómago. No podía mirarlo a la cara, era demasiado doloroso, así que mantuve la mirada fija en el suelo de la cocina. En sus pies descalzos, que sobresalían de las perneras de los desgastados vaqueros.

—Sí. —Hablaba con voz dura y áspera, y flexionó los dedos contra la baldosa del suelo—. No debería haberte besado. Y tampoco debería haberte besado hoy en la partida de ajedrez. Ha sido un gesto de mierda.

Pensaba que sería... —Suspiró, y seguí sin poder alzar la vista. Examiné los armarios inferiores de su cocina conforme continuaba—: Era por la feria, ¿sabes? Cuando soy... Cuando soy él, no pasa nada si hago esas cosas. Porque en realidad no soy yo.

—Así que no pasa nada si es de mentira. Entre nosotros todo ha sido una mentira. —Intenté obligarme a soltar una risotada, pero salió como un vergonzoso híbrido entre un hipo y un sollozo. El sonido rompió la quietud de la cocina—. Claro, lo entiendo. Olvidaba que para ti soy una tonta desertora de la Universidad, así que ¿por qué ibas a...? —Debía salir de allí. Estaba enfadada y humillada a partes iguales, estaba a punto de llorar y no podía permitir que Simon lo viese. Respiré hondo temblando y me tragué todas las emociones con una forzada sonrisa en la cara—. Siento haberte molestado. Quédate el ron. —Me separé de la encimera de la cocina y me dirigí hacia el pasillo—. Buenas noches.

—¡Eh! —No lo vi moverse, pero cruzó la estancia en un instante y me sujetó el brazo antes de que pudiese marcharme—. No. No tiene nada que ver con que dejaras la... ¿Por qué piensas eso?

—Por el día que te lo conté —le espeté. Apenas estaba entera, pero si no me iba a dejar irme con dignidad, que se enfrentase a todo—. En la librería. Te dije que no había terminado la carrera y me miraste como si fuese un cero a la izquierda.

—No. —No me soltó el brazo, pero aflojó la mano para no agarrarme con tanta fuerza—. No fue por eso. Estábamos bromeando sobre Shakespeare y fue... —Su expresión se suavizó—. En realidad, fue muy agradable. Pero entonces vi la cara que pusiste al decir que no habías acabado la carrera. Estabas decepcionada. Contigo misma. Y no me gustó nada verlo. —Mientras hablábamos, me acariciaba el brazo con el pulgar en un gesto que tanto me tranquilizaba como me hervía la sangre de una forma que nada tenía que ver con la rabia.

—¿Entonces? —Negué con la cabeza al intentar reordenar mis pensamientos. Todo ese tiempo había pensado que me había mirado por encima del hombro. Pero ahora sonaba mucho más empático—. ¿Por qué fue un error besarme?

Me soltó la mano, y ahora le tocaba a él examinar el suelo.

—Creo... Creo que a Mitch no le gusta que lo haga. —Le dedicó una sonrisa arrepentida a la baldosa—. Por eso te pido disculpas. No por haberte besado. Y por eso te he besado hoy. En la partida de ajedrez, delante de todo el mundo. Por los personajes que representamos y por esa historia. Era algo novedoso. Por una vez, podía besar a la chica a la que me apetecía besar y no había nada que el maldito Mitch pudiese hacer al respecto.

«La chica a la que me apetecía besar...». Esas palabras provocaron una oleada de emoción en mi pecho. Pero no bastaban. Eran en pasado. «Me apetecía». No «me apetece».

—¿Qué tiene que ver Mitch con esto? Él me ha enviado hasta aquí, ¿sabes? Para que venga a verte. —Saqué el móvil del bolsillo y se lo enseñé—. ¿De dónde crees que he sacado tu dirección?

—Él te ha enviado... —Simon negó mirando al suelo. Se pasó una mano por la mejilla, un gesto que ya me resultaba familiar después de conocerlo durante ese tiempo. Estaba desconcertado—. ¿Por qué? —Clavó los ojos en los míos y la intensidad de su mirada me dejó sin aliento—. ¿Pensaba que sonaría mejor si me lo decías tú?

—¿Si te decía el qué?

—Que me apartase. Que te dejase tranquila.

—¿Por qué cojones iba a querer eso él?

—Bueno, porque él y tú... —Cerró la boca de golpe, de pronto parecía perdido. No tanto como me sentía yo, pero se me acercaba—. ¿Él y tú no sois...?

—No. —Pero en la neblina de mi confusión empezaba a brillar un destello de comprensión.

—No, no somos nada.

—No —repitió. Contempló la botella de ron con deseo y, al dirigirse hacia mí, el deseo siguió en sus ojos —. Entonces, ¿por qué no te ha dejado en paz y se ha pasado el tiempo abrazándote y pidiéndote salir a cenar?

—Porque es un amigo. Ha... —Me encogí de hombros—. Ha intentado que yo formase parte del grupo.

—Y ¿por qué dijiste que sabías lo que tenía debajo de la falda? —Entornó los ojos.

Una carcajada de sorpresa emergió entre mis labios. Me había olvidado de eso.

—¿Lo dices en serio? Cada vez que le haces dar una vuelta en el aire todo el mundo ve que lleva pantalones cortos de ciclista.

Una sonrisa se dibujó en su boca, y su exhalación casi sonó a una risa.

—Pero hoy en la partida de ajedrez... Me ha retado y ha hecho ver que tú y él... —Negó con la cabeza al comprenderlo por fin—. No me estaba diciendo que me apartase —dijo—. Me estaba diciendo que luchase por ti. —La tensión desapareció de sus hombros—. Lo conozco desde hace más de veinte años y es la primera vez que ha sido sutil.

La idea de Mitch siendo sutil me hizo sonreír, pero cuando Simon me miró a la cara mi sonrisa desapareció. El aire entre nosotros estaba cargado con una clase de energía que yo no había sentido antes, y un silencio se instaló en la cocina. Me guardé el móvil en el bolsillo y mis dedos rozaron el trocito de papel. La fortuna. «Formula la pregunta adecuada». Habíamos despejado algunas dudas entre nosotros, pero yo no había obedecido a la galleta de la fortuna. Todavía no.

Respiré hondo, sin temblar en absoluto esa vez. Di un paso adelante hacia él, y sus ojos se endurecieron como láseres al acercarme.

—¿Quieres volver a besarme? —En mi interior, todo empezó a cantar cuando hice esa pregunta, así que sí. Esa era la pregunta que debía formular—. No como el capitán Blackthorne. No besar a Emma. —Mi voz sonaba tranquila, sosegada, como alguien que propone un día para ir a comer fuera. Me miró fijamente cuando agarré una de sus manos entre las mías y se la apreté—. Siendo tú, Simon. Y besarme a mí, a Emily.

—Sí. —Pronunció la palabra con una vacía exhalación, pero no se me aproximó. Se quedó paralizado y me vio moverle la mano y ponérmela en la cintura como si fuéramos a bailar. La desplazó hasta mi espalda y soltó un gemido cuando las puntas de sus dedos tocaron mi piel desnuda—. ¡Dios! Emily, no tienes ni idea de cuánto me apetece... —Tragó saliva con dificultad y no terminó la frase.

Sobre mi espalda, su mano era cálida. Tiró de mí y yo cedí a su amable gesto hasta que me encontré entre sus brazos, con su otra mano alrededor de mi hombro. Su camiseta era tan suave como parecía, y contuvo la respiración cuando lo acaricié. Noté el latido de su corazón bajo la palma de la mano, y la velocidad y la intensidad con que palpitaba me resultaron reconfortantes. No me había inventado nada.

Al mirarlo a la cara, supe que ya no estaba nerviosa. No me sentía insegura. Observé fijamente sus ojos, ese caleidoscopio marrón y verde y dorado, y solo me quedaba formular una última pregunta.

—¿Vas a volver a besarme?

—Sí.

DIECISÉIS

Pero Simon no me besó. No de inmediato. Su mirada vagaba por mi cara, como si lo asombrase que me encontrara entre sus brazos. Nos imaginé en la cocina hasta que el mundo a nuestro alrededor llegaba a su fin y nosotros nos limitábamos a mirarnos. Después de un lapso entre treinta segundos y una eternidad, me recorrió el brazo con una mano, que luego subió de nuevo hasta mi hombro. Me estremecí ante su caricia y su viaje continuó por mi nuca para a continuación seguir el contorno de mi mandíbula, y por el camino atrapó algunos mechones desperdigados que se habían soltado de mi apresurado recogido. Se estaba tomando su tiempo, disfrutando, pero si no daba un paso más me iba a poner a chillar. Agachó la cabeza muy lentamente y se me congeló la respiración en el pecho. Su exhalación fue cálida contra mis labios en ese medio segundo que transcurrió hasta que volvió a besarme.

Sabía a ron y a calor. Su boca no presionaba la mía, más bien la acariciaba, un besito tras otro mientras nos acostumbrábamos a la sensación y al sabor del otro. No recordé levantar los brazos, pero de pronto le estaba agarrando la cara con las manos, su barba áspera contra mis palmas, su gemido vibrante contra mis labios. Los besos se fueron alargando con cada nueva caricia, con cada roce de su boca sobre la mía, y, cuando su lengua tocó la mía, los besos se volvieron eléctricos. El precavido saboreo se transformó en una exploración más intensa con lenguas y labios y dientes, y abandonarme a su beso fue lo más sencillo del mundo. De pronto, respirar era algo que hacían los demás, y, cuando tomamos una bocanada de aire, me acorraló contra la encimera de la cocina, cuyo borde se me clavaba en la parte baja de la espalda.

Mientras luchábamos por aspirar, nos devorábamos mutuamente con los ojos, incapaces de apartar la mirada. Conocía a Simon desde hacía meses ya y había visto diferentes vertientes suyas. Un serio amante de las reglas. Un pirata sociable. En ese momento, esas dos personas desaparecieron y encontré a un nuevo Simon debajo. Al Simon auténtico. Me gustaba. Mucho.

Agarré el cuello de su camiseta y tiré, y, cuando se inclinó para obedecerme, su sonrisa fue deliciosa contra mi boca. Lo besé hasta que la sonrisa desapareció y se encorvó un poco para pasar las manos por debajo de mis muslos y levantarme. Si ya andaba corta de aire, la sensación de notar su erección contra mi bajo vientre me inundó la visión de estrellas. Me alzó para sentarme sobre la encimera de la cocina. Cuando se colocó entre mis piernas, se me subió el vestido, y él siguió el camino con las manos; me acarició las rodillas y jugueteó con la falda, que terminaba a media altura de mis muslos. Sus caricias provocaron chispas por todo mi cuerpo, prendieron mi piel e hicieron que el algodón del vestido me rozara los endurecidos pezones. En ese nuevo ángulo, tuvo que incorporarse un poco para besarme y yo le revolví el pelo con los dedos. Me besó como nadie me había besado nunca, como si fuese lo único que lo mantuviese vivo. Le rodeé las caderas con las piernas y lo apreté contra mí porque quería más de su calor, de su fuerza.

Sus manos me recorrieron el costado, tentando el extremo de mi vestido donde la tela dejaba paso a la piel, sin llegar a tocar los puntos que más se morían por recibir sus caricias. Pero cuando empezó a tirar del nudo del cuello *halter*, una fría oleada me inundó y lo detuve poniéndole las manos en las muñecas.

—Espera.

Enseguida me soltó y exhaló un profundo suspiro como si se estuviese despertando.

—Perdona. Sí. —Me miró parpadeando con los ojos ligeramente desenfocados—. Tienes razón —dijo al fin con respiración temblorosa—. Estamos... yendo demasiado rápido, ¿no?

—¡No! —Agarré su camiseta con fuerza cuando empezó a alejarse de mí. Ya echaba de menos su cuerpo y deseaba notarlo contra el mío de nuevo. Dejó que tirase de él hasta que volvió a estar entre mis piernas, pero me miraba con recelo. Colocó las manos sobre la encimera, no donde yo las quería—. No es... No es eso.

—¿Entonces? —Me agarró una mano y entrelazó los dedos con los míos—. ¿Qué pasa? ¿Estás bien?

—Sí, es que... —Solté un suspiro cuando regresaron mis viejas inseguridades. Me estaba comportando como una tonta, pero no podía evitarlo—. Me has visto en la feria. Vestida como... Bueno, vestida como me visto.

Asintió solemne, si bien le seguían brillando los ojos con deseo.

—Sí. —Si lo confundía el cambio de tema, no comentó nada.

—Tienes que saber que yo no... O sea, es evidente que no tengo... —Me señalé el torso con la mano que me quedaba libre—. Con el disfraz, las apariencias engañan, ¿vale? —Bajé un poco los hombros—. No quiero...

—¿Decepcionarme? —Me había comprendido. Arqueó una ceja, y me quedé sin aliento ante el arrebato de calor que ese gesto provocó en mi interior. Intentaba explicarme, pero me costaba concentrarme porque deseaba que volviese a tocarme.

—Sí.

Se puso de puntillas para darme un beso en la frente, seguido de un beso en la mejilla, luego en la mandíbula.

—Sabes que es absurdo, ¿verdad?

—No... No del todo, ¿no? —Pero su lengua me estaba haciendo unas cosas por debajo de la oreja que me hicieron perder el hilo de la conversación.

—En serio. ¿Quién cojones te iba a decir que...? —Su boca se quedó paralizada al lado de mi cuello, y después suspiró—. ¡Por el amor de Dios! Te juro que voy a encontrar a tu ex y le voy a dar un puñetazo en la nariz.

—Luego. —Negué con la cabeza. Simon tenía razón. Era una tontería. La última comparación con Jake se disipó cuando resultó evidente que el pasado no tenía cabida allí. Además, si giraba la cabeza un poco su boca quedaba muy cerca de mí y ¿por qué no lo estaba besando? Le puse remedio de inmediato, y por el gemido que emitió Simon estaba claro que no le importó lo más mínimo. En cuanto su boca se apoderó de la mía, le agarré las manos y me las puse encima del cuerpo. Enseguida me pasó una por la espalda, siguiendo con los dedos la línea de mi columna, mientras que la otra se deslizó hasta mi costado, donde vaciló. Coloqué una mano encima de la suya y la guie donde la quería.

Simon interrumpió el beso y tomó aire cuando me rodeé un pecho con su mano, en tanto la otra me apretaba la espalda.

—¡Joder! —Apoyó la frente sobre la mía, sus ojos se clavaron en mi mano, que cubría la suya guiándolo, animándolo a tocar, y se puso a ello a toda prisa. Le dio forma a la tela de mi vestido por encima de mi pecho, se aprendió el tamaño, el peso, y ¿cómo era posible que me hubiese sentido insegura? Nunca había deseado tanto que alguien me tocase. Se me endurecieron los pezones hasta ser casi dos cumbres dolorosas contra la palma de su mano. Se le entrecortó la respiración cuando mi cuerpo reaccionó al suyo—. ¡Dios, Emily! —Sus labios rozaron los míos, casi de manera compulsiva—. Eres perfecta.

—Esa boca —lo regañé, con la voz que apenas me quedaba—. ¿Das clase a los niños con esa boca?

Se apartó para mirarme, sus ojos oscuros y vidriosos por la pasión.

—¡Ay, Emily! —Pronunciado por él, mi nombre sonaba peligroso. Enarcó las cejas de nuevo y torció los labios con una sonrisa perversa que yo no sabía que podía esbozar—. Hago muchas cosas con esta boca.

Se me secó la garganta, el calor me invadió y me estremecí una vez más.

—Ya. —Mi voz no era más que un susurro—. Vas a tener que enseñármelo.

—Será un placer. —Me volvió a besar. Con minuciosidad. Con voracidad.

—Mmm... Vale, eso está muy bien —dije cuando hubo terminado—. ¿Qué más sabes hacer?

Se echó a reír y fue como si acabase de salir el sol. ¿Cuántas veces lo había visto sonreír en la feria y había deseado que esa sonrisa fuera para mí? Ahora lo era y casi resultaba demasiado.

—Eso me suena a reto. —Tiró de mi mano y me ayudó a bajar de la encimera—. La encimera es muy bonita y demás —dijo mientras me invitaba a salir de la cocina—. Me la cambié el año pasado, todavía la estoy pagando con la tarjeta de crédito. —Una sonrisa traviesa le iluminó el semblante—. Pero tengo superficies muchísimo más cómodas entre las que elegir.

—Mmm... Bueno, a ver, acabo de llegar. Lo mínimo sería que me hicieses una visita guiada.

—Sé sin lugar a dudas por dónde empezar.

A duras penas habíamos salido de la cocina cuando me estampó contra la pared del pasillo. Hicimos varias pausas en el trayecto hasta subir las escaleras rumbo a su dormitorio, situado al fondo del pasillo.

No encendió las luces. Se limitó a rodearme con los brazos en una habitación oscura que olía a él. No supe si era el gel o la loción de después del afeitado, pero era un aroma limpio y cálido con un matiz a cuero que había llegado a relacionar con Simon. Me apetecía bañarme con ese olor. Me apetecía cubrirme toda la piel con ese olor y, cuando me agarró los tirantes del cuello, lo ayudé a bajarme el vestido por las caderas y hasta el suelo, con lo cual me quedé con la ropa interior y las sandalias con tacón.

—No es justo. Tú llevas demasiada ropa. —Con las manos tiré de su camiseta para quitársela por la cabeza, y la lanzó al suelo tras de sí—. Está demasiado oscuro —dije—. Enciende una luz o algo. No te veo.

—No puedo. Tendría que soltarte. —Me sujetó las manos y se las colocó encima del pecho, y ¡madre mía! Ya sabía que estaba en forma gracias a los combates coreografiados y tal. Un tipo que volteaba en el aire a una pared de ladrillos como Mitch Malone dos veces al día no podía ser un enclenque. Pero saberlo en mi cabeza era una cosa y pasar las manos por unos abdominales marcados y por un pectoral musculoso salpicado del suficiente vello para jugar con él con los dedos era una cosa totalmente distinta. Me olvidé de hablar, así que di un paso adelante y dejé que mis labios siguiesen el camino de mis manos.

Simon soltó un profundo suspiro cuando empecé a trazar un caminito con la lengua por su piel. Encontró la horquilla de mi pelo y me la quitó para revolverme la melena con las manos. Enganché los dedos en las tiras del cinturón de los pantalones para apretarlo contra mí mientras le exploraba el cuello con los labios, la lengua, los dientes.

—Emily... —Su voz se convirtió en un siseo cuando le di un suave mordisquito en el punto donde se unían su cuello y su hombro, y me agarró el pelo con más fuerza. Lo provoqué con la lengua hasta que echó mi cabeza hacia atrás y me volvió a besar; su lengua me invadió con una urgencia que no había mostrado antes. Y a continuación nos movimos. Mis piernas se toparon, por la parte de detrás, con el borde de su cama y me senté sin problema, tendiendo una mano para no perder el equilibrio. Noté una colcha lisa debajo de mí. Simon era de esos que hacían la cama todos los días, cómo no.

Esperaba que me tumbase de espaldas en la cama y que..., en fin, se pusiera a ello. Anticipé su peso encima de mí, su cuerpo cubriendo el mío. Lo que no anticipé fue que se colocara de rodillas en el suelo delante de mí.

—Quiero que sepas... —Me quitó la sandalia derecha, y sus manos me acariciaron la planta del pie antes de recorrerme el tobillo y la pantorrilla para aprenderse mi forma—. Yo no soy de los que se acuestan una noche y ya está. —La otra sandalia cayó al suelo.

—¿Ah, no? —Respiré con un estremecimiento. ¿Algún día volvería a ser capaz de respirar de manera normal?

—No. —Su pelo me rozó la piel, juguetón, con caricias muy suaves, y luego volvió la cabeza para trazar un camino de besos por mi pierna—. Nunca he sido así. Esto significa algo. Tú significas algo. —Sus labios sobre mi piel me arrojaron al precipicio de la locura, pero sus palabras eran un dardo de dolorosa dulzura. ¿Cómo era posible que Simon supiese lo que yo necesitaba oír y cómo había sabido decírmelo en ese momento?—. Lo digo de verdad, Emily. —Su voz sonaba bronca, desesperada, y se apartó para mirarme a los ojos—. Si es lo que quieres..., si lo hacemos..., necesito que para ti también signifique algo.

Las lágrimas me cerraron la garganta y le agarré la cara con las manos. Mis ojos se habían acostumbrado a la penumbra de la habitación. Un rayito de luz de luna en el que antes no había reparado le iluminó la cara y me empapé de sus ojos, que se empapaban de mí. Nunca había visto nada más atractivo que ese hombre, arrodillado ante mí bajo la luz de la luna.

Lo veía lo bastante bien como para detectar la vulnerabilidad de su expresión, el modo en que se mordía el labio inferior mientras me observaba fijamente. Sus ojos me recordaron a la visión que tuve un día de los dos subidos en un barco pirata en plena noche, y ese recuerdo me hizo hervir la sangre.

—No estaría aquí si no significase nada. —Me incliné hacia delante, me apoderé de su boca y le mordí el labio inferior—. Si no me tocas —dije contra sus labios—, y me refiero a ahora mismo, voy a perder la puta cabeza.

—Esa boca. —Su risa fue grave y peligrosa. Acto seguido, me recorrió ambos costados con las manos antes de bajarme las braguitas por las caderas y las piernas, y las alejé de una patada. Simon me sujetó esa pierna y me depositó un beso en la pantorrilla antes de ponerse esa pierna por encima del hombro.

Caí hacia atrás con un gemido y me apoyé primero en las manos y luego en los codos mientras la boca de él avanzaba por mi pierna, esa vez con un objetivo claro, en dirección hacia mis rodillas y finalmente a la parte interior de mi muslo. Supe lo que se avecinaba y no estaba segura de estar preparada.

La primera caricia fue con sus dedos. La segunda, con su lengua. Me desplomé sobre la cama cuando se puso a ello. No me podía mover. No podía respirar. Todas las terminaciones nerviosas, todo lo que formaba cada una de mis moléculas, estaban concentradas en la boca de Simon sobre mi cuerpo. No importaba nada más.

Me besó. Me exploró con lentos y enloquecedores lametones. Las puntas de sus dedos se hundieron en mí, me rozaron, me descubrieron. Se movía tan lento, con tanta suavidad, que no noté que nada se gestara en mí, no lo vi venir, y me quedé de piedra ante el orgasmo que me atravesó de punta a punta. Antes de que me diese cuenta, comencé a convulsionarme contra su lengua y sus dedos, jadeando sin aliento, intentando mover las caderas mientras él me sujetaba con una mano y su boca me devoraba sin piedad.

Después de lo que me pareció una eternidad, mi cuerpo se tranquilizó y Simon dejó de agarrarme. Me quedé contemplando el techo, que ahora ya veía bastante bien en la oscuridad.

—Vale, me has impresionado —le dije al techo—. Tienes una boca muy experta.

Volvió a soltar la misma risa que antes, y la cama se hundió cuando se colocó encima de mí. Ahora que ya se había aprendido la parte inferior de mi cuerpo, parecía decidido a hacer lo propio con la superior, empezando por mi ombligo. Me dejó un camino de besos por el esternón y me lamió hasta llegar a los pechos. Si tenía algún problema con su tamaño, no me lo comunicó. De hecho, les prestó mucha atención, la suficiente como para lograr que yo respirase con suspiros que eran más bien gemidos. Intenté sentarme, agarrarlo, porque necesitaba sentir de nuevo sus labios contra los míos. Me besó lenta y profundamente, y apresé su gemido en mi boca. Rodé para colocarme encima de él, moví las piernas para ponerme entre las suyas y entonces...

—¿Y esto? —Me aparté y lo miré a la cara—. ¿Por qué cojones sigues llevando pantalones?

—No es mi culpa. —Simon se incorporó para besarme el cuello, y una de sus manos volvió a navegar hacia el sur, donde yo seguía siendo un poco sensible—. Me he distraído.

—No es verdad. —Me escabullí de sus manos y me concentré en sus pantalones para desabrochárselos y bajarle la cremallera—. Quítatelos.

—Nuestras carcajadas se mezclaron cuando se desnudó. En cuanto ya no había nada entre nosotros, me rodeó con los brazos, y los dos suspiramos al unísono al sentir tan solo piel contra piel. Su miembro se clavaba en mi bajo vientre, duro y ardiente e imposible de ignorar. Metí una mano entre nuestros cuerpos para rodeárselo, y Simon gimió ante mis caricias.

—Espera. —Le tembló la voz cuando lo moví arriba y abajo muy lento. Ignoré su súplica y me concentré en aprender su contorno, pesado en mi mano y cada vez más húmedo conforme establecía un ritmo relajado—. Espera. ¡Dios, Emily! Espera, por favor. —Se estiró para llegar hasta la mesilla de noche, y yo sonreí y le mordisqueé el hombro. La venganza era fantástica.

—Muy bien —dije para responder a su gesto de rasgar el envoltorio del preservativo—. Me gustan los hombres que están preparados.

Su risotada fue áspera y desesperada, y ensanchó todavía más mi sonrisa.

—En absoluto. No tienes ni idea de lo mucho que me ha aliviado encontrar ese ahí. Ha pasado bastante tiempo desde la última vez.

—¿Sí? —Esa idea me calentó y reafirmó mi sensación de que estábamos haciendo lo correcto. Me encontraba donde debía estar.

—Sí. —El humor había desaparecido de su voz, y mi corazón se desbocó cuando se dirigió hacia mí, esa vez con un propósito en mente. Sin embargo, en vez de rodar conmigo hasta ponerme debajo de él, como yo esperaba, tiró de mí hacia él, los dos todavía de lado, y se pasó mi pierna por encima de la cadera. Estábamos cara a cara, barriga con barriga, y me sujetó la mano y se la colocó en el miembro—. Por favor.

—Su voz ya no era más que un murmullo. Tenía la frente contra la mía, y cuando lo zarandeé se estremeció—. Por favor.

Supe qué me estaba pidiendo. Lo guie y jugué con ambos cuando la punta de él me rozó el clítoris. En ese momento, levantó ligeramente la cadera y entró en mí solo un poco. Un gemido que podría haber soltado cualquiera de los dos rasgó la noche. Se retiró y volvió a entrar en mí de nuevo, y luego de nuevo, cada vez un pelín más, hasta que al final se hundió por completo en mi interior y nuestras caderas se juntaron.

Al principio no se movió. Su boca buscó la mía y lo besé como si intentase estar todavía más cerca de él, hundirlo más hondo en mí. Después se movió lentamente, con suaves movimientos como si no pudiese soportar salir del todo. A mí me parecía bien. Ahora que por fin habíamos conectado, no quería que se alejara de mí.

Pero aquello duró poco. A medida que sus jadeos se intensificaron, sus embestidas fueron más insistentes, y noté cómo en mi interior volvía a nacer cierta urgencia. Tardé poco en empezar a sacudirme para que mi pasión coincidiera con la suya. Simon resoplaba ardiente junto a mi oreja. Su mano cálida se apoyaba segura contra mi espalda, me ladeaba las caderas, cambiaba el ángulo de su cuerpo sobre el mío.

Él estaba a punto. Lo noté en la forma en que se movía, en que incrementó el ritmo. Su mano se desplazó de mi espalda a mi muslo para levantármelo un poco más. En cuanto posicionó mi cuerpo como deseaba, metió una mano entre ambos.

—Vuelve a estallar, cariño. Sé que puedes. —No era una pregunta. No era una propuesta. Era una orden, gruñida en mi oído por un pirata, cuyos dedos me acariciaban en breves y rápidos círculos. El calor me inundó y me agarré a su nuca, clavándole las uñas en la piel. Simon gimió desde las profundidades de su pecho y el retumbo me provocó escalofríos por todo el cuerpo. Cuando me acarició con más presión, me encorvé para querer huir de las sensaciones abrumadoras y para intentar conseguir más de él al mismo tiempo.

El clímax empezó a gestarse rápido por sus caricias, por su forma de embestirme, más y más hasta que me derrumbé en sus brazos. Me agarré a él y grité cuando las oleadas rompieron en mi interior, convulsionándome a su alrededor.

Simon se quedó quieto cuando estallé y, sin darme tiempo a recuperar el aliento, me tumbó debajo de él en la cama. Demasiado débil para agarrarlo, mis manos cayeron inertes a ambos lados de mi cabeza y me las aferró, entrelazó los dedos de ambos y me apretó con fuerza. Levanté las caderas para acogerlo lo más hondo posible. Su boca devoró la mía con avidez mientras sus acometidas se profundizaban.

—Hace semanas que te deseo, Emily... Semanas. —Las palabras surgieron de él entre jadeos temblorosos y desesperadas embestidas. Bajó la cabeza y me puso la boca en el cuello—. ¡Dios! He intentado mantenerme alejado de ti, no tocarte, no desearte... —Sus ojos estaban cerrados y sus palabras me envolvieron, pronunciadas contra mi piel, y dejé que me impregnasen—. Y luego vas y te presentas aquí con ese vestidito y me vuelves loco. Emily. —Mi nombre fue un bronco aullido que salió de su garganta mientras me agarraba las manos con mucha fuerza—. Eres tan... No sé si puedo...

—No pasa nada. —Quería abrazarlo, pero me estaba sujetando muy fuerte, así que lo rodeé con las piernas, me pegué a él y le besé el cuello y la mandíbula—. No pasa nada —le dije al oído—. Suéltate. Te tengo. —Encontré el aro plateado con los dientes y le di un suave tirón antes de pasarle la lengua por el lóbulo de la oreja y darle un mordisco, y Simon jadeó como si se estuviese ahogando. Y entonces su cuerpo se estremeció encima del mío, dentro del mío, y los dos experimentamos juntos su orgasmo.

En ningún momento de la noche llegó a encender las luces, pero no me importó. En la oscuridad me resultó fácil encontrar todo lo que necesitaba.

DIECISIETE

A la mañana siguiente, lo primero que descubrí, al despertarme entre lentos parpadeos, fue que a Simon le gustaban los arrumacos. Lo segundo que descubrí fue que a mí también. Habíamos dormido con las piernas entrelazadas, y aun dormido me había rodeado con un brazo y había metido la otra mano entre mi pelo para abrazarme.

Durante un rato, fingí que seguía dormida para no tener que moverme. Nunca me había sentido así. Calentita. Segura. Protegida. Nadie me había valorado tanto como Simon durante las últimas horas.

Era algo a lo que me podría acostumbrar.

La luz del sol de buena mañana se coló entre los postigos medio cerrados que la noche anterior habían permitido la entrada de la luz de la luna. Me estiré un poco y los brazos de Simon me estrecharon con fuerza, todavía dormido, mientras me permitía divagar. Lunes por la mañana. No había librería. No había feria. Un día maravilloso y glorioso en que no tenía ningún plan. Lo único apuntado en mi agenda era vigilar a Caitlin y asegurarme de que no le prendía fuego a la casa mientras April estaba en el trabajo...

«¡Mierda!».

Salí despedida de la cama, mandando las sábanas por los aires, y fui en busca de mi vestido.

—¿Qué...? —Detrás de mí, Simon intentaba despertarse mientras yo recogía mi ropa interior del suelo.

—Me tengo que ir. —Me puse las bragas, el sujetador y el vestido, demasiado nerviosa como para darle importancia al recato. O a la educación. Mi teléfono móvil cayó sobre la moqueta y marqué el número de April mientras me bajaba el vestido por las caderas—. ¡Lo siento! —La disculpa había salido de mi boca antes siquiera de que April pudiera saludarme—. Sé que llego tarde. Estaré allí en un santiamén.

—¡Por fin te localizo! —April sonaba demasiado contenta para ser una persona a la que habían dejado en la estacada—. ¿Estás bien? He ido a tu habitación y..., en fin, no estás ahí. ¿Dónde estás?

—Ya lo sé, ya lo sé. —Pasé de puntillas por sus preguntas—. Pero ahora estoy de camino. —Me puse el móvil entre el hombro y la oreja para así agarrar los tirantes de mi vestido y atármelo por la nuca. Era un poco incómodo, pero lo conseguí—. Estaré allí dentro de unos diez minutos. No vas a llegar tarde al trabajo, te lo prometo.

—¡Bah!

Me detuve en seco con una sandalia en el pie y la otra en la mano.

—¿Cómo que «¡bah!»? ¿Vas a decir que estás enferma?

—Me refiero a que puedo ir sola. Ya va siendo hora de que conduzca. Precisamente lo hablábamos anoche, ¿no?

—Sí. Pero yo iba a acompañarte por si acaso. Para ser tu plan B.

—Limítate a tener el móvil encendido. Si te necesito, te llamaré, ¿vale?

—Vale. —Me senté en el extremo de la cama—. Vale. Pero... ¿me escribirás cuando llegues?

—Pues claro. Y esta noche me cuentas con todo lujo de detalles por qué te has pasado la noche fuera de casa. ¿Todo bien?

—¿Yo? Pues... —Miré atrás hacia Simon, que estaba sentado en la cama con los brazos alrededor de las rodillas y una sonrisa que era entre divertida y perpleja. Me miró a los ojos y arqueó una ceja, y no pude sino devolverle la sonrisa. Verlo me devolvió la sensación de calidez, seguridad y protección que había experimentado al despertar, y la preocupación que sentía en las entrañas se evaporó—. Sí —les dije a mi hermana y al hombre con el que había compartido la noche—. Todo estupendamente bien.

Colgué y arrojé el móvil a la cama, y Simon tendió un brazo sobre las sábanas para agarrarme la mano.

—¿Estás segura de eso? Estos tres minutos han sido una montaña rusa.

—Es una larga historia. Necesito un café antes siquiera de enfrentarme a eso. —Me quité la sandalia que me había puesto y me tumbé de espaldas con un largo suspiro—. Perdona que te haya despertado así.

Simon negó con la cabeza y se llevó mi mano a la boca.

—No te preocupes. —Se tomó su tiempo y me besó el dorso de la mano, las puntas de los dedos, y yo empecé a estremecerme. Sí, a eso me podría acostumbrar sin problema—. Pero tengo café, si te sirve. Y también huevos. ¿Te gustan las tortillas?

—Me encantan. —No pude evitar la sonrisa que se me dibujó en la cara.

En la cocina, mientras la cafetera burbujeaba, Simon rompió huevos en un cuenco y sacó queso y leche de la nevera. Me señaló el armarito con las tazas de café y yo lo serví. Enseguida se afanó en los fogones, así que, mientras los huevos y el queso chisporroteaban juntos, agarré mi taza de café y me dirigí hacia el recibidor para echar un vistazo. La pared llena de fotografías familiares era un buen lugar donde empezar.

¡Dios santo! Simon era un niño adorable. Cuando Mitch y yo hablamos de que los dos habían crecido juntos, me imaginé a Mitch colgando de las barras horizontales y coqueteando con sus compañeras de clase, mientras que Simon seguramente se quedaba leyendo en un rincón del patio, vestido con una camisilla almidonada y peinado con esmero. No me había equivocado demasiado. Tenía ante mí una pared llena de fotografías que hacían las veces de un viaje por el tiempo a cámara rápida: una mujer de pelo oscuro y su marido de pelo castaño claro, primero con un niño de pelo oscuro y luego con dos. Mientras que la mayoría de las primeras eran tomas posadas y profesionales, de vez en cuando había alguna cándida, sobre todo de los dos hermanos.

Sean destacaba incluso siendo un niño pequeño. Cuanta más edad tenía en la foto, más magnetismo irradiaba Sean con una sonrisa que te seducía y te hacía querer formar parte de su órbita. Observé al hermano mayor de Simon en las fotos más recientes. A esas alturas había oído hablar tanto de él que era como encontrarme cara a cara con una leyenda. Las últimas instantáneas lo mostraban más delgado, con ojeras, pero su sonrisa era tan magnética como siempre. Solo por haber contemplado esas fotos me apetecía conocerlo mejor. Su muerte debió de haber sido devastadora para su familia.

Pero más que la sonrisa de Sean, lo que sobresalía en esa sucesión de imágenes era la de Simon. En las primeras fotos, sonreía con toda la cara, una sonrisa amplia de oreja a oreja propia de un niño feliz. Sin embargo, al hacerse mayor, su sonrisa se iba disipando hasta ser el gesto semicurvo con los labios apretados que era tan propio del Simon al que conocía. No parecía infeliz en ninguna de las fotografías, solo menos entusiasmado. Como si supiese que la sonrisa de Sean bastaba como para iluminar una estancia por sí misma y él no tuviese por qué contribuir a la potencia eléctrica.

No oí a Simon acercarse, pero sus brazos me rodearon por detrás con cuidado para no hacerme verter la taza de café de las manos. No dijo nada; por lo visto, se contentaba con estrechar mi cuerpo contra el suyo tan cerca como nos habíamos levantado. Supe que podría liberar toda mi tensión y fundirme en sus brazos, y que él me sujetaría.

Me limité a señalarle la pared de la historia familiar con la taza.

—¿Dónde están tus padres?

—En el sótano. Les dejo salir durante las vacaciones si se portan bien. —Se apartó del codazo que dirigí hacia su barriga. Su carcajada fue una grave exhalación en mi oído, y recordé que me había reprendido por haber rellenado un formulario de forma incorrecta. ¿Era el mismo hombre?—. No —dijo cuando hube dejado de amenazarlo—. Ahora están en Dakota del Sur de camino hacia la costa oeste para pasar allí el otoño.

—¿En Dakota del Sur? —Eso tenía casi el mismo sentido que lo del sótano.

Asintió y apoyó la barbilla en mi hombro mientras contemplaba las fotos de su familia.

—Cuando Sean murió, fue muy duro para todos. En especial para mi madre. En esta casa y en este pueblo, todo le recordaba a él y la lanzaba a una cuesta hacia abajo que... A veces ni siquiera se levantaba de la cama. —Me estrechó con fuerza con los brazos y puse una mano en su antebrazo para proporcionarle todo el consuelo posible con mi caricia.

»Un día, mi padre aparcó una gigantesca autocaravana delante de casa. No lo habló con ella antes, tan solo fue y la compró. Pensé que mi madre lo mataría, pero al final se dejó convencer, y empezaron a salir los fines de semana. Cada vez hacían viajes más y más largos, y, antes de que me diese cuenta, mi padre se había prejubilado y se pusieron a recorrer el país.

Ladeé la cabeza para mirar hacia él.

—¿Y te... abandonaron? —No me gustaba esa idea. En cuestión de unos pocos meses, ¿había pasado de vivir en familia a vivir solo? No, no me gustaba lo más mínimo.

—No pensaba irme con ellos ni por todo el oro del mundo. ¿Veinticinco años y recorriendo el país con mis padres en una caja enorme? No, gracias. —Sonrió al imaginárselo, pero su sonrisa fue melancólica y un poco triste—. Me envían postales y vuelven en diciembre para quedarse unas cuantas semanas durante las Navidades. El año pasado, pusieron a mi nombre la escritura de esta casa.

—¡Menudo regalo navideño! —Alcé las cejas, y me respondió con un resoplido.

—Me dijeron que, de todos modos, tarde o temprano iba a ser mía. —Su mirada barrió las imágenes de la pared—. Cuando Sean enfermó, yo vivía en Baltimore, y me mudé aquí y conseguí trabajo como profesor sustituto. Había planeado echar una mano durante un año o dos hasta que se recuperase. No pensaba quedarme para siempre.

Pero entonces se jubiló el señor McDaniels y el instituto de Willow Creek necesitó a un profesor de Inglés. Y de pronto me convertí en propietario... —Se encogió de hombros—. Sucedió así sin más. Resulta reconfortante vivir donde siempre has vivido. Todo el mundo te conoce. Eres parte de algo. —Sus ojos se detuvieron en una fotografía de su hermano y él de adolescentes—. Eso también significa que no se te permite cambiar, claro. Creo que siempre voy a ser el hermano pequeño de Sean.

Mitch había dicho algo parecido, pero antes de que pudiese responderle la expresión de Simon se despejó, como el sol cuando aparece detrás de una nube.

—Venga, que se te enfrían los huevos. —Me dio un beso en el hombro y me agarró la mano—. Me has prometido una historia, ¿recuerdas? Ahora te toca a ti.

Dejé que me guiara hacia la cocina, donde había colocado un segundo mantel individual en la mesa, y entre bocados de una tortilla deliciosa le conté a Simon algunos de los detalles del accidente de April. Bueno, no del accidente en sí mismo, sino de sus consecuencias.

—Entonces, ¿ahora no conduce?

—Desde que salió del hospital, no. Lo ha intentado un par de veces, pero se queda paralizada al sentarse al volante. —Me levanté de la mesa para rellenarme la taza de café—. A ver, no la culpo. Después de un choque lateral en una intersección con mucho tráfico... Yo creo que lo vería cada vez que cerrase los ojos. —Sacudí la taza para ofrecerle más café, pero negó con la cabeza, así que me senté a la mesa delante de él.

»Pero, bueno, parece que recuperar la normalidad la está ayudando. Hace poco que ha vuelto al trabajo, y su ánimo ha mejorado una barbaridad. Si ahora está conduciendo, quizá sea otro paso más. Pero me sentiré mejor cuando sepa que ha llegado bien. —Di un sorbo a la taza y cerré los ojos para paladearlo—. Preparas un café excelente. Voy a venir todas las mañanas para beberlo.

—Por favor. —Me miró fijamente a los ojos, y supe que no solo me invitaba a tomar café. Mi sonrisa se ensanchó y le hizo saber que estaría encantada de tomarle la palabra.

Me vibró el móvil sobre la mesa. April me había enviado una foto de sí misma en el aparcamiento de su trabajo con el pulgar hacia arriba delante de su coche. «¡Lo he conseguido!». Cuando bajé el móvil, fue como si me hubiesen quitado un peso de los hombros. Lo más importante: también me habían quitado un velo de los ojos. Reproduje la última media hora o así en mi cabeza y se me cayó el alma a los pies.

—Lo siento. Me he portado como una imbécil.

—¿Cómo? —La sorpresa le provocó una carcajada—. ¿Desde cuándo?

—Desde que no te he deseado buenos días.

—¡Ah! —Alzó la taza de café para saludarme—. Bueno, pues buenos días.

—No. Así no. —Me levanté y fui a su lado de la mesa, y él retiró la silla un poco para poder girarse hacia mí. Le pasé una mano por el pelo (era algo que ya era una costumbre mía) y me incliné para besarlo. Lentamente. Suavemente. Concienzudamente—. Buenos días —murmuré entre nuestro beso, pronunciando las palabras con énfasis.

—Buenos días. —Sonrió contra mis labios. Me sentó a horcajadas sobre su regazo—. Mucho mejor. Te confieso que me has preocupado un poco. —Me acarició la espalda con los dedos muy lentamente, aprendiendo cada una de las crestas de mi columna—. Cuando has saltado de la cama y has empezado a vestirte antes incluso de que me despertara, como si te hubieses dado cuenta del error que habías cometido.

—¿Qué error? —Parpadeé.

—Ya sabes. Dormir con el enemigo y tal. —Hablaba con voz alegre, casi provocadora, pero en sus ojos detecté un matiz que no me gustó.

Le agarré la cara con una mano y vi cómo su expresión se suavizaba cuanto más nos tocábamos. Me apetecía entrar en su interior, formar parte de él para que nunca volviese a sentirse solo. Pero no sabía cómo decírselo sin parecer una de esas tarjetas de San Valentín que dan tanta grima si se lo soltaba todo. Le dije que no me acordaba de un solo momento en que lo hubiese visto como mi enemigo. Le dije lo mucho que significaba para mí tener a alguien en mi vida que quería estar conmigo por quién era yo y no por qué podía hacer por esa persona.

Simon sabía a café, a café cremoso y oscuro e intenso, y me acordé de algo que me había dicho Chris un día: que Simon te iba ganando con el tiempo. Tenía razón. A mí ya me había cautivado.

DIECIOCHO

Cuando más tarde esa mañana aparqué en casa, había recibido dos mensajes en el móvil. Uno de Caitlin, que me decía que se había ido al pueblo en bici para quedar con unas amigas, y un segundo de un número que no reconocí.

Gracias por el ron.

Una oleada de calor se extendió por mi pecho, acompañada por una sonrisa en mi cara. No pude contestarle lo bastante deprisa.

Gracias por el café.

Añadí el número de Simon a mis contactos y me metí el móvil en el bolsillo antes de cometer una estupidez como dar media vuelta y regresar a su casa. Pero tenía la cabeza demasiado llena de confusión y di gracias por que ese día no hubiese nadie en casa. April volvería por la noche con un millón de preguntas y, antes de que me las formulara, yo debía averiguar qué responderle. Debía asimilar lo que había sucedido entre Simon y yo.

Ahora que estaba en casa, las horas que había pasado en la de Simon, en la cama de Simon, parecían pertenecer a otra vida, aisladas del resto del mundo. Mientras hacía mis tareas diarias, cierto miedo reptó por mi sangre. Me había dicho que no era de los que se acostaban una noche sin más, pero muchos chicos decían cosas como esas, ¿verdad? Sobre todo cuando ya tenían a la chica desnuda y en su cama. A plena luz del día las cosas se veían espantosamente distintas. Me había parecido sincero durante el desayuno, pero cuando me marché no me dijo de volver a vernos. Ese mensaje de texto tampoco había abierto una puerta. ¿Acaso estaba esperando demasiado de él? Había perdido la práctica en esas cuestiones.

Para cuando April y Caitlin habían vuelto a casa y la cena estuvo servida, era razonable decir que mi cabeza seguía siendo un caos, así que hice lo que pude. Aparté mis emociones y me concentré en las personas que me rodeaban.

—¿Cómo te encuentras? —le pregunté a April. No me había dicho nada acerca del primer día en que había conducido tras el accidente.

—Bien. —Agarró una rebanada de pan—. Si quieres que te diga la verdad, creo que he dejado pasar demasiado tiempo. No dejaba de esperar el momento en que me volvería loca, y no ha llegado. —Se encogió de hombros—. Lo cierto es que ha sido un tanto decepcionante.

—No sé, creo que es positivo. Aburrido es mejor que espeluznante.

—Pues sí. —Soltó una carcajada—. Creo que me irá bien un poco de aburrimiento durante una temporada. Por lo menos en cuanto a mí respecta. Pero ahora hablemos de ti.

—¿De mí? —Parpadeé, inocente.

—De ti. ¿Anoche echaste un polvo o qué?

Casi escupí el té frío encima de la mesa.

—¡April! —Giré la cabeza hacia Caitlin, que nos miraba a las dos con los ojos como platos.

—¿A eso habías ido? —se interesó mi sobrina—. Pensaba que te habrías ido a algún sitio después de llevar a mamá al trabajo.

—No voy a hablar de esto ahora. —Me crucé de brazos.

—¡Uy, sí! Sí que vas a hablar —protestó April—. Caitlin no es una niña pequeña. Bueno, sí. Sí que lo eres —le dijo—. No creas que puedes hacer esas cosas hasta dentro de mucho mucho tiempo. Quizá cuando hayas cumplido los treinta.

—¡No es justo! Em no es tan vieja y puede...

—Cómete un poco de ensalada. —Empujé el bol hacia mi sobrina.

Pero April no me dejó cambiar de tema y se volvió hacia mí con ojos brillantes.

—¿Anoche ligaste con alguien en Jackson's? Y te fuiste con él, ¿a que sí?

—Sí. Pero no... —Suspiré—. Sí que fui a Jackson's, pero no ligué con nadie. Fui...

—Un momento. —April chasqueó con los dedos y miró hacia su hija—. Dijiste que unos chicos se pelearon por ella en la feria, ¿no? Es el entrenador sexi, ¿verdad? El que lleva falda.

—A ver, estamos hablando de los profesores de Caitlin. —Solté el tenedor. April era bastante permisiva con su forma de educar a su hija, pero estábamos rozando lo raro. ¿Debería estar presente Caitlin en esa conversación?

—No es mi profesor. —Caitlin negó con la cabeza y agarró su vaso de leche—. Yo tenía a la señorita Simmons en gimnasia.

—¿Ves? —se alegró April—. No es su profesor, así que desembucha.

Suspiré. No iba a salirme con la mía.

—No. No es Mitch. Es... es Simon. —Me zumbaba la piel nada más pronunciar su nombre. ¡Mierda! Había caído con todo el equipo.

April parpadeó con expresión impávida.

—¿Quién? —Pero Caitlin se quedó anonadada y soltó el tenedor.

—¿En serio? ¿Estás saliendo con el señor Graham?

Técnicamente no había salido con Simon; un rollo de una noche no contaba como una cita. Pero no corregí a Caitlin porque la situación se parecía bastante.

—Entonces, ¿por qué no se te ve contenta? —April me observó fijamente—. ¿Te gusta?

—Me gusta. —Se me encendió un recuerdo del momento en que me senté a horcajadas encima de él a la mesa de la cocina y le planté un beso, y tuve que soltar todo el aire—. Me gusta mucho.

—¿Qué problema hay, pues? ¿Cuándo vais a volver a veros? —Arrugó el ceño al fijarse en mi expresión—. ¡Ah! Vale. Caitlin, ya te puedes ir.

—Pero has dicho que podía oír...

—Te he mentido. Tengo que hablar con tu tía. Si te vas a ver la tele con el volumen a tope, yo fregaré los platos, pero más vale que te vayas antes de que cambie de opinión.

Y lo consiguió. Caitlin salió disparada de su asiento más deprisa que nunca. Se detuvo junto a mi silla antes de marcharse.

—Si sigues saliendo con el señor Graham cuando sea mi profe de Inglés, tendré una mejor nota, ¿no? No rompas con él y te cargues mi media de Bachillerato, ¿vale?

—¡Fuera! —chilló April, y Cait desapareció. Mi hermana se giró hacia mí con cara seria de nuevo—. ¿Ha sido una sola noche?

—No lo sé —gruñí—. No... —Jugueteé con la ensalada y volqué mi frustración con la lechuga—. No se me dan bien estas cosas.

—¿A qué te refieres? Tampoco es que no hayas tenido nunca una relación.

—Ya, pero mira cómo me fue. —Aparté el tenedor—. Conocí a Jake en una fiesta cuando tenía diecinueve años. Estábamos borrachos e hicimos..., ya sabes. —Me encogí de hombros—. Después de eso, estuvimos juntos. No llegó a pedirme salir, no llegué a aceptarlo.

—¿Qué ha cambiado ahora?

—Nada. Bueno, no estábamos borrachos, pero... —Negué con la cabeza—. Hace un mes, lo odiaba y creía que él me odiaba a mí. Parece que esté viviendo un rollo de verano a lo grande. ¿Y si termina conmigo cuando acabe la feria? —Era demasiado pronto como para que le pidiese que me prometiera algo, y obviamente era demasiado pronto como para prometerle nada yo. La incertidumbre de lo nuestro me carcomía las entrañas.

—El amor siempre supone un riesgo, ¿no? —April se mordió el labio inferior—. Pero te voy a hacer una pregunta: ¿cómo te hace sentir Simon?

Me quedé pensando. Me quedé pensando en Simon y en la palabra «amor», y mi corazón se elevó. Debí de mostrarlo en la cara porque April asintió.

—Pues ahí lo tienes —dijo—. A ver, míralo de esta manera. ¿Y si alguien te contara eso mismo? ¿Y si yo te contara eso mismo? ¿Qué me aconsejarías que hiciese?

—Te diría que le dieras una oportunidad. —No tuve ni que pensármelo—. Que a lo mejor salía bien. —Gemí y escondí la cara entre las manos. ¿Por qué era tan fácil cuando era el problema de otra persona? ¿Por qué no podía aconsejarme eso a mí misma?

—Exacto. No seas tonta. Dale una oportunidad. No lo des por perdido, no decidas que lo va a mandar todo a la mierda sin ni siquiera dejar que lo intente. Es lo único que te pido.

—Vale. —Pero la incertidumbre seguía siendo demasiado grande. ¿Cómo debería reaccionar cuando volviese a verlo? ¿Debíamos anunciar lo nuestro durante la reunión del sábado? ¿Empezar a besarnos en el centro del pueblo y ver quién le daba importancia? ¡Qué complicadas eran las relaciones!

Al final, no tuve que hacer nada.

—Bueno. —Chris me sonrió como el gato de Cheshire en cuanto entré en la librería ese martes—. ¿Hay algo que quieras contarme sobre Simon y sobre ti?

Abrí la boca de par en par con el corazón lleno de emoción. Simon y yo. Éramos un hecho.

—¿Cómo puede ser que ya lo sepas?

Chris empezó a sacar de los táperes las pastas que había preparado el día anterior en casa, con una firme sonrisa en el rostro.

—Nicole vio a Stacey, que le dijo que vio a Mitch en Jackson's el domingo por la noche...

—Stacey no estuvo en Jackson's el domingo. Yo sí.

—Ya te habías marchado. —Su sonrisa se ensanchó—. Mitch le dijo a Stacey que ibas a ir a casa de Simon para hablar con él. Y ayer me encontré con Simon en el supermercado y lo vi más contento que nunca. —Se encogió de hombros—. He atado cabos, y ahora tú me lo acabas de confirmar.

Abrí la boca, la volví a cerrar. Tenía razón, se lo había confirmado. Suerte que nunca había querido ser una espía. Se me habría dado fatal.

—Vale. Sí, fui a visitar a Simon el domingo por la noche.

—¿Y...? —Enarcó las cejas.

«Y nos pasamos toda la noche haciendo el amor como conejos. Todavía noto sus labios sobre la piel, y quiero más». Me aclaré la garganta.

—Y hablamos. —Dejé que mi sonrisa llenara los blancos, y Chris comprendió el mensaje enseguida.

—Me alegro. Creo que le has gustado desde hace un tiempo. Es una buena persona, y tú también lo eres. Los dos os merecéis ser felices.

—Gracias. —Me sonrojé ante aquel piropo—. O sea, no sé hacia dónde va esto aún, pero... —Pero la sonrisa no quería irse de mi cara, y ¿acaso la conversación se había convertido en una fiesta de pijamas? Toda yo esperaba que al cabo de media hora, cuando llegase el primer cliente, nos encontrara trenzándonos el pelo y hablando todavía sobre chicos—. Entonces, ¿deduzco que el sábado ya lo sabrá todo el mundo?

—Guardé mi bolso debajo de la caja registradora y ayudé a Chris a preparar el mostrador de la cafetería. Había preparado galletas, *brownies* y pastelillos de limón, y habían llegado nuestras provisiones de *brioches* de la pastelería del pueblo. Todo estaba envuelto de forma individual y listo. Estábamos muy bien abastecidas.

—Bienvenida a Willow Creek. —Chris colocó algunas de las pastas en una bandejita debajo de una campana de cristal y guardó el resto debajo del mostrador mientras yo ponía en marcha las máquinas de café y expreso para ese día—. Por aquí las noticias vuelan. —Me lanzó una mirada—. ¿Te parece mal? ¿No quieres que la gente se entere? ¿Lo vais a mantener en secreto o algo así?

—No. Vamos, creo que no. —Pensé en ir a la feria el sábado, volver a ver a Simon y fingir que no había sucedido nada. Sus ojos observándome mientras nos preparábamos sin dar a entender que en plena noche nos habíamos abrazado cuando dormir no había sido una opción, sin dar a entender que encajábamos a la perfección ni los ruidos que emitió al entrar en mi interior. Los ruidos que emitimos los dos. Me temblaba el corazón ante aquella idea y supe que no iba a ser capaz. Simon ya era una parte de mí, y solo me quedaba esperar que yo también fuese una parte de él—. No —repetí, esa vez con más rotundidad—. Ni hablar. Enviaré un correo conjunto a todos los de la feria si quieres. —En la lista de correo había adolescentes, pero a tomar viento.

Chris me miró fijamente durante un segundo y luego sonrió.

—Bien. —Me dio la impresión de haber superado una especie de prueba. Lo entendía. Simon vivía en Willow Creek desde hacía muchísimo y el pueblo cuidaba de su gente. A pesar de todo lo que había hecho yo por allí, seguía siendo la recién llegada. Mi amiga quería asegurarse de que Simon no iba a terminar con el corazón roto. Yo también.

—Vale. Cambiemos de tema. —Abrí la libreta que guardaba debajo del mostrador, al lado de la caja registradora—. El club de lectura. Ya hemos superado más de medio verano como para organizar uno antes de septiembre. Pero si hoy decidimos un libro, lo publicaré en las redes sociales y, con suerte, la iniciativa llamará la atención y podremos organizar el club a finales de septiembre.

—Para que la gente tenga tiempo de encargar el libro. —Chris asintió.

—Exacto. —Di un golpecito a la hoja con el bolígrafo—. Funcionará, hazme caso.

—¡Ah! Ya lo sé. —Se dirigió hacia la puerta de entrada de la tienda y la seguí—. Venga. Mientras lo pienso, deja que te enseñe cómo funcionan los pedidos especiales. Como a ti te gustan las redes y demás, lo entenderás enseguida.

Cuando la perezosa mañana de verano dio paso a un perezoso mediodía de verano sin demasiados clientes, Chris se levantó y se estiró.

—He tomado una decisión ejecutiva. Me voy a casa.

—¿Cómo? —Miré al reloj. Ni siquiera era la hora de comer—. Es demasiado pronto para cerrar.

—Yo no he dicho que vayamos a cerrar. He dicho que me voy a casa. —Agarró el bolso de debajo del mostrador principal y buscó las llaves—. Te has ocupado de la caja registradora muchas veces. Sabrás arreglártelas.

Mi instinto me pedía protestar, pero Chris llevaba razón. Sabría arreglármelas. Durante la semana aparecían tan pocos clientes que iba a poder ocuparme de la caja registradora y del mostrador de la cafetería sin demasiados problemas.

—Vale —dije al fin—. Yo me ocupo. —Era probable que se estuviera aprovechando de tener a una empleada mientras pudiese. No la culpaba por querer arañar unas cuantas horas por aquí y otras por allá.

La campana de la puerta principal repicó y me quedé sin aliento al ver a Simon. Después de todo ese tiempo, apenas habíamos interactuado fuera de la feria. (A no ser que cuentes una pequeña interacción bastante significativa en su habitación dos noches antes. Yo la contaba, faltaría más). Parecía una extraña mezcla de todas sus identidades: la camisa bien planchada y los vaqueros inmaculados de Simon Graham, pero con el pelo más largo y la barbita del capitán Blackthorne. El revoltijo era..., bueno, tuve que reprimirme para no saltar por encima del mostrador y arrugarle la camisa de la mejor manera posible.

Simon se detuvo en seco junto a la puerta al verme y Chris me dio un golpecito con el hombro.

—Sé de buena tinta que con él sabrás arreglártelas. —Mientras a mí me ardía la cara por la vergüenza y las cejas de Simon se fruncían por la confusión, Chris se rio de su propia broma y se marchó de la tienda tras despedirse. Simon le sujetó la puerta y después se giró hacia mí.

—Hola.

—Hola. —Apoyé la cabeza en el mostrador y dejé que la fría superficie de cristal me relajara la frente—. ¡Por Dios! Es como trabajar con mi madre.

—¿A qué ha venido eso?

Negué con la cabeza al incorporarme.

—Lo sabe. Por lo visto, todo el pueblo lo sabe.

—¿Lo sabe? —Después de un segundo, su expresión se despejó y sus ojos se abrieron mucho—. ¿Lo nuestro?

—Sí. —Me mordí el interior de la mejilla y esperé su reacción.

—¡Vaya! —Miró hacia atrás en dirección a la acera por la que se había ido Chris, como si todavía pudiese verla—. Bueno, pues si lo sabe Chris, es como si hubiésemos puesto un anuncio en el periódico. —Ladeó la cabeza, pensativo—. ¿La gente todavía lo hace?

—¿El qué?

—Poner anuncios en el periódico. ¿La gente todavía lee el periódico?

—Supongo... —Estaba confusa por los derroteros que había tomado la conversación, pero ahora que lo mencionaba me entró la curiosidad—. A ver, mi madre sí. El periódico del domingo tiene cupones, ¿sabes? —Cupones que seguía recortando y enviándonos a April y a mí una vez a la semana dentro de tarjetas en que los cupones parecían un confeti de tamaño exagerado al abrirlas.

Simon se quedó reflexionando.

—Pero es algo que parece estar a punto de desaparecer. ¿Cambiará la expresión? ¿Deberíamos empezar a decir «poner un anuncio en internet»?

—¿«Crear un *banner*»? —propuse mientras apoyaba los codos en el mostrador.

—Anda, eso me gusta más. —Imitó mi postura y nos quedamos tan pero tan cerca que se me aceleró el corazón. Mi sonrisa no le llegaba a la suela del zapato a la suya—. Se acerca a la idea original y significa más o menos lo mismo: gastar dinero para publicar un anuncio.

—¡Por el amor de Dios! —Me permití perderme unos instantes en su sonrisa antes de echarme a reír—. Un profesor de Inglés nunca deja de ser profesor de Inglés.

—Culpable. No lo puedo evitar, me encanta la lengua. —Se incorporó, gesto que lo alejó demasiado de mí. Lo eché de menos—. Por eso he venido, de hecho.

—¿Porque te encanta la lengua? —Hice un gesto alrededor—. Bueno, estás en una librería.

—Porque soy profesor de Inglés. Quería preguntar cómo iba el inventario de las lecturas veraniegas. Para ver si mis alumnos se han puesto a leer de verdad.

—O, por lo menos, si han comprado los libros. —Intenté ocultar mi decepción, ya que no había ido a verme a mí. Ese día su presencia había iluminado aspectos de mí que no sabía que estaban a oscuras, y todas mis dudas se esfumaron en cuanto entró por la puerta. Pero ahora la oscuridad empezaba a regresar, como una nube que comienza a cubrir el sol de verano, y me enfrió del mismo modo, porque no estaba allí para verme a mí. Era por un tema profesional.

El escaparate casi se había vaciado, pero todavía quedaban un par de ejemplares de cada libro. Recoloqué los libros que estaban encima de una mesa.

—Por lo visto, este año en clase tienes a unos cuantos vagos. A no ser que esperen hasta el final del verano. Espero que lean deprisa.

—No, creo que todo va bien. —Seleccionó la edición comentada de *Orgullo y prejuicio* y la hojeó—. Muchos prefieren los libros electrónicos, sobre todo de clásicos que pueden conseguir baratos o incluso gratis. O ir a buscarlos a la biblioteca. —Dejó el libro—. He pedido menos libros del total de mis alumnos, y aun así acaban siendo demasiados. Volveré a pedir que lo lean dentro de un par de años, y así Chris se los podrá vender a los nuevos estudiantes.

—Reciclar las recomendaciones. —Me quedé mirando los libros del escaparate—. Claro. —No me apetecía hablar ni sobre sus alumnos ni sobre sus listas de lectura. Pero al parecer era donde estábamos.

—¡Ey! —Su voz bajó una octava, y al levantar la vista vi que me miraba con ojos preocupados—. ¿Qué pasa?

Me aparté cuando movió una mano para ponérmela en el brazo. En esos momentos, sus caricias me resultaban demasiado desconcertantes.

Se puso triste, pero no intentó volver a tocarme. Se metió las manos en los bolsillos delanteros.

—Venga, Emily. Cuéntamelo.

¡Ay, Dios! Yo le había provocado esa mirada de inseguridad, y me odié por ello. «Dale una oportunidad», me había dicho April. Vale. Respiré hondo para reunir la valentía necesaria.

—Tengo que saber cómo quieres llevarlo.

—¿Llevar el qué? —Estaba perplejo.

—Esto. —Agité una mano entre el espacio que nos separaba—. Ya te he dicho que Chris lo sabe. El *banner*, ¿recuerdas? ¿Cómo quieres que reaccione el sábado? ¿Igual... que siempre? —Me atraganté con esas palabras porque era lo último que deseaba. Deseaba besarlo sin perder tiempo, pero me contuve—. Porque puedo hacerlo si es lo que quieres. Y volvemos a lo de antes. Si quieres. —Se me había desbocado la respiración y me estaba repitiendo, balbuceando como un robot que empieza a sufrir un cortocircuito. Pero la idea de regresar a la situación previa con Simon me dolía más de lo que había creído posible.

—No. Oye... —Extendió el brazo de nuevo, pero se detuvo y flexionó los dedos en el espacio que nos separaba—. ¿Por qué piensas eso? ¿Qué he hecho?

—Nada. —¡Qué horrible! Esa misma mañana, en la mesa de su cocina, lo había visto muy contento, y yo acababa de cargarme su buen humor. ¿Podría arreglarlo? Esa vez fui yo quien le tendió la mano, y me dejó agarrarle la suya—. Es cosa mía. Este es tu pueblo, ¿sabes? Esta es tu gente. Y yo... —Respiré hondo entre temblores mientras su pulgar me trazaba lentos y reconfortantes círculos en el dorso de la mano. Aun después de haberle hecho daño intentaba que me sintiese mejor—. A mí esto no se me da demasiado bien.

—¿El qué? ¿Vivir en un pueblo?

Solté una débil risotada.

—Las relaciones. Saber si estoy en una.

La incertidumbre de su cara se transformó en una confusión más profunda todavía.

—Pero me has dicho que estuviste mucho tiempo con tu ex.

—Cinco años —asentí—. Pero fue un rollo borracho que al final fue... cómodo. No llegó a pedirme salir.

—Yo tampoco. —Al comprenderlo, torció el gesto y su confusión dio paso al miedo—. ¡Ay, Emily! No pretendía... No quiero que pienses...

—¡No, no pasa nada! —Después de haber hablado al unísono, los dos nos quedamos callados. Al final, Simon respiró hondo.

—¿Y si empezamos de cero? —Tiró de mi brazo al dar un paso adelante y nos encontramos a medio camino—. ¿Emily?

—¿Mmm? —Nunca superaría la cantidad de colores que brillaban en sus ojos. Desde lejos, parecían de un marrón aburrido, casi soso, pero de cerca eran una miríada cromática. Simon era mi propio cuadro de puntillismo.

—Hola. —Vi un destello de su sonrisa cuando se inclinó para besarme. Sus labios eran cálidos y su beso, suave. Amable. Solo lo profundizó un poco cuando deslizó una mano sobre mi pelo y la otra se colocó sobre mi espalda.

—Hola. —Sonreí cuando se apartó.

—Mucho mejor. —Me puso una mano en la mejilla y me recorrió la curva del pómulo con el pulgar—. Te he echado de menos desde ayer. ¿Es raro? ¿Eso me convierte en uno de esos acosadores?

—Solo si me persigues hasta casa. Si me cortas un mechón de pelo mientras duermo. Cosas así.

—Eso pensaba dejarlo para el fin de semana que viene. —Se inclinó para volver a besarme, pero al final cambió de opinión y se limitó a rozarme la mejilla con los labios—. Tengo una teoría sobre ti, Emily Parker.

—¿Ah, sí?

—Pues sí. —Otro beso en mi mejilla, y luego sus dientes me arañaron el lóbulo de la oreja, y me estremecí—. Creo que nunca te han rondado. ¿A que no? —Sus palabras no eran más que un grave susurro en mi oído, y el estremecimiento se intensificó.

—¿Rondado? —Esa palabra me resultó extraña.

—Rondado —repitió, y acompañó la palabra con un beso en mi otra mejilla—. Cortejado. Seducido. ¿Alguien te ha enseñado cómo le haces sentir?

—Pues... diría que no. —¡Qué manera tan sutil de quedarme corta!

—Pues prepárate. —Se incorporó y se apartó un par de pasos de mí—. Te voy a cortejar y te vas a enterar.

DIECINUEVE

A pesar de su promesa de rondarme, el resto de la semana pasó sin que me sintiese especialmente rondada por nadie. Sí, Simon se dejó caer por la librería un par de veces más, pero en ningún momento se fue dándome un beso que me hiciese temblar las rodillas. Y la noche del viernes fue una cita como Dios manda: flores, cena, una película, todo el *pack*. Ahora que nuestras primeras malas impresiones sobre el otro se habían hecho añicos, teníamos mucho de lo que hablar durante la cena, y estar al lado de Simon en la oscuridad del cine, acariciándome suavemente el cuello antes de pasar los dedos por mi brazo para agarrarme la mano, me hizo querer hacer cosas que no tenían nada que ver con lo que salía en la pantalla.

Fue precioso. Pero no me sentí especialmente cortejada. Aun así, cuando me acompañó hasta la puerta de la casa de mi hermana, decidí que no me importaba. Se estaba esforzando y yo estaba más que contenta de seguirle el juego. Cuando se inclinó para darme un beso de buenas noches, me puse de puntillas, y su boca se apoderó de la mía bajo la luz ambarina del porche. Un beso perfecto para poner fin a la noche.

Sonreí cuando se apartó, más feliz de lo que me había sentido en muchos años. Levanté una mano para apartarle el pelo de la frente porque no podía evitar tocarlo otra vez.

—Gracias.

—Si me vas a dar las gracias cada vez que te bese, será un poco repetitivo. —Arqueó las cejas al inclinarse bajo mis caricias.

—No. —Negué con la cabeza—. Por esta noche. Ha sido fantástica. Considérame cortejada.

—¡Ah! —Una sonrisa cómplice y un tanto perversa le torció los labios—. No, no. Esto no ha sido cortejarte.

—¿Ah, no?

—No. —Se inclinó para volver a besarme, un rápido punto final a la velada antes de irse—. Solo ha sido una cita. Cuando te corteje, lo sabrás.

A la mañana siguiente, en la feria, apenas lo vi mientras nos preparábamos. Se encontraba al otro lado del Vacío, pero desapareció antes de que pudiese ir a hablar con él. Cuando suspiré, frustrada, al empezar a subir la colina con Stacey, también tuve que reírme de mí misma. Unas semanas atrás, Simon era la última persona a la que me apetecía ver. «Cálmate, chica», me dije. «A lo mejor intenta ser profesional mientras estamos en la feria. Podrás aguantar hasta esta noche».

Cuando llegamos a la taberna, divisé una solitaria rosa roja encima de la barra.

—¿Y esto? —Stacey la agarró y la giró por el tallo. Reconocí la rosa, como todos los demás. Había una parada cerca de la entrada principal de la feria. Una mujer vendía flores, sobre todo rosas, como si fuesen «favores». Podías dárselas a los caballeros antes de que emprendieran el combate de la justa o a tu favorito luchador en la partida de ajedrez humano. (Mitch había recibido una buena cantidad de rosas. ¡Cómo no!) O podías dársela a tu pareja mientras paseabais por la feria.

Janet se encogió de hombros y se colocó la cola de caballo por el hueco de la gorra de béisbol.

—Estaba aquí cuando he llegado. —Se metió la camiseta roja de voluntaria dentro de los pantalones cortos, y su sonrisa rivalizó con la de la Mona Lisa—. Pero lleva una tarjeta.

—¡Ah! Ya la veo. —Stacey agarró el trocito de papel con los dedos, y su sonrisa se volvió pícara—. ¡Em-ma! ¡Es para ti! —Pronunció mi nombre con voz cantarina y me señaló con la rosa de tallo largo hasta que se la arrebaté. Pues sí, mi nombre estaba escrito en la tarjeta. La letra me resultaba desconocida, pero al darle la vuelta se me aceleró el corazón.

«Que comience el cortejo».

—Es de... —Stacey cerró la boca de golpe cuando la miré con ojos penetrantes, pero no pude evitar que se emocionara—. ¡Ya sé de quién es! —El tono cantarín siguió intacto. Debería haberme molestado, pero su sonrisa era contagiosa. Me puse la rosa detrás de la oreja y me metí el tallo entre el pelo para que los pétalos sobresalieran junto a mi oreja izquierda. Las rosas rojas eran un poco tópicas, pero si eran tópicas era por una razón. El rojo era el color del amor. De la pasión. Del corazón. La fragancia intensa de la flor me envolvió al empezar el día y se aseguró de que Simon (¿o ahora era el capitán Blackthorne?) me ocupaba la mente en todo momento. En cuanto a gesto de cortejo, fue muy efectivo. Me moría por darle las gracias.

No tenía ni idea de que tan solo era el principio.

Cuando no había pasado ni una hora desde que se abrieran las puertas de la feria, a la taberna llegó una familia. La pareja debía de tener treinta y pico años, acompañada de una niña pequeña disfrazada de princesa. Recibíamos muchos clientes como esos. Padres que querían beber una copa pero no querían dejar a sus hijos merodeando solos por el exterior. En realidad, tampoco éramos un bar de verdad, solo una tienda en el bosque. Por eso era difícil prohibir la entrada a menores.

Stacey sirvió a los padres mientras yo barría las hojas desperdigadas que se habían acumulado sobre las mesas durante la noche. Ya casi había terminado cuando me di cuenta de que la niña pequeña se había acercado y me contemplaba con sus grandes ojos azules.

—Buenos días, alteza. —Le hice una reverencia acorde con su disfraz de princesa. Era adorable, vestida de rosa y con rizos rubios. No debía de tener más de seis años—. Espero que disfrute del día. Y, si me lo permite, le diré que su rosa es preciosa. Yo tengo una parecida, ¿ve?

—Me agaché para mostrarle la rosa de mi pelo, ya que ella llevaba en las manos otra rosa roja de tallo largo de la vendedora de flores de la puerta principal.

Tendió una de sus manitas y agaché la cabeza para que pudiese tocarme la flor. Le dio una suave palmada antes de examinar la que agarraba con cuidado.

—¿Eres Emma?

Me quedé paralizada. ¿Cómo sabía...?

—Sí. —Me aclaré la garganta—. Sí, soy... soy Emma.

La niña miró hacia sus padres, que estaban lo bastante cerca como para oír nuestra conversación, y los dos asintieron para darle ánimos. La niña pequeña me tendió la rosa.

—Es para ti.

—¡Oh, no! No, gracias, *milady*. —Lo último que quería era quitarle la flor a la chiquilla. Los niños pequeños eran caprichosos; si ahora le aceptaba la flor, al cabo de cinco minutos se pondría a chillar porque quería recuperarla, y no me apetecía darles a sus padres un dolor de cabeza como ese—. Yo ya tengo una, ¿ve? Debería quedarse la suya.

La niña negó con la cabeza, sus rizos rubios se bambolearon, y me tendió la flor con más énfasis.

—Es para ti —repitió—. Me lo ha dicho el pirata.

Me quedé boquiabierta y durante unos instantes me olvidé de hablar.

—¿El... pirata? ¿Qué pirata? —¡Qué pregunta tan tonta!

—El pirata —dijo, un poco exasperada, como si repetirlo bastara para explicarlo—. Me ha dicho que buscase a Emma y se la diese. Le ha dicho a mamá dónde encontrarte, pero ha sido fácil. Ha dicho que eras una chica guapa con el pelo castaño y un vestido azul.

—¿De veras? —Me imaginé a Simon arrodillado delante de la niña para darle la rosa y pedirle que hiciera de mensajera, y mi corazón se agrandó. Pasé la vista de la pequeña a sus padres, que sonreían en nuestra dirección, y de vuelta a la princesita—. ¡Vaya! Pues gracias. —Me tembló un poco la mano al agarrarle la rosa de los dedos diminutos—.

Me ha encontrado a las mil maravillas. Se lo diré cuando lo vea. —Me toqué la punta de la nariz con la flor y, en un acto reflejo, la olí, aunque ya llevase una. Ahora tenía dos. Cuando me levanté para despedirme de la pequeña, me la metí en el recogido y cambié de lugar la primera para que estuviesen juntas.

La tercera rosa me la dieron dos jóvenes risueñas con corsés y faldas cortas. Pidieron lo que, con toda probabilidad, era su tercera ronda de sidra de la mañana antes de plantarse delante de mí con la rosa roja de tallo largo. Se me habían empezado a acumular los pensamientos en la cabeza y, cuando llegaron las rosas cuatro y cinco antes del mediodía, Stacey me quitó las tres primeras del pelo y empezó a elaborarme una corona de flores. Para cuando recibí la séptima rosa, la corona de flores era exuberante, además de pesada.

—Un par más y será perfecta. —Estaba entusiasmada con la idea, y me giré hacia ella, alarmada.

—¿Más? ¿Cuántas más habrá? —Me la quedé mirando mientras se reía—. ¿Tú lo sabías?

—No. —Levantó las manos en un gesto inocente—. Te prometo que no. Pero tienes que admitir que es muy bonito. Romántico. —Miró hacia el tablero de ajedrez con expresión pensativa—. No sabía que el capitán fuera tan romántico.

—Mmm... —Y entonces me llegó la rosa número ocho, entregada por un imitador del capitán Jack Sparrow. Me depositó un beso en la mano además de la rosa y le di las gracias con la mayor de las elegancias, aunque me dio pena que su acento, por no hablar de su vestido, fuese muchísimo mejor que el mío. El año siguiente me iba a tocar dar un salto cualitativo.

¿El año siguiente? Dejé de dar vueltas a la rosa. ¿Por qué estaba pensando ya en el año siguiente? Eso era dar demasiadas cosas por sentado. Planear el futuro fue la clase de mentalidad que me hizo sufrir. Jake me dejó para ir en busca de una vida mejor. Detuve esos feos pensamientos y regresé al presente. A la absurda cantidad de rosas que me iban llegando a lo largo del día, una a una.

Por la tarde estuvimos demasiado ocupadas como para ir a presenciar el ajedrez humano, y eso debió de desbaratar algunos de los planes de entrega de rosas. Porque, en cuanto terminó, varios de los miembros de la organización pasaron por la taberna con las rosas nueve, diez y once. Al final del día, la corona de flores de mi cabeza hacía que me pareciese a una ninfa del bosque, y había alguna que otra rosa metida en mi pelo al azar, y una estaba atada entre los lazos de mi corpiño. Janet se había marchado ya y Jamie había empezado a desmontar la barra cuando apareció Mitch, con una sonrisa engreída y una rosa en la mano.

—No. —Levanté una mano como si eso fuese a evitar que se me acercara más. No lo conseguí—. No —repetí—. No necesito más rosas. —Intenté sonar molesta, pero no había dejado de sonreír desde que había recibido la primera rosa por la mañana.

—Lo lamento, *milady*. —Mitch me dio un golpecito en la nariz con la rosa que sujetaba—. He venido hasta aquí para acompañarla al coro del bar.

—Creo que hoy me lo saltaré. —Procuré negarme. Quería ir a buscar a mi sobrina y regresar a casa cuanto antes. Un efecto colateral de la recepción de tantas rosas era que me había pasado el día pensando en Simon, un efecto colateral acentuado por el hecho de que él no había visitado la taberna ni una sola vez. Era tan impropio de él que lo único que se me ocurría era volver a casa, darme una ducha, cambiarme y dirigirme hacia su casa a toda prisa. Necesitaba darle las gracias correctamente por todas esas rosas. Y en ese caso «correctamente» significaba «desnuda».

—Buen intento. —Mitch se rio—. No te vas a saltar nada. —Nunca me habían dado una rosa con tanto ímpetu, y a esas alturas ya era una experta en recibir rosas. Me agarró la otra mano y me la puso sobre su codo—. Solo cumplo órdenes. —En parte me guio y en parte me arrastró hacia el escenario principal, donde se habían reunido la mayoría de los miembros de la organización y los clientes que quedaban para asistir al coro del bar. Por lo que parecía, ya se estaba terminando; gran parte de los números ya se habían llevado a cabo y el quinteto de mujeres que cantaban *a cappella* acababa de terminar.

En cuanto bajaron del escenario, Simon, todavía disfrazado de capitán Blackthorne, apareció y llamó la atención de todo el mundo.

—Quiero daros las gracias a todos por acompañarnos hoy en la feria medieval de Willow Creek. —Su voz autoritaria retumbaba sin la necesidad de micrófono, y cuando lo miré me asombró que fuese el mismo hombre de la sonrisa tímida de todas sus fotografías familiares. Disfrazado y representando a un pirata, era una persona totalmente distinta. Pero para mí era maravilloso que los dos hombres me resultaran igual de atractivos.

»Ha sido un día precioso —prosiguió—. Ha hecho muy buen tiempo y nos ha encantado teneros con nosotros. Me gustaría daros las gracias en especial a aquellos de vosotros que hoy me habéis echado una mano en mi misión.

»Para aquellos que no habéis formado parte, dejad que os lo explique. Entre nosotros hay una mujer llamada Emma. Es una tabernera de gran belleza, cuya sonrisa ilumina el día como el sol y la noche como la luna. Me ha robado el corazón por completo, y no me importa lo más mínimo. De hecho, si aceptase quedárselo y cuidar bien de él, yo nunca le pediría que me lo devolviese.

Mi propio corazón se aceleró una barbaridad al oír su discurso, mientras que la parte lógica de mi cerebro se esforzaba por analizarlo. ¿Quién estaba hablando? ¿El capitán Blackthorne, el pirata al que me habían unido en una ceremonia al inicio de la feria y con el que me había pasado semanas hablando? ¿O era Simon, el adusto profesor de Inglés que unos pocos días antes me había dado besos muy cariñosos en la librería? ¿O acaso eran las dos mitades de un todo, una viviendo sin problema dentro de la otra?

—Hace poco, descubrí algo muy importante acerca de mi querida Emma. Algo trágico. —Hizo una pausa dramática—. Me dijo que nunca la habían cortejado. —Se llevó una mano al corazón—. ¿Os imagináis algo tan espantoso?

Pues sí. Una guerra nuclear. Unos gatitos tristes. La escasez mundial de chocolate que se rumoreaba. Pero para no aguarle la fiesta mantuve el pico cerrado y lo dejé hablar, aunque el corazón se me desbocara y todas las células de mi cuerpo temblaran. No estaba acostumbrada a ser el centro de atención.

Y eso, por lo visto, era una pena.

—Así que tomé la decisión de cortejar a mi querida Emma. Con la ayuda de todos vosotros, que le habéis entregado las pruebas de mi cariño durante todo el día, para que sepa que está en todo momento en mi cabeza y siempre lo estará. Y ¡ahora te voy a hacer una pregunta, estimada Emma!

Casi solté la rosa que sujetaba porque Simon extendió un brazo en mi dirección y todos los visitantes se giraron para mirarme. Tardé unos instantes en darme cuenta de que estaba mascullando entre dientes.

—¡Oh, no! ¡Oh, no! ¡Oh, no! ¡Oh, no! —El recuerdo de mi pánico escénico de mi época de estudiante, tan famoso y tan dado a hacerme vomitar en plan aspersor, de pronto se encendió en mi mente. Allí daría una imagen equivocada.

—Respira hondo, reina. —Mitch me puso una de sus gigantescas manos en el centro de la espalda y me dio un empujoncito para mandarme hacia el pasillo central que iba al escenario, donde me esperaba mi pirata. Él saltó al suelo y se encontró conmigo en el pasillo.

—Te voy a hacer una pregunta, Emma. —Ahora hablaba con voz más suave, más grave, más para mí y menos para el resto del mundo. Me tendió una mano y no dudé en agarrársela. Cuando su mano se cerró en torno a la mía, sólida y segura, todos mis temblores se detuvieron y la aprensión desapareció aun cuando me condujo hacia el escenario. Él no me dejaría vomitar delante de la gente. De la mano de Simon, me sentía a salvo. Seguía siendo consciente del público, pero el mundo que importaba se había reducido a nosotros dos—. ¿Dirías que hoy has sido objeto de un cortejo exitoso? —El acento era del capitán Blackthorne, pero las palabras y la voz eran de Simon al cien por cien.

Sus ojos me sonrieron, y supe que debía de estar ridícula con el conjunto blanco y azul cubierto de rosas rojas. Pero también supe, al devolverle la sonrisa, que nunca había sido tan feliz y nunca me había sentido parte de algo. No solo Simon se había convertido en mi hogar, sino toda la feria que nos rodeaba.

—Sí, señor. —Le puse detrás de la oreja la rosa que sujetaba—. Me he sentido cortejada, en efecto.

Su sonrisa se ensanchó y se rio, y sin avisarme me pasó un brazo por la espalda, el otro alrededor de los hombros y me inclinó, como si estuviésemos en la escena final de una película en blanco y negro; mientras la cabeza me daba vueltas por el cambio de postura, me besó para la alegría de los presentes. Sus labios sobre los míos no consiguieron detener las vueltas que me daba la cabeza, pero me agarraba con manos fuertes y consideradas. No me dejaría caer al suelo.

En cuanto me levantó y bajamos del escenario, me estrechó entre los brazos cuando la gente dejó de aplaudir.

—Pásate luego por mi casa —murmuró lo bastante bajito como para que solo lo oyese yo—. Ponte las rosas.

—No. —Negué con la cabeza—. Estoy sucia. Cubierta de rosas y de la suciedad de la feria. Debería ducharme primero.

—No. —Rozó mi boca con la suya una última vez antes de susurrarme al oído—: No puedo esperar tanto. Ven ya. Yo me ocupo de ti.

—Cuando hablaba con voz tan grave, me inundaba el pecho y era imposible que le dijese que no.

No me costó disponer que una de las amigas de Caitlin la llevase a casa esa noche, así que conduje directa hacia la de Simon. Arriba, en su dormitorio, me quitó la corona de flores de la cabeza, luego me apartó las rosas del pelo y del vestido lentamente, una a una, permitiendo que cayeran al suelo, sobre la cama. Se pasó una eternidad liberándome el pelo y dejó con cuidado las horquillas en la mesita de noche mientras me peinaba los mechones con los dedos a medida que los iba soltando.

—No me canso nunca de tu pelo —murmuró mientras me desataba el corpiño y me lo quitaba. Mi camisola se deslizó por uno de mis hombros y su boca recorrió la piel que acababa de mostrarse. Se ocupó del resto de las capas de mi disfraz con el mismo mimo, las desató, las desfijó, me apartó la tela como si arrancase pétalos de una flor. Mientras yo hacía lo propio con él y lo desnudaba, no dejó de tocarme el pelo, de pasármelo por los hombros, de jugar con mi piel con las puntas—. Es que se curva entre mis dedos como si estuviese vivo... No me canso de él, no me canso de ti. Nunca he... —Se quedó sin aliento y dejó la frase sin terminar porque eligió besarme con fervor y llevarme hasta la ducha.

Nos pasamos una ingente cantidad de tiempo enjabonándonos, limpiándonos cada pizca de polvo y suciedad tras haber pasado el día entero en el bosque. Aproveché la ocasión para explorarlo de verdad. Tenía cuerpo de corredor, esbelto y musculoso. Le recorrí los poderosos muslos con las manos, le presioné los músculos y me arrodillé delante de él. Eché la cabeza hacia atrás para ver cómo el agua le caía por la barriga, y sus ojos prendieron fuego en los míos cuando me vio meterme su miembro en la boca. Soltó un gemido gutural y me puso una mano en la cabeza para agarrarme el pelo sin tirar de mí.

—No es justo —jadeó—. Se supone que yo te estoy cortejando. Esto... —Sonó un golpe seco cuando su cabeza se chocó contra la pared de la ducha—. Esto es lo contrario.

Me trajo sin cuidado y le hice saber con cada lametón que estaba donde quería estar. Pusimos a prueba los límites del calentador de agua de su casa, y me impresionó su capacidad.

Debería haber sabido que, cuando Simon dijo que se ocuparía de mí, hablaba en serio. Bueno, más o menos. Después de una ducha exageradamente larga, me envolvió en su albornoz y puso una lavadora para que mi vestido de la feria estuviese limpio para el día siguiente. Pedimos comida a domicilio y disfrutamos de una noche tranquila en su casa.

Más tarde, se vengó por lo de la ducha y alternó unas provocadoras caricias de un pétalo de rosa sobre mi piel con lentos trazos con la lengua o con débiles suspiros hasta que mi cuerpo se estremeció bajo el suyo. Mi boca lo buscó a ciegas y besó todo lo que encontró: mejilla, barbilla, cuello. Le mordisqueé un hombro y soltó un jadeo de sorpresa. Cuando se puso un preservativo y entró en mi interior, los dos estábamos más que preparados, y nos movimos juntos de forma mecánica para dirigirnos al clímax, que alcanzamos a la vez.

Al cabo de un rato, se adueñó de mi boca con un beso saciado y lento que duró varios días.

—Ahora, mi querida Emily —dijo—. Ahora puedes decir que te han cortejado.

VEINTE

Cuando fui a trabajar el martes a la librería, mi cabeza seguía llena de rosas. Chris me había pedido que abriese la librería yo sola, así que estaba claro que se estaba acostumbrando a la idea de tener a una empleada. Poco a poco, a lo largo de las semanas me había contado casi todo lo que debía saber para llevar la tienda. Después de preparar el mostrador de la cafetería y de abrir la puerta principal, dejé lista también la caja registradora. La mañana transcurrió en lo que se había vuelto una cómoda rutina. Unas cuantas personas que trabajaban en el centro se habían acostumbrado a dejarse caer para tomar un café y una pasta. Cada vez que entraba una, yo me emocionaba: mi idea estaba funcionando de verdad. El trabajo no era especialmente agotador, pero tampoco me aburría.

En cuanto Chris se presentó más tarde esa misma mañana, me lanzó una sonrisa cómplice; ella también estaba pensando en las rosas.

—¿Un buen fin de semana? —Sonaba desenfadada, casi desinteresada. Como si no me hubiese visto adornada con rosas ni recibir un beso de película delante de una multitud.

—Sí. —Hablé con voz tranquila mientras terminaba de preparar su café con leche y un toque de vainilla. Su favorito. Ya me lo había aprendido—. Bastante bueno.

Chris soltó una risilla y le dio un sorbo a su café cerrando los ojos con una sonrisa.

—Cada vez se te da mejor. ¿Estás segura de que nunca has trabajado en una cafetería? ¿Nunca te han contratado en Starbucks?

—No. En un bar ganaba más dinero. Pero debo decirte que esto es mucho más divertido.

—¿El café?

—Todo. —Hice un gesto alrededor para abarcar toda la tienda—. Me ha encantado ayudarte a instalar la cafetería.

—Sin ti no existiría. Bueno, la tienda sí, claro, porque ya estaba ahí. Pero todo lo demás...

—No ha sido nada —protesté—. Unas cuantas mesas y sillas.

—Y nuestro nuevo club de lectura tendrá la primera reunión el mes que viene. Y Nicole me dijo que este fin de semana llamaron de un taller de escritura. Les gustaría organizar aquí sus reuniones. Sé que no parece gran cosa, pero no lo podría haber hecho todo por mi cuenta. Organizarlo y tal. —Movió la taza en mi dirección—. Es algo que se te da superbién.

—¡Oh! —El piropo me abrumó y me entretuve limpiando el mostrador—. No sé qué decirte. Es que... en mi cabeza tengo una idea de cómo podría ser algo, y si consigo materializarlo pues lo hago. No es tan complicado.

—Bueno, pues sí que lo es. Stacey no deja de decir que es increíble que solo sea tu primer año en la feria. En la taberna lo has organizado todo a la perfección.

Me eché a reír.

—Ahí sí que me resultan útiles todos los años que he trabajado en bares. Un bar es un bar, aunque esté en medio de un bosque. —Pero no pude borrarme la sonrisa de la cara ni el rubor de las mejillas. La gente hablaba de mí. De forma positiva. Era algo a lo que no estaba acostumbrada.

A medida que avanzaba el día, Chris se afanó en acabar el papeleo que debía tener listo para principios de la semana mientras yo hice..., bueno, todo lo demás. Vacié las cajas de libros nuevos que habían llegado el lunes y ordené algunas estanterías. Las librerías pequeñas e independientes no recibían un tremendo ajetreo un martes de finales de verano, así que no estuvimos demasiado ocupadas. Al cabo de un rato, Chris levantó la vista de su papeleo.

—Conoces a Lauren, ¿verdad?

—¿A Lauren Pollard? Es una de las chicas, ¿no? —Es decir, una de las chicas del elenco de la feria. Habría jurado que Chris se refería a una de las bailarinas que se presentaban en la taberna varias veces al día en busca de agua.

—Sí. —Chris asintió—. Nicole volverá a la Universidad a finales de agosto. Le dije a Simon que quería que una alumna del instituto viniese a echar una mano en otoño, y me propuso a Lauren. Vendrá el viernes. ¿Crees que podrás enseñarle cómo va todo?

—Claro. —Aunque acepté de forma automática, me dio un vuelco el estómago y mi mundo dejó de girar. Si bien a veces teníamos unos cuantos clientes, por lo general apenas conseguíamos mantenernos lo bastante ocupadas como para que ninguna de las dos se aburriese. No había ninguna necesidad de contratar refuerzos a no ser...

... A no ser que una de nosotras se fuese a marchar.

Chris había gestionado la tienda por su cuenta hasta que aparecí yo. Ahora contrataba ayuda. No habíamos hablado acerca de mis planes más allá del verano, pero supuse que me quedaría por ahí. Aunque aquello no era justo, ¿no? Chris no sabía que mis planes habían cambiado. Lo único que sabía era lo que dije a principios de la feria: que me iba a quedar hasta que terminase el verano. No me parecía justo molestarme por que Chris estuviese planeando un futuro con eso en mente.

Podría decirle algo. Por ejemplo: «No contrates a Lauren. Quiero quedarme». Sin embargo, mis viejas inseguridades regresaron y se apropiaron de mi corazón. ¿Y si ella no deseaba que me quedase? ¿Y si yo ya había dejado de ser útil allí? Había empezado a considerar Willow Creek mi hogar. Pero si me despedía quizá iba a tener que reconsiderarlo.

Por no hablar de que Simon sabía lo de la nueva empleada. Sabía que Chris me estaba sustituyendo. Quizá a él tampoco le importaba que me marchase a finales de verano.

Tenía mucho que pensar, y seguía dándole vueltas cuando Simon entró en la tienda. Al principio no lo vi; oí la campanita de la puerta mientras limpiaba el mostrador de la cafetería y recolocaba los libros de una mesa. Pero reconocí el timbre de su voz, mezclado con el de Chris en una conversación, y se me ocurrió quedarme donde estaba. Escondida. Pero la curiosidad me venció y me dirigí a la parte delantera para saludar.

—No estoy segura de que deban regresar el año que viene. —Chris suspiró—. Sus espectáculos no han atraído a tantos clientes en comparación con otros. Y si han comentado que el año que viene subirán el precio, quizá están sobrepasando el presupuesto de nuestra feria.

—No sé. —Simon fruncía el ceño y tenía el semblante serio cuando me acerqué al mostrador—. Han formado parte de la feria durante mucho tiempo, ¿no? Fueron uno de los primeros espectáculos que contrató Sean. No me gusta empezar a cambiar las cosas.

—No se trata de un cambio porque sí, Simon. Y han pasado años. Deberíamos empezar a añadir a nuevos artistas. ¿Tú qué opinas, Emily? —Chris se dirigió a mí al ver que me aproximaba—. ¿Has visto alguno de los espectáculos de malabaristas?

—¿Tenemos malabaristas? —Me detuve en seco.

Chris resopló y la carcajada de Simon fue un breve ladrido, una reacción involuntaria.

—No lo sabía. —Intenté imitar su sonrisa (¿se alegraba de verme?), pero mi angustia se derritió cuando lo miré bien. Estaba impecablemente vestido, como siempre, pero lo vi cansado. No era el hombre sin preocupaciones que me había cortejado el sábado. Era un hombre con muchas cosas en la cabeza y una necesidad desesperada por irse de vacaciones. O al menos por echarse una siesta.

Si Chris se fijó en la aparente fatiga de él, no comentó nada al respecto.

—Todavía no puedo empezar a organizar la del año que viene. Dejemos que pase primero este verano.

—Ya casi ha terminado —dije. Esas palabras se habían vuelto una expresión muy manida últimamente. En Willow Creek, el mes de agosto había supuesto unas temperaturas altísimas y una extraña sensación tanto de tristeza como de urgencia. Aunque todavía nos quedaban otros dos fines de semana, la gente empezaba a hablar de la feria como si hubiese finalizado. Había gente que ya miraba hacia el año siguiente aunque ese verano no hubiera acabado aún, mientras que otros juraban que esa era la última vez en que participaban. Quizá al año siguiente lo dejarían pasar, decían. Simon me aseguró en privado que los que decían eso solían ser los primeros en apuntarse en primavera.

Chris asintió.

—La segunda mitad del verano siempre pasa muy deprisa.

—Pues sí. —Pero el asentimiento de Simon era semiprofesional—. Pero sabes que debemos empezar a contratar para los meses de verano con mucha antelación. —Sacó el portátil de su maletín—. Si vamos a empezar a cambiar los espectáculos, será muchísimo más trabajo. Deberíamos averiguar si...

—Ya lo haremos. —Chris echó mano de un poco de su aplomo monárquico para acallar a Simon—. Pero no ahora mismo, ¿vale?

Simon parpadeó al percibir el tono afilado de ella, y lo cierto es que yo también.

—Claro. Vale. —No le hacía gracia, pero guardó el ordenador en el maletín—. Ya nos reuniremos cuando acabe la feria para hablarlo.

—Me parece perfecto. —Aliviada, Chris sonrió—. ¿Qué tal si vienes a cenar a casa, quizá la semana después del fin de la feria?

Simon asintió y yo me pregunté qué estaría haciendo esa semana. ¿Todavía estaría en Willow Creek o ya no? ¿Cuánto tiempo más me iba a dejar April ocupar su habitación de invitados mientras yo no tuviese empleo fijo? Pero aún no quería pensar en nada de eso, así que tiré de la mano de Simon, que me siguió hasta el fondo del local, donde lo llevé hasta una mesa y se la señalé.

—Siéntate. ¿Un café?

—Sí, sería estupendo, gracias. —Dejó el maletín encima de la mesa y se desplomó en una silla.

—Quizá Chris tenga razón. —Le serví un café y añadí la cantidad de leche que sabía que le gustaba antes de entregárselo—. Disfruta de las últimas semanas de la feria. No hace falta que te preocupes por el año que viene todavía.

Dio un sorbo demasiado largo y demasiado rápido, y puso un mohín al notar el calor.

—Si no me preocupo yo, no se preocupará nadie. —Sopló sobre su taza—. Depende de mí. Siempre depende de mí.

No me gustaba su tono de voz, lo impotente que sonaba.

—Pero es importante, ¿no? —Me senté a su lado y le puse una mano en el brazo—. Es decir, es el legado de tu hermano. Es lo que tú...

—Es a lo que me dedico yo. —Nunca lo había oído tan poco entusiasmado, y tuve la sensación de que no quería enseñarme esa parte de sí mismo. Una parte que estaba atrapada para seguir con la organización, no tanto porque le apeteciese hacerlo. ¿Había dejado que alguien más se diese cuenta? ¿O todo el mundo pensaba, como Mitch y como Chris, que Simon estaba la mar de contento? Chris trataba la feria como una afición, mientras que a él le absorbía la vida. ¿Eran las dos únicas personas que se encargaban de todo? De ser así, Simon estaba sobrepasado por el trabajo.

Tenía que haber una forma de ayudarlo. Pero ¿me metería donde no me llamaban? Un día antes, me habría ofrecido a echar una mano para encontrar una solución. Pero un día antes pensaba que me estaba construyendo un hogar allí, y todavía estaba inquieta por la conversación que acababa de mantener con Chris y por saber que Simon había colaborado para contratar a mi sustituta. ¿En qué otras cosas me había equivocado?

Me limité a darle un reconfortante apretón en el brazo, y él meneó la cabeza como si estuviese despertando de sus pensamientos.

—Perdona, es que... Bueno, ahora no importa, ¿no?

—Si a ti te importa, entonces...

—No, Chris tiene razón. —Agitó una mano—. Puede esperar. Las próximas dos semanas tengo mejores cosas a las que prestar atención. —Se llevó mi mano a los labios para darme un beso, y una sonrisa le iluminó los ojos. Era una parte de su personalidad de pirata que había cruzado el umbral de su vida real, y no me podía quejar. Aunque nunca hubiese estado con un chico al que le gustase besarme la mano, con Simon resultaba natural. Pero sus palabras aterrizaron con un golpe seco en mi estómago. ¿En realidad solo me quedaban dos semanas de estar con él? Una parte de mí quería preguntárselo, arrojar luz a todo. Pero ¿y si esa conversación salía mal y al final ni siquiera tenía esas dos semanas? Dos mejor que ninguna, ¿no?

Simon no reparó en mi dilema interno.

—La tienda cierra a las seis, ¿verdad?

—Sí. —Asentí—. Estaré unas cuantas horas más aquí. Podemos vernos luego...

—Te espero. —Señaló el maletín de la mesa—. Tengo trabajo que hacer.

—Si estás seguro... —Me puse en pie—. Avísame si necesitas más café, ¿vale?

Conforme pasaba la tarde, dividí mi tiempo entre el mostrador de la cafetería y el de la librería, ayudando a Chris siempre que me necesitaba. Por lo visto, me necesitaba más que de costumbre y me enseñó a llevar la tienda. Era interesante porque la venta al por menor era nueva para mí, pero no entendía por qué quería que aprendiera todo eso si mi tiempo en el negocio estaba llegando a su fin. Cuando se fue sobre las cinco, me dirigí al mostrador de la cafetería para cerrar esa parte. Puede que me detuviese junto a cierta mesa para pasar una mano por el pelo de mi pirata favorito.

—Sigues aquí, ¿eh?

—¿A dónde quieres que vaya? —Simon levantó la vista del ordenador y me sonrió—. Te estoy esperando.

—¿No te aburres?

—Para nada. He estado ocupado... —Señaló la pantalla, y me incliné para echar un vistazo.

—¿Qué es, un casino *online*? No te tenía por un... —Entorné los ojos ante la hoja de cálculo que había abierto—. ¡Qué juego tan espantoso!

Se echó a reír antes de chasquear con la lengua.

—Pues sí. Estoy planeando el curso escolar. Tenía pendiente ponerme al día con el papeleo, así que por qué no hacerlo aquí. —Tendió un brazo y me agarró una mano para volver a besarme los nudillos—. Este verano voy muy atrasado. —Arqueó una ceja en mi dirección, esa mirada por la que me apetecía empezar a desnudarlo—. Por alguna razón, estas últimas semanas he tenido otras cosas en la cabeza.

—Mmm... No imagino el qué. —Intenté sonar inocente, pero fracasé por completo—. Voy a cerrar en breve. Podemos ir a cenar, si quieres.

—Me encantaría. —Un beso más y me soltó la mano. Mientras limpiaba las máquinas de la zona de cafetería, mi atención se fue desplazando hacia Simon. Ahora que el verano estaba acabando, su papel de profesor regresaba; lo vi en la forma en que se sentaba. El capitán Blackthorne se habría repantingado sobre la silla. En cambio, la postura de Simon era más rígida: se sentaba con la espalda recta y fruncía el ceño de tanto en tanto antes de anotar algo en la libreta que tenía al lado del ordenador.

—No me puedo creer que el verano esté a punto de terminar. —Casi puse los ojos en blanco por mi patético intento por entablar conversación. Quizá después me pondría a hablar del tiempo.

—Ha pasado demasiado rápido. —Pero su voz se volvió grave, y me giré para mirarlo. Había arrugado la nariz.

—¿Qué pasa?

—El final del verano siempre es un poco raro. —Suspiró—. Ya sabes que año tras año el verano es algo que espero con ganas... Por la feria. Para ser un pirata. Pero en septiembre vuelvo a ser yo. —Solo pudo sostenerme la mirada unos instantes antes de apartar los ojos—. Que yo recuerde, ese chico no te caía demasiado bien.

—No sé. —Me resultó imposible no sonreír—. Te diré que me ha ido ganando. —Me observó, y esa vez intercambiamos una mirada. Me devolvió la sonrisa, una pequeña curva de sus labios, pero me bastó.

Ese tipo de conversación me ponía nerviosa. Quería preguntarle qué quería de mí. De nosotros. ¿Deberíamos hablar de si lo nuestro tenía futuro? Pero la campanita de la puerta sonó y tuve que volver al trabajo. De entre todos los días, no habría esperado que el martes a última hora llegase un aluvión de gente, pero antes de que me diese cuenta ya podía cerrar. Pasé el cerrojo en la puerta y volteé el cartelito de «Cerrado». Debía contar el dinero, pero también debía ver a Simon. Lo había dejado solo mucho más tiempo del que me habría gustado.

Apagué la mitad de las luces por el camino y lo llamé por su nombre al llegar al lateral de la tienda.

—Disculpe, señor, pero estamos cerrando... —Mi voz se fue apagando cuando me di cuenta de que su mesa estaba vacía. Su portátil seguía encendido, pero la pantalla estaba en negro, así que llevaría por lo menos varios minutos ausente. Su bolígrafo estaba abandonado encima de la libreta abierta, con media página llena de una letra tan pulcra que resultaba incluso ridícula. Al echar un ojo a la página, supe dónde se encontraba.

Nuestra sección de clásicos era pequeña, pero estaba bien abastecida con los básicos. Encontré lo que andaba buscando en la semipenumbra de las estanterías. Simon estaba apoyado en una con un codo y tenía un libro en las manos. Me aclaré la garganta, y me miró con expresión casi culpable.

—Perdona, me he distraído. Ya cierras, ¿no? He visto que está más oscuro.

—Conque te has dado cuenta, ¿eh? —Me acerqué para ver qué libro sujetaba. Era difícil leer de arriba abajo con tan poca luz—. ¿Qué lees?

—Shakespeare. —Me entregó el libro—. A principios de curso daré una breve lección sobre Shakespeare y estaba decidiendo de qué soneto hablar.

—¡Oh! ¡Los sonetos! No reciben toda la atención que merecen. —Era normal que el tomo fuera tan delgado. Un ejemplar de *Obras completas*, en cambio, bien podría ser un arma homicida. Pasé las páginas hasta llegar a la que estaba leyendo él—. ¿El soneto XXIX? ¿Ese te gusta?

—Sí. —Un brazo me rodeó la cintura cuando me apretó contra su cuerpo. Me apoyé en él, mi espalda sobre su pecho—. Parece adecuado para resumir este verano.

—¿En serio? —Ladeé el libro un poco para tener más luz y leí en voz alta con un débil murmullo:

Cuando hombres y fortuna me abandonan,
lloro en la soledad de mi destierro,
y al cielo sordo con mis quejas canso
*y maldigo al mirar mi desventura...**

—Tienes buena voz para recitar a Shakespeare. —Los labios de Simon se encontraban junto a mi oreja derecha, y me giré un poco para mirarlo por encima de mi hombro.

—Estudiaba Filología Inglesa, ¿recuerdas? Siempre me ha gustado cómo suenan los textos de Shakespeare. —Me concentré en el libro de nuevo mientras él me daba un beso en la sien—. Así que ¿este poema habla de ti? Parece que hasta hoy hayas vivido un verano de mierda.

—Al principio, si te acuerdas, no estuve de demasiado buen humor. —Jugueteó con uno de mis mechones, uno de los varios que se habían escapado de mis horquillas a lo largo del día.

Sí que me acordaba. Había estado muy desanimado. Mucha gente me lo había comentado, pero ¿yo había sido la única en hablar con él sobre eso? ¿Todos los demás del pueblo lo habían ignorado?

—Ya, pero ¿«con mis quejas canso»? ¿«Maldigo mi desventura»? Parece un poco melodramático.

—Soy un dramático. —Noté su sonrisa contra mi cuello y seguí leyendo.

---

* N. del T.: Traducción de Manuel Mújica Laínez.

Soñando ser más rico de esperanza,
bello como este, como aquel rodeado...

Ese fragmento lo entendí de inmediato.

—Mitch. —Negué con la cabeza—. No me puedo creer que tuvieras celos de Mitch.

—Siempre los he tenido. Él es todo lo que yo no soy. No le cuesta nada hablar con la gente. Y míralo bien.

—¡Bah! —dije—. Prefiero mirarte a ti. —Un recuerdo revoloteó por mi cerebro: cuando conocí a Simon, me desagradó todo de él. Aparté ese maldito recuerdo de inmediato.

Deseando el arte de uno, el poder de otro,
insatisfecho con lo que me queda...

—La feria ha sido lo que más me ha gustado. Durante muchos años. —Soltó un profundo suspiro—. Pero este verano era distinto. No me apetecía estar allí, no me apetecía verte cuando ni siquiera querías dirigirme la palabra.

—Tampoco era que fueses muy agradable que digamos —intenté defenderme.

—Y luego empecé a conocerte mejor, pero pensé que Mitch y tú estabais juntos y... Sí. No lo estaba pasando bien. —Me estrechó con los brazos cuando leí el siguiente verso.

A pesar de que casi me desprecio...

Se me cerró la garganta y me ahogué con la última palabra. No me gustaba imaginarme a Simon odiándose. Era algo demasiado horrible que contemplar. Ya hacía mucho tiempo que yo había dejado de verlo como el aguafiestas de la feria medieval.

—«Pienso en ti y soy feliz...». —Simon recitó el resto del soneto, pero no leyó el texto. ¡Qué creído! Se limitó a murmurar las palabras contra mi cuello, y estas viajaron en una exhalación murmurada, un profundo retumbo de su pecho que procuré oír bien.

Y mi alma entonces,
como al amanecer la alondra,
se alza de la tierra sombría y canta al cielo...

Me dio la vuelta en sus brazos; el librito cayó al suelo cuando me puso las manos en el estante que quedaba encima de mi cabeza. La boca de Simon cayó sobre la mía (ahí tenía al pirata de nuevo) y me arqueé. Se me clavó un estante en la espalda, pero teniendo sus manos por los brazos, por el cuello, por el pecho, ni me fijé ni le di importancia.

Sus labios me recorrieron el cuello y trazaron las palabras de Shakespeare en mi clavícula con la lengua.

Pues recordar tu amor es tal fortuna
que no cambio mi estado con los reyes.

Otro beso embriagador y se apartó, pero solo lo suficiente como para apoyar la frente en la mía.

—Emily. —Tenía las mejillas de un rojo vivo, las pupilas dilatadas y oscuras; estaba excitado. Me agarró la mejilla, me acarició la piel con el pulgar y sus ojos buscaron los míos como si en ellos fuese a encontrar la oculta respuesta a algo—. Yo...

—Chis. —Como ese otro día en la taberna, no quería que hablase. No quería arriesgarme a que empezase a despedirse de mí. Opté por acercarme y volver a besarlo. Si aquello no era más que un rollo de verano y solo disponía de unas pocas semanas con él, pensaba aprovecharme de todos y cada uno de los instantes. Almacenaría sus caricias, sus besos, para el día en que ya no estuviese entre sus brazos. El verano todavía no había terminado. Aún teníamos tiempo.

VEINTIUNO

No tardé demasiado en darme cuenta de que mi nueva política de «ojos que no ven, corazón que no siente» sobre mi futuro en Willow Creek era una mierda bien gorda. En vez de ser la mejor manera de evitar la pena, lo empeoró todo. Me pasaba los días con una sensación de miedo y, cada vez que Chris me hacía una pregunta, casi me encogía a la espera de recibir el mazazo del desempleo.

Lo peor de todo fue que afectó a mi relación con Simon. Me dije que iba a disfrutar de todos los minutos que pasase con él, pero me convertí en un manojo de nervios, analizándolo todo en busca de mensajes ocultos, preocupándome por que cada una de nuestras conversaciones fuera el principio del fin.

El viernes por la mañana, no sabía si iba a poder soportarlo mucho más. Obviamente, no iba a aguantar otras dos semanas así. Lauren Pollard acudió a la tienda para que la instruyera en el funcionamiento de todo, lo cual tan solo acrecentó mi ansiedad mientras le indicaba cómo iba la máquina de expreso y la chica preparaba varios cafés con leche imbebibles. Los tres primeros se fueron por el fregadero, pero el cuarto parecía prometedor. Con buen olor, con un color adecuado. Di un precavido sorbo y dejé que el sabor me inundara la lengua como si fuese una *sommelier* de cafés.

—Es el mejor que has preparado hasta ahora. —Bajé la taza, pero seguí rodeando el asa con los dedos—. Creo que Chris podría bebérselo.

Al otro lado del mostrador de la cafetería, Lauren soltó un suspiro de alivio.

—Con ese tenía un buen presentimiento. ¡Creo que por fin me estoy haciendo con la máquina!

—Yo también lo creo. Un trabajo excelente. —Me fui con la taza del mostrador de la cafetería hasta el de la librería, donde estaba Chris. Cuando me acerqué, me miró con las cejas arqueadas.

—¿Mejor?

—Mucho. —Le entregué la taza. Le dio un sorbo para evaluarla y asintió.

—Y le van bien las horas que dijimos, ¿verdad? ¿Has hablado ya con ella de eso?

—Sí. —Cuanto más hablábamos del trabajo (de mi trabajo, ¿del de Lauren a partir de poco?), más crecía mi ansiedad, y fui a buscar el bolso, que estaba junto a Chris. Necesitaba un chicle—. Los martes y los jueves después de clase hasta que cerremos a las seis, y luego un turno los fines de semana. Parece una chica responsable. Creo que irá bien.

—¡Ay! Sí que lo es. —Chris se llevó la taza al pecho—. Conozco a la familia de Lauren desde que era una niña con pañales, y está claro que ha madurado en la feria.

—Claro. —Chris conocía a Lauren mejor que yo. Estaba estudiando el último año de Bachillerato y necesitaba un trabajo después de clase para aumentar sus ahorros dedicados a la Universidad. Ser una veterana en la feria daba buena fe de su ética profesional. Hasta entonces no me había dado cuenta de que esos chicos renunciaban a muchas cosas durante el verano. Cuando tenías comprometidos todos los fines de semana de junio hasta casi septiembre, unas vacaciones largas eran imposibles.

Empaticé con ella. La feria había sido una experiencia extenuante. Días largos, ropa incómoda. Pero también me lo había pasado mejor que nunca y había hecho amigos que se habían convertido en mi familia. ¡Qué curioso pensar que todo comenzó siendo una obligación que acepté por el bien de Caitlin; otra cosa más que debía hacer mientras cuidaba de April! A medida que avanzó el verano, esas obligaciones fueron cayendo una a una. Mi hermana se había recuperado y había retomado su vieja vida. No me necesitaba. Mis obligaciones con Caitlin terminarían igual que la feria. Y en cuanto a la librería...

Hurgué en mi bolso e intenté concentrarme en los aspectos positivos. Si a mí ya no me necesitaban allí, era libre de irme adonde quisiese. Lejos de allí.

No. Eso no era positivo en absoluto.

Mi paquete de chicles estaba en un bolsillito interior, y al sacarlo agarré también un fragmento de papel. La frase de la galleta de la fortuna: «Formula la pregunta adecuada».

Alisé el papelito con los dedos mientras hacía memoria. Esa noche me había dado pavor formular las preguntas que realmente eran importantes. Pero formularlas me había sacado de mi bloqueo, tanto con mi hermana como con Simon. Debía volver a hacerle caso a la galleta. Debía dejar de tener miedo y alzar la voz. Debía formular las preguntas importantes, en vez de esperar que la vida me sucediese.

—Chris, ¿tienes un segundo? —Seguía mirando el papel cuando se lo pregunté y vi que la frase temblaba un poco entre mis dedos. Pero era demasiado tarde, las palabras ya habían salido de mi boca. Me obligué a mirar hacia Chris, que me observaba con las cejas enarcadas.

—Claro —dijo—. ¿Qué pasa?

—Tengo que hablar contigo. Sobre el otoño. —Me tembló la voz y me quedé sin aire con la última palabra, pero debí de haberlo pronunciado todo bien, porque la vi asentir.

—Vale. Yo también tengo que hablar contigo. ¿Qué te parece si le digo a Lauren que ya se puede ir y nos preparas un par de cafés? —Contempló la taza que agarraba con las manos y luego me miró con ojos lastimeros—. Cafés de verdad.

Una carcajada nerviosa brotó entre mis labios.

—Eso está hecho.

Mientras Chris acompañaba a Lauren hasta la puerta, aparté a un lado los nervios y preparé un café con leche y vainilla para cada una. Los movimientos repetitivos me tranquilizaron y, cuando fui a dejarlos sobre la mesita junto a la ventana, casi volvía a sentirme normal. Todo iría bien. Pondríamos las cartas encima de la mesa para que pudiese empezar a planear mi futuro de verdad. Siempre se me daba mejor cuando disponía de un plan.

Chris se sentó delante de mí y levantó la taza para inhalar el humo que desprendía.

—¡Ah! Esto ya es otra cosa. —Sopló sobre la taza de café antes de darle un sorbo—. Bueno, ¿qué piensas sobre el otoño?

Tamborileé los dedos sobre el lado de mi propia taza e intenté buscar el modo de iniciar mi propio despido. Nunca lo había hecho. «Formula la pregunta adecuada». Me concentré en la frase de la galleta y tomé una temblorosa e imperceptible bocanada de aire.

—¿Cuánto tiempo me vas a necesitar trabajando aquí? En otoño, digo. Cuando Lauren ya haya comenzado.

—¿A qué te refieres? —Chris arrugó el ceño.

Intenté encogerme de hombros, aparentar calma, pero por dentro me apetecía chillar. ¿Por qué era mi amiga tan obtusa? ¿Por qué no me echaba de una vez?

—Es que quiero organizarme con tiempo. Saber qué voy a hacer después, esas cosas. A ver, ya he enseñado a mi sustituta. —Miré por la ventana para que mis ojos no revelasen lo dolida que estaba. Seguramente iba a tener que hacer las maletas esa misma noche. Seguramente tenía un montón de cosas desperdigadas por la casa de April después de haber vivido allí varios meses.

—¿Cómo? —Su tono sorprendido y afilado hizo que me volviese hacia ella. El asombro le agrandaba los ojos—. ¿Te marchas?

Puse los ojos como platos para imitar su gesto.

—Puede, ¿no?

—Debería habértelo comentado mucho antes. —Sus hombros se desplomaron con un suspiro—. Pensaba que por cómo te iba todo con tu hermana y con tu sobrina, por no mencionar a Simon, te plantearías quedarte. Supongo que debería haberme asegurado antes de dar nada por sentado.

—Bueno, a ver, no hay nada definitivo aún... —Y entonces asimilé lo que me había dicho—. ¿Comentarme el qué? —No parecía la clase de conversación que terminaba con una persona en la calle.

—Lo que va a pasar. Deja que empiece por el principio. —Observó su taza de café—. Esta primavera, mi madre tuvo un ataque al corazón y...

—¡Chris! —exclamé—. ¡Lo siento mucho! ¿Está bien? ¿Qué puedo...?

—¡Ah! Está bien —se apresuró a tranquilizarme—. Está bien. Se retiró hace unos años en Florida y, si hay algo que por allí se les dé bien, es cuidar de la gente mayor. Pero las residencias son muy caras, y me preocupa que no le den las atenciones que necesita. Así que en septiembre voy a ir a Florida a pasar el otoño y el invierno con ella. Y regresaremos en primavera cuando el tiempo sea cálido. De esta forma podrá quedarse en su casa y yo podré cuidar mejor de ella.

—Pero... —Había algo que se me escapaba, era evidente—. ¿Cómo vas a llevar la tienda desde Florida?

—No la voy a llevar. Bueno, supongo que técnicamente sí. Me podrás llamar o enviar un correo o un mensaje. Pero esperaba que tú pudieras encargarte de la tienda mientras yo estoy fuera.

—Encargarme... de la tienda... —Me estaba costando mucho lograr que esas palabras tuviesen sentido en mi cerebro—. Entonces, ¿no me vas a despedir?

—¡No! —Chris casi escupió el café—. ¿Por qué iba a despedirte?

—Pero... —Hice un gesto hacia el mostrador de la cafetería—. Me has pedido que enseñara a Lauren. Para que eche una mano en otoño, ¿no? Estará haciendo mi trabajo.

—Exacto. Para que tú hagas el mío. ¿Por qué te crees que he contratado a Lauren y he empezado a enseñarte a ti el sistema de contabilidad y cómo gestionar los pedidos *online*?

Le di un sorbo a mi café con leche porque no sabía qué decir. Chris no me estaba echando. Simon no había estado despidiéndose de mí.

—¿Qué te parece?

—Me parece que estos últimos días he sido una imbécil paranoica.

—Me refiero al trabajo —se rio—. ¿Te interesa?

El futuro se extendió ante mí, de pronto más claro y brillante de lo que lo había imaginado en mucho tiempo. Un trabajo a jornada completa. Un pueblo que me gustaba. Dejé que una lenta sonrisa se abriese paso por mi cara.

—Me interesa. Claro que me interesa.

Nos pasamos el resto del día ultimando los detalles de mi nuevo puesto (encargada de la tienda; ¡qué bien sonaba!), y decidimos que me pasaría los siguientes días buscando qué había que pulir de lo que me había enseñado hasta el momento. A esas alturas ya conocía las idas y venidas del negocio y, como me había dicho, ella estaría a una llamada de teléfono. Pero a mí nunca me habían dado una responsabilidad de esa clase. No quería cagarla.

Pero no iba a cagarla. Lo lograría. No solo ayudaría a Chris, sino también a mí misma. Por una vez, no aceptaba un compromiso por el bien de otra persona. Mi vida al completo había encajado en lo que había durado una sola conversación. Tenía un trabajo. Un futuro. Una familia. Y...

Empecé a sonreír. Y tenía a Simon. No solo yo tenía un futuro, sino que nosotros también.

Me moría de ganas de contárselo.

Por suerte, no tuve que esperar demasiado. Simon debía ir a recogerme a la tienda después de cerrar, y nos dirigimos a un restaurante cercano para ir a cenar. Debía ser una velada temprana, por supuesto, porque al día siguiente los dos estaríamos en la feria. Llegó muy puntual, justo cuando yo estaba cerrando la puerta del local.

—Hola. Te veo... —Después de saludarme con un beso, se fijó en mi aspecto y esbozó una sonrisa—. Te veo contenta.

—Es porque estoy contenta. —No me sorprendía que mis emociones se mostrasen en mi rostro. Prácticamente hervía de alegría. Y de alivio. Cuando lo miré, todas las dudas que había albergado durante los últimos día se disiparon. Simon no había maquinado a mis espaldas para ayudar a Chris a contratar a mi sustituta. ¿Cómo era posible que hubiese dudado de él?—. Tengo muchas cosas que contarte. —Pero no sabía por dónde empezar. ¿De cuánto estaría ya al corriente Simon? Conociendo ese pueblo, quizá de todo. Opté por lo obvio—. Lauren ha venido hoy a que le enseñara.

—¡Ah, sí! Lo había olvidado. ¿Cómo ha ido? ¿Lo hará bien?

—Ha ido genial. Lo hará muy bien. —Asentí, entusiasmada. En ese momento, todo lo hacía con un gran entusiasmo, hasta el hecho de agarrarlo de la mano. Nuestros dedos se entrelazaron y balanceé nuestras manos unidas mientras caminábamos. Me encantaba pasear por la calle de lo que se había convertido en mi pueblo, agarrándole la mano a ese hombre que en tan poco tiempo había llegado a significar mucho para mí.

—Si contratar a una nueva empleada te pone tan contenta, quizá Chris debería haberlo hecho antes. —Me miró con divertido placer.

—Hay más —dije—. Como ahora tendremos a Lauren, me han ascendido. Voy a ser la encargada de la tienda mientras Chris está fuera.

—¿Fuera? —La alarma se encendió en sus ojos—. ¿A dónde va Chris? ¡Vaya! Así que no lo sabía. Tuve que ponerlo al día.

—A Florida. Irá para estar con su madre, para cuidar de ella. Y eso significa que en el futuro próximo voy a quedarme aquí. Tienes delante a la nueva encargada de Lee & Calla.

—¿Cómo? —Negó con la cabeza como si no me hubiese oído bien, con expresión de inquietud.

—No te preocupes —lo calmé—. Su madre está bien. A ver, tiene algún problema de salud, y supongo que ahora necesita más cuidados, y por eso Chris se irá, pero...

—¿Chris se irá? —En ese momento, dejó de caminar—. ¿Se... se irá?

Algo me hormigueó en la nuca. Pensé que lo preocuparía la madre de Chris, que quizá la conocía. Pero no era eso.

—Sí... —¿Acaso no había oído la parte en que yo me quedaba? Era obvio que no.

—Vale, pero ¿va a volver? ¿Algún día? ¿O es algo permanente?

—Solo estará fuera durante el invierno. —Estaba tan acongojado que quise consolarlo, aunque su reacción no fuese lógica en absoluto. No tenía ni idea de que Chris y él se llevasen tan bien. ¿Por qué no se lo había contado ella, pues?—. Regresará en primavera. Creo que a partir de ahora van a pasar una temporada aquí y otra en Florida.

—¡Ah! Vale. —Soltó un largo suspiro y el alivio le despejó la expresión—. Así que volverá a tiempo para la feria. —Asintió—. Genial.

Un mal presentimiento me creció en el pecho y, de repente, su mano era demasiado pesada de soportar, así que se la solté.

—¿Con eso es con lo que te quedas? Después de todo lo que te acabo de contar, ¿tu principal preocupación es si Chris volverá a tiempo de ponerse un vestido enorme para interpretar otra vez a la reina el año que viene? —No se había dado cuenta de que me quedaba en el pueblo. O, si se había dado cuenta, ni siquiera lo había mencionado. No mientras el tema de la feria monopolizara la conversación.

—Perdona, pero sí. Es lo primero en lo que he pensado. Porque...

—Porque es lo más importante. —Asentí, y mi cabeza se bamboleó sobre el cuello como si fuese un muñeco. El mal presentimiento descendió hasta mi estómago, dejando un rastro frío a su paso—. La feria es lo más importante para ti. No la salud de la madre de Chris. No que yo me vaya a quedar en el pueblo y que podamos... —Me pasé una rabiosa mano por la mejilla; ¿de dónde había salido esa lágrima?—. La puta feria es lo único que te importa. —Ya había estado antes en una relación como esa. En la que yo siempre estaba en segundo lugar. En la que, una vez más, mi valía se medía en función de lo que podía hacer por otra persona, no en función de quién era yo.

—¿De verdad crees...? —Su rostro se endureció y sus ojos se afilaron. A pesar del pelo más largo y de la barba, se parecía muchísimo al Simon al que conocí tantos meses atrás—. Después de todo este tiempo, ¿eso es lo que piensas de mí?

—¿Te sorprende? Hablas como el chico al que conocí durante los ensayos, el que me decía que no me estaba tomando nada en serio.

—¡Ah! Estupendo. —Su carcajada fue irónica y me dolió—. Todos sabemos cuánto odias a ese chico. —Se alejó un par de metros de mí y se pasó una mano por el pelo—. Pues tengo una mala noticia, Emily. El verano casi ha terminado. Muy pronto ese pirata que tanto te gusta se meterá en una caja y tendré que volver a ser ese imbécil.

—No eres... —No terminé la frase porque..., en fin, sí que estaba siendo un imbécil. Lo intenté de nuevo—. No tienes por qué ser ese imbécil. —¿Por qué pensaba Simon que una personalidad no podía existir sin la otra? ¿No veía que en realidad él era las mejores partes de las dos identidades? ¿Y que yo las quería a ambas?

—Pues sí. —Habló con tono desenfadado, pero su voz desprendía ácido—. Yo soy ese. Mitch es el divertido. Sean era el divertido. Son esos los chicos que te gustan, ¿no? Por eso ahora mismo te gusto yo. Porque soy divertido, me lo puedo pasar bien durante seis semanas al año, cuando merodeo por el bosque vestido de pirata. Pero ¿y el resto del tiempo? Soy el serio. El que se encarga de las cosas, ¡joder! A todo el mundo le encanta el resultado, pero a nadie le importa que dependa exclusivamente de mí que todo salga bien.

—¿En algún momento vas a dejar que alguien te ayude? —Ojalá estuviésemos en la tienda, porque me pareció que lanzarle un libro a la cabeza era muy buena idea. ¿Dónde estaban las *Obras completas* de Shakespeare cuando las necesitabas?—. ¡Joder, Simon! ¡Si te pusiste como un basilisco cuando moví unas cuantas mesas! ¡No quieres que Chris despida a unos malabaristas a los que nadie va a ver! Todo depende de ti porque a ti te gusta que sea así.

—O sea, ¿debería dejar de organizar la feria? ¿Dejar que se cancele? Sería una forma estupenda de mandar a la mierda a mi hermano. Al empeño que puso.

—No estoy diciendo eso y lo sabes. —Todo estaba teñido de rojo, y me apetecía chillar de la frustración—. El problema es que no puedes delegar porque, si delegas, alguien podría cambiar algo. Y no lo soportarías. Pero ten clara una cosa: aunque organices la misma feria todos los años, idéntica a la feria que te dejó tu hermano, él no va a volver. No va a volver nunca.

Simon respiró hondo con las mejillas sonrojadas y los ojos brillantes.

—¿Crees que no lo sé? Pues claro que no va a volver. ¡Nadie va a volver! —A esas alturas ya nos estábamos gritando el uno al otro en la calle. Por suerte, todavía estábamos en el barrio comercial, donde la mayoría de las tiendas ya habían apagado las luces y habían cerrado—. La feria es lo único que me queda. Mi hermano está muerto. Mis padres se han ido, me dejaron solo en esa... —Se mordió la lengua y apretó tanto la mandíbula que le empezó a temblar un músculo en la mejilla. Toda mi rabia desapareció cuando vi la tristeza que le empañaba los ojos. La resignación. Quizá no era la vida que él quería, pero no sabía cómo vivir de otra manera.

«Me tienes a mí», quise decirle, pero me pareció una sugerencia inadecuada. Por no decir que era un tanto insolente. ¿Cómo iba a llenar yo los agujeros que tantas pérdidas habían dejado en su corazón?

No podría, ¿verdad que no? Todavía no se había dado cuenta de que iba a ser una residente permanente en Willow Creek. No se había percatado porque para él no era lo bastante importante. No tanto como la feria, evidentemente.

Ahí tenía mi respuesta. Era imposible que yo fuese suficiente. Como no lo había sido para Jake. ¿Algún día lo sería para alguien?

Las lágrimas me emborronaron la visión y parpadeé para contenerlas. No podía permitir que Simon me viese así. A fin de cuentas, era culpa mía. Yo me había enamorado demasiado rápido y demasiado fuerte, y él no me había prometido nada. No, la única culpable era yo.

—Me tengo que ir a casa. —Mi voz sonó grave y me aclaré la garganta mientras agachaba la cabeza para buscar las llaves en el bolso.

—No, venga. —Simon se detuvo en seco—. No pasa nada, vayamos a cenar.

—No puedo. —Esa vez me falló la voz. Me obligué a mirarlo, y fue un error. Lo vi desconcertado, confundido. Quise consolarlo. Debía alejarme de él—. No puedo —repetí—. Me tengo que ir a casa.

—¡Ey! Espera. —Tendió un brazo hacia mí, pero me aparté y él bajó la mano—. Mira, lo siento. Pero hablemos.

Era tentador. Si había dos personas a las que se les diese bien hablar, esos éramos Simon y yo. Pero la sensación de vacío de mi pecho me decía que no era algo que pudiese arreglarse hablando.

—Estás tan concentrado en el pasado que no ves otra cosa. ¿Cómo vamos a tener futuro si no haces más que mirar atrás? —Agarré las llaves con tanta fuerza que se me clavaron en la palma—. No puedo competir con un recuerdo. Ya me pasé cinco años siendo la menor de las prioridades de otra persona. Siendo la número dos. No puedo... —No podía seguir hablando. De repente, estaba cansada. Agotada. Una sensación que no me resultaba desconocida. Hacía poco que había hablado con April precisamente sobre eso. ¿Qué me había dicho? «Dejar de luchar batallas que estaban perdidas de antemano». Mi hermana mayor era muy sabia. Solté un tembloroso suspiro—. Me merezco algo mejor.

Me giré para marcharme, pero Simon me sujetó por un brazo.

—Emma. Emma, espera.

Me quedé sin aliento cuando todo se volvió blanco.

Emma. No Emily.

Emma.

Y ahí la tenía. La verdad en un desliz freudiano. Después de todo, para él en realidad era solo una tabernera. Un piñón en su engranaje de la feria medieval. La primera impresión que me había llevado de él había sido acertada, y eso me rompió el corazón.

Me volví hacia él muy poco a poco. Pareció darse cuenta demasiado tarde del error que había cometido. Estaba afectado, pero seguía agarrándome el brazo como si fuese un salvavidas.

—Espera. —Hablaba con voz queda y desesperada.

—Emma ya no está. —No parecía yo. Mi voz era firme, apenas audible—. Ha servido su última copa de los cojones. —Me eché hacia atrás y Simon me soltó el brazo. Durante unos largos segundos, nos miramos fijamente, sus ojos verdes y dorados bajo la luz de las farolas, abiertos y tristes. Pero no dijo nada cuando recorrí la manzana para ir a buscar mi Jeep. Cuando arranqué y me marché, él seguía de pie en la acera.

VEINTIDÓS

Conduje un par de manzanas para alejarme del centro antes de verme obligada a detenerme. Apenas veía la calle por las lágrimas, no era capaz de respirar bien y mis pensamientos iban muy pero que muy lentos. Hurgué en el bolso en busca del móvil y fueron necesarios tres intentos para que mis manos temblorosas le mandaran un mensaje coherente a Stacey. Técnicamente, ella seguía siendo la responsable de las taberneras. Este fin de semana no puedo ir a la feria. Lo siento.

El mensaje pasó de «enviado» a «leído» casi de inmediato, y al cabo de cinco segundos me estaba sonando el móvil. Stacey no era de las que dejaban las cosas para el día siguiente.

—¿Estás bien? ¿Qué te pasa, te encuentras mal?

—No. No, estoy bien. Es que... —Es que estaba llorando, al parecer. No era lo que había pretendido, pero ahí estaba, sentada al volante de mi Jeep mientras unas feas lágrimas me empapaban el teléfono móvil.

—Sí, ya lo veo. ¿Dónde estás? ¿Qué necesitas?

La preocupación que tenía la voz de Stacey, por no hablar de su inmediata disposición para ayudar, hizo que me echase a llorar más aún, pero conseguí respirar hondo y me recompuse.

—Estoy bien, de verdad.

—¡Ay, mierda! —Su suspiro fue una potente exhalación en mi oído—. ¿Qué ha hecho?

—¿Qué? —Sollocé entre hipidos—. ¿Quién?

—Simon. En serio, ¿ya la ha cagado? —No me dio tiempo a responder—. Vale, estoy de camino a Jackson's. Nos vemos allí dentro de diez minutos. —Antes de que pudiese protestar, ya me había colgado. Lancé el móvil en el asiento del copiloto y me enjugué la cara, que estaba hecha un auténtico desastre. Pero Stacey me esperaba en la pizzería, así que encendí el motor del Jeep y me dirigí hacia allí.

Los viernes por la noche, Jackson's era un lugar totalmente distinto. Las luces brillaban más y parecía menos un antro y más la franquicia de una cadena de restauración. Al cabo de media hora, de tres comandas de palitos de *mozzarella*, de un par de cervezas y de casi toda una *pizza*, Stacey se reclinó en el respaldo de su asiento en nuestro cubículo.

—Bueno —dijo—. Está más claro que el agua que este finde no vas a ir a la feria de las narices. No tienes por qué lidiar con toda esa mierda.

La gratitud me embargó y me desplomé encima de la mesa.

—No tienes ni idea de cuánto me alegra oírlo. —Di un sorbo a la cerveza—. Pensaba que ahora todo el mundo me iba a odiar.

—¿Qué? ¿Porque conozco a Simon desde hace más tiempo? —Resopló—. Por favor. Las taberneras van antes que..., en fin, algo que se refiera a los chicos y que rime con «taberneras». —Me sonrió, y logré soltar una débil risilla—. No te preocupes por eso. Y tampoco te preocupes por la feria. Este fin de semana empieza la de Maryland. Todo aquel que quiera ver una feria medieval se irá hacia esa parte del estado. Los últimos findes suelen ser bastante tranquilos. Además, has entrenado tan bien a nuestros voluntarios que seguramente las dos podríamos tomarnos el fin de semana libre y nadie se daría cuenta.

—Ya, claro. A Simon le encantaría... —El pensamiento me llegó con tanta naturalidad que durante un segundo olvidé lo que había pasado entre nosotros. Burlarme de Simon se había convertido en una de mis aficiones favoritas del verano, solo por detrás de besarlo. Pero ahora... Ahora no éramos nada. ¿Cómo iba a vivir en ese pueblo con él allí?

—¡Ey! —Stacey extendió una mano y me la puso encima del brazo—. Deja de pensar. Todo saldrá bien.

Asentí sin energía y entonces me concentré en su mano.

—¡Qué uñas tan bonitas! —Stacey no era de las que se hacían la manicura, pero esa noche las llevaba a la francesa. No demasiado verosímil con la época de la feria, pero, como había dicho, si al día siguiente la situación era tan tranquila, quizá nadie se daría cuenta. A continuación, me fijé en su aspecto. Llevaba el pelo bien peinado, e incluso bajo la luz del local pude ver que se había maquillado los ojos—. Esta noche tienes planes, ¿verdad? —Entorné los ojos cuando retiró la mano y puso cara de culpabilidad—. ¡Una cita! Por favor, no me digas que la has cancelado para verme llorar sobre mi cerveza.

Movió una de esas manos con una manicura tan perfecta.

—Que espere un poco. Quería asegurarme de que estabas bien. —Me miró a los ojos—. ¿Lo estás?

—Sí. De verdad. —Le mentía. También quería saber con quién tenía una cita. ¿Con Mitch? No. Él había salido conmigo un par de semanas antes y ella también había tenido «planes». Además, a Mitch lo vi apoyado en la barra en la otra punta del local, con una cerveza en la mano y hablando con una morena muy mona.

Decidí dejarlo correr. En ese pueblo ya había suficientes secretos; Stacey tenía derecho a guardar uno también. Al final, eché a Stacey por la puerta, pagué la cuenta y me fui a casa.

—Hola. —April apenas levantó la vista de la televisión cuando entré, y seguramente fue lo mejor—. Acaba de llamar mamá para invitarse a sí misma y a papá para el Día de Acción de Gracias. Creo que es una de las desventajas de que tú y yo vivamos en el mismo pueblo... ¡Uy! —Me miró bien—. ¿Estás bien? Tienes muy mala cara.

—Gracias. —Me senté en el sofá a su lado—. He roto con Simon. —Pronunciar esas palabras en voz alta por primera vez les confería verdad, y toda la terapia con cervezas y *pizza* con Stacey salió disparada por la ventana.

—¿Qué? —April agarró el mando a distancia y apagó la tele—. Hoy habías quedado para cenar con él. ¿Qué ha pasado?

—No hemos llegado a ir al restaurante. —Observé nuestros reflejos en la pantalla apagada del televisor. Mi hermana tenía razón: estaba hecha un puto desastre. ¡Mierda! Había empezado a llorar de nuevo. Parpadeé y unas pesadas lágrimas me cayeron sobre las mejillas, seguidas de más, de un flujo constante, y esperé todo lo que pude antes de intentar respirar hondo, consciente de que no lo conseguiría. Me apreté los ojos con las manos y entonces los brazos de April me rodearon.

—¿Quieres hablar?

Apoyé la cabeza en su hombro.

—No. —Pero entre sollozos le conté lo que había pasado entre Simon y yo: lo que habíamos dicho, cómo lo habíamos dicho, hasta cómo me miró cuando me subí en el Jeep y me fui. Mi hermana no dijo nada. Se limitó a abrazarme y a dejarme hablar y llorar hasta que me quedé sin palabras y sin lágrimas. ¡Qué horror! Iba a tener que comprarle una nueva camiseta, y quizá un nuevo sofá, cuando aquello se hubiese terminado.

—¿Quieres saber lo que pienso? —Su voz era un débil murmullo en mi oído. Se le daba bien consolar como una madre. Claro, tenía catorce años de experiencia.

Asentí contra su hombro y me incorporé.

—La he cagado, ¿verdad? —Me incliné hacia delante y me abracé las rodillas—. He saltado a su yugular sin motivo y lo he mandado todo a la mierda. —Me quemaban los ojos por el llanto y me ardían las mejillas, pero me merecía el dolor. Lancé una anhelante mirada a mi bolso, que había dejado en el suelo junto a la puerta—. ¿Le pido disculpas? A lo mejor podría ir a su casa y...

—No. —La vehemencia con que me contestó April me hizo cerrar la boca de golpe—. No vas a acercarte a él, ni en sueños. ¿Estás de broma? —Sus ojos llameaban y no me atreví a contradecirla—. Has hecho lo que debías hacer y no pienso aceptar un no por respuesta. —Abrí la boca, pero me interrumpió antes de que dijese nada. Se le daba muy bien dejar las cosas claras—. Te has defendido. Te has priorizado. Sé que es difícil y sé que es una mierda. Pero si no puede darle más importancia a tener una relación contigo que a venerar a su hermano verano tras verano, entonces no te merece.

Llevaba razón. Yo sabía que llevaba razón. Eso no significaba que fuese a gustarme.

—Pero ¿no debería ayudarlo...?

—No. Si te duele, no. —Había dureza en su voz, pero amabilidad en sus ojos—. Sé que quieres ayudarlo. —Me pasó un mechón de pelo detrás de la oreja—. Quieres ayudar a todo el mundo. Pero debes ayudarte a ti para variar. Hacer lo que sea correcto para ti. ¿Serías feliz con él así?

Tuve que meditarlo. Tan solo habían pasado un par de horas y en mi corazón ya había un agujero con la forma de Simon. Sin pensar, me froté el pecho, donde me dolía. Haría lo que fuese para que pasase ese dolor. Pero entonces recordé cómo me había sentido cuando él ignoró mis buenas noticias y se concentró en lo que le importaba. Y lo que le importaba no fui yo. Por más que me doliese, cambiaría un dolor por otro.

—¿Por qué? —pregunté al fin en un gemido vergonzoso—. ¿Por qué no soy importante para él? Pensaba que... Pensaba que Simon... «Me quería». Pero me equivoqué. Quise volver a echarme a llorar, pero ya no me quedaban lágrimas. Estaba cansada. Entumecida—. Pensaba que era diferente. —Mi voz sonó pequeña, humillada, y casi no la reconocí. Me apreté de nuevo los ojos con las manos—. ¡Dios! ¡Qué idiota soy!

—No, no lo eres. —En la espalda tenía la mano de April, que me daba círculos lentos y reconfortantes—. Has escogido a dos asquerosos seguidos. Cosas que pasan. —Se inclinó hacia la mesilla y fue a por un paquete de pañuelos—. Deja que, por una vez, yo te cuide a ti —dijo mientras yo agarraba un puñado de pañuelos y con ellos me limpiaba la cara, ardiente y empapada en lágrimas.

Aquella noche apenas dormí; mis sueños estuvieron repletos de imágenes de rosas rojas brillantes que se hacían añicos, botellas de ron que se estrellaban en el suelo y provocaban una lluvia de cristales rotos. Mi subconsciente se había tomado la ruptura de forma bastante literal. Cuando me desperté, el sol estaba más alto de lo que esperaba y en la casa reinaba el silencio. Rodé en la cama y miré el móvil. Me había quedado dormida; el despertador estaba apagado. Cualquier otro sábado, en esos momentos me encontraría en el bosque, embutiéndome en mi disfraz. En cambio, me puse el albornoz por encima de los hombros y me froté los ojos hinchados y doloridos de camino a la cocina para prepararme un café. No me miré en ningún espejo. No necesitaba saberlo.

El coche de April no estaba delante de casa, y me había dejado media cafetera, todavía caliente. Ya casi me había bebido mi primera taza cuando regresó. Ladeó la cabeza y me miró mientras jugueteaba con las llaves.

—¿Sabes qué día es hoy?

¿Era una pregunta trampa?

—¿Sábado?

—Es el primer sábado que tú y yo estamos libres. Totalmente libres. Desde... Bueno, desde que te mudaste al pueblo.

—Creo que tienes razón. —Me quedé pensando.

—Vamos. —Me agarró del brazo y me puso de pie—. No te vas a pasar el día entero sentada, viendo Netflix y comiendo helados. Métete en la ducha.

—Pero es que me encantan los helados... —Mi argumento fue ineficaz, y mi hermana me empujó por el pasillo hacia el cuarto de baño.

—El *brunch* te gustará más.

Tenía razón. En un *brunch* había mimosas. Después de habernos zampado una ración de gofres con alcohol y zumo de naranja, nuestra próxima parada fue un salón de belleza para hacernos la manicura y luego la pedicura. Supe qué estaba haciendo mi hermana: su objetivo era impedir que durante el día mi mente viajara hacia algún participante de la feria, y en gran parte lo logró. Fue agradable pasarme la tarde escogiendo colores de uñas y moviendo los dedos de los pies, de un flamante azul, en las sandalias en vez de despatarrada en el sofá mientras Netflix me preguntaba: «¿Cuántos episodios de *realities* tienes intención de ver?».

Más tarde, cuando April me dejó en casa para ir a recoger a Caitlin, me sonó el móvil. Un mensaje. Sonreí. Era Stacey.

¿Estás viva?

Estoy bien. ¿Qué tal tu cita?

Tres emojis de fuego fueron la respuesta, seguidos de una berenjena y...

¿Eran gotas de agua? ¡Ay, por favor! A eso no sabía qué contestar.

Cuando mi hermana me aseguró que iba a cuidar de mí, lo dijo en serio. Se pasó el fin de semana llevando y trayendo a Caitlin de casa a la feria para que yo no tuviese que acercarme al bosque lo más mínimo. Me servía vino por la noche con la esperanza de adormecerme, pero el alcohol solo me hacía reír antes de ponerme taciturna. Pero di gracias por que estuviese conmigo, ya que sin ella habría sido un fin de semana muchísimo peor.

Casi agradecí la vuelta a la librería del martes. Arrancarme la tirita, caminar por la misma acera donde le había dicho a Simon que no quería volver a verlo. Respiré hondo y abrí la puerta de la tienda. A fin de cuentas, se trataba de mi nueva vida. Otra mañana de martes. Era la elaborada mentira que me repetí.

Chris iba a presentarse más tarde, y yo no soportaba la espera. Debía de saber ya que Simon y yo habíamos roto. La gente supo enseguida que estábamos juntos. ¿Qué me diría? Yo seguía siendo la recién llegada. Todos mis amigos habían sido antes amigos de Simon. ¿Tal vez había perdido no solo mi floreciente relación con Simon, sino mi nueva sensación de comunidad? ¿Y también mi nuevo empleo?

Estaba ocupada subida a la escalera y quitando el polvo de la parte superior de las estanterías cuando sonó la campanita de la puerta y entró Chris, y se me puso el corazón en la boca. Había llegado el momento de la verdad. Dejé el plumero y salté al suelo. Durante unos instantes, nos miramos a los ojos, y acto seguido dio un paso adelante y me abrazó.

—¿Estás bien?

Le puse la frente sobre el hombro para devolverle el abrazo.

—Creo que sí. —Me incorporé y me enjugué las lágrimas que me escocían en los ojos. Debía de haber levantado mucho polvo—. Supongo que ya se ha corrido la voz.

Su asentimiento fue casi un encogimiento de hombros.

—Ha sido un fin de semana interesante. —No añadió nada más. No se lo pedí—. ¿Seguro que estás bien?

—Sí. —Me pasé el dorso de una mano por los ojos—. Estoy bien. No hemos estado juntos demasiado tiempo. —Mi voz y mi expresión desprendían ligereza, tranquilidad incluso. Intenté por todos los medios no mostrar que tenía el corazón roto—. Solo ha sido un rollo de verano. Un rollo de medio verano. No ha funcionado. Ya está. —Dolía pronunciar esas palabras, como si fuesen un puñetazo que me constriñera el corazón y cada frase me lo apretase más y más.

Chris me miró como si supiese que le mentía, pero por suerte no me lo echó en cara.

—¿De verdad que no vas a volver a la feria?

—No. No puedo... —No podía ver a Simon disfrazado de capitán Blackthorne. No podía fingir ser Emma, la tabernera enamorada de un pirata. No podía animar la partida de ajedrez ni permitir que me diera besos en una mano con promesas en los ojos, sobre todo ahora que sabía con certeza que aquellas promesas no eran auténticas—. No puedo —repetí.

Me dio un apretón en la mano.

—No te preocupes —dijo—. Todo saldrá como deba salir.

Intenté tener eso en mente durante la semana mientras me mantenía ocupada y procuraba no pensar en Simon. Él ponía de su parte, estaba claro: no visitó la librería ni una sola vez y mi móvil guardaba silencio en lo que respectaba a su número. Como para mí ya no había más feria y Simon se había evaporado, fue como si aquella parte del verano no hubiese sucedido. Una parte de mí esperaba despertarse en cualquier momento de un sueño febril provocado por ver demasiadas adaptaciones de Shakespeare en mi viejo piso de Boston.

Chris fue muy amable y no sacó a colación los vaivenes de mi vida sentimental después de aquella primera mañana, y en gran parte yo le seguí la corriente. Pero había algo que me inquietaba, y llegado el jueves por la mañana el runrún no me había dejado en paz aún. Debía decir algo.

—¿Vas a ver a Simon la semana que viene? —Casi me dolió pronunciar su nombre, pero lo hice de corrido—. ¿Para hablar de la feria del año que viene?

—Ese es el plan. —Su rostro estaba tan lleno de empatía que tuve que apartar la cara y mirar la montaña de libros que llevaba en los brazos—. No te preocupes. No le pediré que venga por la tienda. Sé que en un pueblo tan pequeño no vas a poder evitarlo eternamente, pero no voy a...

—No. —Moví una mano—. Tranquila. O sea, sí, gracias, no puedo... —Me empezó a temblar la voz; ¿cuánto más iba a llorar por lo ocurrido? Me tragué las emociones—. No te lo preguntaba por eso. —Dejé los libros. Iba a colocarlos en una estantería, pero aquel día no estaba yo para hacer muchas tareas a la vez—. Mira, cuando hables con él sobre el año que viene... Necesita ayuda.

—Bueno, claro que necesita ayuda. —Frunció el ceño—. Por eso lo ayudo a organizar...

—Es más que eso —dije—. Sé que le encanta dirigir la feria. Es su prioridad número uno. —Que me lo dijeran a mí—. Pero a veces creo... Chris, creo que está sobrepasado. Y que se está ahogando con tanto trabajo.

—¿Cómo? —La vi desconcertada durante unos instantes y luego negar con la cabeza—. No, está bien. La feria es lo suyo. Siempre termina los veranos un poco quemado.

—La feria no es lo suyo. Era lo de Sean, y ahora Simon se ve obligado a organizarla. —El corazón se me había desbocado. Me daba la sensación de que estaba tratando una cuestión que yo no tenía ningún derecho de valorar. Chris conocía a Simon desde hacía años. Décadas incluso. Yo lo conocía desde hacía unos pocos meses. Pero lo único que veía eran los ojos de Simon. Estaban muy cansados. Atrapados. Si de verdad era la única que lo veía, debía decir algo al respecto—. Lo hace todo igual que Sean porque no sabe qué otra cosa hacer. Y no puede pasar página. Seguirá organizando la feria hasta que se desplome, y siempre seguirá siendo tan solo el hermano pequeño de Sean, que acarrea los deseos de Sean. Pero necesita ser él mismo y vivir su propia vida. —Me quedé sin valor y me encogí de hombros—. No lo sé. Quizá me equivoque. Seguro que tú lo conoces mejor que yo. Pero... ¿podrías preguntárselo? ¿Y asegurarte de que está bien de verdad?

Chris me miró con precaución y yo esperaba que me dijese que no era asunto mío. Había roto con Simon, ¿qué derecho tenía a decirle a ella cómo se sentía él? Pero mi amiga asintió, tan amable como siempre.

—Por supuesto. Hablaré con él, no te preocupes.

—Gracias. —Recogí los libros y me puse a trabajar ignorando las lágrimas que me caían por las mejillas. Había dicho lo que necesitaba decir. Tal vez Simon y yo no estábamos hechos el uno para el otro, pero, si decirle algo a Chris lo ayudaba en cierto modo, valía la pena intentarlo. A fin de cuentas, lo mío era arreglar cosas.

El viernes, un poco después de mediodía, sonó la campanita de la puerta y me sorprendió ver a Stacey con su bata azul y una bolsa de la tienda de comida para llevar de esa calle.

—No has comido, ¿no?

—No. —A no ser que contasen los tres *brownies* que había devorado en la cafetería. Chris era una excelente repostera y yo seguía triste.

—Me lo imaginaba. —Colocó los bocadillos en una de las mesas de la cafetería mientras yo iba a buscar un par de botellas de agua. Le di las gracias y pegué un buen mordisco al sándwich. Mis tripas rugieron en agradecimiento por recibir el primer bocado de comida real del día. Almorzamos en un cómodo silencio durante un rato, que resultó vigorizante. La mayor parte de las conversaciones que mantenía por aquel entonces solían incluir un «¿Cómo lo llevas?», y ya me había quedado sin formas de responder a esa pregunta.

Cuando hubimos acabado, Stacey empezó a recoger la basura, pero le di una palmada en las manos y empecé a limpiar yo la mesa.

—Esta noche deberías ir a Jackson's.

—No sé. —Me quedé sin aliento—. ¿Crees que es una buena idea?

—Sí. Creo que es una idea excelente. Nuestra noche de la semana pasada fue muy corta, ¿recuerdas?

—Ya. —Levanté las cejas—. Porque tú tenías que echar un polvo.

Arrugó la nariz, pero no lo negó.

—Y tú llorabas sobre tu cerveza. —Ahí no le faltaba razón—. En serio, salgamos. Simon no irá. Ya sabes que la noche del viernes le gusta dormir bien.

Empecé a sonreír, pero la imagen mental de Simon durmiendo me recordó a su habitación. A su cama. A esa cálida colcha. A sus brazos a mi alrededor durante la noche, como si yo fuese algo a lo que valiese la pena aferrarse. ¿Él lo había sentido en algún punto? ¿Me lo había imaginado todo? «Para».

—Sí —dije—. Quizá sí.

Cambié de opinión unas catorce veces, claro, sin saber si debía o no debía salir con Stacey. Independientemente de lo que pasara, Jackson's era el punto de encuentro no oficial de la feria. Quizá Simon no iba y, aunque Stacey me había dejado claro que nuestra amistad seguía intacta, no sabía cómo iban a reaccionar los demás al verme.

Pero también me había pasado buena parte de la semana buscando piso y concretando citas para visitar algunos que me podía permitir y que estaban cerca de la librería. Estaba organizando mi futuro en Willow Creek. Aquel iba a ser mi pueblo también, ¡joder!, así que, si quería salir a beber con mi amiga, debería poder hacerlo sin temer que me criticasen.

No debería haberme preocupado.

—¡Paaaaarrrrk!

Mitch me pasó los brazos por el cuello en el abrazo extraño y estrangulante que le gustaba dar. Era como si te atacara un árbol, pero solo se lo daba a las personas que le caían bien, así que sonreí y me recosté en él.

—¿Cómo lo llevas? Me han dicho que has pasado una semana de mierda.

Era el maestro de la sutileza.

—Pues sí. Pero esto ayuda. —Agarré su chupito de tequila y me lo bebí de un trago. Esa noche, solo uno. No podía perder el control. No quería terminar la noche llorando y desafinando en el karaoke. Le devolví el vasito a Mitch y barrí el local con la mirada.

—No te preocupes, ya lo he comprobado. No está aquí.

—No lo estaba buscando a él. —Pero le di las gracias con una sonrisa, que no hizo sino ensancharse cuando me pasó una cerveza—. He quedado aquí con Stacey. ¿La has visto?

—¡Aquí estoy! ¡Y tú también! —Stacey apareció como por arte de magia y me placó con un abrazo desde detrás—. ¡Me alegro mucho de que hayas venido!

—Pues claro que ha venido. —Mitch se giró hacia la barra y nos señaló para pedirle una copa a Stacey—. ¿Por qué no iba a querer salir con nosotros? Somos estupendos.

—No podría estar más de acuerdo. —Bebí un sorbo de la cerveza y me apoyé alegre en la barra—. Contádmelo todo. ¿Qué me perdí el finde pasado?

—¿En serio? —Mitch arqueó las cejas—. Pensaba que odiabas la feria.

—¡No la odia! —Stacey le dio un golpecito—. Odia a los piratas que se comportan como imbéciles.

—De esos tenemos a uno, sí. —Suspiró y luego se animó—: En ese caso, vas a querer saber lo que ocurrió en la primera partida de ajedrez del sábado.

—¿Sí? ¿Por qué?

—Fue una mierda. —Soltó una carcajada.

—¡Y te quedas muy corto! —Stacey se rio junto al cuello de su cerveza—. Vamos a ver: ¿cuántas veces os habéis enfrentado? ¿Dos veces al día durante casi dos meses?

—Por no hablar de los últimos tres años. —Mitch se rio.

—¿Qué pasó? —Abrí los ojos como platos.

—Simon lo mandó todo al garete, eso fue lo que pasó. Llegó tarde, era incapaz de conseguir que los puñetazos fueran convincentes. Casi tuve que volar yo solo por encima de su hombro como si fuese un idiota. —Negó con la cabeza—. El resto del finde se recompuso, pero qué tipo más seco. —Se alegró de pronto—. Pero fue bastante divertido. Creo que alguien lo grabó, ya preguntaré por ahí. Ya se lo dije anoche cuando... —Se detuvo y me miró con tristeza.

—No pasa nada —dije. Curiosamente, me afectó saber que Mitch se preocupaba tanto por mis sentimientos—. Tienes derecho a hablar con él, ¿eh?

—Ya. —Meneó la cabeza—. O sea, sí, claro. Hace años que lo conozco. Hablo mucho con él. Es normal.

Parpadeé. ¡Qué... vehemente!

—¿Y...?

—¿Mmm? —Me lanzó una mirada confundida.

—¿Anoche le dijiste...?

—¡Ah, sí! Le dije que más valía que se recuperase de una santa vez. Mañana por la mañana hemos quedado para repasar el combate y ver si sabe qué cojones está haciendo. —Bebió otro trago de cerveza—. Por cierto, hablando de eso, el domingo deberías ir.

—¿«Hablando de eso»? ¿Hablando de qué? —Contemplé mi cerveza. No había bebido tanto, así que ¿por qué me costaba tanto seguir la conversación de Mitch?

—De la feria —saltó enseguida—. Hablando de la feria.

—Siempre hablamos de la feria, ¿no? —Stacey puso los ojos en blanco.

—El domingo no voy a ir. —El corazón se me empezó a acelerar al pensar en esa posibilidad—. Necesito descansar de los piratas y de las taberneras durante una temporada. Quizá para siempre. No te ofendas. —Le di un codazo a Stacey.

—No, estoy de acuerdo con Mitch —asintió Stacey—. Deberías ir.

—Fuiste tú la que me dijo que no tenía por qué ir. —Le lancé una mirada—. No debería «lidiar con toda esa mierda», ¿recuerdas?

—¡Ah, no! No para trabajar. No para actuar. Sino como visitante.

—Sí. El domingo —repitió Mitch.

—¿El domingo? —Insistían mucho en que fuese, pero no se me ocurrió la razón—. ¿Por qué no mañana?

—Porque el domingo es el último día —terció Stacey—. Y es..., no sé, siempre es más divertido. Más absurdo. Y, además, los vendedores que siguen por ahí ponen productos de oferta, así que a lo mejor podrías comprarte un corsé o algo.

—Como si tuviese intención de volver a participar en la feria.

—Nunca digas de esta agua no beberé. —Se encogió de hombros—. Si vas a quedarte a vivir en Willow Creek, vas a tener que relacionarte con la feria de alguna forma.

—Sí, es una especie de ley. —Mitch se terminó la cerveza y se marchó para cambiar la botella vacía por otra.

—¿De verdad crees que debería ir? —Me giré hacia Stacey.

—Sí. —El asentimiento de Stacey era compasivo—. Deberías. Oye, y dile a April que te acompañe. La unión hace la fuerza y tal. A lo mejor te sientes mejor.

Me quedé reflexionando.

—Pues no ha visitado la feria en todo el verano.

—Creo que nunca la ha visitado. —Stacey dio un sorbo a su bebida—. Tal vez debería. Parece agradable, pero diría que nunca la he visto salir. Sé que es madre soltera, pero también tiene derecho a pasárselo bien, ¿no?

—No andas desencaminada. —Cuanto más lo pensaba, más me gustaba la idea. Ir con April sonaba muchísimo menos aterrador que ir sola, y quizá me lo pasaría bien siendo una visitante. Viendo los espectáculos que me había perdido. Asistiendo al torneo de justas, comiéndome un muslo de pavo.

—Pues id a la feria el domingo. Ve con April y la invitamos a tomar algo. Me encantaría hablar con ella.

A mí también me gustaba ese plan. Que April conociera a mis amigos y entrase a formar parte de ese grupito.

—Sí —respondí—. Se lo diré.

Pero no fue necesario. El sábado por la noche, Caitlin sacó el tema en mi lugar.

—Mamá y tú deberíais ir a la feria mañana. —Acabada de duchar después de volver de la feria, mi sobrina se metió un buen bocado de lasaña en la boca antes de que pudiese avisarla de que estaba demasiado caliente.

—Te vas a quemar la... ¿Cómo? ¿Deberíamos ir?

—Sí. —Aspiró un poco de aire para contrarrestar el ardor de la pasta y se bebió medio vaso de leche con dos tragos—. Mañana es el último día. Será divertido.

—Sí —dije—. Eso he oído por ahí. Tómatelo con calma. No me he pasado la tarde preparando la lasaña para que te la comas demasiado rápido y te siente mal.

Caitlin puso los ojos en blanco, pero cortó un trozo más pequeño.

—No sé —murmuró April desde el otro lado de la mesa—. Quizá sea divertido.

—¿En serio? —Anonadada, me la quedé mirando—. Cuando empezó la feria te ofrecí pases gratis y no quisiste ir.

—Por la pierna.

—No fue por la pierna. —Entorné los ojos—. Me dijiste que parecía una forma aburrida de pasar el día.

—A lo mejor he cambiado de opinión. —Una sonrisilla bailoteó sobre sus labios—. Debería ir a ver qué ha estado haciendo mi hija durante todo el verano, ¿no? Llevaré tomates para que podamos lanzárselos a Simon.

Caitlin soltó una risilla y me tuve que reír ante aquella demostración de amor entre hermanas.

—No pasa nada. —Al cabo de una semana, la rabia y la indignación habían empezado a esfumarse, sustituidas principalmente por una dolorosa tristeza. Echaba de menos a Simon. Pero llamarlo no serviría de nada. En lo que respectaba a la feria y a mí, sabía cuáles eran sus prioridades. Estaba atrapado en el pasado y, hasta que no pudiese mirar hacia delante, no había nada que pudiéramos hacer.

—¿Estás bien? —me preguntó April.

—Sí. —Exhalé la palabra, lo cual no sonó demasiado convincente—. Lo estaré. —Mejor.

—Vale. Mañana iremos a cosificar a hombres con falda.

Eso me provocó una sonrisa. Mitch estaría encantado de complacernos, no había duda.

—Venga —me animé—. A cosificar se ha dicho.

VEINTITRÉS

Me pareció raro dejar el coche en el aparcamiento normal de la feria, donde estacionaban los visitantes que pagaban la entrada. Durante todas las semanas anteriores había aparcado el vehículo en un terreno oculto detrás de una carretera secundaria, y Caitlin y yo atravesábamos el campo de buena mañana, bañadas por el sol, rumbo al Vacío. Pero esa vez dejamos a Caitlin y luego matamos el rato tomando un café en un local cercano, donde además comimos unos *bagels* y metimos botellas de agua en nuestros bolsos antes de regresar a la feria y aparcar con el resto de los visitantes.

La voluntaria de mediana edad que ocupaba la taquilla se llamaba Nancy. Me pareció haberla visto tres veces en todo el verano y haber hablado con ella solo una. Quizá dos. Pero se le iluminó la cara al verme y se me acercó para darme un abrazo como si fuésemos viejas amigas.

—¡Emily! ¡Cuánto me alegro de verte! Y tú debes de ser April. —Se le aproximó para estrujarle la mano en una especie de apretón—. Tu hija ha hecho un trabajo estupendo. Puedes estar muy orgullosa de ella.

—Lo estoy. —La voz de mi hermana sonó tan alegre como mostraba su expresión facial—. Me muero de ganas por ver lo que ha estado haciendo.

—Bueno, por lo general la encontrarás cerca de... ¡Ay! Supongo que Emily sabe dónde suele estar. Ya has pasado el suficiente tiempo por aquí, ¿verdad?

Asentí porque era más fácil eso que explicar que casi nunca salía de la zona de la taberna y del tablero de ajedrez. Pero cuando hurgué en el bolso para sacar el monedero, Nancy me apartó la mano.

—No vas a pagar. ¿Estás loca? ¡Entrad, disfrutad del día! —Nos guiñó un ojo—. El último día siempre es un poco distinto.

—¡Vaya! —April miró atrás hacia Nancy cuando nos dirigimos a la puerta principal—. ¡Qué agradable!

—¿En qué sentido? —Para mi hermana eso podía significar muchas cosas. Agradable y entrometida. Agradable y demasiado amistosa.

Pero esa vez April se encogió de hombros.

—Pues... agradable.

—Bienvenida a Willow Creek —dije, aunque ella llevase años viviendo allí—. Casi todo el mundo es como ella.

Empezó a contestarme, pero atravesamos la puerta y nos adentramos en otro mundo.

No debería haberme asombrado al ver la feria medieval en su totalidad, pero la sobrecarga sensorial que te embargaba cuando entrabas era fantástica. El sol brillaba entre las banderolas que colgaban atadas a ramas por encima de nosotras. Cerca de la puerta, un grupo de alumnos que formaban parte del elenco de la feria representaba un difícil baile de mayo, acompañados de una grabación de mandolina y flauta. Los vendedores flanqueaban la calle por la que caminábamos, y con cada paso veía cosas que nunca había querido pero que de pronto necesitaba poseer. Diarios con tapas de piel, coronas de flores, botas artesanales. Un vendedor tenía una parada decorada como una carreta al estilo romaní y ofrecía cristales y cartas del tarot. Se me formó un nudo en el corazón al ver a la vendedora de rosas, pero conseguí tirar de April para dejar atrás su puesto.

—¿Qué vamos a ver primero? —Mi hermana desplegó el mapa que nos habían dado en la puerta.

—Sé exactamente por dónde empezar. —No necesitaba el mapa. La conduje por una calle y avanzamos entre visitantes y miembros del elenco. Los músicos celtas habían regresado para el último fin de semana de la feria, y por fin podría asistir a su espectáculo.

—¡Ah! Buena idea —me murmuró April cuando los artistas, una banda llamada Duelo de Faldas, subieron al escenario. Tres hombres con falda e instrumentos acústicos. Uno llevaba el pelo largo recogido en un moño y el otro tenía una sonrisa maléfica. Fue como si hubiese preparado una actuación a medida para mi hermana. Para las dos. Yo ni siquiera los había visto antes. Lo único que sabía de su concierto eran los fragmentos que oía desde mi puesto en la taberna, pero tuve que admitir que fue muy buena idea ir a verlos, en efecto. En realidad, ni siquiera debían ser buenos músicos. Nos habríamos contentado con quedarnos ahí observándolos.

En cuanto el espectáculo terminó y las dos metimos una propina en forma de un par de billetes doblados en la cintura de una raída falda, April consultó el mapa de nuevo.

—Quiero ver tu taberna.

—¡Oh! —Me quedé paralizada—. No. —Me habían distraído las partes de la feria que no había visto hasta el punto de que había olvidado las partes que conocía como la palma de mi mano. La taberna. El tablero de ajedrez. Simon—. No —repetí—. Nos la podemos saltar.

—No, no podemos. —Me agarró del brazo y tiró de mí—. No es ni mediodía, es domingo, acabo de ver a un hombre muy sexi con falda y ahora necesito una copa. Vamos a por una.

No pude salirme con la mía y, cuando torcimos la curva que me resultaba tan familiar, me empezó a hormiguear la piel. Para cuando llegamos a la taberna, yo no era más que una gigantesca y temblorosa terminación nerviosa. Mis sentidos estaban en alerta, mis ojos iban de un lado a otro en busca de un hombre vestido de negro. No sabía qué haría si veía a Simon. ¿Pegarle un puñetazo? ¿Echarme a llorar? ¿Salir corriendo? ¿Las tres cosas?

Sin embargo, no había ni rastro de él en la taberna, y después de abrazar a Stacey, a Jamie y al resto de los voluntarios, y tras una ronda de copas, me sentí mucho más tranquila. Lo suficiente como para que al encaminarnos hacia el tablero de ajedrez las piernas apenas me temblasen. Cuando pasamos por allí, la partida estaba en su apogeo y volví la cabeza. Lo conseguiría. Lo ignoraría.

En realidad, no lo veía. Por más que intentase no mirar, terminé escrutando el terreno, más sorprendida por lo que no vi que por lo que vi. No vi cuero negro ni un sombrero con una gran pluma roja. Reduje el ritmo cuando Mitch se colocó en el centro del tablero para luchar, tanto esperando como temiendo lo que se avecinaba. Seguro que Simon ocupaba su lugar a su lado. Pero no, el combate de Mitch era contra el chico de la pica.

Miré alrededor, desconcertada, esperando que Simon saliera de detrás de un árbol o algo. ¿Dónde diablos estaba? Era imposible que hubiese rehuido sus responsabilidades el último día. Era la prioridad número uno de su vida, lo había dejado más claro que el agua.

—¿Qué vamos a...? ¡Uh, otra falda! —April se detuvo unos instantes para observar embobada cómo Mitch daba vueltas por el tablero. No podía culparla; él sabía dar un buen espectáculo. Después de pasar tantas semanas ante el cuerpo esculpido de Mitch, ya me había vuelto inmune, pero en ese momento vi el enfrentamiento a través de los ojos de mi hermana. Una falda verde que ondeaba alrededor de unos muslos musculosos era algo digno de ver.

Después de que Mitch desarmara al chico de la pica y lo lanzara al suelo, poniendo así fin a la pelea, las dos regresamos de nuestro trance y nos miramos.

—Así que ese no te interesaba, ¿no?

—¿Mitch? —Me reí al pensarlo. Ese barco había zarpado hacía mucho tiempo—. No. Es solo un amigo.

—Si tú lo dices... —Lanzó otra mirada en su dirección—. Solo digo que en el instituto me habrían interesado mucho más los deportes si el entrenador se pareciese a él. —Guardó silencio unos instantes y luego se sacudió ese pensamiento de encima—. ¿Vamos a comer? —Le señalé el camino y nos pusimos en marcha.

Al cabo de un par de horas, nos partimos un muslo de pavo gigantesco, que era tan raro de comer como te puedes imaginar, y lucíamos coronas de flores en el pelo. Los lazos de la corona revoloteaban junto a mi espalda y caían hasta mis codos. Nos detuvimos de nuevo en la taberna para que April descansara la pierna. Y para beber otro vaso de vino.

Todavía no había visto a Simon, lo cual al principio había sido un alivio, pero conforme avanzaba el día estaba confundida. Y más que un poco triste. Stacey y Mitch me habían insistido mucho para que fuese ese día. ¿Se lo habían dicho a Simon para que él evitase cruzarse conmigo? No me agradó esa idea. La feria era el hogar de Simon. Nada le gustaba más. Yo no debería haberme presentado si eso lo ponía incómodo.

—¿Quieres que volvamos a casa? —No me gustaba cómo se estaba frotando April la pierna, pero mi hermana restó importancia a mi preocupación.

—Estoy bien. No tengo tanto aguante como antes del accidente.

—En serio, podemos irnos...

—¡Qué va! —Levantó la pierna y la puso encima del banco que teníamos al lado—. Solo necesito parar un poco. Primero el vino, luego el torneo de justas.

No me hacía demasiada ilusión arrastrarla hasta la otra punta de la feria rumbo al torneo de justas, pero me insistió en que estaba bien y que podría descansar allí mientras asistíamos al número. No pude protestar a eso, y en el fondo me apetecía muchísimo ver el torneo. Me había pasado el verano entero deseando asistir, y era poco probable que fuese a visitar la feria en el futuro.

—¡No me puedo creer que nunca lo haya visto! —Me revolví un poco sobre el duro banco de madera. April dio un mordisco a un pepinillo gigante que había comprado a un vendedor ambulante y me sonrió.

—Has estado muy ocupada todo el verano. Y ahora estamos en la otra punta de la feria. Me sorprendería que hubieses podido acercarte por aquí.

No le faltaba razón y pensaba decírselo cuando los caballeros entraron galopando en la arena. Era pleno verano y hacía un calor de mil demonios, y esos hombres llevaban cota de malla con una túnica por encima. Los caballos que montaban eran gigantescos, casi de la raza *clydesdale*, seguramente para soportar el peso de la armadura. Entraron a todo galope en el terreno del torneo de justas y el traqueteo de sus cascos me retumbaba en el corazón. Me incliné hacia delante con los codos sobre las rodillas y me quedé observando, embelesada. Los caballos y los caballeros se movían en una apasionante sincronía. Los cascos levantaban polvo. Las lanzas se estamparon contra los escudos. Supe que estaba todo ensayado (dos veces al día, igual que los actores de la partida de ajedrez humano), pero no dejaban de ser caballos de verdad que se abalanzaban hacia el rival con una velocidad de verdad, y esas lanzas tenían aspecto de hacer mucho daño si golpeaban a alguien por accidente.

Cuando terminó, respiré hondo, como si me hubiese dado miedo hacerlo a mitad del espectáculo. Me giré hacia April, que también estaba igualmente impresionada.

—¡Joder! —dijo—. Es que... ¡Joder! —Respiró hondo igual que yo y se volvió hacia mí con los ojos como platos—. Esto lo hacen todos los años y yo no tenía ni idea. ¡Buf!

—No está mal para ser un pueblo pequeño, ¿eh? —Me levanté para marcharme y mi hermana me siguió.

—Supongo. —Su escepticismo sonó un poquito forzado, y puse los ojos en blanco. Pero me miró y sonrió, y le pasé un brazo por encima de los hombros en un rápido abrazo.

—Venga —dije—. Vayámonos.

Cuando empecé a caminar por la fila hacia el final del banco y hacia la salida, April me agarró del brazo.

—Vamos por allí, está más cerca.

Miré hacia donde me señalaba, el extremo opuesto de la fila, hacia la salida secundaria. Tenía razón; por algún motivo, menos gente salía por allí. Me di la vuelta y la seguí, rodeamos la arena del torneo de justas y cruzamos la puerta. Salimos al lado izquierdo del terreno, cerca de un pequeño claro, y me quedé sin aire al ver dónde estábamos.

April no se equivocaba: yo apenas había estado por esa zona. A excepción del primer día de la feria. La ceremonia de la unión de manos. El día en que había empezado todo entre Simon y yo. La primera vez que me besó, aunque fuese de mentira. La primera vez que noté su mano sobre la mía y me sentí segura. Protegida. Como si estar con él fuese mi destino. Todo había sido una emoción falsa, provocada por nuestros respectivos personajes y por las palabras bonitas que se pronunciaron mientras nos ataban las manos con un cordel dorado. Pero para mí había sido real y, lo más importante, había conducido a algo real.

Algo real que había terminado. Me aclaré la garganta y me preparé para pasar por delante de la ceremonia, que obviamente estaba preparándose para comenzar de nuevo. No deseaba lo más mínimo estar cerca de allí, así que mantuve la cabeza gacha y seguí avanzando.

—¿Qué hace esa gente ahí? —April tenía que fijarse y preguntármelo, por supuesto. Suspiré para mis adentros. No era culpa suya; yo no le había contado esa parte de la feria, así que me obligué a sonreír y respondí con voz tranquila.

—¡Ah! Es una tontería muy cursi para parejas, no vale la pena.

—Parece muy bonito. Vamos a verlo.

—April, no. —Pero no pude desalentarla. Me pasó una mano por el codo y prácticamente me arrastró hacia allí—. No —repetí, retorciéndome en un patético intento por alejarme—. ¿Por qué quieres ver a parejas felices? Sigo en la fase de mi ruptura que pide helados y *brownies* y alcohol, ¿eh? Ver esa ceremonia me haría retroceder semanas.

—¡Ah! La sagrada trinidad del mal de amores. —Me sonrió por encima del hombro—. Cállate y ven conmigo.

Había una pequeña multitud congregada para la ceremonia de la unión de manos, pero algo no iba bien. Casi no había visitantes. Dos o tres personas la observaban, pero los demás presentes en el claro eran miembros del elenco disfrazados. Aunque tampoco había demasiados. Un puñado, y me di cuenta con un sobresalto de que los conocía a todos. La reina estaba ahí, cómo no, porque era la encargada de oficiar la ceremonia. Cada vez que veía a Chris con ese vestido, me costaba recordar que era la misma mujer que llevaba el pelo recogido en una larga trenza y que preparaba unos pastelillos de limón brutales. Caitlin estaba a su lado como una buena dama de compañía; mi sobrina me miró a los ojos y me sonrió. Empecé a sospechar. Me dio la impresión de que tramaba algo.

—¡Ay! Ya era hora, señorita. —Y luego estaba Mitch, con su exagerado acento escocés, quien nos hizo una reverencia a April y a mí como si fuésemos miembros de la realeza.

—¿Ya era hora? —Mis ojos volaron de él a April y a él de nuevo—. ¿De qué está hablando? —Pero ninguno de los dos me respondió. April me dio un empujón con la mano y, cuando Mitch me agarró del brazo, lo seguí, una costumbre adquirida después de haberme pasado semanas en que los hombres me estrechaban la mano al verme disfrazada y yo se la tendía sin problema. Me la soltó cuando llegamos al centro del claro y me detuve, sin apenas reparar en que Mitch dio un paso atrás.

Allí, en el centro del claro, estaba Simon.

No el capitán Blackthorne.

Simon.

Llevaba vaqueros, una camisa de algodón verde claro abierta por el cuello y una expresión tímida. Tenía el pelo corto como el día en que nos conocimos, así que ya no lucía la mata que le caía por la frente, y los destellos rojizos que el sol le arrancaba eran casi invisibles. La barba que le enmarcaba el rostro también había desaparecido, por no hablar del maquillaje que le había adornado los ojos durante todo el verano. No llevaba cuero. Ni sombrero. Ni pendiente de aro. Todo rastro del pirata se había esfumado. Y lo único que quedaba de él era...

—¿Simon? —No pude hacer más que mirarlo. Estaba muy distinto. Se parecía al idiota serio y criticón al que conocí, el que me dijo que había rellenado mal el formulario. Aunque ese hombre me fulminó con una expresión desdeñosa. El que tenía delante en esos instantes me miraba muy diferente. Como si yo fuese la única cosa que le importase.

—Emily. —Sus ojos me contemplaron la cara como si no me hubiese visto en varias semanas, pero no se movió hacia mí. A pesar de que recordé que estaba enfadada con él y que habíamos roto, me quedé tan perpleja al verlo despojado de su disfraz de pirata que todo eso me trajo sin cuidado. Sobre todo por la forma en que me estaba mirando.

—Pero la feria no ha terminado. —Señalé su atuendo, como si le estuviese facilitando una información que él hubiese pasado por alto—. Hoy no has participado en la partida de ajedrez. —También un dato vital que seguramente desconocía.

—Tienes razón. —Asintió lenta y solemnemente.

—Pero... —Demasiados pensamientos se agolpaban en mi cabeza, y todos querían salir al mismo tiempo—. ¿Por qué no estás disfrazado? —Me había comentado lo valiosos que eran para él esos días en que se hacía pasar por un pirata. ¿Por qué los había acortado?

—Quiero demostrar una cosa. —Avanzó hacia mí un solo paso, sin dejar de clavarme la mirada—. La semana pasada me hiciste pensar en muchas cosas, ¿sabes? Y tenías razón.

—¿Ah, sí?

—Sí. —Dio otro paso hacia mí—. En muchos aspectos. Pero lo más importante de todo es que mi hermano ya no está. Nada de lo que haga lo traerá de vuelta.

—¡Oh! —Aspiré un poco de aire entre dientes. No había sido lo más bonito que le había dicho—. Lo siento. Tenía...

—Toda la razón. Me hiciste ver lo atrapado que estaba en este bucle. Sean murió, pero soy yo el que se convirtió en un fantasma. Por microgestionar la feria, por no dejar respirar a nadie, ni siquiera a mí mismo. Y lo peor, la cosa **más espantosa** que hice esa noche, Emily, fue hacerte pensar que no me importabas. Que no eras suficiente para mí. Que la feria medieval, que cualquier otra cosa, era más importante que tú. Lo siento mucho, Emily. Nadie debería hacerte sentir así. —No intentó sujetarme la mano, aunque era lo que yo deseaba más que nada en el mundo—. Estos últimos días he reflexionado mucho y voy a dar un paso atrás en la feria.

—¿Cómo? No. —Negué con la cabeza—. No puedes dejar la feria. —Culpable, miré alrededor, hacia los amigos que nos rodeaban—. No va a dejar la feria —les aseguré. Chris apretó los labios para ocultar su sonrisa.

—No he dicho que vaya a dejarla —dijo—. Voy a dar un paso atrás. Permitiré que más gente eche una mano. Mitch, por ejemplo, está encantado de encargarse de una parte de la organización el año que viene.

—¡A ver! No dije que estuviese «encantado» —exclamó Mitch tras de mí. Casi oí las comillas que hizo en el aire—. Dije que ayudaría un poco. ¿Qué es lo que voy a tener que hacer exactamente?

Alguien lo mandó callar, me pareció que mi hermana.

—Silencio, Falditas. —Efectivamente, fue April.

—La cuestión es —continuó Simon como si Mitch no lo hubiese interrumpido— que ya va siendo hora de dejar que otros tomen el mando. Honraré más a mi hermano si suelto lastre del pasado y empiezo a vivir mi propia vida. Y Emily... —Estaba ya muy cerca de mí, sus ojos buscaron los míos, y me perdí en su mirada más que nunca—. Lo único que sé que quiero en esa nueva vida eres tú. —Me agarró la mano y nuestros dedos se entrelazaron instintivamente. Lo aferré fuerte porque, pese a todo, lo había echado muchísimo de menos—. Todo lo que forma mi vida (mi trabajo, mi casa, hasta la feria)... No elegí nada de eso. No tuve oportunidad. —Bajó la voz, sus palabras eran solo para mí—. Sucedió, lo recibí como algo de lo que encargarme. Y me encargué de todo eso porque creía que era mi deber. Pero entonces apareciste tú, Emily, y no fuiste un deber. Fuiste un deseo. Estar contigo fue lo primero que deseé, lo primero que elegí para mí, en muchos años. Y esa noche lo mandé todo a la mierda.

—No. —Me dolía el corazón por él, por su pasado, por esas obligaciones que le habían puesto sobre los hombros. Nuestra discusión parecía insignificante en comparación.

—Sí. —Pero Simon no me iba a dejar ponerme en segundo plano esta vez—. Sí. Di prioridad a esos deberes y me merecí que te alejaras de mí. Y, aun así, le dijiste a Chris que yo necesitaba ayuda. Sabías lo que necesitaba incluso cuando yo no sabía siquiera qué era. Espero que eso significase que todavía había una parte de ti que se preocupaba por mí. Que me darías una segunda oportunidad para decirte cuánto significas para mí. No por lo que puedas hacer por mí ni por la feria, sino por quién eres. Y por quién soy yo cuando estoy contigo.

—Pero... —Tan cerca, con su olor a limpio a mi alrededor, me costaba pensar—. ¿Estás seguro? Sé lo mucho que te gusta la feria.

—Ya. —Asintió—. Me encanta la feria. Pero no la necesito. A ti sí que te necesito, Emily. —Tendió los brazos hacia mí y me rodeó la cara con las manos—. Te quiero.

Me quedé sin aire al oír sus palabras y se me cerró la garganta con un sollozo. Mi corazón estaba tan lleno que seguro que en mis ojos brillaba el amor, pero por si acaso no lo veía le respondí susurrándole:

—Te quiero, Simon.

Cerró los ojos y el alivio le relajó las facciones. A continuación, se aclaró la garganta.

—Bueno... —Se metió una mano en el bolsillo trasero y extrajo un cordel dorado.

—Esto ya lo hicimos, ¿recuerdas? —Emocionada, solté una risotada—. Creo que iba a durar un año y un día. Todavía falta para que expire.

—No. —Negó con la cabeza—. O sea, sí, tienes razón. Nos ataron, pero fue de mentira. No cuenta. Quiero que entiendas que todo lo que siento por ti es real. ¿Quieres empezar esta nueva vida conmigo durante un año y un día? No como el capitán Blackthorne y Emma, sino como tú y yo. Simon y Emily.

Esas palabras eran un eco de lo que le había dicho aquella noche en su cocina, cuando me presenté en su casa con una botella de ron para hacerle una proposición indecente a cierto pirata. Lo que ahora me ofrecía era diez veces mejor. Un nuevo comienzo. Un comienzo de verdad. Solté un tembloroso suspiro y agarré el cordel. Los dos sujetamos un extremo con los dedos y dejamos que nos conectara. Pero aquello no era la ceremonia, y me quedé en blanco.

—No recuerdo qué es lo que hay que hacer.

—Yo sí. —De repente, Caitlin apareció ante nosotros y nos arrebató el cordel—. Tenéis que juntar las manos. —Había perdido el acento, pero qué más daba. Era el final de la feria y esa era una ceremonia de unión de manos poco convencional. Mi sobrina me agarró la mano y la puso encima de la de Simon. Él me la rodeó con los dedos, y los dos exhalamos un suspiro de alivio. Me acordé de que la primera vez que lo hicimos yo había sentido una sensación de paz. La paz había regresado. En esta ocasión, para siempre.

Y entonces habló Chris con su encantadora voz rítmica de reina.

—Novio y novia. Os ruego que os miréis a los ojos. ¿Os honraréis y os respetaréis el uno al otro y juráis no romper nunca esa promesa?

«Novio y novia». Cuando a principios del verano pronunció esas palabras, yo me escandalicé. Ahora la paz se acrecentó. No era una boda, ni por asomo, pero era el inicio de algo auténtico. De algo adecuado. Levanté la vista hacia Simon y, cuando él hizo lo propio, vi esa misma sensación reflejada en sus ojos.

—Sí. —Respondí a la pregunta de la reina, pero me dirigí a Simon. Él también.

—Así concluye la primera unión. —Cait siguió las indicaciones y pasó el cordel alrededor de nuestras manos unidas.

—¿Compartiréis el dolor del otro y buscaréis el modo de atenuarlo?

—Siempre —contestó de inmediato, pero yo estaba demasiado embargada por la emoción como para hablar. Me apretó la mano y le devolví el apretón. «Estoy aquí», quería decirle. «Siempre estaré aquí».

—Y así concluye la segunda unión. —La segunda vuelta nos juntó más las manos.

—¿Compartiréis la carga del otro para que vuestros espíritus crezcan en esta unión?

Tras asentir con un murmullo, el cordel nos rodeó las manos una tercera vez.

—Simon y Emily. —Sorprendida al oír nuestros nombres reales, levanté la vista hacia Chris, quien me guiñó un ojo—. Ahora que tenéis las manos atadas, vuestras vidas y vuestros espíritus están atados con una unión de amor y confianza. Por encima de vosotros están las estrellas y por debajo, la tierra. Como las estrellas, vuestro amor debería ser una fuente constante de luz y, como la tierra, unos cimientos firmes desde los cuales crecer.

No se me ocurría una mejor manera de comenzar una relación.

Simon me soltó la mano solo para agarrarme el rostro con las dos y darme el beso que yo deseaba desde que lo había visto en el claro. Fue un beso distinto; nunca lo había besado con la cara afeitada. Sin embargo, sus labios fueron cálidos y su boca sabía a hogar. Sus brazos a mi alrededor, su cuerpo contra el mío, eran mi hogar. Le puse una mano en la nuca, su pelo corto se escurría entre mis dedos, y tiré de él hacia mí. Simon soltó un largo suspiro contra mi cuello. «Te quiero», murmuró sobre mi piel, y lo estreché más fuerte. Los dos éramos el hogar del otro.

Cuando nos separamos, casi nos habíamos quedado a solas. El resto del grupo había empezado a dispersarse para darnos un poco de intimidad y se dirigía hacia el escenario principal para el último coro del bar. April caminaba con Caitlin, pero miró atrás hacia mí. Me guiñó un ojo y yo le arrugué el ceño. ¿Todas las personas de mi vida se habían confabulado para urdir esa treta?

Simon se llevó mi mano a la boca mientras caminábamos para asegurarse de que me encontraba a su lado. De que no me iría a ninguna parte.

—Necesitaré que el verano que viene me distraigas de la feria. Para que no intente volver a organizarlo todo.

—Mmm... Seguro que se me ocurre alguna manera. —El verano siguiente parecía lejísimos. Pero no me imaginaba estar en otro lugar. Mis raíces habían empezado a arraigar de forma definitiva—. ¿Pasa algo si el año que viene no quiero ser una tabernera?

—Claro que no. —Se encogió de hombros.

—¿Qué tal si hago de pirata? —Moví las cejas en un gesto sugerente—. ¿El capitán necesita a un primer oficial?

Mi pregunta provocó una carcajada, y se me alegró el corazón. Simon no soltaba risas así como así.

—Es muy posible.

—¡Oh! ¡Ya sé! —Le sonreí—. Seré Shakespeare.

Su carcajada se esfumó, seguida por un fruncimiento de ceño, pero sus ojos seguían brillando, divertidos.

—No. No puedes. Las obras de Shakespeare las escribió Shakespeare.

—Pero ¿y si no hubiese sido él? —Le di un golpecito en el costado—. ¿Y si hubiese sido Wilhelmina Shakespeare?

—No. —Con mayor firmeza, me llevó hasta el margen del camino hasta apoyar mi espalda contra un árbol—. No fue ella. —Sus labios rozaron los míos, un beso con cada palabra—. Las. Obras. De. Shakespeare. Las. Escribió. Shakespeare.

Volvía a hablar con su voz de profesor, pero cuando miré sus ojos verdes y dorados reconocí el destello. El pirata seguía ahí. Esas dos partes de su personalidad no eran tan diferentes como él pensaba.

Lo besé de nuevo y decidí no llevarle la contraria. Tenía por delante un año y un día. Conseguiría convencerlo.

EPÍLOGO

Al cabo de un año y un día

No fui capaz de convencerlo.

Aunque Simon había delegado el control de muchos aspectos de la feria, se mantuvo firme con el tema de los falsos Shakespeares, sin importarle cuántas veces sacase yo el tema. Su motivo era absurdo: no quería llenar la cabeza de los alumnos con teorías conspiratorias antes de que comenzasen la Universidad. Vale. Me limité a pasarme buena parte de la primavera reclutando a estudiantes de las clases de Inglés de Simon, además de a unos cuantos alumnos de teatro. Nos reuníamos los miércoles por la tarde en la librería, donde juntos leíamos *Romeo y Julieta* y debatíamos sobre cuestiones como el argumento, el contexto y la mejor manera de dar vida a las palabras. Después seleccionamos unas cuantas escenas de la obra, que ese mismo verano ellos interpretaron en uno de los escenarios de la feria. Caitlin abandonó su elegante vestido de dama de compañía y se nos unió; hizo de una excelente nodriza.

Los mayores del grupo ya habían decidido que, aunque no hubiese un espectáculo que organizar, seguiríamos leyendo a Shakespeare en otoño en una especie de club de lectura. Escogimos *Noche de reyes* y yo encargué ejemplares, que los estudiantes aceptaron comprarme a mí en vez de descargar la obra de internet. Aunque Cait no había empezado aún Bachillerato, era una gran participante del grupo y se moría de ganas de hacerse la creída y compartir su conocimiento del texto, que ya había leído.

Aunque mi tarea oficial en la feria era la de evitar que a Simon le diese un síncope porque el festival estaba cambiando, me involucré más que nunca. Además de dirigir a los alumnos en las escenas de *Romeo y Julieta*, fui la encargada de las taberneras, un papel que Stacey estuvo encantada de cederme. Era una labor sencilla ahora que disponía de experiencia y de tiempo suficiente para prepararme. Durante el invierno, hablé con el encargado de Jackson's, y el local aceptó patrocinar las tabernas de la feria. Sí, tabernas en plural. Propuse una segunda cerca de los vendedores de comida, ya que mucha gente querría una cerveza para acompañar los muslos de pavo, y, en cuanto la abrimos, enseguida se llenó de más gente que la otra en la que había trabajado yo el verano anterior. Las camareras de Jackson's hicieron de voluntarias un par de días, algunas con corsés ceñidos y otras con camisetas rojas, y todo fluyó mucho mejor con profesionales. No hicimos más bromas sobre el olvido de encargar la cerveza.

Stacey y yo nos vestimos de nuevo como taberneras, pero paseábamos, íbamos de una taberna a otra, nos deteníamos para hacer una reverencia, hablábamos un poco y, en general, nos lo pasamos mucho mejor que el verano anterior. Yo estuve mucho tiempo cerca de cierto tablero de ajedrez recibiendo besos de mi pirata vestido de negro. Esos pantalones de cuero eran tan irresistibles el segundo verano como el primero.

Estaba orgullosa de Simon. No lo pasó bien cuando empezamos a hacer cambios, pero, a medida que los demás planteaban sugerencias y las pusimos en práctica, comenzó a entender que el impacto de Sean en su comunidad no iba a desaparecer. Incluso propuso la mayor sugerencia de todas: acortar la duración de la feria de seis semanas a cuatro. Le comenté lo que me había dicho Stacey acerca de los dos últimos findes, las semanas más calurosas del verano, que también eran las más tranquilas, y, después de pasarnos una noche haciendo números en su mesa de la cocina, vio que teníamos razón. Esas dos semanas extra fueron un peso que se quitó de encima el pueblo entero. Las familias con hijos en la feria podrían irse de vacaciones a finales de verano; podríamos contratar menos actuaciones durante la feria, lo cual significaba más dinero recaudado.

En invierno, encontré un pequeño piso a las afueras del centro, así que por fin abandoné la habitación de invitados de April. Simon había insinuado que me fuese a vivir con él, pero me encantaba estar cerca del trabajo para poder ir a pie. Además, no me imaginaba viviendo en la casa de sus padres, una sensación que no hizo sino acrecentarse cuando regresaron por Navidad y los conocí. Eran un matrimonio maravilloso (aunque les guardaba un poco de rencor por haber dejado a Simon solo con su pena), pero me sentí una invitada en la casa de los Graham más que nunca, y no me imaginaba que eso fuese a cambiar si trasladaba mis cosas allí. Él no me presionó, algo que le agradecí, y alternábamos el tiempo que pasábamos entre una casa y la otra. Dejé un cepillo de dientes en la suya y él dejó uno en mi piso.

Cuando la feria terminó y el resto del mes de agosto se extendió perezoso ante nosotros, volví al trabajo. Chris y yo nos íbamos alternando en la librería en verano para darnos un descanso mutuo. Simon se pasaba a veces para trabajar con el portátil en la cafetería y, si después de cerrar nos dimos muchos besos junto a la sección de clásicos en más de una ocasión, los libros no protestaron en ningún momento.

Así que la vida se había instalado en una agradable rutina a finales de agosto, dos semanas después de que terminase la feria. El lunes, me encontraba en la librería, aunque estaba cerrada, poniéndome al día con los pedidos *online*, encargando los libros para la próxima reunión del club de lectura de April y rematando papeleo variado. Levanté la vista sorprendida cuando sonó la campanita, pero era Chris, que entraba con su propia llave.

—No deberías estar aquí —dije—. ¿Hoy no llevabas a tu madre al médico?

—Ya hemos ido. Todo bien, y le ha dado permiso para volver a Florida en octubre. Conociendo a mi madre, empezará a hacer las maletas dentro de una semana. —Pasó junto a mí hacia la trastienda.

—Le encanta vivir allí, ¿eh? —Sonreí ante la hoja de cálculo en la que estaba trabajando, a la que le prestaba solo la mitad de mi atención.

Chris gruñó. No era una gran amante de Florida.

—Hace un calor horroroso, hay muchísima gente y caimanes gigantescos que esperan devorarte la cara. No sé qué le ve.

Me reí, y la puerta sonó de nuevo. Me giré, sorprendida; Chris debía de haberla dejado abierta.

—Lo siento, no estamos abiertos... ¡Ah, hola! —Sonreí al ver a Simon. Ahora que ya había concluido la feria, se había afeitado la barba, pero lo había convencido para que se dejase el pelo más largo. Aunque lo cierto es que no me costó demasiado persuadirlo. Le gustaba que le pasase los dedos por el pelo.

No era el único aspecto del pirata que se quedaba una vez encaminado el otoño. El aro plateado seguía en su oreja, aunque sus días de pirata ya hubiesen terminado ese año. Iba a tener que quitárselo entre semana en el instituto, claro, pero esa pequeña joya parecía ser una piedra angular para él que le recordaba que Simon, el profesor de Inglés, también podía soltarse un poco y sonreír más libremente. El capitán Blackthorne, el pirata, no tenía por qué acapararlo todo.

—Hola. —Se inclinó sobre el mostrador y yo lo imité desde el otro lado para robarle un rápido beso—. ¿Alguna novedad sobre las lecturas veraniegas?

—En realidad, no. —Sacudí la cabeza—. Han venido un par. Tus alumnos son peores que los del año pasado.

—¡Vaya, hombre! —Suspiró—. Bueno, me da igual. Ven aquí.

—¿Cómo? —Una risotada de asombro escapó de mis labios—. ¿Cómo que te da igual?

No me respondió. Tan solo me tendió la mano y se la estreché en un acto reflejo.

—Ven aquí —me repitió—. Tengo que hablar con Chris.

—Está en la trastienda. —Pero Simon tiró de mi mano y no tuve más remedio que seguirlo desde el mostrador hacia la trastienda.

—¿Su Majestad? —La voz de Simon resonó por el establecimiento, y me lo quedé mirando, confundida. Aún faltaban diez meses para que Chris volviese a ser Su Majestad.

Chris asomó la cabeza desde detrás de una estantería y nos sonrió al vernos.

—¡Simon, hola! No sabía que estabas aquí. —No sonó convincente, y enseguida empecé a sospechar—. ¿En qué te puedo ayudar?

—Su Majestad —la llamó de nuevo después de aclararse la garganta. Hablaba con voz formal, pero sin su acento de la feria—, ha pasado un año y un día desde que me unió a esta mujer. Nos presentamos hoy ante usted para que pueda manifestar mis intenciones.

—¿Un año y un día? ¿De qué estás...? ¡Ah! —Abrí los ojos como platos. La ceremonia de la unión de manos. Había sido el último día de la feria del año anterior, es decir, justo hacía un año. Con el nuevo horario de la feria, había perdido la noción del tiempo, pero Simon se había acordado.

Si Chris estaba sorprendida, no lo mostró.

—Por supuesto, proceda. Me atrevo a decir, sin embargo, que no me necesita presente en la declaración. —Pasó junto a nosotros con el bolso colgado en el hombro.

Me giré y vi cómo salía de la trastienda y se dirigía a la puerta de la librería. Al cabo de unos segundos, sonó la campanita, seguida por el ruido de la llave al cerrar la puerta.

—Esto ha sido muy raro —dije volviéndome hacia Simon—. ¿A qué ha venido...?

Pero él no estaba ante mí. Parpadeé al ver el vacío en el que se había encontrado unos instantes atrás y bajé la mirada al suelo, donde se había arrodillado. Tenía una cajita cuadrada en la mano. Abrí los ojos todavía más y todo el aire huyó de mi cuerpo.

—Simon, ¿qué...?

—Calla, voy a manifestar mis intenciones. —Me sonrió, pero le temblaban los labios. Me tendió la mano de nuevo y se la agarré sin dudar, aunque a mí me temblasen las dos. Toda yo era un manojo de nervios.

—Vale —dije en voz baja y en absoluto segura—. ¿Cuáles son tus intenciones?

—A ver, son cuatro.

—¿Cuatro? Parecen muchas.

Me miró con los ojos entornados, pero no dejó de sonreír.

—¿Me vas a discutir sobre mis propias intenciones?

—Perdona. —Solté una nerviosa carcajada—. Continúa, por favor.

—Gracias. —Se aclaró la garganta—. Mi primera intención es vender la casa. Les he dicho a mis padres que tienen hasta Halloween para decidir qué quieren quedarse antes de que la ponga a la venta.

—¿Qué? ¡Simon, es fantástico! —Todas mis inquietudes se esfumaron al oír la noticia. Hacía meses que quería sugerírselo. No me gustaba nada que sus padres se la hubiesen endilgado, pero no había querido meterme donde no me llamaban.

—Sí. —Respondió a mi reacción con una sonrisa—. Resulta que no pensaban que yo quisiese vivir allí para siempre. Me la dieron para que fuese un colchón económico. Para venderla y... Bueno, eso me lleva a mi segunda intención.

—Vale. Segunda intención. Venga.

—Mi segunda intención es escoger una nueva casa, en lo que espero que me ayudes, porque mi tercera intención es que vivamos juntos.

—Las dos son muy buenas intenciones. Me gustan mucho. —No me podía creer lo tranquila que sonaba, mientras mi cerebro chisporroteaba con energía—. ¿Y la cuarta?

—La cuarta es la mejor. La más importante. Mi cuarta intención... —Tragó saliva y su sonrisa vaciló. Yo ya sabía lo que se avecinaba y quería consolarlo, aunque dentro de mí todo se zarandease por la emoción—. Mi cuarta intención es casarme contigo, Emily. Deja que te demuestre día a día que eres la persona más importante de mi vida. —Soltó una lenta y temblorosa exhalación—. Esas son mis intenciones. ¿Las apruebas? ¿Quieres casarte conmigo?

No le podía contestar. No sabía si me iba a salir la voz. Opté por arrodillarme, y la cajita cayó al suelo con un golpe sordo cuando nos rodeamos con los brazos. Le cubrí los labios con los míos.

—Sí —susurré. Noté en la boca el sabor de unas lágrimas que tal vez fueran suyas, pero que probablemente fuesen mías.

La trastienda no era tan sexi como la sección de clásicos, pero enseguida descubrí que podía sacarnos de un apuro.

AGRADECIMIENTOS

Escribir es una actividad solitaria, aunque el proceso de dar vida a un libro requiere la colaboración de muchísima gente.

Todo mi amor y mi agradecimiento a mi brillante agente, Taylor Haggerty, que se apuntó enseguida cuando le dije: «Oye, ¿qué te parece una historia con piratas en una feria medieval y bromas sobre Shakespeare?». Has sido mi pilar durante la locura editorial; de verdad que sin ti no estaría aquí.

No me puedo creer la suerte que tengo de haber publicado con la editorial Berkley. Desde la primera llamada de teléfono con Kerry Donovan supe que estábamos en la misma onda, y estoy muy contenta de que hayamos trabajado juntas con este libro. ¡Ha sido divertidísimo! En Berkley todo el mundo me ha brindado apoyo y me ha dado la bienvenida, incluidas Sarah Blumenstock, Jessica Mangicaro y Jessica Brock, y nunca terminaré de daros las gracias por vuestro empeño. Siento mucho lo de los chalecos. (No, no lo siento).

Muchas gracias a mis compañeras críticas, y extraordinariamente talentosas, Vivien Jackson y Gwynne Jackson (no están emparentadas) (que yo sepa). Sois dos de las escritoras más brillantes que conozco; gracias por leer mis primeros caóticos borradores y por ayudarme a tener buenas ideas. Esta novela no existiría sin vosotras. Viv, sigue escribiendo porque necesito leerlo; Gwynne, ECHO DE MENOS VERTE.

Annette Christie, fuiste muy amable de leer un primer borrador y tus sugerencias subieron el nivel, por lo menos, un veinte por ciento. Eres una genia y te estaré eternamente agradecida.

¿Dónde estaría sin mis amigas? En ningún sitio. Brighton Walsh, Helen Hoang, Ellis Leigh, Anniston Jory, Melissa Marino, Suzanne Baltsar, Laura Elizabeth, Esher Hogan y Elizabeth Leis Newman: vosotras me proporcionáis la inspiración, las risas, los ánimos, las palomitas de maíz al estilo Chicago y las mascarillas que necesito. Os quiero mucho.

También quiero dar las gracias al grupo de chat de VLC: a ReLynn, Helen, Ash, Courtney, Jenny y sobre todo a Trysh por vuestro amor, las fotos, los GIF... Siempre ante una taza de té. #NoPuedo

ReLynn Vaughn, gracias en especial por los GIF. Tú sí que sabes. Eres la que me pasa los mejores.

Muchas gracias a Brenda Drake y a la comunidad de Pitch Wars, sobre todo a mi mentora, Brighton Walsh, que me enseñó todo lo que debía saber acerca de dar estructura a una novela, y que también me traumatizó con imágenes sobre paquetes de Pringles. No sé cómo darte las gracias, Brenda. La clase de alumnos de 2016 de Pitch Wars (¡vamos, Raptors!) es un grupo de personas estupendo y entusiasta, y tengo la suerte de formar parte de ella. ¡Nos vemos en el *sprantenhausen*!

Mi reconocimiento a los voluntarios, a los miembros y al elenco de la feria medieval de Lady of the Lakes. Ya sea voluntaria o visitante, la feria es uno de mis momentos favoritos del año, y escribir esta novela me ha permitido pasar un poco más de tiempo allí. Ha sido un honor ser una tabernera en vuestras filas. Gracias en especial a Michael y a Jennifer Dempsey por compartir vuestras historias conmigo.

Cuando buscaba lectores beta para la novela, esperé que una o dos personas la leyesen y me dijeran lo que pensaban. Me sorprendió y me maravilló la cantidad de opiniones que recibí. Gracias de corazón a Kate Clayborn, Elisabeth Lane, Helen Hoang, ReLynn Vaughn, Trysh

Thompson, Ian Barnes, Rosiee Thor, Adele Buck, Haley Kral y J. R. Yates por vuestro tiempo y esfuerzo. Vosotros habéis hecho que esta historia sea mejor.

Unirme a Romance Writers of America fue la mejor decisión cuando decidí que había llegado el momento de tomarme en serio la escritura. He tenido la suerte de poder asistir a una división local, Central Florida Romance Writers, cuyos miembros me han apoyado y animado durante todo el proceso. Muchas gracias a todos.

Las amigas autoras son importantes, pero las amigas que no escriben son igual de vitales. Amanda Bond y Julie Dietz, gracias por comprender cuándo los plazos me obligaban a cancelar una noche por ahí, pero lo más importante es que ¡os doy las gracias por haberme arrastrado lejos del ordenador para beber vino y ver películas! Al próximo pollo rebozado invito yo. Mandy Lantigua y TraMi Willey: sois unas Terminator muy bobas, os quiero.

Por último, tengo que darle las gracias a mi marido, Morgan Lee. De vez en cuando le gusta entrar en mi despacho cuando estoy escribiendo una escena superemotiva para enseñarme algo divertido que ha encontrado en Facebook, y a veces le gusta animarme diciendo: «¿Ya has terminado el libro?» y «No te pagan por horas para escribir el libro, ¿eh?». Pero siempre ha creído en mí y no se ha inmutado cuando para mejorar mi escritura me he ido a cursos y a conferencias que no nos podíamos permitir. Nunca he visto a nadie tan contento como se puso él cuando le dije que había vendido los derechos de una novela. Gracias por cubrirme las espaldas, cariño. Te quiero.

¿TE GUSTÓ ESTE LIBRO?

escríbenos y
cuéntanos tu opinión en

 /Sellotitania   /@Titania_ed

 /titania.ed

#SíSoyRomántica